别怕

我会保护你

杏仁

杏仁 著

图书在版编目（CIP）数据

夏日乌龙茶 / 杏仁著. -- 南京 : 江苏凤凰文艺出版社, 2025.1
ISBN 978-7-5594-1212-6

Ⅰ.①夏… Ⅱ.①杏… Ⅲ.①长篇小说－中国－当代 Ⅳ.①I247.5

中国版本图书馆CIP数据核字(2022)第010668号

夏日乌龙茶

杏仁 著

出版统筹	曾英姿
责任编辑	周颖若
特约编辑	朵 爷 王小明
装帧设计	苏 荼 李 娟
出版发行	江苏凤凰文艺出版社
	南京市中央路165号，邮编：210009
网 址	http://www.jswenyi.com
印 刷	长沙金鹰印务有限公司
开 本	880mm×1230mm 1/32
印 张	10
字 数	370千字
版 次	2025年1月第1版
印 次	2025年1月第1次印刷
书 号	ISBN 978-7-5594-1212-6
定 价	46.80元

江苏凤凰文艺版图书凡印刷、装订错误，可向出版社调换，联系电话025－83280257

目 录

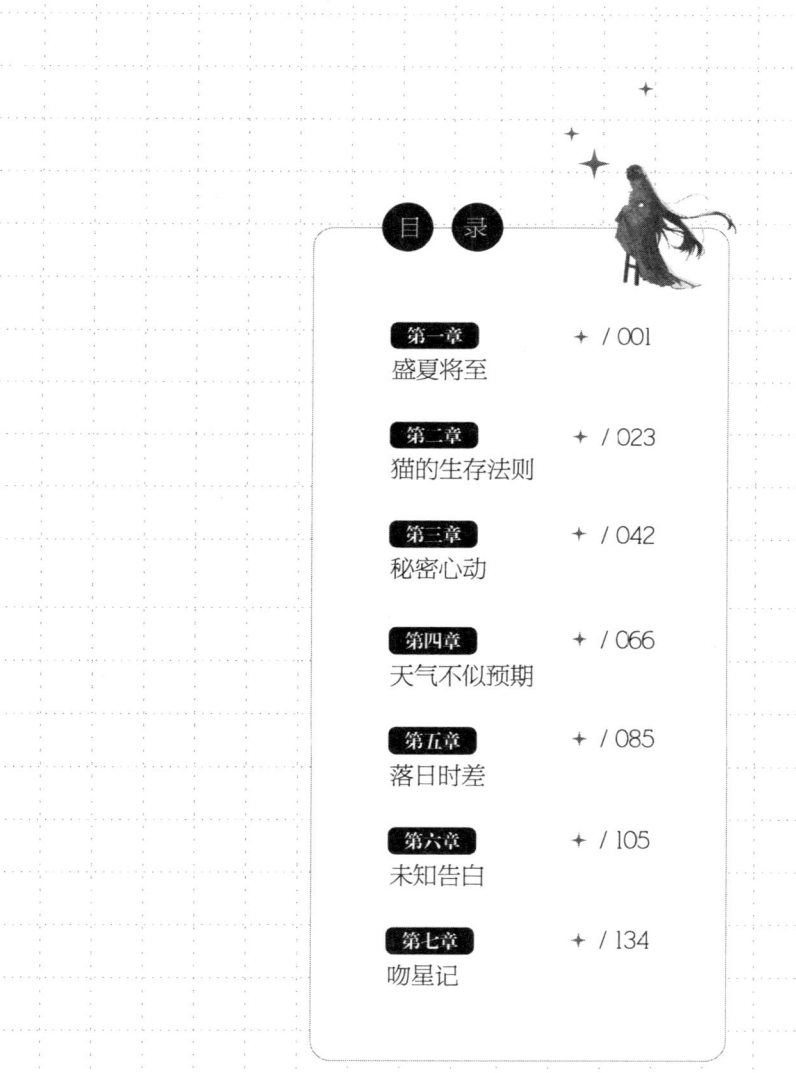

第一章 ✦ / 001
盛夏将至

第二章 ✦ / 023
猫的生存法则

第三章 ✦ / 042
秘密心动

第四章 ✦ / 066
天气不似预期

第五章 ✦ / 085
落日时差

第六章 ✦ / 105
未知告白

第七章 ✦ / 134
吻星记

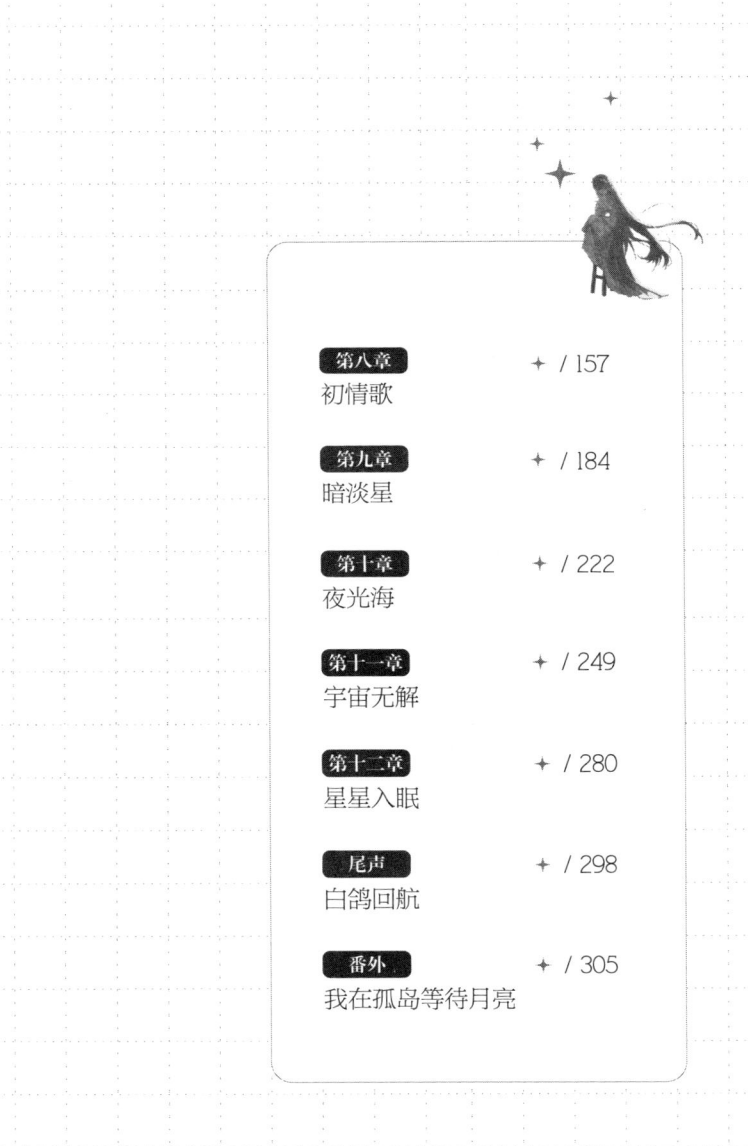

第八章　　+ / 157
初情歌

第九章　　+ / 184
暗淡星

第十章　　+ / 222
夜光海

第十一章　+ / 249
宇宙无解

第十二章　+ / 280
星星入眠

尾声　　　+ / 298
白鸽回航

番外　　　+ / 305
我在孤岛等待月亮

第一章

盛夏将至

C市,人民广场。

在来来往往的帅哥美女中,夏籽举起自拍杆,点开了灵猫直播。

"嘿,我是夏夏。刚进直播间的朋友们,没点订阅的点点订阅,谢谢大家啦……"

屏幕中的女孩细眉杏眼,樱唇小脸,长度在眉毛之上的刘海和微微蓬松的卷发,更让她看起来像动漫里的人物。尤其是她笑起来,眉眼一弯,甜度满分,算是非常容易讨人喜欢的长相。

但像这样姿色的女主播在灵猫直播平台一抓一大把,所以直播将近一年,夏籽依然是个粉丝数只有几万的小主播。好在愿意播户外的女主播不多,她也渐渐积攒了一些固定粉丝。

此刻她刚开播,公屏上就有忠实粉丝问:"夏夏今天有什么节目?"

夏籽对着镜头神秘一笑,说:"今天就播你们最喜欢看的——街头无剧本奇遇!"

所谓"无剧本奇遇",就是根据粉丝投票,进行接下来的一系列活动——不提前预设,更容易发生出乎意料的事。

不过，这次更刺激，占九成的观众选择了"搭讪"这一栏。夏籽顿时头大，但一想到这个月业绩可怜，她还是接受了这项任务。

她倒是做好了被人冷眼相待的心理准备，然而走了一上午，依然没有一个合适的目标。

眼看到了中午，夏籽走进一家比较有名的西餐店，准备填饱肚子，顺便给大家播播美食。

她找了个靠窗的位子坐好，再看手机时被上面密密麻麻的弹幕惊到了。

"后方帅哥出没！"

"夏夏，就他！"

"帅哥好像一个人在吃饭！"

"快上！"

夏籽扭过头，果然，就在她的后一桌，一个男人正对着她的方向喝咖啡。他低垂着眼眸看着手机，这个角度更使他面部的线条看起来棱角分明——高的眉骨，挺的鼻梁，不是英俊到耀眼的男人，却因气定神闲的清冽气质，而格外引人注目。

夏籽对着手机苦笑道："喂喂喂，你们眼光真是毒。这种水平的帅哥，你们就是为了看我出丑吧？而且看这架势，他肯定是在等女友。"

但观众都不干了，说她变戾了，不是以前那个一往无前的神勇少女了。

夏籽无奈，想着趁对方等的人没来，去探探情况也无所谓嘛，大不了回来乖乖吃饭。这样想着，她还是喝了好几口冰茶才小步挪过去。

"嘿！"

夏籽露出笑容，试探地在男人对面落座。面对不速之客，男人只微微抬了下眼皮，仿佛她是一团空气，而后熄掉手机屏幕，端起了咖啡杯。

夏籽被忽视得彻彻底底，她扫了眼直播间里大家的嘲笑，咬咬牙依然扯着嘴角问："一个人吗？"

男人终于抬头，淡漠的眼神扫向她一直举着的手机。

"哦，我在直播。不过是在拍自己，放心吧。"

说着，她将手机微微侧转一下，给他展示自己屏幕里的大脸。但他依然未说话，望着她，修长的手指微微圈着咖啡杯，指尖一下一下地叩着杯壁。

氛围安静得诡异，他的眼神仿佛自带暗流一般，看得她浑身不自在。这时男人忽然嘴角一提，露出一个浅淡的笑容："女主播，有趣。"

他的目光分明透着面对陌生人的淡漠，可夏籽还是不敢与他对视超过三秒，好像那涟漪微动的眼波下，藏着不知名的怪兽。

他的话也让她有种被冒犯的感觉，总觉得对方是在调侃自己。

想到这里，她霍地站起来，百褶裙出现在他视线的水平位置。

"不好意思，打扰了，再见。"

她心中不悦，冷声告别后就准备回到自己的座位。

"等等。"男人突然出声。他的声音极具磁性，而且带着些许玩味。

夏籽回过头来，语气不善："干什么？"

他下巴微微一扬，指向她坐过的座位，说："再坐会儿。"

夏籽心头冒出三个大大的问号，正在纠结坐与不坐时，一股香水味由远及近地飘了过来。她转过头，一位长发飘飘、妆容精致的美女已经皱眉立在她身侧，眼中带着困惑。

夏籽有些尴尬，正欲离开，那男人也起身了。

他站起来后压迫感更强，穿九厘米高跟鞋的大美女都瞬间弱了下去，更别说一米六几的夏籽。

他颇为礼貌地向大美女伸手，眼中却没有丝毫温度："苏小姐，你好。"

然而，苏小姐还未来得及伸手，他又望向夏籽，一副想起什么的样子说："哦，对了，介绍一下，这是我前女友。她……来这里直播我相亲。"

男人耸耸肩，神色有些无奈。

苏小姐的脸色当即变了，义正词严道："你怎么连男女关系都处理不好就来相亲？还有你，"她指向一旁正满脸迷茫的夏籽，"一个女孩子家，人家都不喜欢你了，你还上赶着追过来。"

这是……飙戏吗？

夏籽终于回过神来。表演好歹也是她大学时学过的一门专业课，于是她眨眨眼，眼中就渐渐聚起了摇摇欲坠的眼泪。她将手机放在一边，抓紧那位苏小姐的衣角，哽咽道："我真的很爱他，你别把他抢走好不好……"

这回不止苏小姐，连神色一直没有什么波动的男人都挑了挑眉。

直播间里虽然只显示着桌上静态的餐具，但声音能听到啊。没人不喜欢八卦，一时间，直播间人气涨了许多，弹幕也十分热闹。

苏小姐明显对眼前颇为狗血的场景有些受不了，冷哼一声就踩着高跟鞋噔噔噔地走了。

男人嘴角浮起一抹若有似无的笑，随即也提起外套准备离开。夏籽仰头望天，收回眼泪，见他要走，忙说："欸，我帮了你，你不应该请我吃个饭吗？"

男人睨她一眼，声音十分平静："你裙子的拉链开了。"

夏籽一惊，急忙捂住裙子侧面的隐形拉链。她确实比去年胖了点，穿这条裙子时提上去就费了不少劲，但没想到在这里出丑了。

然而，待她用力拉上拉链，男人已经走远了。

夏籽没好气地拿起手机，发现屏幕上的弹幕更多了。

夏籽望着男人离开的方向，有些哭笑不得地想，这人虽然挺讨人嫌的，但意外地帮她制造了一波直播小高潮。

这个月的业绩总算不至于垫底了。

好不容易完成了今天的直播任务，夏籽准备回家休息时，却收到自己后台运维的消息，说下午去公司开会。

她大概知道是要商量什么事。

她所在的聚星主播经纪公司准备举办一场线下音乐节，主要由旗下主播表演歌舞类节目，同时也会邀请知名大主播来镇场，算是最近直播圈被传得沸沸扬扬的大事。

据说她那位年轻老板的父亲是灵猫直播的大股东。因为这样的关系，聚星公司成立仅仅两年就成为灵猫直播排行前三的大公会，旗下主播占据游戏、户外、颜值、二次元等主要直播板块的半壁江山。这次公司斥巨资举办音乐节，也是想更大程度地提升知名度和影响力。

聚星的老板是从国外留学归来的，虽然年轻，但总能折腾出新花样，比如这次直播界线下吸粉的首次尝试。

夏籽只是个小主播，与老板接触并不多。她只知道他平时行事张扬，每次他来公司，公司里的人一定是先听到楼下跑车嚣张的轰鸣声。

平时她播户外，很少来公司。谁知今天她刚来，就在门口碰到了老板关湃。

他今天的穿着有些嘻哈风，破洞牛仔裤，印花衬衫，高帮马丁靴，整个人落拓又不羁。夏籽小声打了招呼，然后跟在老板和他助理后面进了电梯。

电梯缓缓上行，夏籽透过电梯内的轿厢壁，和关湃的目光撞在了一起。

他回头看了眼夏籽，捏着自己的下巴道："夏夏，是吧？"

夏籽一怔，连忙说"是"。

"明明长得不错，唱歌也好听，但是，以你现在的流量，很危险啊。"

夏籽心中一个咯噔。她在公司也有将近一年的时间，多少了解她这个喜欢"扮猪吃老虎"的老板。他看似随心所欲，神经大条，其实对旗下主播的情况了如指掌。而且，他规定了每月直播时长和播放量的最低标准，连续三个月不达标，就会被淘汰。

本来以夏籽的专业能力，坐在直播间唱唱歌就能收获更多的关注，但她偏偏选择了户外。

她知道户外难播，但，也只有户外相对自由一些，可以让她有时间去做自己真正想做的事。

此刻她并没有多解释，只低着头说："老板，我会努力的。"

见她没有要改变的意向，关湃也没再多说，只是等电梯到了就大步流星地走了出去。

夏籽舒了口气，看来"摸鱼"是不可能了，毕竟还是要保住工作。

聚星给的底薪很高。她作为一个音乐剧表演专业的毕业生，一年前深深体会到了毕业即失业的心酸，无奈之下成为主播。

那时主播行业正兴起，前仆后继的男女主播拥进来，又如大浪淘沙般地离开。夏籽算是幸运儿，虽然艰难，但也在直播行业生存下来。

然而，她混了一年依然是个十八线小主播。好在她一直自得其乐，甘当"咸鱼"，不多但稳定的观看量也保证了她不被公司开除。

这次音乐节，夏籽没准备像其他主播一样争着抢着抛头露面，但她没想到自己这个小虾米会被老板点名。

彼时她正坐在角落昏昏欲睡，忽然就听到有人叫她的名字。等回过神来，她发现自己已经成为老板指定的几个上台表演的人之一。

主播肖依依坐在她身旁，听到这里兴奋了："哇，夏夏，你这是走了什么大运！"

夏籽有些意外，但还是顺水推舟地答应了。她本来就喜欢唱歌，平时播户外无聊时也会在大马路上给她的粉丝朋友们唱几句，所以自然不心虚。

开完会，临近傍晚。老板包了个场子让大家放松。一群年轻男女包括主播、工作人员就都跑去凑热闹了。

后来关湃的朋友们听说这个局都是美女，就也闻风来了不少。

关湃护短，众人皆知，他当即表态一起玩可以，但谁敢动他家女主播一根汗毛，他就跟谁势不两立。

在这一点上，关湃的三观还是很正的，这也是聚星在业内一直口碑很好的原因。聚星内部不准主播和粉丝搞暧昧，为的就是将不正之风直接扼杀在摇篮。

来凑热闹的都是年轻人，很快就玩在了一起。包厢里音乐嘈杂，嬉笑声震天。起得早，中午还没休息的夏籽被吵得头疼，只好跑去卫生间静一静。

她回来时在走廊遇到了关湃，他脚步微乱，似乎有些醉了。她本想打个招呼就进去，谁知他忽然站在她面前不走了。

过道有些窄，他不动，夏籽也不能动，只好抬头疑惑地看他。

关湃凝视她片刻，揉揉太阳穴说："刚刚我还以为看到我初恋了。"

夏籽感觉自己额头出现了三道黑线，但她面上还是保持微笑："老板，不好意思，我就长了这种初恋脸。"

关湃也笑了笑。他又端详了会儿夏籽，正色道："我看人一贯很准。夏夏，你有成为大主播的潜质,为什么一直刻意低调?"

"老板,我这个小主播虽然没能给公司创造很多收益,但也没赔本不是吗?况且,咱们公司不是在力捧姬琳吗?"

关湃靠在一旁的墙壁上,闭眼捏着眉心,脸上的表情有些无奈。

"嗯……说实话,她才艺真的一般,唱歌也是靠我百万声卡修音。音乐节我估计她得'车祸'。但她聪明,情商高,会聊天,其他主播真该学学。"

老板突然跟自己聊起了心里话,夏籽一时间不知怎么接。

既然说起了音乐节,夏籽还是认真表态:"老板,音乐节我会好好准备的。"

关湃笑了起来,牙齿洁白整齐,眉眼俊秀,一时间有种阳光暖男的味道。

"我知道,当初是看了你毕业晚会的现场,才签的你。本以为发掘了一个好苗子,谁知跟你一起进来的姬琳倒是先火起来了。"

夏籽还真不知道有这样的渊源。她以为自己就是单纯在大街上被聚星的星探发掘,才顺势成了主播。

一时间,她倒觉得有些对不起关湃的有心栽培,正想问问他怎么会去看他们学校的毕业晚会,身后忽然传来一个有些熟悉的声音。

"关湃。"

关湃的目光越过夏籽,看到来人后,热情地走过去。

"阿谦,你来了?"他想起夏籽还在旁边,于是随口介绍道,"这是我公司的主播,夏籽。这是我发小,裴允谦。"

夏籽早在看到来人后就陷入了呆滞。这可不就是中午刚打过交道的那位!但他看到她并无特殊的表情,只象征性地点点头。

夏籽也只好压下心中的惊讶,故作平静道:"那你们先聊,我进去了。"

她向前几步,拉开有些厚重的包厢门。电光石火间,脑海中有一道光闪过,她非常突然地回过身问:"裴,允谦?"

关湃也没反应过来,下意识地说"是"。

夏籽直勾勾地盯着裴允谦的脸,直到对方微微皱起了眉头,她才缓缓展露一个笑容,说:"你好,很高兴认识你。"

酒过三巡,包房内已经醉倒了一大片,唱歌的唱歌,玩游戏的玩游戏,夏籽却一直保持清醒,暗中注意着裴允谦。

等他几个朋友喝完几杯啤酒,他身边有了空位后,夏籽连忙瞅准时机跑过去坐了下来。

"嘿,记得我吗?"

面对女孩热情的招呼,裴允谦侧头看她一眼,淡淡道:"我没失忆。"

夏籽尴尬地一笑，手指无意识地抠着沙发上的一个小洞，转念又没话找话道："我今天帮了你呢，我们要不要互相留个联系方式……"

裴允谦瞥她一眼："如果我猜得没错，今天是你直播间近期内人气最高的一天。"

夏籽顺了顺气，依然好脾气地说："我不是问你要报酬。我主业是主播，副业是临时演员。我看你似乎也挺需要的，留个电话多条路嘛。"

裴允谦调整了一个舒服的姿势，环着手臂望向她，倒还认真地考虑了片刻。"可以。"

夏籽心中暗喜。成功交换电话号码添加微信后，她没再多纠缠，很快回到了原位。

转眼夜已深，大家也都玩了个尽兴，准备回家。关湃安排了司机送员工回家。

夏籽偷偷溜了，她见裴允谦和众人打过招呼后，独自一人前往露天停车场，就也悄悄跟了上去。她主要是想认认他的车，但要是能顺便再抓个他的什么把柄、秘密，就更好了。

她自以为藏得很好，谁知裴允谦眼尖，还是在半路发现了她。

他目光冷冷地看着某辆车后猫腰半蹲的女孩，扬声说："所以你的第二个副业是偷车？"

夏籽缓缓地立起身子，对他的冷幽默不知该尴尬还是该笑。她只好走过去一本正经道："裴先生，我是看你好像喝了酒，担心你找不到人开车。"

"所以呢？你开？"

夏籽播户外时常到处跑，所以会开公司给配的小越野，于是硬着头皮说："我倒是也能帮你开。"

裴允谦露出一个笑容，干脆地说："好。"

他又往前几步，按下了手中的钥匙。车灯光闪了闪，夏籽瞪大眼睛看向眼前银灰色的保时捷，一时间有些失语。

说实话，她二十二年的人生一直比较平淡，连保时捷的副驾驶座都没坐过，现在竟然要直接上手开？

裴允谦挑眉看着她，笑容越发嘲弄。她心一横，大步走过去。大车小车都是车，她才不怕！

然后，她拉开车门，毫无准备地一屁股陷进了舒服的座椅。兀自享受了会儿，她摸索着调好了座椅位置，系好安全带。这时裴允谦也已经上车坐好。

她低下头去研究挡位和各种按钮，看和自己的小越野有什么不同，认真到还用指尖轻轻点着一个一个地研究。

夏籽弯着腰的样子不知怎么就戳中了裴允谦本来极高的笑点，他一时间没能忍住，一道短促的气声从他的鼻间传出。

夏籽以为他在嘲笑自己，抬起头却看到他优哉游哉地靠在座椅上闭上了眼。她深吸口气平复心情，问："裴先生，你家住在哪里？"

"南湖北苑。"

夏籽再次深呼吸，慢慢启动了保时捷。这车，她可不敢轻易让它发生小剐擦，所以出车位时万分小心，虽然缓慢，但也顺利地驶出了停车场。

深夜，路上车辆并不多，但还是有小轿车陆续超过了他们，夏籽却依然保持着低速，丝毫不敢过分踩油门。

她紧张地注意着前方的路况和后视镜，额角甚至渗出了细小的汗珠。

裴允谦看着她逞强的样子，在龟速行进了许久后，终于忍不住开口："那边，靠边停。"

"啊？"夏籽意外，但还是乖乖地把车停了过去。

裴允谦下车走到驾驶座门前，居高临下地对她说："下去。"

夏籽解开安全带，下去后站在马路边不知所措，裴允谦冷声催促："上车，这里只能临时停车。"

他已经在驾驶座坐好。夏籽也手忙脚乱地上了车，还不忘担忧地问："裴先生，你好像喝酒了。"

裴允谦睨她一眼，提醒她系上安全带，又十分平静地说道："你活了二十多年，难道以为喝汽水也会醉？"

夏籽当即想给自己的嘴巴拉上拉链，再不跟他多说一句话。

那他刚刚还让她开车，是吃饱了撑的，非要逗她一下吗？她在心中暗自吐槽。

裴允谦开了一会儿，才想起问她："你住哪儿？"

"青森公寓……"

夏籽尾音刚落，就被一阵加速度推向椅背。跑车轰鸣，夜风呼啸，她一颗心怦怦乱跳，惊吓过后看着窗外飞快掠过的风景，忍不住弯起了嘴角。

"果然还是跑车最酷！"

她将手伸出车窗外，感受风在指尖流动。裴允谦的视线时不时地飘过去，就看见女孩眉眼弯弯、梨涡浅浅的样子。

他将一只手肘靠向车窗。万家灯火映在他的眼底，反射出晦暗不明的光。

有跑车相送，夏籽很快到家楼下。她目送裴允谦开车离开后，快步跑回了租的房子。

姬琳自出名以后，就马上搬去了更好的房子，这里便只剩夏籽了。

她拉好窗帘，坐在书桌前，从底层抽屉拿出一个不起眼的硬皮本子，翻开是一页页报纸或杂志的剪报，在某一页顺利地找到"裴允谦"三个字。她在新闻资料里找不到他的照片，所以这一页仅仅有他的名字。显然，比起裴家其他人，他非常低调。

现在机缘巧合下，她竟也同他产生了交集。

她若有所思地将他的名字画了个圈，然后趴在桌上发呆。

一个人的房间安静而空荡，她无意识地和书桌置物架上的洋娃娃对视。娃娃已经很旧了，面部都有些发黄，眼妆浓重，眼珠碧蓝，她盯久了，还感觉有些瘆人。

她起身卸妆洗澡，默默地躺在床上抱紧了布绒狗。卧室的主灯关了，但床头还留着一盏橙黄色小台灯。

她侧身缩在被子里，枕头也没枕，只露出眼睛和鼻子，许久后才渐渐睡着。

接下来的几天，夏籽时常去公司排练音乐节节目，播户外也只是播播日常生活。

人多的地方是非多，何况是女主播多的地方。夏籽从不主动招惹别人，不露锋芒，也没有是非，属于公司小透明。但她也明里暗里看到不少相互挤对的事情。

目前公司有实力的主播很多，但人气最高的是直播不到一年的姬琳，她的崛起一下子抢走不少同类型主播的流量。

虽然表面上大家一片和气，但暗地里还是不服的。姬琳没几个真正的朋友，就对夏籽格外好，在公司常常关照她。

夏籽和姬琳是同校不同专业的。姬琳是表演系的，读书时资源就不好，毕业后更是生存艰难，于是和夏籽同一天成为主播。为了省房租，她们搭伙住在一起，慢慢成了朋友。

她们一穷二白时也曾度过一段没心没肺的快乐时光。后来姬琳凭借长相和气质崭露头角，支持她的粉丝越来越多，三个月就成为灵猫直播平台的白金女主播。

姬琳后来虽然搬出了公寓，但也没忘记夏籽，除了偶尔和她连麦帮她吸引观众，有好吃好喝的也都记着她。

夏籽不像姬琳一样有野心，所以她们关系一直都不错。

音乐节姬琳会独唱一首歌，但她不是专业出身，唱现场容易跑调，所以这几天一直让夏籽指导她唱歌。

这天早晨，她们刚来到练习室门口，就听到里面似乎有人在议论姬琳。

"真的，乔乔前两天不小心看到她的手机，她跟一位叫太阳的粉丝联系很密切呢。"

"那个人我知道，贴吧里传他之前追过其他女主播，追到手玩玩就不要了。你以为那些有钱人有多少真心。除非，姬琳真的为了钱……"

"人家那么有钱，追到她轻而易举啊，你看她直播时那谄媚的样子……"

啪！

夏籽一把推开门，冲三个女生灿烂地笑道："哟，你们来得真早呀。"

姬琳跟在夏籽后面，神色淡然地走进来，看都没看那几个女主播，对她说："我们早点练吧，练完中午带你吃'一品轩'。"

"一品轩"的人均消费极高，一般人吃一顿就得用掉小半个月工资。三个女主播脸色都有些不好，夏籽笑眯眯地说："好啊，像我这种只能拿点基本工资的小主播，可真是吃不起呀，更得努力工作，而不是闲得没事嚼舌根。"

待那三个女生走后，夏籽敛起了假笑，望向姬琳："琳琳，那个太阳确实有些不好的传闻……"

姬琳出声打断她："我知道，夏夏。我当然有原则和分寸。"

于是，夏籽不再多说，认真地教姬琳唱歌的技巧。

中午姬琳果真带夏籽去了"一品轩"，当然夏籽看到菜单上的价格后，还是只敢挑便宜的点。她请夏籽吃大餐，夏籽就专门买了下午的电影票，请她看漫威大片。

菜刚上来，姬琳放在桌上的手机进来了一条新信息。她快速拿起手机，看了一眼，又回了几条消息后，有些抱歉地和夏籽说："我有点事，得走了。我把单埋了，你尽情地吃啊。"

夏籽刚拿起的筷子又放下，看姬琳在麻利地整理包包，她斟酌了一下，问："需要我陪你吗？"

"不用，我又不是小孩。"

"那你……照顾好自己啊。"

姬琳愣了愣，爽朗一笑："想什么呢，我是去参加一个同学的杀青庆功宴。我先走了，你慢慢吃。"

待姬琳出了餐厅，夏籽才叹了口气，拿起筷子。

她不是因为担心姬琳，而是发愁这两人份的大餐，她一个人怎么吃得完。

这样想着，她还是气势汹汹地直接抓起大龙虾开始啃。她正想着要不要给她的粉丝来会儿"吃播"，让他们也馋一馋，这时有几个人在经过她旁边时停了下来。

准确地说,是为首之人停了下来。她抬头看到了多日不见的裴允谦。他今天穿了较为正式的藏蓝色西装,更衬得身材修长、挺拔,气度非凡。

夏籽手里的龙虾张牙舞爪,和她一张小脸形成鲜明的对比。她缓缓放下龙虾,有些无辜地望着裴允谦和他身后一众西装革履的男人,不知道现在是怎么个情况,只能出声打破沉默:"裴……"

她还没说完,就见裴允谦捏捏眉心有些无奈道:"工作忙,没能陪你,我很抱歉。但你一个人点这么多,吃得完吗?"

夏籽一怔,暗想这么快又要飙戏了吗?这位裴先生的人生也太丰富多彩了吧。

夏籽不紧不慢地抽出纸巾擦了擦手,噘起嘴来幽怨地说:"裴允谦,你忙你的就好了,让我一个人撑死在这里算了。"

裴允谦面上有些歉疚,对身侧一个大腹便便的男士说:"林总,不好意思,这是我女朋友,让你看笑话了。"

那位林总当即摆摆手:"没事,没事。虽然工作重要,但女朋友也不能忽视嘛。"

"那要不今天你们先吃,改天我再做东。"

话已至此,其他人虽然遗憾,但也不好说什么,只能客气了几句,然后去了二楼的包厢。

一群人离开后,裴允谦松了松衬衫领口,非常自然地坐在了夏籽的对面。

夏籽又抓起了龙虾,掰掉一只腿边啃边盯着裴允谦。他似乎有些疲倦,靠在沙发座椅上微微闭着眼。

裴允谦休息够了,坐正身体,不客气地拿起了桌上没人动过的餐具,吃了起来。

夏籽轻咬筷子尖,陷入了沉思。

裴允谦,正阳集团二公子,和她老板关湃同岁。据说他一直在国外读书、生活,低调到除了他小时候的八卦,她再查不出其他资料。最近的消息是他不久前刚回国,成立了资本公司,专做风险投资。

想到这里,夏籽微怒,这么有钱的人,还这么抠门,还爱在言语上戏谑、捉弄她。她有些不悦地说:"裴先生,我今天又帮了你。你一句谢谢都不说就算了,现在还蹭我的饭吃!"

裴允谦颇为优雅地扒了口米饭,给自己倒了杯茶:"这真的是你一个人的饭量?"

夏籽噎了一下,大言不惭地说:"是啊。"

裴允谦笑了笑,说:"谢谢。"

夏籽没想到他会真的道谢，一时间不知如何回应。

"说吧，想要什么报酬？"

夏籽听到这话，眼睛亮了亮，也没客气："我想好了。"接着她转身从包里翻出两张电影票拍在桌上，"陪我看场电影吧，裴先生？"

直到顺利坐进电影院，夏籽都有些回不过神来。

她以为找机会与裴允谦单独相处会很难，起码得多用些步骤，但没想到一说看漫威新上映的电影，他就很爽快地答应了。

夏籽吸了口可乐，对身旁静坐的男人说："我以为裴先生只爱看财经新闻什么的。"

裴允谦睁开微闭的眼睛，扫了眼夏籽："那种东西必要时看看就好，为什么要一天到晚折磨自己？"

夏籽心想，怪不得他和关洧是发小，两人在性格方面还是有些相似之处的。

"那超级英雄里，你最喜欢谁？"夏籽兴致勃勃地问。

"蜘蛛侠。"裴允谦毫不犹豫。

"为什么？"

"看的第一个超级英雄，有情怀。"

"嗯……"夏籽觉得这番交谈让他跟自己更没有了距离感，于是兴高采烈地说，"我最喜欢星爵和死侍。这么一想，我对搞笑的男人简直没有抵抗力！"

搞笑的男人？裴允谦微微皱眉。

这时电影开始，夏籽便专心看了起来，偶尔发出欢快的笑声。而裴允谦全程安静地观影，若不是他自带的强大气场，她会以为身边没这个人。

两个半小时后，电影结束。灯亮起，观众陆陆续续起身离开，裴允谦也站起来整理衬衫，夏籽仍然坐着不动。

他以为她在等彩蛋，出于绅士风度，还是又坐了下来陪她。又过了会儿，人已经走光了，彩蛋也没有出现，他不禁问："你到底在等什么？"

夏籽抬起头来，神情还有些陶醉："这片尾曲很好听，我想听到最后。"

裴允谦环抱双臂，十分无语地凝望她。

她趴在前座座椅背上，兴致很高地盯着大屏幕上的演职人员表，眼睛亮闪闪的，头还随着音乐轻轻摇晃。她的丸子头有些松散了，几缕微卷的发丝垂在耳畔，侧脸线条柔和，眉目清秀，倒是很耐看。

这时，打扫卫生的阿姨进来，声音很洪亮地吼了一嗓子："没彩蛋！"

夏籽还是磨磨蹭蹭没起来。接着后面放映室小窗户里的工作人员也探出头来喊："没彩蛋！"

夏籽一下站了起来,冲他们吼说:"我知道!上面有我的名字!我等着看不行吗?"

裴允谦笑出声来。

夏籽稳稳地坐了回去,整个人还有些气鼓鼓的。

"你喜欢搞笑的男人?你自己就是搞笑界巅峰了。"裴允谦显然对刚刚的问题耿耿于怀。

夏籽冷哼一声:"我看完整部电影有错吗?我花了钱,他们干吗还要赶人走?"

裴允谦摇摇头轻笑:"嗯,你花的钱,你说了算。"

最终夏籽还是成功将电影看到了最后一秒,他们出来时已经快到晚饭的点。夏籽眨了眨眼睛,热情地邀请裴允谦:"裴先生,要一起吃晚饭吗?"

裴允谦望着夏籽灿烂似骄阳的笑容,总觉得心中有些怪异,但一时间又说不上为什么。

见他没有回应,夏籽拿出撒手锏:"裴先生,我知道一家超级、超级、超级好吃的川菜馆。"

果然,裴允谦的眼睛微微一亮,就同意了。

想要接近裴允谦,夏籽自然做了不少功课,只不过连恋爱都没谈过的她,平时接触的异性并不多。她还在研究计划时,裴允谦自己送上门了。她自然要抓紧机会,努力跟他成为朋友。

裴允谦是别人请来的,自己没开车。夏籽就开着她那辆白色小越野,载着他去离青森公寓不远的一家川菜馆。

在自己的车上,她自然如鱼得水,开得十分稳当,完全没有了之前开保时捷的厌样,还心情很好地跟着音乐唱起了歌。

You will be alright,(你会没事的,)
no one can hurt you now.(如今没有人能伤害你了。)
Come morning light,(当明日晨光初现,)
you and I will be safe and sound.(我们都将安然无恙。)
…………

夏籽是学过声乐的,日常唱歌也要拉长尾音秀几个颤音。她声音清澈,属于天赐的好嗓子,唱起歌来有种慵懒的磁性,倒是让裴允谦听得入了神。

一曲终了,夏籽看到裴允谦一副安静聆听的样子,心中一动,顺势道:"裴先生,我唱歌不错吧?你要不要去灵猫直播关注我?你不是搞投资的吗,我可是潜力股。"

"哦？你还知道我搞投资？"

"呃，"夏籽眨了眨眼，"偶然听我老板讲的。"她握着方向盘的手心出了一层薄汗。

裴允谦目光幽深地看了眼她，问的却是："你跟关湃关系很好？"

"还行。"夏籽顿了顿，回过神来说，"裴先生，你快下载一个灵猫直播，我叫'聚星－夏夏'。"

裴允谦将目光移向窗外，道："没什么意思，不值得看。"

夏籽瞬间被扎心。

她抓紧方向盘，酸溜溜地说道："我直播很有意思的好不好，只不过没什么人看罢了。"

"咦？"她像是忽然反应过来一般看向裴允谦，"你看过我的直播？"

裴允谦轻轻瞟了她一眼："看前面。"

夏籽连忙目视前方专心开车，但直到抵达目的地，她也再没问出什么有用的信息。

沈记川菜馆内，老板娘看到门口的来人，马上迎了过来。

"芽芽，好久不来看姑妈啦！"

"对不起，姑妈，最近有点忙！"

夏籽和自己的亲姑妈来了一个大大的熊抱，然后带着裴允谦熟门熟路地走到窗边的某个座位。

姑妈上下打量着裴允谦，用菜单掩着嘴偷偷问夏籽："这是你对象？"

夏籽连忙否认。

裴允谦已经端坐在桌前拿起了菜单，夏籽随口说了两个平时自己最喜欢的菜，裴允谦就又点了几个。

等菜的间隙，裴允谦忽然一笑，学着她姑妈的口音："芽芽儿？"

夏籽不满道："怎么了？干吗嘲笑我的小名？"

"没有。挺可爱的。"

他毫不吝惜地夸赞她可爱，这让她心花怒放："是吧？撒下籽，长出芽的意思……"

"那怎么不叫花花？"

夏籽被他逗笑："还草草呢！"

等菜都上齐了，夏籽看着一大桌子颜色鲜艳的川菜咽了下口水，小心翼翼地问："裴先生，你饭量很大吧？"

裴允谦微微一怔，说："饭量大的不是你吗？"

夏籽这回真的呆了，敢情他是给她点的。她心中一虚，知道玩笑开大了。

但现在菜都上了，也没办法退，夏籽只好拿起筷子开吃。

她确实挺能吃的，但并不是大胃王，吃到最后肚子已经撑起来，她就放下筷子缓一缓再继续吃。

裴允谦也早就饱了，他看到夏籽一副撑得不行的样子还在吃，出声阻止："饱了就别吃了。"

夏籽咽下一口水煮肉片，小声说："不行，姑妈看到浪费这么多会心疼。"

"那就打包。"

"我这几天都不在家吃饭，拿回去也是浪费。"

裴允谦深吸口气，重新拿起了筷子。夏籽看着他冷脸夹菜吃的样子，嘴角偷偷逸出一丝笑意。

她发现裴允谦这个人并没有他的外表看上去这么难相处。相反，他还很接地气，时常冒出几句"冷幽默"。而且，对她不自觉做出来的一些犯傻行为，他很包容。

她心中暖了暖，看向裴允谦的眼神就温柔了起来。恰好裴允谦抬头冷眼与她对视，她忙笑嘻嘻地说："裴先生，你看你这么瘦，多吃点挺好。"

终于解决了一顿大餐后，夏籽与姑妈姑父告别，捧着肚子和裴允谦一起走了出去。她正想说话，一个饱嗝抢先冲出了口。

她连忙捂住嘴，裴允谦无语地微微别过头去。

夏籽摸着肚子还能笑出来："我的肚子圆得像皮球了。"

裴允谦不想跟她说话，她又凑了过来看向他的肚子，没话找话："你的是不是也这么圆？"

裴允谦一把推开她的脑袋，边转身边说："站在这儿等我。"

夏籽不知道他要干什么，但还是乖乖地扶墙站在原地。

许久后，裴允谦从马路对面回来，手里提着一个袋子。

他走到她面前，递给她消食片和一瓶苏打水。

夏籽立马感激道："谢谢。"

裴允谦仰头喝了口水，说："送你回去。"

"我家离这里不远，要不我们消消食走回去吧。车放在这里就好。"

"嗯。"

说着，两个人便一同走向夏籽的公寓。

路上夏籽讲起了姑妈姑父是如何从城郊一家小破店起家，直到把饭店开到这里，从此生意兴隆，供她和表妹一路读完了书。

说完，她还有意看了眼裴允谦，他神色平静，不好奇，也不询问她的父母去了哪里。

夏籽想了想，也觉得很正常，毕竟自己目前还只是一个于他来说无关紧要的人。

能跟裴允谦认识已经很幸运了。这样想着，她的心情又好了起来。

夏籽情绪一高涨，总有些控制不住自己，于是就顺路闪进了广场舞大妈的队伍。

她演过音乐剧，有舞蹈功底，此时在广场舞大妈的队伍里简直如鱼得水，让不远处等待的裴允谦只想装作不认识她。

夏籽消食消得差不多，终于舍得回家了。

天色将暗，路灯渐次亮起。她跟裴允谦并肩走进昏暗的小区，转到自家楼下时，光线一下变得非常亮。

夏籽挡了挡眼睛，走到侧面才看出这是一辆奔驰大G，而且，靠在车旁的那个男人似乎有些眼熟。

她在暮色中仔细看了片刻，有些不可思议道："老板？"

裴允谦早就停下了脚步，关湃也直起了身子与他对视。

一时间氛围有些微妙。

夏籽开口打破了沉默："老板，我跟裴先生是偶遇的。"

她的笑容真诚、坦荡，关湃也缓和了脸色，对她说："知道了，我刚下飞机，找你有事。"

他随即看向裴允谦，笑着说："咱们改天再聊？"

裴允谦也回关湃一个笑容，说了声"好"，就一边打电话叫司机，一边走了。

夏籽抽空看了眼手机，发现三个来自关湃的未接来电，时间刚好是她跳广场舞时。想来是音乐吵闹，她没感觉到振动。

关湃转身看向夏籽，动作潇洒地把车一锁，自然地说："走吧，上去说。"

夏籽看了眼完全暗下来的天色，本能地生出一丝警惕，但她很快又释然。因为她对这位老板原本就有种信任和崇敬，知道他一贯落拓、坦率，最是不拘小节。

而且，关湃其实是直播界的大前辈。他留学时就经常开着超跑在异国直播，积累了几百万个忠实粉丝，当年也是被称为灵猫"户外一哥"的人物。后来他自己创办了公司，直播没有从前那么频繁了，但旗下很多大主播的初始粉丝都是从他这里导流过去的。

他看好的主播都会亲自带一带，但夏籽和姬琳刚来的时候，公司正在重点开拓游戏直播板块，重金请来了几位职业级别的玩家做主播，自然顾不上她们。所以姬琳完全是靠自己起来的，而夏籽一直当小透明至今。

夏籽对于关湃今天的突然造访还是有些忐忑的。

不过他倒是一点都不见外，一进门就嚷嚷着为了等她，还没吃饭，快饿死了。

夏籽很是愧疚，毕竟是自己没接电话。她进厨房搜寻了半天，发现能当晚餐的也只有方便面了。

关湃并不介意，她便开火给他煮面。

先用油炒香蒜末，再放西红柿进去炒碎，加水熬汤，然后添一勺老干妈，切点青椒、葱花放进去，再把调料全部撒进去，汤熬好后，放面饼进去煮。

夏籽煮面煮到最后，关湃都闻着味道主动进来了。

他坐在餐桌前吸溜吸溜吃得很香，坐在对面的夏籽本来吃得很饱，此刻也忍不住吞了吞口水。

关湃抬头，问："你也要吃吗？"

夏籽摆摆手，不好意思地笑笑："肚子没地方了。"

关湃被她逗乐，扫视了一圈布置精美的餐厅，随口问："这里房租挺贵吧。"

"没有，之前我和姬琳一人一千元。"

"一千元？你现在一个人住也没涨价？"

"房东说只要我不占另一间卧室，就还是按这个价。"

关湃喝了口汤，垂着眼睛不知道在想什么，过了会儿才说："这个地段，房租就没有低于两千块钱的。你这个小区都是三千元起的。"

夏籽想了想，认真地说："那时我们也觉得捡到宝了。房东阿姨说看我们是两个刚毕业的学生，就给优惠了。"

关湃若有所思地点点头，没再多计较房租的问题。他抽出纸巾擦擦嘴，终于切入正题："咱们公司目前在其他板块都有了代表性的大主播，但户外这块一直没什么起色，你是知道的。"

夏籽点点头，神色也随着关湃的话严肃起来。

"所以，夏夏，我准备捧你当我的户外接班人。"

夏籽惊得睁大了眼睛，她指着自己的鼻子说："我？我不行吧……"

"为什么不行？你直播真实、不做作，心态也积极。重点是你说话有幽默的点，会接梗，能自嘲，我觉得完全可以。"

夏籽还是一副犹豫的样子，关湃环抱手臂眯眼看她："或者，你是觉得当大主播承受的压力太大，所以不愿意？"

夏籽两手交叉，纠结地说："是有这方面的原因……"

她还没有说完，坐在桌子对面的关湃忽然胳膊往前一撑，将他那张几乎无死角的俊脸凑了过来，语调悠扬地说："或者，你还有另一个选择，一个很轻松就能赚到钱的选择。"

夏籽见他一脸神秘的样子,也忍不住凑过去,神情专注地问:"什么?"

关湃眼中盛满了笑意,他嘴角一提,缓缓说:"当……老板娘。"

夏籽保持着原来的姿势没动,许久才抽了抽嘴角说:"老板,别以为你是老板,我就不敢踹你。"

关湃哈哈笑着退了回去,一边将桌上的碗筷拿去厨房,一边戏谑道:"你想啊,当老板娘的话,我肯定不会让你继续直播了,而且我赚的钱都是你的,坐享其成不好吗?"

夏籽看他在水池边自己洗起了碗,忙走过去说:"放着,我一会儿洗吧。"

"我用的碗,当然我洗。"

他麻利地几下就洗好了碗,顺便将手洗干净。

夏籽让开厨房门口让他出去,说:"我觉得,当你老婆可比直播累多了。"

关湃刚拿起沙发上的外套,听到这话,顿了顿:"为什么?"

夏籽一本正经道:"你太帅,我有压力。"

"哈哈哈。"关湃笑得毫不矜持,走到门口才正色说,"你好好考虑。如果愿意,那么等音乐节忙完了,公司就开始力捧你。必要时,我也会辅助你播户外。"

"知道了,老板。"

关湃点点头,在出门时抬头看了眼门牌号,状似随意地说:"晚上睡觉时锁好门。"

老板如此关怀员工,夏籽心中一暖,有些感动地说:"谢谢老板。"

谁知下一秒关湃又不正经了:"当老板娘那个选择,你也考虑考虑哈。"

夏籽作势抬起脚,关湃一溜烟进了电梯。她无奈地笑了笑,重重地关上了门,然后趿拉着拖鞋走过去,瘫倒在沙发上,忍不住感叹:这一天可真累!

距离音乐节越来越近,所有节目都已经定了,突然又传来新的消息——临时有一位灵猫平台的大主播接受邀请,来唱一首歌。所以他们排好的节目必须撤掉一个。

其他主播都是实力和人气比较平均的,姬琳虽然人气最高,但才艺不够,还有夏籽,才艺可以,但人气低迷。

本来综合考量后是要撤掉夏籽的,但她是老板发话必须保留的人,于是主管想到了折中的办法,也就是,让姬琳和夏籽同台演出,合唱一曲。

夏籽知道消息后倒是无所谓,姬琳却瞬间变了脸色。她一贯比夏籽想得多,想得远。她知道粉丝能捧她,也能"杀"她。她本来就对这次音乐节紧张万分,生怕出错,如果和夏籽同台……

但事已至此,她也没有改变现状的能力,只能更加努力地练习那几句歌词,只求不会差太多。

这天上午排练完,姬琳感觉跟着夏籽唱,自己的调子反而能更准确一些,心情也逐渐转好。在要回去时,她还专门告诉夏籽,自己已经买了一条白色的礼服裙用来表演,让夏籽也赶紧准备。

夏籽才想起来还有这档事,想着已经好久没给直播间的粉丝们认真播户外了,就准备直播逛街。

她从公司卫生间出来时差点撞到一个人,及时收住脚步后,就看见一个鬼鬼祟祟的身影,正趴在拐角的墙边往外看。

夏籽也学她的样子,好奇地探出头去,想看看有什么,谁知被她一把拽了回来。

"你干吗?别捣乱!"

"肖依依,你又干吗呢?"

肖依依是公司二次元板块的代表性主播,长相甜美,人气很高。留学日本的背景又让她对二次元文化了解颇深,很受宅男粉丝欢迎——这次她也是要参与表演的人之一。

她们俩平时关系还不错,夏籽隐隐能察觉,肖依依一直对老板关湃异常热情。

果然,她们挤在走廊里拉拉扯扯时,关湃刚好路过,他看到两个女孩,心情也很好,主动问她们音乐节准备得怎么样。

随意聊了几句,肖依依掏出一个盒子,有些腼腆地递给关湃。

"老板,之前参加漫展时主办方送的,我也不收集这些,送你吧。"

关湃接过来,翻来覆去地看,惊讶道:"这个应该是限量版吧,这是什么主办方,真大方。"

"反正我用不到,就给你啦。"肖依依说完就满脸通红地跑掉了。

"欸!"关湃伸出手没有来得及拦住她。

他摇摇头,转而笑着看向夏籽:"考虑得怎么样了?"

"啊……等音乐节结束再给你答复行吗?"

"可以。"

她望向关湃手中的盒子,好奇地问:"老板,你喜欢手办?"

"怎么了,年纪大了不配拥有这些吗?"

夏籽连忙摇头。

关湃扬了扬手办,说:"我跟裴允谦从小比到现在,看谁有对方没有的东西。"

夏籽倒是有些诧异,想到那时一说是漫威的电影,裴允谦马上就同意了,原来是因为他本来也喜欢。

得知夏籽下午要去买表演服装，关湃还顺路送了她一程。

夏籽在附近的日料店随便吃了碗拉面，然后边开直播边逛街。

她连续为直播间的粉丝展示了几条裙子，他们觉得好看的，她都说太贵。她正打算和粉丝商量要不租一条算了，这时直播间里忽然光芒万丈，金色的烟火簇簇绽开，像一颗颗流星划过屏幕，煞是唯美。

原来有观众在直播间放了"星光焰火"。

这是直播平台隐藏的彩蛋，等级十分高的玩家才有可能触发，结算工资时也会算在绩效里。夏籽自开播到现在也没看到过几次。要知道，收到"星光焰火"会在全平台有播报横幅，能吸引大量的观众进来，很多公司在前期宣传主播时都会采用这样的方式。

但这位没有姓名、只显示一串数字的神秘粉丝，显然不像是自己知道的那几个公司内部账号。

夏籽瞪大眼睛，舌头打结地说："感……感谢'3165249'的焰火，谢谢，谢谢！"

直播间一时间都开始起哄。

"夏夏，买第一条！"

"买！买！买！"

"夏夏，别这么抠门了，人家都看不下去了！"

第一条确实是她一眼相中的，一字肩白色鱼尾裙，质感超好，可惜太贵。

夏籽思考良久，最终还是没买那条超过自己消费能力的长裙，而是选择了另一条价格更亲民的黑色小礼裙，但她临下播时还是再次感谢了那位神秘的"数字先生"。

下播后，时间也不早了，夏籽正准备回家时，突然在不远处的古驰店里看到了一个熟悉的身影。

她在惊讶过后怒上心头，快步冲进去就把沈家佳拉了出来。

"你干什么呀？"沈家佳挣脱出来，看清来人后，有些心虚，"芽芽姐，你怎么在这儿？"

夏籽扫了眼店里的高大少年，低声训斥她："你还在读书，就开始买奢侈品了？咱们并不是特别富裕的人家，想要的话，等你以后挣到钱自己买。花男生的钱也不行！"

沈家佳低垂着头，内心是不服的，表面却很乖巧："可是，我真的很喜欢那件T恤嘛……"

夏籽舒了口气,平复心情。她十几岁时就在姑妈家,全家包括她都很宠表妹沈家佳,表妹吃的用的都是最好的。现在沈家佳在一所专科学校读幼师专业,也马上要毕业了。

夏籽想女孩子喜欢漂亮衣服也正常,至少不能让沈家佳私自去网贷或者花男生的钱。于是她走进去,啪的一声将信用卡拍在收银台,说:"刷卡。"

成功得到自己心仪T恤的沈家佳看看夏籽手中印有某高端品牌标志的袋子,心驰神往道:"当主播真有钱,我毕业后也想当主播。姐姐,到时候……"

夏籽拍了下表妹的脑袋,没好气地说:"主播并不好当,混得好的只是极个别人,这不是你想象中什么都不做就能日进斗金的职业。你现在,给我滚回学校好好学习!"

沈家佳悄悄地撇了撇嘴,嘴上还是乖乖地答应了表姐。

夏籽开车将表妹和她同学送回学校后,才筋疲力尽地回到家里。

在沙发上瘫了一会儿,夏籽点开灵猫的后台查看自己的数据,今天的人气无疑是这段时间里最高的一次。

她思忖片刻,翻出裴允谦的微信,试探地给他发:"3165249?"

许久后那边才回她一个小小的问号。

夏籽想了想,给他回复:"没事,裴先生,这是我发明的一个暗号,祝你身体健康,工作顺利的意思。"

裴允谦马上回过来:"114726865。"

嗯?夏籽心中疑惑,问:"什么意思啊?"

"祝你后天音乐节顺利。"

夏籽怔了片刻,感觉一颗心像被棉花糖包裹,又软又甜。她谢过裴允谦后,又去灵猫直播里找到"3165249"的账号,发私信给他:"谢谢您的支持!夏夏以后会播更有趣的节目,让大家看得开心。"

然而那边很长一段时间都没有给她回复。

转眼就到了音乐节这天。

场地是在郊外一座主题公园里,舞台设备也都是专业的。晚上七点钟正式开始,六点多已经来了很多观众。

关湃还在各处检查工作情况。昨晚彩排过,他今天仍然不敢大意。

时间差不多了,专门请来的DJ开始暖场。关湃终于放下心来走到台下贵宾区歇息。这里专门摆了沙发座椅,还有各种饮料,供主播和嘉宾边看节目边休息。

站在围栏后的粉丝越来越多,场地也越来越热闹。天色暗下去,灯光交错,一场精心准备的音乐节正式拉开帷幕。

首位登场的是传奇公司的颜值主播莫妮卡,也是灵猫平台排第一的女主播,她一上台,所有人都欢呼起来。

关湃坐在裴允谦的身边,伸直了腿猛喝几口冰饮,抱怨道:"当老板真不容易,我最近快累惨了。"

裴允谦安静地欣赏着台上的唱跳表演,感觉整体还算优秀,但不是他真正想看的人的表演,怎么都觉得无聊。

"嗯,你知道我最讨厌喝酒,那些合作人却格外喜欢在酒桌上谈生意,还真以为在我这儿喝几杯就能谈成生意。"裴允谦耸耸肩,有些不屑地说。

两人又闲聊了几句,第一位主播表演结束。一阵欢呼鼓掌后,舞台陷入短暂的安静。

关湃望着台上,沉默了一会儿,突然开口说:"青森公寓1102室。"

裴允谦眼睫微动,然后转头看向关湃,等待他接下来的话。

关湃直视裴允谦,声音还是一如既往地慵懒、悠扬:"你能告诉我,为什么户主刚好是你助理的名字吗?"

裴允谦没有说话,关湃的目光却犀利起来:"一年前你刚回国,我搞了个接风宴,你却说要先去参加一场毕业晚会。"

舞台上短暂的安静被音乐打破,下一首歌来自聚星公司一位说唱男主播,他带动起的现场气氛更热烈,前奏一响起来,整个场地都嗨了起来。

音乐震天,裴允谦还是听到了关湃接下来的话。

"阿谦,你和我的主播夏籽,到底是什么关系?"

第二章

猫的生存法则

夏籽和姬琳的合唱被安排在比较后面。

现场的大部分主播已经打开自己的直播间开始直播。夏籽看着台上精彩的表演,也想给自己的粉丝分享一下。

她平时都是很直接就点开了直播,但今天,不知出于什么心理,她多看了一眼自己的主播信息栏。

一行数字晃过眼前,她快速退回来重新看。

114726865。

这是她从来都记不住的一串数字,每次后台运管人员要,她都是直接截屏过去。此刻她才意识到,裴允谦曾发给她的这串无厘头数字,其实就是她自己的直播间号码。

她下意识地从椅子上站了起来,眼睛盯着手机屏幕,心中好像有不停翻涌的浪潮拼命想要冲出来。

她咬了咬下嘴唇,攥着手机自言自语,声音似乎带了些怨气:"明明在看我的直播,为什么不承认呢?"

这时旁边两个女生聊天的声音传了过来。

"你看,之前老板那个朋友又来了!"

"天哪，就是长得特像男模的那个吗？我看看！"

夏籽转头看到两个女生正在探头探脑地瞄着舞台下面的嘉宾席，她也走过去看，果然，正和老板眼对眼、火花四射的那位可不就是裴允谦。

她想他们俩关系可真好，不好好看节目却沉迷于彼此的盛世美颜。

夏籽低头整理一下自己的小礼服，抬腿朝他们走了过去。

细高跟鞋踩在草地上有些不稳，夏籽提着裙摆尽量保持着端庄的姿态来到他们面前，沙发上对视的二人同时抬头望向她。

她扬起笑容。

音乐很吵，她只能微微弯腰冲他们大声喊："老板，裴先生，你们好啊！"

关湃上下看了她一眼，赞扬道："你今天很漂亮！"

"谢谢。"夏籽冲关湃大方一笑，随即转向裴允谦，她精心画过的眉毛一挑，扬声说，"你觉得呢？裴先生。"

"嗯。不错。"裴允谦神情淡淡的，明显是敷衍她一句，就专心看起了台上的表演。

他对自己的态度比前几天漠然很多，夏籽心中不解。见他无意再与自己交谈，她咬了咬嘴唇，跟他们告别，准备离开。

许是心中愤懑，她转身时脚不小心崴了一下，险些跌倒。关湃连忙站起来拉了她一把，她撞进他的怀里。

裴允谦扫了眼紧紧相拥的两人，转头若无其事地继续看起了表演。

关湃其实只微微扶了一下她的腰，很快收回了手。

"没事吧？"

夏籽还有些惊魂未定："谢谢老板，没事。"

关湃重新打量了一遍夏籽，高声说："你是不是该减肥了，夏夏？"

他说这句话的时候，表演正好结束。一时间，周围很多双眼睛都望向了这里。夏籽的脸瞬间红了，她理了理裙子，理直气壮地说："不是，老板，我这个人长肉都往腰上长！"

但她还是心虚了，最近三餐有些不加节制，小肚子确实膨胀了。

另一边，裴允谦似是没有忍住，手托着半边脸低低地笑了一声。

夏籽顿觉郁闷——多待无益，还一不小心就自作多情，自取其辱。她很快告别了二人，重重地踩着草坪返回后台。

关湃再次坐到裴允谦的身边。裴允谦望着夏籽离开的背影，缓缓说："我跟她，没有任何关系。我们是去KTV那天才真正认识。"

关湃很敏锐地发觉了裴允谦的话里有话，问道："难道你们以前是假的认识?"

裴允谦意味不明地笑了笑,说:"抱歉,有些事牵扯太多,暂时没办法告诉你。"

"好吧,我再问最后一个问题。"

"你问。"

"你喜欢夏夏?"

裴允谦望着台上热辣的舞蹈表演,沉默了一会儿才淡淡地说:"我不会喜欢她。"

关湃觉得自己心中有根弦松了松,这时他听到裴允谦继续说:"你可以捧她。但如果她因此受到伤害,我会让她离开聚星。当然,违约金我出。"

关湃跷起二郎腿,神色恢复了随意、散漫,语气却带着一种坚定。

"她不会受到伤害。我聚星的人,谁也不能欺负。"

姬琳在舞台附近的暗处见完朋友,才匆匆回到后台找夏籽。

姬琳身着白色轻纱长裙,长发高绾,气质出尘,俨然一副下凡仙女的模样。其实这方面她有一个小小的心机——毕竟唱功不如夏籽,所以只能在外表上扳回一城。

但她找到夏籽时还是意外了两秒。她第一次看夏籽穿如此正式又淑女的礼服裙——纯黑色露肩连衣裙,一字领显出女孩纤细的脖子,裙摆层层叠叠、设计精妙,像为夏籽量身定做般凸显出她的美好。

姬琳心中微微一紧,走过去时却笑得温柔:"夏夏,裙子很好看。"

"嘿嘿,你的才好看。"

姬琳淡淡地笑了笑。临近上场,她也越来越紧张,生怕出错,让自己在粉丝心中的形象毁于一旦。

这时夏籽牵起姬琳的手,感觉到她手心的潮湿,便轻声安慰:"别紧张。"

终于轮到她们上台,两大美女还是足够吸睛。前奏开始,姬琳声线微微颤抖着唱出第一段。她的声音虽然明显不稳,但也得到了观众的捧场。

很快,姬琳要唱的部分结束,夏籽举起话筒从容地唱出副歌部分。

夏籽的声音清新、空灵,观众觉得意外地好听,更加热烈地摇起了荧光棒。

姬琳在唱第二段副歌时高音没有上去,夏籽反应很快地接了一段和声。一曲终了,观众依然沉浸在夏籽最后一个轻灵的尾音中,片刻后才热烈地欢呼起来。

整场演出结束,大多数表演者多多少少会有些走调的问题,观众却发现夏籽竟然是全场唱得最稳的一个,她自然也得到了很多的关注。

"姬琳旁边那个女生是谁啊?"

"不知道，可能是新主播吧。"

"比起来，姬琳唱歌真的一般啊！"

"她叫夏夏，也是聚星的主播，可以搜索到！"

除了现场观众，这次音乐节全程都在灵猫直播平台上直播。上千万人气的直播间里，弹幕一时间都是"聚星－夏夏"，她的账号瞬间涨了不少粉丝。

音乐节结束后，关湃邀请所有主播和嘉宾去附近的庄园参加庆功宴。

夏籽拿出手机，这才看到姑妈的很多个未接来电。她连忙打过去，才知道饭馆有人闹事，姑父被人打得住进了医院。

姑妈平时就以姑父为主心骨，此刻姑父受伤，她乱了阵脚，只能找夏籽，毕竟自己的女儿更指望不上。

夏籽在电话中让姑妈别怕，挂掉电话后，她没有多想就从人流中跑了出去。

她是坐公司的车一起来的，音乐节的场地又在郊区，深夜打车很难。她踩着高跟鞋在路边徘徊。大部分车会快速开走，她不死心地继续拦车。

这时，一辆低调的宝马停到了她身边，她敲敲车窗，有些语无伦次道："您好，那个，我打不到车，但现在必须去医院，可以捎我一程吗？"

车窗缓缓摇下，裴允谦冷冷地看她一眼，说："上车。"

夏籽回过神来，正要拉开副驾驶的车门，裴允谦又沉声说："去后座。"

坐他的车自然听他的，夏籽乖乖地爬上后座，意外地看到自己来时带来的大包，里面有她的衣物和鞋子。

夏籽有些惊讶："你怎么会刚巧拿着我的包？"

"不巧，我找你的运管人员拿的。"

"啊？"

裴允谦稳稳地开着车，语气却没有他人看上去那般平静："你可以向关湃、向我，向任何一个认识的人求助。偏偏要来这里拦车，胆子真大。"

夏籽垂下眼帘："这条路上的车绝大部分是回市内的，很多是刚才音乐节的观众，不会有事。而且，我也不想麻烦你们任何人。"

裴允谦将后视镜移开，声音依然冷峻："先换衣服吧。"

夏籽犹豫地攥着包的带子，裴允谦似是有所察觉，目视前方说道："平板身材，我没兴趣看。"

夏籽气结，一把拉开大包拉链，翻出自己的T恤和牛仔裤，咬牙切齿地嘀咕："什么眼光……管你看不看。"

"你二十二岁？"裴允谦没头没脑地问。

"啊？嗯，前段时间刚过了二十二岁生日……"正在换衣服的夏籽疑惑地回答。

"很好。"山路阴森，惨白的路灯光闪过他的脸，衬得他接下来的话无比诡异，"器官很新鲜。"

夏籽完完全全地怔在了原地，瞬间脑补起了衣冠楚楚的高智商精英其实是变态杀人狂的故事情节，攥着衣服的手都紧了紧。

"夏籽。"他语气平淡地叫了声她的名字，"你二十二岁了，不是说你从没遇到过危险，这个世界就都是好人。明白吗？"

音乐节结束时，现场混乱，大部分人不会注意到她，唯有目光一直追着她的裴允谦。他看到她冲出人群，穿着高跟鞋狂奔，还敢在深夜的大马路上随便拦车。想到这里，他更觉得莫名郁结。

夏籽换衣服的动作停下来。裴允谦的这句话让她心中有些异动，她想起已经很久很久没有人用这种类似兄长般的语气教训自己了。作为还不太熟的朋友，他的话显然有些越界。

但此刻夏籽脑袋混乱，也没往深了想，只小声为自己辩驳："我知道，我会跆拳道，能保护自己。"

裴允谦轻哼一声："花拳绣腿。"

夏籽将头从T恤中挣扎出来，拿起裤子不服气地说："你又没见过，你怎么知道？别瞧不起……"

咚！

"啊！"

一连串声音从后座传出。裴允谦心中一紧，放慢车速回头看。一片昏暗中，后座的女孩正捂着后脑勺蜷在车座上。

"怎么了？"

夏籽抬起头大喊："我还没穿好呢！你转过去！"

裴允谦深吸口气转了回去。看样子她应该没事。不过他还真的什么都没看到，光线昏暗不说，因为换衣服的关系，她一头精心卷过的长发乱得像金毛狮王似的，缩起来就像一只被人揉乱了毛的猫咪，实在没有任何美好可言。

夏籽揉了揉后脑勺上微微鼓起来的包，羞愤地继续和紧身牛仔裤作斗争。刚刚就是因为裤子太难提起来，结果她一下脱手，后脑勺就撞到了车门。

看来减肥必须提上日程了。

终于把自己收拾好后，夏籽看着窗外一闪而过的夜色，刚刚被刻意忽略的担心和焦灼又涌上心头。

一辆辆车被他们甩在身后，夏籽不得已抓紧了上方的拉手。她才意识到刚刚裴允谦为了让她顺利换衣服，车速一直很慢。可即便这样，她还是不争气地撞了头。

想到这里，夏籽轻声说："谢谢你，裴先生。"她转而趴在车窗上一个人笑起来，"已经不知道对你说了多少个谢谢。"

裴允谦透过早就转回来的后视镜扫一眼后座的女孩，半晌没有说话。这时，夏籽的手机响起来，她以为是姑妈打来的，手忙脚乱地接起来，却听到了关湃的声音。

"夏夏，我在找你，你跑去哪儿了？"

"老板？啊，我家里有事，所以先走了，忘记跟你们说了。"

"这样啊，需要我帮忙吗？"

"不用，不用，你是主角，怎么能离开呢？"

关湃顿了顿，问她："老裴跟你在一起吗？"

夏籽抬眼看了看前面专心开车的男人，坦然地承认："是的，裴先生顺路送我。"

挂断电话后，车里再次陷入安静。许久后，裴允谦先出声打破了沉默："你喜欢当主播吗？"

夏籽想了想，认真地回答："一开始被那么多人看着会有些别扭，但后来觉得还蛮有趣的。大部分粉丝，他们平时上班很累，也许现实压力也很大，但通过看我的直播获得了一些轻松和快乐，甚至会自发地给我点赞、留言。虽然不多，但我还是很感动，觉得自己好像也算是做了有意义的事。"

"嗯。"裴允谦应了一声，就再没有多说。

到达医院后，夏籽匆匆抱起裙子和大包下了车。裴允谦也从驾驶座下来，自然而然地说："我陪你去看看。"

夏籽连忙叫住他："裴先生！"

裴允谦站在车座和车门之间，面带疑惑地看向夏籽。她用力把怀里的东西往上托了托，歪头望着他。

"我自己就够了。谢谢你帮我那么多。"

她说完，冲裴允谦笑笑，然后转身大跨步上台阶，转眼就消失在了医院大门后。

裴允谦在原地站了许久，她的笑容仿佛从未在他眼前消失过。他回到车里看了眼已经空荡荡的后座，发现车座下方似乎有什么东西。

他探过身捡起来，才发现是一个橘猫样子的手工羊毛毡玩偶，眼睛都不对称，看起来应该是她的作品。

裴允谦轻声笑了笑，顺手将小丑猫挂上了内后视镜。

另一边，夏籽气喘吁吁地找到姑妈时，才知道姑父没有大碍。

因为菜里不知道什么时候进去的虫子，客人和姑父争执起来。闹事的人喝了酒，有些失去理智，直接用酒瓶砸了姑父的头，好在只是皮外伤和轻微脑震荡。

　　闹事者酒醒后也专程来道了歉，赔了医药费。

　　夏籽请了假在医院跑前跑后，有时还要代替姑妈在医院陪床。沈家佳来看过几次，但因为学校还有课，不常在。

　　几天后，姑父出院，姑妈做了一大桌子菜，叫沈家佳也回来一起吃。

　　餐桌上，姑父笑得憨厚，感叹自己大难不死，必有后福。沈家佳戳一戳爸爸圆滚滚的大肚子，不客气地说："您这是胖子有大福！"

　　姑妈拍开沈家佳的手，没好气地给她夹了一块排骨："你赶紧给我多吃饭，每天瞎减什么肥？你看你表姐，走起路来下盘都比你稳！"

　　夏籽正举着一块大排骨啃，闻言手颤了颤，然后还是心安理得地继续把它啃完。

　　她看着面前一家三口亲昵的样子，面上跟着一起笑，心中却浮起淡淡的悲凉。

　　姑妈和姑父待她再好，总归不是真正的一家人。他们一家人的亲密，她永远都无法融入。

　　夏籽走时，姑妈送她出门，她跟姑妈道了别，一转身看到楼道墙壁上有一道长长的裂痕。虽然很细，但她还是叮嘱姑妈及时找物业反映问题。

　　这房子其实是当年夏籽家出事后，公司为了抚恤家属补偿的。不然姑妈一家现在仍然住在城中村。不过夏籽并不介意，毕竟是姑妈一家抚养她直到她读完大学。现在房子有隐患，她自然也担心。

　　处理私事，她没好意思用公司的车，这些天来回都是坐地铁。她在地铁上无所事事地听音乐，才发现自己包上的羊毛毡橘猫不知何时丢了。

　　她又顺势想起，这段时间事太多，已经好久没有喂那只猫了。

　　回到家后，她马上做了份鸡肉饭，又铲了碗猫粮，下楼去到小区后面一座鲜少有人的小花园。她把食物在固定地点放好，不一会儿一只体态优雅的橘猫喵喵叫着款步而来，蹭了蹭她的裤脚就吃起饭来。

　　夏籽摸着它顺滑的毛想，看来这些天她不来喂它，它过得也还不错。

　　它还是一只小猫的时候，夏籽就发现了它。后来她慢慢养成习惯，经常在它栖身的地方放上水和饭。她并没有给它取名字，就"猫猫""猫猫"地叫。像《蒂凡尼的早餐》里的赫本一样，她也觉得猫猫并不属于她，给它取了名字也没有任何意义。

　　她喂它时总会想到自己。

流浪猫妈妈生下小猫，将它们喂到断奶便自顾自地离开了。此后风雨寒暑，艰难坎坷，小猫都必须自己想办法度过。没有主人，没有家，它们只能按照自己的生存法则，独自行走在巨大的水泥森林中，想办法吃饱肚子，睡个好觉。

它们懂得如何获得人类的爱怜，却也不会依赖于任何人。

此时橘猫也吃饱了，它走到夏籽腿边悠哉地一躺，露出了柔软的肚皮。夏籽心生怜爱，抱起它边挠痒痒边煞有介事地碎碎念："猫啊，像我们这样没有伞的孩子，只能努力奔跑，你懂吧。"

橘猫将脑袋伸进她的怀里，她笑着拉它出来："你看看你，那时我带你回家，你从早到晚抓门抓窗户要跑，现在跟我撒什么娇？"

转瞬她又心软下来："猫猫，其实你也很想有个自己的家对不对？"

橘猫舒服够了，从她怀里挣脱开，跑去阳光下消食了。

夏籽站起来，望着猫咪远去的身影，有些落寞地想，她自己都没有家，又怎么能给它一个家呢？

她转身快步离开小花园。

她决定去找关澎，告诉他，自己愿意配合他的计划。因为她有了新的目标——在这座城市拥有一间属于自己的房子。

这样，等找回那人，她就能骄傲地告诉他，看，这是我们两个的家。

所以，你别再离开我啦。

夏籽换了身衣服来到公司，关澎外出还没回来。

她闲着没事，到处转悠。公司有很多个精心布置的直播间，门上有小窗口，她就探着头挨个看。

姬琳也在播，她的直播间非常豪华，设备也都是最好的。她看到了趴在小窗口张望的夏籽，便热情地拉开门邀夏籽进来。

音乐节之后，姬琳的直播间里确实有一些人说她唱歌难听，但这并没有影响她的人气，反而因为这一点小缺陷让粉丝觉得她更真实，直播间依然每天保持几十万的稳定人气。

她向自己的粉丝大大方方地介绍了夏籽："这是音乐节跟我一起唱歌的主播，你们都听过对吧，唱歌很好听，名字叫'聚星-夏夏'，你们可以去关注她。"

直播间弹幕不断，很快大家都刷："好的，已关注。"

夏籽看到这么多人，原本还有些害羞，但看到弹幕上对自己的欢迎，还是很真诚地笑："谢谢大家，谢谢大家。"

"夏夏美！"

"夏夏播什么的？"

"夏夏的眼睛真好看。"

....

大家太热情，夏籽正不知道怎么回应时，直播间显示有"星光焰火"绽放。姬琳也十分惊喜，双手合十大声感谢："哇，谢谢太阳哥！"

她转头笑着对夏籽说："你看你多有面子哦！"

夏籽注意到这位就是和姬琳关系甚密的"太阳"，她也真心地感谢了几句，就被运维人员告知关湃来了。

夏籽告别姬琳，来到关湃的办公室。他今天穿了简单的黑色短袖T恤，十分年轻，就像她的同龄人一样。

他在她面前放了一杯气泡水，回到自己的座位，问："考虑好了？"

"嗯，我同意。"

关湃似乎也没有多意外，继续说："本来音乐节刚结束的时候是一个很好的时机，不过因为你家里有事而错过了。但没关系，现在也可以。"

夏籽点点头，关湃认真起来也相当专业，当即给她讲起了播户外的一些经验。

"虽说叫户外，但其实大部分时候还是播你的日常生活。偶尔设计几个有意思的节目，让大家看得高兴，心甘情愿地为你埋单。直播行业发展十几年了，直播间已经是很多人排解孤独的心理依托。市场是很大的，只要你能将直播内容做好。"

夏籽认可地点点头，随即有些苦恼："我也想播得精彩，但有时确实力不从心。"

"不要没自信，谁不喜欢看阳光美少女的日常生活呢？"关湃调侃道。

夏籽欲言又止地点点头，关湃站起来绕过桌子，环抱手臂靠在她身旁，语气一本正经："怎么，有点复杂吗？不如当老板娘轻松吧。"

夏籽给他一个大白眼，他笑了笑，继续说："你知道我为什么有那么多粉丝吗？"

夏籽抬头望着他，呆呆地说："因为你帅？"

关湃哈哈笑了几声，正色道："恰恰相反，因为我能接受自己丑。不是说一定要刻意扮丑，而是说不管什么样的角度，什么样的境况，都能接受自己的各种形象。这也是播户外很重要的一点——自然，真实。

"总结起来就两点，趣味加真实。这几天我播户外都会带着你，你跟着学习，顺便给你涨粉丝。"

"好。"

夏籽仰着头和关湃对视，等待他接下来的指示。

空气安静了几秒，关湃望着她黑溜溜的眼睛，正色道："还有一点，人气高了以后切忌有绯闻，这方面你注意一下。"

夏籽想了想，自己身边的异性屈指可数，最近接触最多的也就是……

她忽略脑海中浮现的那个人，肯定地对关湃说："放心吧，我还不打算谈恋爱。"

关湃的执行力很高，当即就开了直播带她游C市。他在异国读书时就经常开着跑车和同学一起直播。他与那些纨绔子弟不同，虽然爱开玩笑，但他对待女生还是一贯绅士有礼。所以他的直播从最开始以男粉丝为主，到后来被越来越多的女生喜爱。

他开着车，让她拿着手机和直播间的粉丝们聊天。她也细心记下他和粉丝交流的方式，包括怎样感谢粉丝，怎样留住观众。

他们一起去最有特色的餐厅吃饭，还一起去玩密室逃脱，打电动，两天下来，直播间就有了关湃和夏籽的CP（情侣）粉，而且声势还愈演愈烈。当然关湃并不在意，他带过很多人直播，知道流言都是一阵子的，认真就输了。他顺便也教夏籽如何巧妙化解直播间里一些不好的言论。

夏籽跟他学到很多，也不得不承认他虽然偶尔没个正行，但确实不愧为"户外一哥"。

后来关湃必须去灵猫总部出差，夏籽就重新开始独自直播。

不知不觉，她的粉丝数已经从八万涨到了五十万，虽然与姬琳的一百万相差还远，但她心中还是绷紧了弦，决心不让老板失望。

为此她还想出了新的节目，就是女扮男装街头玩滑板，倒还真有小姑娘羞答答地过来要微信。

因为直播效果好，她第二天继续戴着假发和棒球帽出去直播，准备再吸引一拨粉丝。

在街头播了一上午，夏籽买了杯奶茶坐在广场边休息。旁边一个大爷昨天就在这里卖气球，夏籽闲来无事，就和大爷聊起天来，得知他是从外地来的，平时靠卖气球或鲜花赚钱糊口。

夏籽看大爷虽然衣着老旧，但相对还是很整洁的。想到大爷平时讨生活不容易，她便掏钱买了一个小猪佩奇气球。

年龄差了三十多岁的两个人，坐在广场边天南地北地聊。听说老大爷在这座广场待了好多年，她心中一亮，告别粉丝匆匆下播后，从手机里翻出一张照片。

"大爷，您说接触过各种各样的人。那我想问问，您见过这个人吗？"

大爷眯着眼睛看了半晌，摇摇头说："认不得，我老头子记忆力不行喽！

怎么,这是你家里人?"

虽然是意料之中的答案,但夏籽还是微微失落。她点点头,并不多说。

她转头看到不远处断了腿的乞丐,不由得感叹:"这世界上还是有那么多人在艰难地讨生活。"

她想起很久之前看到的报道,小声问:"大爷,您说他是自愿乞讨呢,还是被逼迫的?"

大爷听到这话一惊,连忙四处看看,压低声音警告她:"我说小姑娘,你可小点声。"

夏籽跟着四处看看,除了人来人往,没发现什么特别的。这时大爷悄悄伸手指给她:"看到那辆面包车了吗?我听人说,里面的人在时刻盯着那乞丐呢,如果发现有人长时间关注那乞丐,就会过来赶人。"

"那……这样的残疾人是从哪里来的呢?"

"开始是从周边村子找的,你知道很多残疾小孩都没办法治,每年给他们几千块钱,让他们出来乞讨挣钱。当然也不乏一些无家可归的流浪汉。他们给这些人提供住处,让他们出去乞讨,最后完全控制……后来利润越来越大,慢慢有了组织,就开始绑架一些无家可归的流浪汉,把他们整残疾了,行话叫'采生折割'。"说到这,大爷也露出害怕的表情。

夏籽心中一紧,猛然站了起来:"那一定要报警啊!"

大爷摇摇头:"又没有证据,人家也可以说成是做好事。我也只是听别人这样说过,没见过真的。"

见夏籽叹了口气,大爷指指她的手机说:"这人你找了多久啦?"

"很多年了。"

"好好的人不会凭空消失,除非遭遇了不测,或者……有不得已的理由。"

天色渐晚,夏籽跟大爷告别后,心事重重地坐上了自己的车。但她并没有开走,而是一直关注着那辆面包车。

广场上人来人往,夏籽不能时刻看清情况。这时不知道从哪里冒出两个壮汉,抬起残疾乞丐上了面包车。汽车老旧,玻璃窗也布满了黄色的尘土,让人看不清里面的情况。

但夏籽还是一个激灵——看来大爷的话不是空穴来风。

想到这里,她一把摘掉帽子和假发,启动车子跟了上去。

她想起老人的话,如果真有这么一个"住处",那她是不是也可以去碰碰运气?毕竟这些年,任何可能的地方,她都尝试着去找过了。

但她毕竟孤身一人,今天也只准备去探探虚实,做好了一有不对马上报警的准备。哪怕最后没能找到自己想找的人,如果能为其他身陷囹圄的人打开一条求生之路，也算是功德一件。

然而，她没想到会突然接到裴允谦的电话。她赶忙戴上蓝牙耳机，听到裴允谦裹了寒霜般的声音："你在哪里？"

夏籽紧盯着前面的面包车，老老实实地说："马路上。"

"在回家的路上吗？现在看看后面有没有车跟着你。"

"嗯？"夏籽有些发蒙，不好意思地说，"没有，是我在跟着别人……"

一瞬间，对面冷冽的气息似乎透过电话听筒传了过来。裴允谦让她老实交代，她只好把她跟车的前因后果简单地说了一遍，当然，她没有说她有自己要找的人。

裴允谦听完，从牙缝里挤出几个字："赶紧给我回家。"

夏籽的车速慢下来，眼看着面包车转过十字路口消失了踪影。她咬咬牙，还是一踩油门跟了上去。

"裴先生，对不起，我有不得不去的理由。"

说着，她便要挂掉电话，这时裴允谦似是无奈地轻叹一声，说："等等，打开微信位置共享。"

他说得很果断，夏籽来不及回答，他就挂断了电话，从微信上发来了邀请。

夏籽点了接受，便专心保持距离跟着面包车。

夜色越来越浓，面包车也越开越偏远，不知不觉就出了城区，往周边村镇的方向开去。

夏籽心中不安的感觉更浓，看到手机上代表裴允谦的绿点越来越近，才慢慢放下心来。

前方，面包车离开主干道拐进了一座村子，夏籽放慢车速也跟了过去。她开着车七拐八绕不知到了一个什么地方。

夏籽不敢跟得太近，只得找了个地方停车。

这时她才有空看手机，却惊讶地发现没有信号了。几分钟之前她还听到了消息提示音，那么应该是进村才没信号的，不过，这样至少裴允谦能知道她最后的方位。

夏籽冷静思索片刻，决定先悄悄看一眼他们的据点，其他的，等裴允谦来了再说。这样想着，她下车步行找了过去。

走过面包车最后消失的地方，又转过一大片田地，夏籽看到一座破旧的养殖场院子，外边就停着那辆面包车。院子里安安静静的，她轻手轻脚地走过去，缓缓探过头去，想从大门缝里看看里面的情形。

她瞪大眼睛看进去，却突然对上了一只凶神恶煞的眼睛。

"啊！"夏籽惊叫一声向后退去，身后却出现一双大手，用毛巾捂住了她的口鼻。刺鼻的味道充斥感官，她尽力屏住呼吸挣扎着，却还是眼前一黑，失去了意识。

无边无际的黑暗中，有人在很远的地方叫她的名字："芽芽，芽芽。"

她在原地彷徨，看到远处有两个渐渐远去的背影，她不知道那是谁，可是眼泪止不住地掉下来。她迈开脚步拼命地追，脚下却似乎被藤蔓缠住。她重重地跌倒在地，感受到一阵冰凉。

"唔……"

夏籽微微睁开眼，满室的黑暗和梦境里的别无二致。她想伸手揉一揉又晕又痛的脑袋，却发现自己动弹不得。

意识逐渐清晰，她感觉到自己的手脚被绳索紧紧地捆着，恐惧瞬间蔓延全身。

慌乱中，她第一时间想到裴允谦，盼望他能来救自己，却也后悔没有乖乖听他的话，将他也连累到如此危险的境地。但事已至此，她只能随机应变，找机会逃跑。

正当她静静地蜷缩在地板上思考对策时，房间的另一角传来一阵窸窸窣窣的声音。

夏籽的心都提到了嗓子眼。老鼠吗？别的什么动物？还是，另外一个人？

她咽了口口水，没有让自己惊叫出声。那边响动的声音却越来越大，而且还有逐渐靠近她的趋势，她扭着身子往后靠，却碰到了墙壁。

正当她濒临绝望时，空气中传来啪的一声轻响，然后一道白色的手电筒光芒便直直地照向了她。

夏籽猛地闭上眼睛，听到一个略显稚嫩的声音说："你是我老婆吗？"

夏籽躲避着光线，声音沙哑："不要照我的眼睛好吗？"

那人竟然也乖乖听话，将手电筒照向了地板。夏籽适应了光，眯着眼睛抬起头，看到昏暗中蹲着一个十三四岁模样的少年。他的目光有些呆滞，嘴巴张着，流出了一串口水。

他看着并没有攻击性，倒像是智商不太高的孩子。

夏籽转了转眼珠，深吸口气，尽可能用温柔的声音问："你是谁？"

"铁蛋。"他呆呆地说。

"这是什么地方？"

"家。"

"是谁告诉你，我是你老婆的？"

"爷爷。"

"铁蛋，你喜欢吃糖吗？"

"糖？"铁蛋的目光亮了亮，有些激动地问她，"在哪里？"

夏籽心中暗喜，故作镇静道："哎呀，姐姐的手动不了，没办法找。要不你给姐姐解开？"

铁蛋愣了愣，用力摇头："大伯说不能解绳子。"

"等我找到大白兔奶糖，你再给我绑上不就好了。"

"大白兔！"铁蛋的眼睛更亮了，口水也流得更长。

夏籽见有效果，就将手腕伸到他眼前，蛊惑般柔声说："快，解开就有好多好多大白兔奶糖。"

铁蛋放下手电筒，伸出脏兮兮的手笨拙地解绳子。正解到一半时，夏籽敏锐地察觉到有脚步声靠近，她快速蜷着身子藏起了手腕上已经松散的绳子，闭上眼睛。

砰！

破旧的木门被人打开，一个壮汉在门边喊："铁蛋，吃饭！"

"饭……"听到要吃饭，铁蛋马上站起来跟着那人走了出去。

那人打开手电筒，朝夏籽的方向照了照，确认她还没醒，就带着铁蛋走了。

等外面彻底没有了脚步声，夏籽用力挣脱手腕上的绳子，又快速解开脚上的，在门口观察了一会儿——有一间屋子的灯亮着，人应该都在那里。

她想了想，还是将兜里几块奶糖拿出来放在杂物堆上，随后猫着腰出了门。脚步的频率快要跟狂跳的心脏一致，她冲到大门口，却发现门被上了大铜锁。她又轻手轻脚地摸去房后，踩着杂物翻上了墙。

一人多高的墙，掉下去时，她崴了脚，却依然不敢耽搁，一瘸一拐地去找自己的车。

另一边，围着桌子吃饭的五个人中，最年长的那位问铁蛋："你刚刚在里边干什么呢？"

铁蛋正吃得满嘴米粒，听到这话，呆呆地说："大白兔奶糖……"

老者一怔，连忙问他："什么奶糖？她给你吃奶糖了？"

"解开绳子就给吃……"

老者的脸色沉了下去，一拍桌子，命令桌上的两人："快去西房看看！"

夏籽忍着脚痛尽力奔跑，有些后悔把车停在远处。这时，她一摸才发现车钥匙和手机都被人拿走了。

这里十分空旷，离最近的村民家还有段距离。她只跑了一小段就听到身后传来沉重而凌乱的脚步声。她忙扯开喉咙喊救命，然而才刚喊了一个字就被人从身后捂住了嘴。

力量悬殊，她很快又被拖了回去。

这次他们带她来到了主屋。她垂着头，无力地坐在地上。这时前方传来一个熟悉的声音："小姑娘，你就认命吧。"

夏籽震惊地抬起头，眼前的老人可不就是广场上那位卖气球的老大爷。

"你……你是坏人？"

老大爷背着手，似乎是被她略显稚气的话逗笑。他摇摇头说："如果你不跟来，也不会有现在的事。是你自己选择了这条路……"

后来听完他的解释，夏籽才明白，乞丐的事是大爷在诓她。广场上的残疾乞丐、两个中年男人、老者，其实都是同乡。

他们在C市以不同的方式谋生。中年人挣钱为了养老家的老婆和孩子，而老者，只想攒钱将来给无父无母的孙子讨个媳妇。

但挣钱不易，老者日日看着广场上来来往往的靓丽女孩，动起了坏心思。

不过，他也只敢想想。谁知夏籽主动靠近他，他便利用她的弱点，故意诱她跟了过来。

夏籽的头本就隐隐作痛，听完这番真相不禁气血上涌，头痛得更厉害了。老者缓缓说："我们准备今夜就回老家，带你一起走。"

夏籽心中焦急。她挣扎着站起来，环视一圈破旧的房间，墙壁上贴着很多内容抽象的蜡笔画。她冷声问："我的手机呢？"

其中一个中年人从兜里掏出一部薄荷绿的手机，扬了扬说："早就关机了，卡也拔了。姑娘，没人会来救你的。"

夏籽拍了拍衣服上的土，用一种漫不经心的语气说："行，不就是跟你们走吗？"

屋里的人对她突然的转变有些意外，她微笑着继续说："不过我刚进村就给我的警察朋友发了定位，他应该也快到了。"

这下除了铁蛋，其他人都惊慌起来。老人稳了稳心绪，目光阴森地试探她："你就不怕我们现在把你扔进河里，神不知鬼不觉。警察来了，也没有证据。"

夏籽冷笑一声："大爷，我是为你们好。如果警察来了，我还完好，你们罪轻，我也能顺便帮你们说说情。如果你们杀了我，可就是重罪了。别说你们，连铁蛋也会受牵连。"

一旁的铁蛋听到他的名字，愣愣地看向夏籽："姐姐，大白兔。"

她按了按刺痛的后脑勺，深吸口气："他本来是个多好的孩子，甚至有可能成为画家。却因为你们的愚昧，让他沾染上污点！"她越说越激动，心中却依旧不安，不知道这段瞎掰能不能让他们动摇，能不能拖延一些时间。

夏籽忽然又一阵眩晕，她愤愤地想：不会把我打成脑震荡了吧？

他们的住处这么偏僻，不知道裴允谦能不能找到。

但此刻，他是她唯一的希望。

拿着夏籽手机的中年人忽然神色一凛，急急地对老人说："不对！咱们这里的信号塔在维修，这几天根本没有网络！"

角落里，始终沉默的残疾男子，此刻却突然出声："大哥，这样确实不好，我们把她放了吧……"

老人眼神闪烁几下，却是顽固至极："把她绑起来，我们今夜就出发！"

夏籽的心一沉，摸到了兜里的一物。

两个中年人手持绳子，正满脸严肃地将她包围，空气霎时间变得紧张至极。这时，铁蛋忽然抱住其中一个中年人的腰，大喊："不要打姐姐，她要给我大白兔！"

铁蛋的举动给了夏籽机会，她反应极快地将手中的香水小样喷向另外一个中年人的眼睛，那人大叫一声后撤，她趁乱跑出屋子，暗想：还好他们只拿了自己的手机和车钥匙。

大门没有锁，夏籽这次没有跑去远处的村民家，而是就近闪进了麦田里。

麦子长势喜人，正是躲藏的好地方。眩晕的感觉再次袭来，她的视线变得时而清楚、时而模糊。她奋力跑了许久，麦田像是没有边际的金色海洋，锋利的麦芒将她裸露在外的皮肤划伤，她终于眼前一黑跌倒在了地上。

万籁俱寂，只剩夏虫的鸣叫和她沉重的呼吸声。她很快又爬起来，敲着脑袋强迫自己保持清醒。就这样过了许久，待她终于有力气站起来时，身后传来麦穗和衣物相互摩擦的响动。

夏籽屏住呼吸，不知道该站起来跑，还是留在原地不要发出声音。

她捂着嘴，面朝响动的来源，只希望月光能再暗一点，让他们不要发现自己。

但，那脚步还是越来越清晰地向她逼近。她咬着牙，努力站起来，这时面前的麦穗被人一把拨开。

夏籽的一声尖叫卡在喉咙里。清冷的月光下，那人颀长的身姿立于田野，像神话里拯救世界的天神。

"裴先生……"

脑海中那根紧绷到不能再紧的神经终于松下来，整颗心从悬空状态瞬间回归原位。她轻轻唤了声他的名字，终于合上了眼睛。

夏籽再次醒来，迷迷糊糊地看到四周破旧的家具和墙壁，腿一蹬坐了起来。

头上的毛巾掉到身上，她顾不得拾起，只觉得悲从中来。她睡了几天？难道还是没有逃脱成功？

身上的燥热和冷汗让她下意识地摸了摸额头，好像在发烧。这时她才注意到自己身上盖着的西装外套。她想到了裴允谦，想下床去一探究竟，谁知脚刚着地，一阵尖锐的疼痛袭来。那时她全凭意念在逃跑了，无形中更加重了脚伤。

"啊！"她痛呼出声，片刻后房门被推开，裴允谦看到弯腰站在床边的夏籽，一言不发地将她抱了回去。

他的面部像是石塑的，一点波动都没有，只伸手摸了摸她的额头。

夏籽被他的表情吓到，缩着脖子，像只断了翅膀的小鸟。

他检查完夏籽，转过头对跟进来的一个穿制服的人说："警察同志，我现在要带受害者去医院，基本情况你们已经了解了。后续调查我们也一定全力配合。"

这时，几小时前还嚣张得意的老者老泪纵横地挤进来："警察同志，我们是一时鬼迷心窍啊，我们愿意受罚，但我家娃子还小，不能没人照顾啊……"

那两个中年人鼻青脸肿的，也跟着又是道歉又是求情。他们本来出去追夏籽，没想到人没看到，反而看到迎面冲过来一个明星般的陌生男人。这人看着金贵，谁想是个练家子，他们打不过要跑时，身后几名警察追了过来。

几名警察朝裴允谦点点头，继续盘问那几人。

这时，夏籽突然抓住裴允谦的袖子，小声说："你记得和警察说清楚，孩子是无辜的。"

"你知道你差点没命吗！"

他语气严厉。夏籽理亏，手指抠着西服外套的纽扣，不敢再说话。

裴允谦如雕塑般的脸上终于裂开一丝缝隙，但看夏籽的眼睛泛起的水雾，还是小声说道："等警察调查完，我会根据情况找人安顿那个小孩。"

夏籽向裴允谦投去感激的目光，不再说话。

离开时，裴允谦一路都非常沉默。夏籽晕乎乎地坐在副驾驶座上，心情仍然很忐忑。不知道为什么，虽然她和裴允谦并没有任何关系，但她还是很怕他生自己的气，也怕惹他不开心。

"那个……裴先生，你是怎么知道我会遇到危险的？"

这个简直是萦绕在她心头的未解之谜。裴允谦专注地开着车，久到她以为不会得到答案时，他才嗓音清冷地说："我看了直播，有一秒钟，那个老头看你的目光不对。"

夏籽没想到他会在这时承认看她直播的事实。心情瞬间明朗后，她一副"我就知道"的样子说："你是 3165249 先生吧？"

裴允谦没有否认。

夏籽扬起笑容，眼角都弯起来："谢谢你的支持和救命。"

她的烧还没有完全退下去，加上头痛袭来，合上眼准备休息，又想起什么，问:"那你是怎么知道我躲在麦田里的?"

"香水味。"

夏籽恍然大悟,裴允谦随即泼下一盆冷水:"这么容易留下线索。你这样的人在电视剧里最多活一集。"

夏籽吃了瘪,又没法跟救命恩人顶嘴,只好别过头,鼓着腮帮闭目养神。

裴允谦侧头看一眼女孩有些苍白的脸颊,心想,如果是别的姑娘,这么鲁莽、爱搞事,他应该早就敬而远之了。

但是,有什么办法呢?对于她,他根本无法置之不理。

而且,他也解释不了夏籽晕倒在他怀里时,心脏瞬间的抽痛感是因何而起。

回到市区后,裴允谦带夏籽直奔医院。

医生诊断她只是轻微脑震荡和受寒,只要烧退了就行,随后给她扭伤的脚进行了冷敷处理。

在医院打了一晚的点滴,第二天一早,夏籽烧退了,脚踝也没有太大的问题,只需静养,他便送她回家休息。

到家后,夏籽因为药物的关系又睡了过去。裴允谦想了想,还是没有马上离开,而是下楼买了食材回来熬粥。

熬粥的间隙,他无所事事地坐在夏籽的桌前给手机充电。许是她走得匆忙,桌上有些凌乱,都是各种与音乐有关的书和笔记本,周围吉他、手风琴、尤克里里等乐器随意摆放着。书桌上方的置物架上还十分醒目地摆着一个洋娃娃,能看出这娃娃做工高级,却因年代久远而有几分神似安娜贝尔。

什么趣味。裴允谦摇摇头,转头去看熟睡的女孩,心想,把这么个娃娃摆在这里,也不怕晚上做噩梦。

桌上有个翻开的本子,随意勾画的音符跳跃在五线谱上,原来她在直播时随口唱过的歌,都是自己写的。

那些歌名也很搞怪——《猫咪爱吃小鱼干》《冬天来了,一起穿秋裤吧》《晚安,小宇宙和你》……

裴允谦有些忍俊不禁。他依稀记得她在直播间唱过的那些歌,旋律虽简单,但欢快又好听。

他还曾好奇她不工作时大段时间宅在家里干什么,此刻想来她自娱自乐的事可真不少。他摇头笑笑,一转头被桌上一本黑色封面的硬皮本子吸引,于是拿到面前想看看她还写了什么奇怪的歌。

他一页一页地翻,原本带笑的眉眼却渐渐收敛,神色也凝重起来。

那些拼贴的小段新闻,从杂志上剪下的照片,铅笔绘制的各种人物关系图,让他觉得触目惊心。

直到在其中一页，他发现自己的名字被画了一个圈。

这时身后传来声响，夏籽揉着眼睛坐起来，看到桌前的背影，还有些迷茫。

裴允谦很久都没有动，直到夏籽惊讶地开口："裴先生，你还没走？"

他这才缓缓转过身来。夏籽将目光移向他前面摊开的大本子上，眼中刚睡醒的迷离渐渐退去，一点一点变得清明。

裴允谦望着面容清秀无害的夏籽，神情没有丝毫波动，眼中却有暗流翻涌。

"夏籽，你接近我，到底有什么目的？"

夏籽屈膝抱紧了被子，神色居然十分冷静，仿佛从前那个欢脱跳跃的女孩，只是她的伪装。

"本想跟你混熟一点再……但既然你看到了，我也没什么好隐瞒的了。"

她抬起头，目光坦然又清亮。

"裴先生，你认识夏东林吗？

"我的爸爸，夏东林。我在找他。"

第三章
秘密心动

裴允谦平静地看了她一眼,转身走出房间。

他不咸不淡的态度让夏籽觉得自己面对的是一个人形石头。她扯掉棉被正想追过去,发现自己下面只穿着内裤。

昨晚在医院折腾了一晚上,早晨回到家,夏籽困得眼睛都睁不开,迷迷糊糊地跟裴允谦说了再见就自顾自地睡了,睡衣都懒得换,脱下外衣长裤就钻进了被窝。

她没想到,一觉醒来,裴允谦还在。

夏籽拉回被子,想到昨夜他一路抱着她进医院,眼神慢慢软下来。在她眼中,裴家所有人都是她的潜在敌人。可是,经历了一整晚的惊心动魄,她好像没办法把他当作纯粹的对立者。

没想到,裴允谦又回到了她的房间,只不过手里多了一个马克杯,正是她平常用的那个。

裴允谦走到床边,将杯子递给她。

夏籽仰头望着他,伸手接过来才发现自己嗓子干得快冒烟了。

她心情复杂地抱着杯子喝水,裴允谦就耐心地站在一旁,等她喝完才说:"有所耳闻。"

他回忆片刻，又说："这应该是很多年前的事了，你还没放弃找他？"

夏籽摇摇头："没有。"

"找人是警察的事，你以为你能比他们厉害？"

夏籽将空杯子捧在手心，直视他："可是他们已经找了十年。一个大活人是不会凭空消失的，你说对吧？"

裴允谦不动声色地注视着她："那你为什么肯定他的失踪和裴家有关？"

夏籽抬头同他对视，眸中风云变幻，半天却没吐露一个字。

裴允谦看出她对自己的戒备，于是率先开口："我那时也就十七八岁，公司的事完全接触不到。况且，"他看了眼桌上的硬皮本子，讽刺道，"你不是知道吗？我并不完全属于裴家人。"

夏籽的目光微微松动，可仍然模棱两可地回答："总之肯定有关。"

裴允谦耸耸肩，一副并不在意的样子："好吧。"

他正要出去，夏籽急忙跪起来叫住他："等等，你不会告诉裴家其他人我在找夏东林吧？"

裴允谦回眸，声音里透着不屑："凭你？想调查裴家人？"

他毫不留情地泼下冷水，夏籽心中愤恨，却不得不承认他说的是事实。她太弱小了，这么多年她什么办法都想过，播户外也是为了有更多自由的时间和空间找爸爸，可还是一无所获。

等等，也不是一无所获。

夏籽心中一动，望向裴允谦的目光变得诚恳："是，我自己也许不行，但如果……裴先生愿意帮我呢？"

裴允谦环抱手臂，露出商业谈判时惯用的表情："哦？我有什么理由帮你呢？"

夏籽定定地望着他，片刻后泄了气："好吧。没有理由。"

"可是，"夏籽缓缓开口，"裴先生昨晚也没有任何理由地帮了我，为什么呢？"

她的眼神清澈至极，他移开视线。

见他不说话，夏籽没有多失望，只是说："裴先生，我只是想找我的爸爸，并不是非要把裴家当作假想敌。拜托你，如果不愿帮我，请你也不要干涉我。"

小小的房间陷入安静。

"我可以帮你。"裴允谦开口。

他的话瞬间让夏籽双眼放光："真的吗？"

裴允谦环抱手臂："那你呢？出多少钱？"

"我……"夏籽噎了噎，想起自己微薄的薪水，"那个，都是朋友，谈钱多伤感情……"

"那谈什么？"他微笑地看着她。

他眼神暧昧，她总觉得再说下去可能会跑偏，于是真诚地说："如果裴先生可以帮我找他，我愿意以任何方式报答你。"

裴允谦脸上的笑意更浓："任何？"

夏籽挠了挠后脑勺，也觉得这话有点欠妥，于是犹犹豫豫地补充："那……杀人放火和以身相许除外？"

裴允谦捏着下巴，半响才说："好吧，可以考虑。"

夏籽满心欢喜，差点从床上跳起来。裴允谦向下扫了一眼，说了句"品位真幼稚"，就兀自出了房间。

夏籽疑惑地低头，看见自己印着小草莓的内裤，瞬间气鼓鼓——

哪里幼稚了？明明是有代沟！

"出来吃饭！"他在外面喊她。

夏籽吸吸鼻子，刚才就闻到了饭菜的香味，没想到他做了食物。她撇撇嘴，原本不想再接受他的恩惠，但是肚子实在饿得厉害。她只好下了床，发现只要不剧烈活动，脚上的疼还是可以忍受的。

洗漱完换好衣服，她挪出来看到裴允谦已经丝毫不见外地坐到了饭桌前，仿佛他是主人，她才是客人。

夏籽规规矩矩地坐下，舀了一勺子干贝虾仁粥，吹了吹，吃到嘴里，惊喜地睁大眼："好吃！"

裴允谦没有理她，边吃小油条，边看手机里的股市行情。

夏籽安安静静地喝了会儿粥，咬着勺子望着眼前面目俊朗、气质温雅的男子。

裴允谦感受到她的目光，面带疑惑地看着她。

夏籽放下勺子，羞涩地笑笑："裴先生，你三番五次地帮我，是不是……"她说到一半，转念想，"喜欢我"三个字好像有点难以启齿，万一说中了，裴先生多尴尬。

这么一想，她就扭扭捏捏地说："是不是……觉得我好看？"

裴允谦抽出纸巾擦了擦嘴，淡淡地说："你觉得你比苏宁馨好看？"

夏籽愣了一下，猜他大概在说两人初次见面时，和他相亲的那个苏大美女。这么一想，确实是，人家又美又有气质，与之相比，自己最多算个邻家小妹。他又不是瞎了眼。

"你是关湃手下的人，你出了事，他会有很多麻烦。"

夏籽怔了片刻，道："开个玩笑。"心中却涌起莫名的失落感。

"我可以帮你，但你不能再擅自行动，否则，我收回今天的话。"

夏籽连忙点头，裴允谦站起来，轻飘飘地补充："以你的智商，一个人根本找不到你爸爸。"他说完便开门离开了，走得干脆利落。

夏籽顿时一口气没上来，忍不住在心中吐槽——

这个人真讨厌！

接下来的几天，夏籽就在家中养脚伤，时不时开直播跟粉丝唠嗑，也会播自己做饭、玩游戏等日常生活，其间还去了趟派出所配合调查。

3165249，也就是裴允谦，偶尔会出现在直播间的贵宾席，他也一直是本月贡献排行榜第一。

每次他进来直播间，夏籽都会热情地欢迎，然而他并不会回应。

夏籽很想问他到底准备怎么帮她找人，又怕他太忙，不好用自己的私事打扰他。

其实她明白自己求他帮忙是一种冒险，毕竟他也姓裴，凭什么帮她一个外人。但她的秘密提前暴露，他又是她认识的唯一一个裴家人。她不想撕破脸皮，只能走步险棋，化敌为友。

虽然不知他是真心还是假意，抑或是另有所图，但至少面上她又多了一个帮手。

况且，认识他不过短短一个多月，他已经帮了自己很多次。所以，她虽然心中对他仍有防备，但就是觉得他不会伤害自己。

夏籽斟酌一番，决定亲自做饭邀请他来吃，顺便展现自己的诚意。

反反复复，删删改改，她终于编好一条信息给裴允谦发过去："裴先生，最近好吗？我的脚伤好啦，为了表达感谢，特意邀请你来我家吃饭。P.S：我的厨艺还行。"

夏籽发了信息后忐忑半天，就怕他拒绝，直到他回复她："好。"

夏籽松了口气。她在床上滚了一圈，又披头散发地打字："那看你什么时候有空？裴先生应该很忙吧，实在不行，就等周末。我反正都可以。"

她发了一长串过去，结果裴允谦很快回了两个字："现在。"

夏籽猛地从床上坐起来，将额前垂着的长发一把拢到脑后，赶忙说："现在？现在才下午四点，你可以晚点再来，我还没买菜。"

"要什么？我买。"

"不用啦，我要去逛一下才知道买什么。或者你说几个喜欢吃的菜，我一起把要用的食材买了。"

"好。"

夏籽刚松了口气，谁知裴允谦又很快发来一条："我二十分钟后到你家附近的超市，门口见。"

看完这条消息，夏籽扔掉手机，一个箭步扑到衣柜前，边翻边欲哭无泪地想，这种能当老板的人是不是执行力都非常强？

换好衣服，扎起马尾，她看一眼时间，觉得化妆应该是不可能了，就涂了点豆沙色唇膏，急急忙忙地下了楼。

到超市时还早，她在门口稍等了一会儿，就看见刚停好车的裴允谦向她走来。

他大概是从公司来的，还穿着衬衫和西裤，朝她走来时步伐稳健，从容不迫。

夏籽目不转睛地看着他，许久才被自己咚咚的心跳声惊醒。

他来到她身边，说了句"走吧"，她回过神来，跟了上去。

进了超市，裴允谦很自然地推了车径直前往生鲜区。等走到那边，他才发现身后的人不见了。他来回看了看，又返回之前路过的货架，这才找到夏籽。她正在不亦乐乎地试吃，吃完这个吃那个。

裴允谦暗自叹口气，非常无语地走到她身边，沉声说："想吃哪个，买。"

夏籽被身后突然出现的声音吓了一跳。她本来只准备尝一小杯新上市的酸奶，谁知这一溜试吃的店员都热情地招呼她，她没扛住诱惑，就一路吃了下去。

"我就是尝尝，我们快去买菜。"说着，她用两个指尖扯了扯裴允谦衬衫的一角。

裴允谦微微侧头看身旁的女孩，她穿着白色卫衣和粉色运动裤，卫衣帽子上还有两个长长的耳朵，走路时蓬松微卷的马尾在脑后一甩一甩，就还……挺可爱的。

说实话，他一直不太能欣赏得了短短的刘海，但这种发型和她的气质搭配起来莫名顺眼。

裴允谦控制了一下自己的目光和思绪，专心挑选蔬菜。当然大部分时候是夏籽在挑，裴允谦想要什么都是直接放进推车里，她却磨蹭得很，要看新不新鲜，还要对比半天，最后才选一个放进推车。

裴允谦虽然心中无奈，但也耐心地等她挑选，结果光生鲜区他们就足足逛了半小时。

等终于买齐所需食材后，裴允谦推着车走向收银台，快到时，他回过头，发现夏籽又不见了。

裴允谦咬了咬牙，一把转过推车，原路返回。果然，夏籽正在零食区捧着两袋膨化食品对比。

他不紧不慢地走过去，见她一副严谨的样子，挑眉问："看出花来了吗？"

夏籽不好意思地挠挠头："我只是想看看口味、价格和配料。"

裴允谦望着她："上次我就发现你冰箱里有很多零食，不要老吃这些。"

"你不懂，薯片是追剧的灵魂。裴先生肯定不懂我们小老百姓的快乐。"

"呵呵，"他冷笑一声，很是不屑，"我追《越狱》的时候，你还在看《小猪佩奇》。"

"什么《小猪佩奇》，我小时候看《美少女战士》好不好！"她转而又兴奋起来，连忙追上裴允谦的脚步，"我也喜欢《越狱》，我们有空可以二刷……"

裴允谦回身打断她："买好了吗？"

夏籽斜着眼睛快速拿了袋小鱼干扔进车里，立正说："好了！"

裴允谦抽了抽嘴角，推着车走向收银台。这次夏籽总算乖乖地跟了上来，没再出幺蛾子。

付款时，裴允谦顺手拿出钱夹，却被夏籽抢先一步扫了二维码。他也没多客气，收回钱包，提着两个大袋子先走一步。

夏籽跟在他身旁。从超市出口到上行扶梯之间有几家商铺，主要卖小吃。夏籽闻着味道一直回头看，走出一大截了，才支支吾吾地说："那个……裴先生，你先去车里。我马上去找你。"

裴允谦顺着她的目光看到一家烤冷面店。

夏籽不好意思地说："我有点饿。"

裴允谦低头看她咽口水的样子，说："你怎么就喜欢吃垃圾食品？"

夏籽瞪大眼睛连忙为自己辩解："烤冷面怎么会是垃圾食品？这是人间美味！"

"回去吃，给你看看什么是人间美味。"

夏籽只好乖乖跟在他身旁，一步步走向扶梯。她低着头，脚步拖沓，绞着的手指，甚至因静电飞扬的发丝似乎都在透露着她的不甘。

裴允谦长叹口气，就差一步上电梯时忽然转身走了回去。他几步到店前，指了指招牌上色彩过度饱和的图片，说："我要一份这个。"

夏籽回过神来，脸上露出笑容。她追过去，欢欣地说："加火腿、金针菇，多放洋葱，多加辣，谢谢！"

裴允谦看她一副欣喜若狂的模样，低声感叹："猫猫狗狗都没你嘴馋。"

"不是，裴先生，我新陈代谢好像有点快……"

不知为何，她偷乐的表情让他有种投喂的成就感，怪不得养宠物的人那么喜欢给小动物喂零食。

他放下十块钱，说："我先回车里，你慢慢吃。"

夏籽目送他离开，暗想，裴先生是对所有女生都这么绅士、友好吗？

她拿到"人间美味"后迫不及待地吃了两口，待走到裴允谦车前时，就小心地弄好外包装，上了车。

超市距离小区很近，开车几分钟就到。夏籽手中的食物散发出强烈的味道，诱得她不时咽一下口水。

裴允谦看她一眼，说："想吃就吃，不要像做贼似的。"

得到了准许，夏籽几下就吃完了，下车拿东西时还顺带喝了口冰可乐。

裴允谦看到她的行为，又微微皱了下眉："吃东西不讲究，小心吃坏肚子。"

夏籽不在意地笑笑："放心吧，裴先生，我是传说中的'铁胃'！"

然而，等回到家过了会儿后，她才意识到自己吹牛吹大了。

平时吃什么都极少闹肚子的夏籽，偏偏今天中了招，在厕所一蹲就出不来了。

裴允谦无奈，先去厨房收拾食材。轻松找出所有厨具后，他意识到，明明是她请他吃饭，他却对这里的厨房比自己家的还熟悉。

他摇摇头，继续洗菜。这时客厅茶几上传来嗡嗡声。他擦干净手走过去，看到夏籽遗忘在桌角的手机。正想着是把手机递进卫生间，还是等夏籽出来时，他看到了来电显示。

"关老板"三个字并无任何异样，老板给员工打电话很正常，但裴允谦不知出于怎样的心理，点了接听键。

"喂，夏夏，你在家吗？"

"我是裴允谦。"

对面的人沉默了片刻，似乎在检查号码有没有拨错。裴允谦接着说："我之前帮了她，她要亲自下厨请我吃饭。"

"哦，这样。"关湃声音平静，转瞬笑道，"那让她多做点，就说她老板也去蹭饭。"

挂断电话，裴允谦望着"关老板"三个字，陷入了短暂的思索。

这时，卫生间里传来冲水的声音，紧接着就是夏籽一贯清脆的声音："咦？裴先生，你怎么系着围裙？我来，我来！"

夏籽朝他奔过来，他看了她一眼，神色淡然地将围裙解下来递给她，说："你老板一会儿也来。"

夏籽怔了怔。说起来，她那位忙碌的老板已经很久没露面了。他倒是有一次忽然进她直播间视察，发觉她受伤后私聊询问了几句，她只回答是自己不小心摔了跤。

不知道他这次来又有什么事呢？

顾不得多想，夏籽系上围裙进了厨房。进去后，她还不忘看了裴允谦一眼，他刚刚明明一副要帮忙的样子，还说要让她尝尝"人间美味"，怎么这会儿坐在沙发上一动不动了？她不就是客气了一句嘛……

这样想着，夏籽还是认命地收拾起刚刚买的菜。

做三个人的饭菜也不算辛苦。夏籽看起来大大咧咧，却也有着金牛座的细心与专注，洗菜，切菜，炒菜，一系列流程有条不紊地进行。裴允谦侧头看向厨房里忙来忙去的女孩，嘴角若有似无地提了一下。

看起来，这些年她把自己照顾得很好。

叮咚。

最后一道菜出锅时，门铃刚好响起。裴允谦起身去开门，两个同样高大的男人云淡风轻地对视一眼，彼此心中那一丁点怪异的心思像一缕微弱的烟雾，刚刚升腾，转瞬便已消失无踪。

裴允谦微微一笑，侧身让他进来。

夏籽正端了最后一盘菜出来，她看到关湃，开心一笑，眉眼都弯了起来："老板！好久不见啊！"

裴允谦望着她明朗的笑脸，不动声色地垂下眼帘。关湃脱了外套，洗了手，然后毫不见外地坐上了饭桌。

他搓着手，目光灼灼道："哎哟，我们夏夏还有这手艺。"一边说着，他还一边反客为主地招呼裴允谦和夏籽，"来，来，快坐，一起吃。"

夏籽摘了围裙坐到裴允谦身边，满意地看着这一桌饭菜。虽然都是家常便饭，但也算是色香味俱全。

夏籽悄悄瞥了裴允谦一眼，举起一杯可乐："裴先生，老板，感谢你们这段时间的关照，这杯我敬你们。"

三人碰了杯后，关湃夹起一块糖醋小排骨尝了尝，颇为意外道："夏夏，你算是我认识的人里做饭最好吃的了。"

听到这话，夏籽心中得意，嘴上却故意谦虚："没有，没有，比起裴先生还差一点。"

关湃一愣，看向一直安静吃饭的裴允谦，微微眯起了眼："老裴，话说这么多年，我都还没吃过你做的饭。"

裴允谦神色淡定，只是夹起一大朵西蓝花，径直放进关湃的碗里："吃饭。"

夏籽后知后觉地明白了关湃那句话的深意——连关湃都没吃过他做的饭吗？想到这儿，夏籽不由得看向裴允谦。

裴允谦并无异常，他迎上她惊讶的目光，好整以暇地等待她接下来的话。

"你……"

"对了。"关湃这时忽然出声,打断了他们的对话,"这次我去灵猫总部,还真有些收获。"

夏籽好奇地将目光转向他:"什么?"

"他们策划了一档周播综艺节目,大概是以玩《狼人杀》为主。我准备推两个女主播去参加。要是表现好,成为固定嘉宾,那肯定有很高的曝光量。"

夏籽闻言,面露难色:"这个游戏好像很考验智商,我……"

关湃放下筷子,收起嬉笑的表情,不悦地望着她:"你看,你总是还没开始就露怯。想要成为大主播,就要有逢山开路、遇水架桥的勇气和自信,这一点,你不如姬琳。"

夏籽的脸微微发热,抿着嘴轻轻点了点头。

咣当。

裴允谦将喝完的杯子放在桌上,一边夹起一块红烧肉,一边淡然地说:"她不想去就算了。"

关湃靠向椅背,环抱手臂望着裴允谦:"她是我签了合同的员工,就得服从我的安排。"

"哦?那我也算是聚星的大股东,是不是也能行使我该有的权力?"

夏籽举着筷子来回回地看着二人,明显闻到空气里不知何时出现的火药味,不由得紧张地出声:"那个……我没说不去啊,不会玩,我可以学的。"

空气安静了几秒钟,关湃率先笑起来。

"你想去吗?可惜我没准备安排你。"

"啊?"夏籽的额头上瞬间出现三道黑线,她简直理解不了这位老板的脑回路,"那你前面说一堆干啥?"

关湃拿起筷子继续吃饭,过了一会儿,抬头意味深长地看了眼裴允谦,无辜道:"我说让两个女主播去,没说是谁啊,谁知道你们俩这么认真。"

"那你准备让谁去?"夏籽好奇道。

"当然是比你流量更高的姬琳和肖依依了。那节目也需要靠主播的人气做广告啊。"

不就是变着法说她没人气吗?

夏籽呛声道:"那你跑来我家到底干吗?"

关湃啃完一块排骨,用纸巾擦干净手指后,才抬头朝她眨了眨眼:"我有更适合你的节目。"

三天后,机场。

夏籽直到坐上飞机都还有一种不真实的感觉,好像自己上了"贼船"。

一旁的关湃大概最近过于忙碌，刚坐好就开始闭目养神。夏籽微微叹口气，望向舷窗外的夕阳陷入沉思。

据关湃所说，他在出差时接到某汽车公司打来的电话，他们打算邀请VIP（贵宾）客户前往G省，进行沙漠越野的体验。届时会有国外公司的教练专门来教授沙漠驾驶技巧，算是为新车做宣传的大型活动。

他本想直接拒绝，但是转念又觉得这是一个很有新意的户外直播体验，于是想到了夏籽。原本他还在考虑如何能为她的直播加点新东西，这次无疑是很好的机会。

对此，夏籽显然也没有拒绝的理由。关湃当即便让助理订了今天的机票。当然在饭桌上他也邀请裴允谦一同前去，不巧的是裴允谦刚好要去美国出差。

于是，今天，关湃和他的助理，夏籽和她的后台运维小黑，一行四人踏上了前往G省的旅途。

G省位于西北地区，他们到达时已是黑夜。

夏籽本来的一点点紧张都被来到新城市的兴奋所代替。到酒店放下行李稍作休整后，她就一个人跑出去直播夜景。

直播间里的粉丝大多数也没来过大西北，一时间弹幕非常热闹。

她按着地图来到极具地域特色的小吃街，为粉丝们生动展示了令人目不暇接的美食。她吃得愉快，也没有注意到裴允谦的数字昵称悄悄出现在了贵宾席。

她就这样"逛吃逛吃"，不知不觉已经夜深。这城市人口少，公交停运得也早。她下了直播后，想着关湃他们应该已经睡了，就独自叫了网约车。

刚上车，电话就振动起来，她看到备注名后，有些意外地接起来："咦？裴……"

但她还没能说完，就听到那边传来一个女人叽里呱啦讲英文的声音，裴允谦用英语回了一句后，换成中文对着电话说："保持通话，你该干吗就干吗。"

她愣了愣，反应了一会儿，才恍然意识到裴允谦似乎是怕她一个人遇到危险。

那么，他刚刚一定又看了自己的直播。

电话那头，女人讲英文的声音继续。

夏籽凑近听筒，仔细辨认裴允谦的呼吸声，心中纷乱。眼前好似有一支无形的画笔，开始描绘电话那头他的轮廓。

他抿着唇思索的样子，他拧着眉不开心的样子，他面上无波但眸中有笑的样子……

"姑娘不是本地人吧？"前座的司机大叔在看了好几眼后视镜后开口。

夏籽回过神来，未言先笑："嗯，不是。"

"看你说话也不像，怎么？一个人来旅游吗……"

夏籽心中郁闷，心想原来不管什么地方的司机都一样爱唠嗑。司机大叔吧啦吧啦开始天南海北地聊，夏籽礼貌地保持微笑偶尔回应几句，等她注意到时，才发现手机没电自动关机了。

好在司机说快到了。她心中惦念着给裴允谦回电话，就没怎么回应大叔。等终于到达目的地后，她正要下车，发现车门还没开锁。

这时司机幽幽地回过头，严肃地望着她："美女……"

夏籽心中一凛，正想：不会吧？怎么什么事都能被自己遇到？

这时司机叹口气，语气温和："一个人出门在外，晚上要早点回去，知道吧？"

夏籽回过神来，只觉得一阵温暖。接着，她谢过大叔，匆匆回到了酒店。

等她迫不及待地给手机充上电开机后，下一秒一个电话就打了进来，果然，正是裴允谦。

"喂。"

电话那头，裴允谦的声音冷静又清晰，可夏籽还是听出了一丝与往常不同的紧绷与小心。于是她忐忑地回道："我刚刚手机没电了。"

裴允谦并未回复，夏籽也不知该说什么，沉默蔓延在电话两头，只剩彼此意味不明的呼吸声。

"嗯。"

许久后，裴允谦似是从喉咙间随便逸出了一个字。夏籽终于松了口气，不自觉地掩嘴打了个哈欠。

"去睡觉吧。"

"好，裴先生，你也早点睡，晚安。"

另一边，裴允谦望着早上九点钟的太阳，语调清冷地说："晚安。"

分公司财务总监早已报告完毕，先行离开。裴允谦静立在落地窗前俯瞰城市繁华，这时乔森跌跌撞撞地冲了进来。

"裴总！订到了！现在走还能赶上十点多钟的飞机！"

裴允谦回过头来，神色明显比之前放松许多。

乔森一怔，他还记得刚刚会开到一半，裴允谦忽然起身时，脸上瞬间流露的茫然与紧张。

虽然裴允谦下一秒就将所有情绪掩藏，但乔森能做到第一助理的位置，除了专业能力，当然还有敏锐至极的察言观色功力。他知道，大概率又是因为那位夏小姐。

乔森从公司创办之初就跟着裴允谦，深知这位老板平素最是不羁爱自由，任何人任何事都无法将其真正束缚。包括这间公司，只要他不想要了，拱手便能送人，简直是"挥挥衣袖，不带走一丝云彩"。

唯独那位夏小姐。乔森的工作除了与公司有关的，便是为夏小姐打点好一切。

她毕业了，他帮她多方联系工作，虽然她后来阴差阳错地成了主播。她需要租房子时，他又在裴允谦的授意下购买她公司附近的住房，通过中介以低价租给她。她姑父出事时，他又使了点小手段让那些街头混混低头认错……

他早就察觉，会令总裁先生神经质的人只有夏籽。所以，在裴允谦连项目都不管就要回国时，他二话不说就跑去订机票。

只不过，神经质的总裁先生此刻大概是恢复正常了。他若有所思地滑了会儿手机，就在乔森以为他改变主意不回了时，他才淡定地吩咐："剩下的报表和资料整理后发我邮箱。关于M公司的项目先等等，他们在通信领域的前景还不够明确。其他，等我回来。"

"好……"乔森才刚刚开口，眼前就一晃而过总裁先生的衣角，再看，他已经毫不留恋地离开了。

乔森叹口气，心想，江山还是比不过美人哪。

飞机冲出云雾时，裴允谦睁开了眼。舷窗外，藏蓝色与暖橙色交织的天空，使他有种时光逆转的错觉。

自由翱翔的思绪一一归位，他忽然察觉，从几个小时之前开始，他的意识就全都被某个人占据了。

不，也许更早，早到他很多记忆都已模糊，但她的笑容却历历在目。

裴允谦松掉领带，微微蹙了下眉。从她闯进他的世界开始，他的心绪就越来越难以控制，这让他烦闷异常。

"怎么，心情不好？"

一个颇为性感的女声响起。裴允谦回过头，原来是旁边香水味熏了他一路的女人。根据之前她与同伴的交流来看，大概是某个不温不火的女明星。

裴允谦收回目光，疲于应付。绅士与否，他此刻都不想顾及了。女明星却不依不饶："反正回国还早，要聊一聊吗？"

裴允谦深吸口气，沉声说："我不是影视公司的老板，对你也没兴趣。所以，不必。"

女明星自小便姿容出众，虽然现在还未大火，但一路好歹顺风顺水，极少有人当众给她难堪。此刻她碰了一鼻子灰，自然郁结。

"我不过是想交个朋友，真没劲。谁稀罕你的兴趣。"

女明星扬着下巴扭过头去。裴允谦也没有再说话，侧身闭上了眼。只是她那句话还是在他心中激起了波澜。

确实，似乎从很久之前开始，他就很少关注异性。生活无趣，可总还有一个人需要他费心，久而久之，关注她的一切就成了他的习惯。她高兴，他也会愉快；她受挫，他便想竭尽所能地去为她铲平道路上的一切阻碍。

最初，他保护她不过是另有目的。难道是不知不觉间，有些东西已经悄无声息地变了方向，而他还傲慢不自知？

他并未想清楚时，目的地已经到了。他下飞机后马不停蹄地转机，直奔她所在的城市，似乎迫不及待地想去求证什么。

而另一边，关湃正准备趁着越野活动还没开始，带员工四处转转。

一大早，四人准备妥当，到酒店大厅集合。夏籽耷拉着眼皮，一副精神不振的样子，关湃不由得狐疑："夏夏昨天没睡好，还是我安排酒店送的晚饭不合胃口？"

"呃……"

"夏夏，你昨天直播了？"正在低头看后台数据的小黑惊讶地开口。

关湃皱眉看向夏籽，夏籽只好道："我昨晚出去直播夜景了。"

"一个人？"关湃脸色更黑，转而面向小黑道，"下次再有这种事，你直接走人。"

小黑手一抖，平板电脑差点掉在地上。接着关湃走到夏籽的面前，低头，神色严肃得不像他本人："不管你以前怎么播，从现在开始，去哪里都必须带着小黑。我另外还会给你配一个女助理。"

"啊？我习惯一个人播了，不用这么大张旗鼓……"

"就这么决定了，不服从安排就扣工资。"

听到"工资"两个字，夏籽立马识趣地闭嘴。关湃打个响指，面色恢复如常："好了，沙漠之城走起！"

接下来的一天他们开启了游客模式，参观古迹，品尝风味美食，沙漠游玩……夏籽开着直播为粉丝展示异域风情，不知不觉就登上当日户外频道人气最高位。

关湃看完后台数据，捏着下巴考虑："我感觉你下一步可以走旅行主播路线。这路子有看点。"

刚结束直播的夏籽听完这话，精神一振："老板给报销不？"

"百分之六十。"

"你说什么？百分之八十？"

关湃闻言，弯起食指敲了敲夏籽的脑门："瞧你那会算计的样子。"

夏籽后退一步，嘀咕："瞧你那抠门的样子。"

"好了，这事回去商议……"关湃走着走着忽然停下脚步，抬头看着眼前的一家小店，转身提议，"Cosplay（角色扮演）整一波？"

夏籽也回过头去看，这是一家出租戏服的旅拍小店，因为附近有一座影视基地，所以生意兴隆。

夏籽进去逛了一圈，各种古装戏服花花绿绿，颇为艳俗，她皱皱眉头，一副并不想穿的样子。

关湃却有兴致得很，他的目光很快锁定了最上方挂着的两件戏服，转头问夏籽："《大话西游》看过吗？"

夏籽这才仔细端详刚刚随意扫视过的两件衣服，还真是紫霞仙子和至尊宝穿的。关湃叫来店员："你好，我们要那两件。"

拿着戏服进试衣间时，夏籽还是有些抗拒的，总觉得关湃肯定又会整出什么幺蛾子。

她的衣服层层叠叠，在店员的帮助下花了好大工夫穿好后，她抹了把额头的细汗，这才走出了试衣间。

夏籽一边整理着散在肩上的长发，一边抬头问："好看……"但她的话没能说完，就看到了前方立着的一人，她愣怔了几秒钟才接上话，"吗？"

裴允谦原本单手插兜侧身而立，听到她声音，才转过头来。小小的戏服店里，层层挂满的衣服让空间更为狭窄，但他就有一种魔力——任你周遭再凌乱，心绪再紧绷，看到他，便能安然。

裴允谦望着她，淡然一笑。那笑容淡到仿佛一眨眼就会消失，可夏籽偏偏在他深潭般的眼眸里读出了一丝温柔。

她心中似有一朵沉睡的花，在看到他的那一刻，绚烂地绽开在她心间，也盛放在她眉梢。

"一般。"裴允谦上上下下地扫视她一遍。

心中的浪漫泡泡瞬间被戳破，夏籽回过神来，没好气地说："你怎么在这里？"

"路过。"

"啊？"夏籽的疑问还没来得及说出口，就听背后传来一声冷哼。

"呵，你莫不是要去哈萨克斯坦谈生意？"

夏籽转过头，就见关湃正对着镜子为自己戴上金箍。

对此，关湃心中也颇为郁闷。比起夏籽，他换衣服速度更快些，也就第一时间见到了莫名其妙地出现在店门口的裴允谦。

要在平日，在异乡碰到发小，他自然高兴。但现在，他总觉得这人图谋不轨。

夏籽是他下一个重点培养对象，刚毕业不久，清清白白，没有黑历史，这种关头可不能惹是生非，给无关看客落下话柄。

裴允谦听到他带着讽刺意味的反问，耸耸肩，语气平淡："我也是受邀的VIP用户，有什么问题吗？"

"那你是怎么找到我们的？"

"打听到关总的行踪并不难吧？"

关湃没再多问，背对着他们整理好发型，转身又是一个阳光灿烂的微笑："那走吧，我这人就喜欢人多，热闹。"

但他还是不由自主地扫了眼夏籽。他跟裴允谦一起长大，自然了解裴允谦的为人和手段。这人大概因为童年不幸福，自小控制欲就极强，看似漫不经心，实则心中早有筹谋——不管从商还是为人处世。

此前关湃还一度怀疑天瑜怎么能看上他这种腹黑又自我的人。

随时随地知道夏籽的方位，对裴允谦来说大概轻而易举。可关湃心中还是不爽，他暗自想，虽然裴允谦对自己与夏籽的关系讳莫如深，严防死守，但他偏要去探一探那冰山一角下的隐秘。

三人各怀心思，两个随行人员摸不着头脑，一行五人就这样进了隔壁的影视基地。

那里有一处仿照当年《大话西游之大圣娶亲》拍摄场景的地标建筑，就是电影最后至尊宝和紫霞仙子对峙时所在的城楼。

夏籽和关湃准备上去即兴演一段。他们对好台词后，关湃的手机铃声响了，他看了眼来电显示后，走到不远处接电话。

在等他的间隙，夏籽察觉脑后的半丸子头散开了一些，她自己伸着手整理了一下，不太成功，于是目光扫向身边的三个人。

关湃的男助理小周一板一眼，西装领带都没歪过，看起来不好说话的样子。小黑呢，他此刻正侧着身悄悄挖鼻屎，还以为没人看见。夏籽浑身一个激灵，马上看向现场最为正常的裴允谦。他正低头看手机，修长的手指一下一下滑着屏幕，周身像笼着一层结界，把他和世俗隔绝。

"嗯……"夏籽眨眨眼，还是没有打扰裴允谦，低头自己别别扭扭地扎了起来。

"要怎么弄？"

耳边忽然传来裴允谦颇具磁性的声音。感觉到他就站在自己身后很近的地方，夏籽脸一热，指着脑后乱七八糟的小鬏鬏小声说："就……就把散出来的头发塞进皮圈里就好。"

裴允谦认真凝视片刻后，伸手撩起那几缕不安分的卷发。他动作很轻，本来已经做好被揪头皮准备的夏籽，意外地没有感觉到疼。

反倒是他小山似的立在她身后,气息拂动她的发丝,让她头皮阵阵发麻。

不久后,感觉到他动作停了,夏籽松了口气,转过身问:"好了?"说着,她伸手去感受。刚刚被她随便扎的头发乱七八糟,此刻一摸竟然规整许多。

"等会儿。"

裴允谦站在她面前,又抬手帮她把飘起来的几根碎发卡到小发卡里。

夏籽不敢动,微微抬眼就是裴允谦近在咫尺的脸。因为低头的关系,他额前几丝碎发挡到眼睛。她看到他英俊的眉、鼻翼上的痣……

痣?

夏籽恍惚,总觉得眼前正在发生的这一幕似曾相识,是曾梦到过的相似的场景,抑或是现实里发生过的事?

她望着他,眼睛都忘了眨,片刻后脱口而出:"我们见过吗?"

裴允谦手中动作一顿,思绪在脑中转了一个来回,随即微微一笑:"当然,你是失忆了吗?"

"不是,我是说……"刚刚脑海中的记忆似乎更为久远,但她一时间不知如何描述。

这时她听到关湃一贯爽朗的声音:"OK(好),你们准备好了吗?"

裴允谦自然而然地后退一步。夏籽也敛了神思——她在胡说什么?他们怎么可能见过?像裴允谦这样出类拔萃的人,如果见过,她一定印象深刻。所以她这么一想,觉得还是梦境的可能性比较大。

于是她排除脑海中的杂念,朝关湃笑道:"就等你啦!"

"那走吧,我的紫霞仙子。"

关湃面朝夏籽打趣,余光却注意着裴允谦。他怎么也想不通,他们这位一贯特立独行的裴少爷,会热心地帮一个名不见经传的小女生扎头发。

他还真是越来越感兴趣了。

拍摄正式开始,因为约定好走搞笑路线,所以几个人欢声笑语地拍完了视频,就等后期工作人员剪好后分享到夏籽的主播动态。

这两套服装租了好几个小时,于是接下来的旅程,他们也一直穿着直播。

到傍晚时,几人肚子都饿了,便找附近最大的一家大排档就餐。

M市环山,很多自然风光都保留着原始的风采。他们坐在露天排档座位上,抬眼就是连绵的山峦,有的山尖上甚至还铺满了雪。

就连这里的空气都比人流密集的城市更加清新,几个人在这样的环境中食欲大开,点了许多菜。

等上菜的间隙,夜幕也渐渐降临。大排档前方,店员搬出音响设备,驻唱歌手开始为大家唱歌。

美食美景伴着美妙的歌声，别有一番风味。来这里的游客居多，很多人都掏出手机拍摄记录此刻。

夏籽他们吃得热火朝天时，衣着颇具民族风的女歌手正好唱累了，去一边休息了。

关湃撸完一串羊肉，眼睛扫向了夏籽。

"我看你刚刚就按捺不住了，怎么样？来一首？"

夏籽的牙齿还停留在羊肉串上，她刚刚不过听得专注了一点，怎么就是想唱了？她下意识地想拒绝，忽然想起关湃曾说她厌这件事，心中莫名地就涌起一股气。

"好啊，想听什么？"

裴允谦和关湃同时看向夏籽，似乎都在意外她的爽快。

"听小黑说你自己写歌，就唱一首你写的吧。"

"好。"

说着，夏籽快速吃完手中的羊肉串，边喝茶清嗓子，边思索最适合此刻氛围的歌。

几分钟后，她起身整理了一下紫霞仙子粉白相间的裙摆，迈步走向前面。

"你好，我想唱首歌。"

在一旁休息的酷女孩怔了怔，随即欢迎道："好啊，你需要什么伴奏？我给你找。"

夏籽四下看了看，说："可以借我你的吉他吗？"

一切准备就绪，夏籽也在高脚凳上坐好，她低头认真调好了弦，然后对上麦克风，灿烂一笑："《晚安，小宇宙和你》，送给大家。"

大排档的顾客正撸串撸得火热，乍然听到一道清脆又甜美的声音，纷纷抬头看向了前方。

夏籽正低头扫出第一个和弦。一缕长发从她肩膀滑落，古装少女拨弄现代乐器，碰撞出一种奇妙的穿越感来。

今日天空有很多蓝
阳光分给房间很多温暖
我猜今晚繁星遍布
陪我一起去看好吗
你大概工作很多吧
我独自爬上了月亮
月亮先生也睡不着
他的皮肤真糟糕

哦，宇宙像颗水晶球
温柔星辰藏在怀中
我想摘一颗放在你桌角
回头便是满目温柔
哦，晚安，我亲爱的你
这寒夜你还温暖吗
我的小宇宙满满都是你
请月亮先生捎信吧
告诉我你在哪里呀
你知道我很想你啊
…………

　　深蓝色的天边，星星颗颗闪耀，少女背朝远山，低吟浅唱。
　　明明是节奏欢快明朗的民谣，听到最后却让人生出一丝想念的酸涩。许多人不由得拿起手机，录下了这一幕。
　　夏籽嘴角带着浅浅的笑，还在重复着副歌部分。裴允谦望着她，许久都没有挪开目光。
　　一边的关湃两眼放光，关注的点却在别的方面："夏籽很可能会成为聚星未来的顶梁柱，甚至闯进娱乐圈。"
　　裴允谦望向他，微微皱了下眉："我以为你对她……"
　　关湃朝裴允谦冷哼一声："在商言商。况且我担心她还不是因为你。她一个像白纸一样的姑娘，不能背上与富商纠缠的污名，所以我不管你们有怎样的牵扯，还希望你不要影响到她的前程。"
　　裴允谦沉默，许久后才问他："你还没放下骆天瑜？"
　　听到这个熟悉的名字，关湃忽然觉得手中的变态辣鸡翅索然无味，他扔掉鸡骨头，面无表情道："放下？这辈子都不可能。"
　　两人俱是陷入沉默。直到场下传来一阵掌声，那边夏籽朝大家鞠了一躬，往他们这边走来。

　　自己的歌受到路人的喜欢，夏籽走路都轻快起来。她坐下来先喝光了杯子里不知何时被人倒满的水，然后径直看向裴允谦："好听不？"
　　她那傲娇的样子像极了一只邀功的小动物，裴允谦原本冷硬的神情瞬间柔和下来，声音都不自觉地温柔起来："嗯。"
　　成功得到表扬的夏籽压抑着心中的喜悦，拿起手机和直播间里的粉丝聊天。刚刚她唱歌时，小黑拿着她的手机到前面帮她直播，因此赢得了许多路人粉丝的关注，首页各种点赞、关注、小礼物的播报就没间断过。

夏籽受宠若惊，真心地感谢大家。

当然，除了说她的歌好听，直播间不免有人造谣。

"看来她果然和关湃有关系啊……"

"没错，不然能这么捧她？"

"对啊，孤男寡女去旅行？"

这一路上只要开直播时，夏籽和关湃都会很默契地只拍到彼此，不涉及那两个员工与裴允谦。所以有人误会也是在所难免。

夏籽并不懊恼，言笑晏晏地跟大家像朋友一样聊天。

"我们是来参加一个活动。明天你们就知道啦，会很刺激哦！同行的朋友还帮我们拍了视频，剪好就可以给大家看了……"

"你们喜欢听歌呀？好，那我以后常给你们唱……"

夏籽和粉丝聊得开心，没有注意一旁裴允谦变得阴沉的目光。

他本以为关湃在乎夏籽是对她有好感，此刻明白关湃是真的想捧她到顶端。对此，他有隐隐的忧虑。毕竟高处不胜寒，她阅历又少，真的能独自面对走红后的一切吗？

裴允谦在心中暗自权衡，那边夏籽却对着她的粉丝笑得纯粹。她看起来干劲满满，而现在他还没有想好替代方案——只能先顺其自然，视情况而定了。

当晚他们回到酒店已是深夜。

夏籽打着哈欠卸妆洗澡后，快速钻进了被窝。

夏籽洗漱完蜷在被子里滑着手机屏幕，不知不觉就点进了和裴允谦的微信聊天界面。她往上滑了滑，浏览了一番以前的聊天记录后，终于鼓起勇气，举着手机打字。

"你今天怎么突然来了？"

发完这句话，夏籽像静止一样盯着手机，紧张地等待着他的回复。

这时手机嗡嗡振动起来，屏幕界面跳出"裴先生"三个字。她心中一惊，手就松了，下一秒手机直直地砸到了她的鼻梁。

"啊！"

她右手捂着鼻子，泪眼模糊，左手在黑暗中摸索着手机。振动声持续不断，她在胡乱摸索中竟也按下了接听键。

"喂……"

因为鼻酸，她的声音听起来带点哽咽。裴允谦微微皱眉，问："怎么了？"

被手机砸脸这种事说出来太丢人，夏籽擦掉眼角的一滴泪水，说："我……没事……"

裴允谦短暂地沉默了会儿，淡淡地开口："不要躺着玩手机。"

"咦，你怎么知道？"夏籽稀奇道。

"猜的。"

"哦。"夏籽极然地想，自己在他面前简直就像是透明的。

转瞬她想起刚刚的问题，忙问："话说，裴先生，你怎么突然来了？"

裴允谦沉默片刻。他其实心中有无数个可以搪塞小女生的回答，甚至刚刚随便回她一条微信就可以，但他还是不假思索地打来电话，并在此刻不假思索地告诉她："因为你在这里。"

电话那头没了声音，裴允谦甚至觉得连她的呼吸声都听不到了，他摇摇头，还是补充道："是关于你爸爸的事，我想问问你。"

夏籽这才长舒一口气，连脸热都顾不得了，急急忙忙地问："什么事？"

"先睡觉。"

"不能先告诉我吗？"

"睡觉。"

"哦……"

然后电话两头都陷入沉默，但没有人先说晚安。直到夏籽浅浅地打了个哈欠。她昨晚就没睡好，今天又走了一天，早就撑不住了。

"那我睡了，裴先生。"

"嗯。"

"晚安啦。"

"晚安。"

挂了电话，裴允谦闭上眼睛，脑海中却出现夏籽睡着的样子，她喜欢蜷缩起来，半蒙着头睡——非常不健康的姿势，像一只玩累了的猫。

裴允谦嘴角不自觉地微扬。

白天，来这里见到她的第一面，他心中所有困惑和纠结的原因，一下昭然若揭。

这显然不在他人生的计划范围内。所以，他还需要一些时间。

第二天一早，主办方派车接他们来到了活动现场。

沙漠腹地，早就有工作人员开辟出一条越野跑道。崭新、耀眼的越野车整齐地成一列，一会儿每位VIP用户都将由一名教练指导，完成一整圈的越野。

所以裴允谦就需要和关湃分开。最后他们决定直播的人坐一车，也就是关湃、夏籽和小黑，而小周去坐裴允谦的车。

意见达成一致后，夏籽径直拉开了眼前一辆车的后门。

这时关湃制止她："等等，你坐前面。"

夏籽疑惑："副驾驶座要给教练坐啊。"

关湃笑了一声，望着她一字一顿道："你开。"

如果有特效的话，夏籽觉得自己现在一定是漫画里的惊恐脸。怎么裴允谦和关湃都热衷于让她开车呢？

察觉到夏籽的惊讶，关湃无语地解释："沙漠我开得都不想开了，还用学？给你个机会，你学。"

话已至此，推脱无用。夏籽扶额深吸一口气，绕了一圈坐上了驾驶座。要是平时，她自然也愿意多学一些以提高驾驶技术，但此刻要面对直播间几十万的粉丝，她不由自主地紧张起来，生怕出丑。

前面的车辆陆续开走，戴墨镜的外国教练看了眼夏籽，用拐着音调的中文说："准备好了吗？"

紧张也没办法，不如就当是玩吧。做好心理建设，夏籽转头朝教练用力点头。

教练："出发！"

后座的小黑拿着设备，已经开始直播。

夏籽屏息凝神，在教练中英文夹杂的话语中，慢慢给油，逐步提起车速。

因为她专注而认真，前面一段路开得非常顺利，教练都不住地夸赞她。她也终于不那么紧张，开始享受沙漠越野的乐趣。

弯道过去又走了一段路，前面出现一座小型"驼峰"，也许用中文不好描述，教练叽里呱啦讲了一句英语，夏籽还在心中努力翻译，身后关湃说："这段路得大油门高转速，用惯性冲上去。你该加速了！"

但夏籽一直都是稳扎稳打地开，此刻才开始加速度显然不够，于是越野车没能冲上去，卡在了半沙坡。

夏籽一下慌了，还未来得及听完教练说的英文，就下意识地向右打方向盘，想拐下去。

只听车里一句英文惊呼和关湃一声大喊"别打方向盘"，然而已经来不及了，他们的车不受控制地翻转了下去。

车里一片惊声尖叫，好在这坡不高，他们的车也只侧翻了一点。

这边一片混乱，教练已经在用对讲机请求支援。而他们后边的一辆车正在沙漠中加速驶来。

沙漠中加速有风险，那辆车却不管不顾，直到来到夏籽开的这辆车附近。

汽车以一个漂亮的甩尾稳稳地停住后，裴允谦在一片飞舞的黄沙中率先下车。他直奔驾驶位这边，夏籽那侧正好朝上，他冷着脸拉开车门，然后提起她的胳膊，拎小鸡似的将她拉了出来。

此时后座上的小黑也刚好自己爬了出来。直播还开着，观众们对着突如其来的变故也炸了锅，观看量瞬间暴涨——有看热闹的，有关注夏籽安全的，也有好奇事态严重程度的。

直播的精彩之处永远都是——意想不到的下一步。而这一点在夏籽的直播间展现得淋漓尽致。

小黑晕头转向地爬出来，手机摄像头朝哪个方向都不知道。一时间，所有人都看到，夏籽在一个陌生男人的怀里，虽然看不见那人的容貌，但关湃的忠实粉丝知道，那人绝对不是他。

男人正上上下下看夏籽有没有受伤，那关切的模样显然也不像是路人甲，一时间，直播间几乎被弹幕淹没。

"我的天，那男人是谁？"

"不会吧！我的'关夏'CP啊！关湃呢？"

"这人看穿着就不一般，也许是背后的大金主也不一定。"

"原来正主一直藏在幕后啊！"

这时小黑才意识到自己的失误，于是都没交代一句就手忙脚乱地匆匆关了直播。然而，这不但没能让围观群众散去，反而使他们的议论愈演愈烈，甚至好几万人一直蹲守在黑屏的直播间里，等待第一时间看到八卦。

此时紧急救援分队也已经赶到，裴允谦确认夏籽没有大碍后，就和小黑协助工作人员将关湃和教练拉了出来。

教练身强力壮，且对翻车颇有经验的样子，基本没受伤。倒是关湃，右肩膀显然被撞得不轻，从车里出来以后疼得龇牙咧嘴。夏籽十分抱歉地凑过去，双手合十道："老板，对不起！我赔你医药费。"

随行的医务人员正在帮他检查。他知道自己没骨折，只是有点淤青，但此时还是没好气地说："赔！把你赔给我就行。"

周遭陷入安静，关湃似是没察觉一般，吊儿郎当地开口："就把你的三年合约改成十年怎么样？"

原来是算计她呢！

夏籽没好气地翻了个白眼："你就不怕我人老珠黄让公司赔钱？"

"不怕，咱公司最不缺的就是钱……"

关湃和夏籽有一搭没一搭地瞎聊。裴允谦却忽然明白了什么。他虽从没看过聚星的财务报表，但也能大概猜到关湃面临的困境。

公司表面上运转自如，甚至在直播圈内影响力比从前更强。但其实平静的湖面下还是暗藏危机。聚星养的人多，真正能扛起大旗的主播却没有几个。前段时间的音乐节又投入过大，重金请来的游戏主播直播方式还有问题，受粉丝喜爱的程度和经济收益并没有想象中的好。所以此时关湃十分需要推出一个能独当一面的大主播。

他这人过于执着，不管对人还是对事，一贯的骄傲又让他不轻易跟家里开口，只能想方设法不让公司在他自己手里搞砸。

裴允谦想，最近找机会跟他谈谈吧。

当天的活动有惊无险，还算顺利结束，主办方还举办了篝火晚会和沙漠露营。

受邀而来的VIP客户大多是年轻男女，平日在城市里拘束惯了，来到这里就放飞了自我，肆意在沙漠里撒野、嬉闹。

等大家闹完了，夜已经很深了。

大家便陆续回帐篷休息。关湃和小周住，裴允谦和小黑住，夏籽独自住一顶。

她晚上也没少跟着大家凑热闹。此时喧嚣散去，独自缩在睡袋的女孩却怎么都睡不着。她拿出手机，给裴允谦发消息："裴先生，你睡了吗？关于我爸爸的事，有什么问题吗？"

"出来。"

夏籽一怔，被他秒回信息的速度惊到。她随即爬起来整理了一下头发，钻出了帐篷。

而不远处的一顶帐篷里，裴允谦显然没有那么顺利。小黑体积大，裴允谦为了不惊醒他，颇费了一番力气才走出来。

外面，夏籽听着小黑震耳欲聋的呼噜声，扑哧一声笑了，瞬间明白了裴允谦还没睡着的原因。然后她看到人高马大的他憋屈在帐篷里，好不容易才越过阻碍钻了出来。

夏籽嘴角噙着笑，光脚踩在柔软的沙砾上，深一脚浅一脚地向他走去。

裴允谦无声地指了指不远处的沙丘，她便听话地跟在他身后。

深夜的沙漠，月光为沙子镀上一层朦胧的白。他们并肩坐在沙丘上，一时间谁都没有先开口。

大概因为天地辽阔，夜又静谧。

月亮高悬于夜空，白天深藏的心思此刻丝丝缕缕地涌上心头，夏籽心中有许多想说的话，最终只汇成一句："你看，星星好多！"

裴允谦单腿屈起，抬头淡漠地望着星空。他的下巴绷成一条线，看起来心情并不是很好。夏籽偷偷用目光描绘他的轮廓，渐渐出了神。

记得最开始时，她还能对裴允谦打趣他是不是喜欢自己，而现在，他对她关怀备至的各种细枝末节，像叶片上的脉纹，一条一条曲折但统一地指向她心中猜测的唯一主线。

她有正常女孩子都会有的敏感，能觉察出他对自己和对别人的不同。同时她也明白，她弱小到没有任何可以被利用的地方。那他对自己的特殊，就只能是……喜欢。

可是怎么会呢？

她的思绪纠结而茫然，却有丝丝甜味夹杂在其中。她急忙甩甩头，制止自己胡思乱想。

裴允谦想的却是另一些更为严肃的事，他稍微酝酿了一下，转头望向她："关于你爸爸的事，你查到了什么程度？"

夏籽怔了怔，她本不想显得这么急切，没想到是他先开门见山。于是她试探地说："有了怀疑的对象，但只是推测，没有证据。"

"哦？你怀疑谁？说来听听。"

夏籽目光闪烁，一时间没能开口。

裴允谦站起来，双脚渐渐陷入沙砾。

"想让我帮助你，却根本不信任我。"他说完便要转身离开。

夏籽连忙抓住他的袖子，咬了咬唇，终于下定决心。

"我怀疑……裴允诚。对，就是你的哥哥。"

第四章
天气不似预期

夏籽那个神秘的大本子上，记录了外部能获取到的关于正阳集团的所有资料。

裴允诚，裴允谦同父异母的哥哥，比他大六岁，目前在正阳集团旗下的影视公司担任总裁，是经常出现在热门话题榜的人物。夏籽根据多年前的一段新闻推测，他们兄弟俩关系并不好。

在更为久远的年代，裴氏家族就是船舶制造行业的龙头老大。后来裴允谦的爷爷在家族的支持下，做起外贸，慢慢又随时代变迁进军房地产、影视等行业。那时候裴允谦的父亲裴元璟被安排到影视公司锻炼，与旗下影星秦晚数次传出绯闻。但他早已和出身书香门第的千金结婚，且有了一个儿子。

秦晚这时候已被媒体报道有精神失常的表现，她的事业也因此一落千丈。

几年后的千禧跨年夜，秦晚在开车时遭遇车祸去世，紧接着裴家就多了一位小少爷。这在当时被无数媒体疯狂挖掘，都猜测那个小孩是秦晚和裴元璟的私生子。

这段八卦年代久远，现在的年轻人都已很少知道，夏籽也是因为找寻她爸爸的下落才挖掘了很多。

比起裴家正牌的继承人——哥哥裴允诚，裴允谦显然低调很多，这些年一直在过自己的生活。夏籽能够有缘认识他，纯属运气好。

"裴允诚？"裴允谦笑了，倾身问，"就因为他当时是裴允诚的秘书？"

夏籽缓缓站起来，拍了拍屁股上的土，目光清亮："裴先生说自己当时十七八岁，还未接触公司的事务，可是居然记得我爸爸是谁的秘书。"

裴允谦低头笑了笑，转而平静地望向她的眼："你不用试探我。既然答应帮你，这些最基本的，我会去了解。"

夏籽神色缓了缓，说："他的最后一通电话打给了裴允诚。裴允诚只说是汇报工作，可是真还是假，没人再能知道了。"

打过那一通电话，她记得爸爸吻了吻她的额头。然后她怀抱洋娃娃，头抵着玻璃，目送他的车消失在夜色中。

她期盼他快点回来，却没想到那一眼就是十年。

第二天，第三天，他没有回来，她却等到了悲痛欲绝的姑姑。在周遭人的只言片语中，她拼凑出真相——

他的车被发现沉入江底，人消失无踪，生死未明。

警方调查许久，包括她怀疑的裴氏相关人员，但都没有结果。很多人说，这肯定是意外。

可是，她想，就算是意外，人总要找到，于是每天去江边守候。多日寻觅无果，她又背上美少女图案的书包，坐了十八站公交车，来到郊区一座别墅——也就是警方调查到的，夏东林失踪前一日来过的地方……

她忆起那个又小又执着的女孩子，忍不住笑出来："我那时候就开始找他了。"

裴允谦目光闪了闪，垂眸不语。夏籽就默默仰头望着星空，用目光在星星之间穿着线，试图勾勒出父亲的轮廓。

有人说上帝在关门的时候会开一扇窗，可为什么对她如此残忍，母亲因病早逝，父亲不知所终。她从十二岁起，再无法去依赖任何人，只能独自成长，独自盛开。

找到爸爸这件事，是她隐藏在乐观外表之下的"支撑石"。她不敢想象，如果没有这块大石，那她的世界会崩塌成何种模样。

"回去睡吧，我会继续调查。"裴允谦终于开口。

夏籽回过神来，很轻地笑了笑："其实你帮不帮我都没关系。就算是我一个人，也一定会找到他。"

夏籽率先迈开步子。星空璀璨，广漠无垠，她的背影看起来瘦小却倔强。柔软的沙漠让她步履维艰。

裴允谦轻轻叹息，然后迈步走到她身边，伸出手。

"我会帮你找到他。"

夏籽抬头，因他眸中的坚定失了神。这像是一句诺言，夏籽眼眶一热，将手放在他的手心。

"谢谢。"

第二天夏籽醒来时，自然是顶着两个大大的黑眼圈，一上飞机就开始补眠。而裴允谦因为公事和他们就此分开。

夏籽回到家后，先休息了几天。

因为直播间莫名其妙出现的关于夏籽和一个陌生男人举止亲密的各种猜测，关湃得知后让她先停播缓了缓，等粉丝对这件事的关注度下去，又在主播公告里简洁澄清了一下那个男人只是同行的工作人员。

这期间关湃让小黑做了一个旅游直播的策划，还十分利落地给夏籽招了个女助理。

女助理姓秦，名叫晓月，刚毕业不久。得知她也正在租房子时，夏籽还很友好地问她要不要一起住，这样以后一起行动也比较方便。

晓月欣然同意。夏籽便打电话给房主。

房主很好说话，夏籽想起关湃曾经对她房租的疑问，便试探地问："两个人住不涨房租吗？"

然而，房主阿姨顾左右而言他，最后说自己要考虑一下再给她回电话。

夏籽挂掉电话，忍不住嘀咕："多给房租都不要？"然后她撇撇嘴，点开了灵猫直播。

她和关湃录的那段换装视频已经被传到了网上，马上在粉丝中间引起了一阵小轰动。

夏籽在家里反复看着这段视频偷乐，她的模样还是很适合穿古装的嘛，不知道裴允谦为什么说"一般"。

她想起自机场一别，他们还没有联系过。

那晚过后，他们之间的关系好像更紧密了些，夏籽对他也愈加信任。

像有一根小小的羽毛不住地轻拨她的心弦似的，她一边频繁解锁手机屏幕又按熄，一边碎碎念："真薄情。还说什么'因为你在这里'，一回来还不是把我忘了。"

她烦恼地拨弄着吉他的琴弦，跟着随意弹出的旋律唱："大坏蛋，大坏蛋，大坏蛋……"

"嗯？这段好听！"

灵感一上来，她也顾不得懊恼了，兴高采烈地将刚刚随意哼唱的旋律写下，然后边弹边完善，一首简短的曲子完成后，她憋着笑开始填词。

填完词后，她在曲子上方快速写下标题——《大坏蛋之歌》。

满意地看了一遍自己的作品,夏籽打开直播,先和粉丝们闲聊了一会儿,然后架好手机,盘腿坐在客厅的地毯上给大家唱新写的歌。

地球的另一边,裴允谦有些烦躁地扔掉手中一沓资料,捏着眉心闭目养神。

那天机场分别后,他又回来美国继续工作。他创办这家公司最初就是为了和裴氏划清界限,不占他们分毫。可运行一家公司需要大量精力和时间,他着实有些疲倦了。

原本他的性格就比较随性,只做自己感兴趣的事,比如大学时代喜欢研究金融市场的风云变幻,毕业后几年通过股市完成原始资本积累,然后创办风投公司。

那现在呢?他对什么感兴趣?

叮。手机发出一声提示音。裴允谦点开灵猫直播的提示消息,直接进了夏籽的直播间。

你看他
又摆出一副臭脸
猫咪绕过他身边
金鱼甩尾说再见
那我呢
我好心唱歌给你听
…………

裴允谦一进来就听到这首极富内涵的歌,他弯起嘴角,看她穿着毛茸茸的家居服,漾着笑容抱着大吉他唱歌的模样,忽然心血来潮,点开礼物那栏选择了"星光焰火"。

果然,他的礼物刚送出去,直播间就沸腾了。夏籽唱完一首歌,瞪大眼睛凑过来看。他却退出了直播间,心情很好地继续工作。

过了会儿,微信消息的提示音响起,裴允谦点开,看到夏籽说:"裴先生,你这是干什么……"

他眼中带笑,只给她回了两个字:"投资。"

夏籽想起自己曾经死乞白赖地求他关注,脸瞬间就要冒烟。

他不会听出什么了吧?她只是胡乱写的歌啊。

她快速下了直播,扑在沙发上情绪激动地滚来滚去,然后忽然停下来,望着虚空中的一点发呆。她怎么越想越觉得他们有打情骂俏的嫌疑?

这样小小的暧昧的氛围,让夏籽又一晚辗转难眠。

第二天起来,她遮了好久的黑眼圈才动身去公司。

最近公司的氛围又有了微妙的改变。众人皆知关湃带夏籽外出直播,内部的一些风言风语也愈演愈烈。

姬琳和肖依依这几天去灵猫总部录节目了,公司里都是一些不太熟的小主播在直播,他们看夏籽的眼神可谓精彩纷呈。但她并不理会,径直去找关湃。

她走到他办公室附近,透过透明玻璃看到关湃正在对某个工作人员大发雷霆。

她走近时听到了一些只言片语。

"我花了八千万元就是让他翘班的吗?你,给我看好他,这个月必须播够时长!"

那位运维人员眼泪都快下来了:"关总,我能管得住 Sum?他想消失,谁都拦不住……"

"一个退下来的玩游戏的,跟我狂?我还真不信治不了他了……"

夏籽若有所思,他们说的大概是那位在电竞圈内特别火的职业选手 Sum。虽然她对那款游戏并不了解,一开始甚至都不认识 Sum,但他一开播就是千万人气值,直播几个月就累积了一千万的粉丝基数,她这种粉丝数只有几十万的小主播简直望尘莫及。

那时她才真正明白电竞对于直播行业的影响力有多大。

然而 Sum 此人虽然有名,但对待直播这份工作着实不够敬业,三天打鱼,两天晒网,而且为人放纵不羁,行事相当狂妄。

夏籽之前在公司偶尔遇到他,都是躲得远远的,生怕招惹是非。不过一码归一码,除了技术过关,那个叫 Sum 的男人五官精致俊秀,颇有当下流行的偶像练习生气质。夏籽想,这也许就是他男女粉丝通吃的原因。

正胡思乱想间,关湃已看到了门外的夏籽。他朝那位员工挥挥手,然后让夏籽进来。

夏籽小心翼翼地走进去。关湃仰头喝了半瓶矿泉水,这才压住了火气。

"来了?等会儿你先跟秦晓月见面认识一下。"

夏籽望着他嘴角一枚大火泡,不由得担忧道:"老板,你还好吧?"

关湃的神色已经恢复平静,他直直地望着夏籽,说:"不太好。你要是能给我争气点,我就好了。"

夏籽顿时觉得一座泰山压到了她肩上。她正苦着脸斟酌怎么才能让老板少剥削她一点,这时小黑和晓月走了进来。

夏籽之前一直和晓月在网上联络,现在才是第一次见面。

晓月的长相和她的性格一样,温和、素净,没有特别引人注目,却给人很舒服的感觉。

两人简短地打过招呼，算是认识，然后三人随关湃去了隔壁的会议室。

会议室已经坐了几个人，夏籽扫了一圈，分别是公司的商务、宣传、运维等部门主管。夏籽不知道这次会议这么隆重，整个人正襟危坐起来。

关湃在首位落座后，助理小周开始给大家发策划书，正是小黑做的那份。

大家浏览策划书的时候，关湃又不放心地跟运维主管叮嘱了一遍关于Sum的事："周未轶要还是我行我素，就拿合同压他。打官司嘛，我看他跟我谁耗得起。"

等大家都看完了策划书，小黑站起来进行具体的介绍。他这人虽然看起来不修边幅，但工作能力很不错，不但计算机水平高，做策划也毫不含糊。

"我给大家简单介绍一下，关于夏夏旅行直播的策划。首先我做了调查，目前做户外徒步、旅行体验的基本是男主播，毕竟风吹日晒，比较辛苦。女主播的旅行体验市场有空缺，如果直播效果有趣又有益，那将是长期、稳定又独树一帜的发展路线。

"其次我们想打造旅行生活加美食体验的主播路线，尤其美食这块的市场潜力巨大，不仅粉丝爱看，做出影响力以后还能吸引一些商务广告，形成新的利润点。

"最后，公益是目前社会上比较热门的一个话题。一个正向的主播能引起的不仅仅是直播圈的关注，还有除粉丝之外的其他群体甚至是主流媒体的关注。所以我们的旅行体验可以走进农家，走进山区，让更多人看到他们所不了解的艰苦生活，能在主播的带动下也贡献出自己的力量。当然，具体公益行动还需要后期讨论，毕竟我们的初衷是真的做好事，不能引起虚假公益的嫌疑。以上就是策划方案的基本情况。"

会议室内响起了轻轻的探讨声，夏籽远远地朝小黑竖起了大拇指。她觉得虽然风吹日晒会让她比较辛苦，但这个策划案的整体思路还是很不错的。

关湃用食指敲打着策划书，一副认真思考的模样。片刻后，他打断其他人讨论的声音，扬声说："整体上可以。还有一点，主要做旅行体验可以，但夏籽唱歌不错，不要埋没才能，要最大化凸显她值得被喜欢的地方，还有商务方面……"

夏籽抬头望向关湃。他讲正事时完全敛起了平日的漫不经心，目光锐利，神情专注。

他的话听着也没有问题，可不知道为什么，夏籽心中某个角落还是生出一种细微的反感。就好像是在密闭空间里的一只蟑螂，小虫子并不能将她怎样，可她就是有种即使再焦躁、再恐惧，却仍然没有办法脱身的无力感。

这大概就是所谓的"身不由己"。

从关湃第一次说要捧她的时候开始，到此刻她第一次参加以她为主角的会议，她有种隐隐的预感——她的人生短时间内将不再属于自己。

"夏夏，你还有什么想法？"关湃话锋一转，将目光投向她。

夏籽低头翻动策划书，沉默片刻后轻轻摇头："没有。"

"好，那先这样，就从策划书里的第一条路线开始。我们目前还不能预见直播效果，大胆尝试就好。对了，敏感话题和不良言论，你应该也有所了解，等下让金宇再给你讲一讲，确保万无一失。"

"好。"

"那今天就这样。都去忙吧。"

散会以后，夏籽的心情还是像蒙了一层阴霾似的。明明今天的会议上，所有人都在为她的前途考虑，她也是自己选择了这条路，但成为团队中心的压力和对未来的忐忑还是让她心事重重。

不过晓月今天要搬过来，她也没时间去体味心中深层次的情绪。

下午，搬家公司的车很快就到了。

夏籽租住的房子不大，两室一厅，布置也温馨，住两个人刚刚好。

帮晓月安顿好后，她们还很和谐地一起吃了晚饭。

通过闲聊，夏籽得知晓月来自外省的小城市，刚从本市一所普通院校毕业，本来是应聘聚星的文宣人员，后来关湃见她细心又沉稳，就让她来给夏籽当助理。

夏籽对晓月的第一印象很好，她喜欢这样事少又温柔的女生。而且有了室友，她终于不用再开着床头灯睡觉。

第一条路线的旅行直播马上就要开启，在晓月的帮助下，她很快做好出发前的攻略和日程安排，小黑那边也都打点妥当。于是在夏末时节，他们一行三人自驾前往附近的灵山自然风景区，也算是赶上了最后的花期。

灵山县是C市的下辖县，以青山绿水著称。第一站选择这里，既近又熟悉，算是试水的最佳地点。

夏籽本就喜欢游山玩水，尤其是最近发生了好多事，她正好可以顺便来放松心情。

临近中午时，他们到了灵山县境内，车窗外连绵的山峦，公路下碧色的湖泊，都让夏籽心旷神怡。她忍不住拿起手机，拍下眼前的美景。

然后她点开和裴允谦的聊天对话框，发现上次的聊天还是好几天前。对于他忽冷忽热的态度，她心中一直像有一根小小的刺，表面看不出端倪，内心却时不时会因为那一点尖锐而刺痒难忍。

她这次没有长久地望着对话框犹豫，而是快速将刚拍的照给他发了过去，仿佛害怕自己又退缩似的。

嗡嗡。

手机振动的声音打破了饭桌上诡异但似乎习以为常的安静。

裴允谦解开屏幕锁，面无表情地看了眼夏籽发来的图片，又垂眼摁灭了屏幕。

"我说过，不管是公事还是私事，都别带上饭桌。"

一个严肃中透着威严的声音响起。

裴允谦并未多解释，只回答："是。"

他的父亲，也就是裴元璟，就像一把行走的刻度尺，人生的每一步都为自己设定了严格的标准和计划，不管是商业版图，还是亲情维系。

比如他规定了他们一家四口多久必须吃一顿饭。

所以，对于这次聚餐，裴允谦完全是以一种完成任务的态度来吃的。

父母饮食喜清淡养生，裴允谦尝着觉得寡淡，不知怎么就想起了夏籽做的红烧肉。

如果说做菜也能看出一个人的性格，那夏籽就是热烈而丰富多彩的。从做菜时加入各种颜色鲜艳的调味料，到摆盘时别出心裁的装点细节，都能看出她对生活的热爱。

而他这位名义上的"母亲"则是清冷性子，从来对待亲生儿子裴允诚都不见得多热络，更没有心情去为难他这个私生子。

裴允谦喝过她煲的汤，营养大概很足，但他只觉得索然无味。

还有他的哥哥裴允诚。虽然他们同父异母，上一辈也确实有过不太光彩的往事，但裴允诚对待他并非像八点档电视剧里一般处处为难。

不管裴允诚内心的真实想法如何，他表面上待裴允谦还是亲切、客气的。

裴允谦不见得有多喜欢裴允诚，但对他也并不憎恨。他们一直都保持着不远不近的亲情关系。

他们兄弟都继承了裴元璟在商业方面的天赋。裴允诚为人处事八面玲珑，滴水不漏，表面温文尔雅，实则手段强硬。而裴允谦对数字极其敏感，这也是他当初选择金融的原因。他大学时就已经靠炒股自力更生，没再问家里要过钱。

裴允谦很少与这位哥哥主动打交道，他无意与裴允诚争什么，所以早早表明立场，不参与公司内部任何事务。但裴允诚还是有意无意地帮了他许多，包括他成立公司时需要的人脉和渠道。

自己的公司能做到今天这样的地步，确实少不了裴允诚的提点，裴允谦却仍旧无意与他走得太近。

而今天，吃过午饭后，父母回房间歇息，他主动邀裴允诚去喝茶。

裴允诚欣然赴约。

露天阳台上，藤蔓绿植层层缠绕，一壶清茶袅袅生香。裴允诚品一口弟弟亲手为他斟的茶，金边眼镜折射了一点太阳的光芒，与他眼角的微光交相辉映，更有深不可测之感。

"说吧，什么事？"

裴允谦皮笑肉不笑，扬眉道："没事就不能跟大哥喝杯茶？"

"我看你公司近些天都没什么大动作，怎么？最近走保守路线？"

裴允谦微微转动茶杯，淡棕色的茶汤在白瓷小盅里轻轻荡漾。他眼波一转，无奈地笑道："最近有一家房地产公司邀请我入股。我对这方面了解不多。大哥，听说你当年的第一份工作，就是在正阳旗下的房地产开发公司？"

裴允诚转头看向弟弟，目光闪过一丝探究："没错。早就被并购重组的公司，难为你记得这么清。"

裴允谦耸耸肩，说："第一份工作就在地价飞涨的年代做房地产，感觉怎么样？"

裴允诚靠上椅背，微微合上双眼："你都说了地价飞涨。机会是很大，困难当然也多。比起艰辛的过程，赚的那点钱简直不值一提。"

"不容易吗？听说父亲当时还专门派资深秘书还有姑丈辅佐你。"

"嗯，我不适合做那个。所以现在依然是姑丈负责地产开发这块……"裴允诚忽然睁开眼睛，看向他时眼中闪过一丝玩味，"阿谦，你到底想知道什么？"

"到啦！"

小黑的一声吆喝打断了夏籽的思绪。她再次点开手机，还是没有收到任何消息。心中的失落好似小时候等了半个晚上，却没有等到一颗流星，于是早就准备好的虔诚愿望只能被心中失望的潮水吞没。

跟小黑还有晓月把东西搬到早就定好的民宿里，他们准备稍作休整就开始今天的直播任务。

夏籽和晓月住一间房。晓月进门就开始整理行李和设备，夏籽瘫在床上闷闷不乐。

她翻身趴在床上，滑着手机屏幕，点开各个APP软件，看几秒钟又退出去，就这么反反复复，也不知道到底在看什么。

"哎呀，怎么死机了？"

小客厅里，笔记本电脑后的小黑忽然惊叫一声。夏籽爬起来去围观，有些疑惑地问："怎么了？"

"电脑坏了,开不了机。灵猫今天刚进行了升级,你们的账号都要在后台重新维护才能播。"

"那怎么办?"晓月问。

"我刚刚看到附近有一家网吧,我先去把账号弄好,再来接你们。"

"要不我陪你去。"晓月顺手拿起外套。

夏籽急忙说:"我不想一个人待着,咱们一起去。"

于是一行三人开车前往附近的网吧。小镇上的网吧环境和设备都一般,人也不太多。

小黑进去后麻利地开始工作。夏籽无所事事地待了一会儿,起身去上卫生间。她边寻找卫生间,边随意地四处打量,这时一个熟悉的侧脸映入她的眼帘。

她定睛看过去,瞬间睁大了眼。

Sum?

夏籽十分惊讶,他怎么在这里?怪不得关湃那么生气——他不直播,却跑来灵山的一个小网吧打游戏?!

她的灼灼目光很快引起了 Sum 的注意,他抬起头来快速瞥她一眼,又继续专注在游戏世界里。

夏籽回过神来,继续迈着小步往卫生间走去。他们虽然同在一家公司,但一句话都没说过,而且公司里主播那么多,她想他应该不认得自己。于是她选择不打招呼,直接走过去。

去卫生间必须路过 Sum 的身后,夏籽边走边好奇地观望。

他戴着网吧里的大耳机,修长的手指在键盘上飞快游移,右手握着鼠标高速移动,目光专注到似乎要冒出火光。

夏籽也曾用小号抱着了解的心态进他的直播间观摩过,虽然看不懂那游戏的玩法,但还是会为他手上利落的动作惊叹。如今见到现实中操作电脑的他,她的心中更是澎湃——

不愧是曾经的职业选手。

啪。

随着清脆的按键声,屏幕上出现"胜利"的提示框。Sum 将鼠标一扔,人靠上了椅背。

夏籽此刻刚好走到他的身后。见他打完了一局,她忙收回视线,径直走向厕所。

这时她听到旁边传来一道有些低沉的声音:"你来干吗?"

夏籽停住脚步,Sum 仰头看的正是她的方向。她顿了顿,回他:"哦,户外直播。"

"哦。"

"你认得我？"夏籽好奇地问。

Sum伸长胳膊关了电脑，然后抬头看了她一眼，云淡风轻地说："嗯，你第七。"

"什么？"夏籽莫名其妙。

"公司的女主播，你在我这里排第七。"

夏籽简直哭笑不得，敢情他还给全公司的女主播排了名次？她微微皱眉，感觉这人似乎有点傲慢无礼。

她便准备跟他就此告别。

还没等她说话，他先站了起来。一米八几的个头，因为过于瘦削而显得更加高挑。他拨弄了一下凌乱的黑发，倏然冲她笑道："你准备去哪里玩？带上我吧，第七小姐姐。"

夏籽无语，她知道Sum年少成名，但也没比她小多少吧？她正想着怎么婉拒他的请求，这时那边的小黑冲她大喊："搞定了，夏夏！走吧，去吃饭！"他和晓月随即也看到了面朝他们这边的Sum，不禁一怔，随后立马狂奔过来。

"我的天，Sum你怎么在这里？公司着急找你呢，你再不回去，老徐都要'切腹自尽'了！"

Sum眉头微微一拧，并没有回应，而是转过头朝夏籽眨了下眼睛："准备好了吗？三，二，一！"

夏籽还没反应过来他要干吗，下一秒就被人拽起了手腕，然后随着一股力道的拉扯，她不受控制地迈开脚步跟着Sum跑起来。

"喂！你干什么！"

夏籽跟着这位任性大男孩的脚步跌跌撞撞地越过小黑，眼前又一闪而过晓月惊异的表情，就这样被他带着冲出了网吧。

她用力想挣脱他的手，谁知他看着清瘦，实则很有力量。她摆脱不得，只好努力跟上他的步伐。跑了许久，听到身后女生有些凌乱的呼吸声，Sum才微喘着气停下脚步。

夏籽一把挣开他的手，弯下腰来调整了一下呼吸，抬头气急败坏地说："你出门前没吃药吧！"

此刻，她为了直播精心化好的妆容花了，扎好的头发也散了，配上这憋屈又懊恼的表情，比在直播间里看着生动许多。Sum勾唇舒朗一笑，对她的指责毫不气恼："好不容易出来玩一趟，还带着两个跟屁虫。我是在帮你。"

"我是在工作！"

"哦。"Sum又伸手拨了拨额前刘海,出言讽刺,"工作……就是对着手机屏幕搔首弄姿给人看,给人评判,然后只能由他们骂你,你还一句嘴就是你的不对。"

"首先,你才搔首弄姿。其次,这个世界上不可能所有人都喜欢你。我不能因为他们不喜欢我,就不去在意真正喜欢我的人……算了。"

夏籽扭过头,选择无视这个幼稚鬼。她四处环顾了一下,远山连绵,雾气弥漫,她也不知道这家伙带她来到了哪里,只好低头翻找手机。

"我的天,不会吧?"

寻找手机未果,夏籽这才想起,刚刚走得慌乱,手机还在晓月那里。

夏籽放弃挣扎,抬头面色不悦地冲Sum说:"手机给我用一下。"

那人却将手臂枕在脑后,懒懒散散地向雾气深处走去。

"陪我吃个饭,我就送你回去。"

"欸!"

夏籽站在原地,看着他的身影渐渐消失在雾里。前前后后便只剩她一个人,她不由自主地想起看过的恐怖片情节,于是一个激灵,赶忙朝他离开的方向追了过去。

等到了吃饭的地方,她自然能找到人借手机。跟这样行事乖张的人待在一起,她才不要。

很快,他们一前一后来到镇上的一家米粉店。

爆辣米粉是这里的特色,夏籽做过攻略——据说吃不了辣的人一口都受不了。夏籽还准备来这里直播挑战一下,没想到他刚好带自己来了。

但他看起来一副奶油小生的模样,不像是能吃辣的人。

"老板,一份爆辣米粉。你呢?要什么口味?"

Sum一上来就点了最辣的。夏籽懒得理他,正要问店家借手机,忽然想起自己一个电话号码也不记得。

她暗自捶胸顿足,表面却不动声色。一个新的想法浮现脑海,她很快对老板说:"一起两份爆辣米粉。"

Sum意外地望着她,眼中慢慢浮上笑意。

"你很能吃辣?"在小桌子两边与她相对而坐,Sum问她。

夏籽抽出纸巾擦拭着桌子上一层薄薄的油污,眼珠一转,挑衅地看向他:"不然我们赌一赌,一会儿吃米粉,谁先忍不住喝水或饮料,谁就输。要是你输了,就送我回去,以后咱们谁也别打扰谁。"

"要是你输了呢?"Sum眼中笑意更浓。

"悉听尊便。"

她的话音刚落，两份爆辣米粉就被端上了桌。夏籽看过去，心中咯噔一声。因为入眼的不是米粉，而是红红的一层酱料。

她喜欢吃辣，平时做饭也是无辣不欢，但这份颜色鲜艳的米粉还是让她心中没底。上面的几片菜叶形状像是一双嘲笑她的眼睛，仿佛在无声地告诉她：你完蛋了。

Sum 也抬起了头，神色有些复杂地和她对视一眼，然后他们同时拿起了筷子。搅拌均匀后的米粉色泽十分诱人，几乎看不出一点原本的白色。

Sum 先动了筷子。他大概是饿了，夹起了几根米粉就塞进了嘴里。才刚吃了一口，一声咳嗽就抑制不住地冲出喉咙。

夏籽本想嘲笑他一番，然而她还没来得及笑出声，口腔里就被一种火辣辣的感觉充斥。

她本能地想拿起手边的冰可乐，但是一想到刚刚的赌约，她还是心一狠，稍微缓了缓就又夹了一筷子。

两人的目光在安静的空气中交锋，明明只是在吃午饭，却吃出了上战场般的火药味。

他们看着彼此，就像看到了此刻的自己——同样通红的脸，同样冒汗的额头，同样红肿的嘴唇。

许久后，两碗米粉几乎是同时被吃完，但两人谁都没有喝水或饮料。

Sum 放下筷子，抹了把额头的薄汗，哑着嗓子说："三，二，一……"

话音刚落，他和夏籽就同时拿起了一旁的可乐，仰头喝了个痛快。

夏籽吸溜着空气，尽可能缓解口腔和喉咙的辛辣感。她抬眼看到同样动作的 Sum，忍不住扑哧笑出了声。

"你这女人，真可怕。"Sum 一边用手拉扯着 T 恤散热，一边吐槽夏籽。

"你不也寸步不让。"夏籽不甘示弱地回他。

"不过其实还挺好吃的哈。"

"嗯，这辣酱一定是老板秘制……"

聊起跟辣有关的食物，两人都来了兴趣，一碗米粉就成功让他们冰释前嫌。

"那我们算是平局，刚刚的赌约只好作废了。"

夏籽本来也是一时兴起，并未多认真，于是点点头表示默认。

"但你还是不准打扰我直播，该干吗干吗去。"夏籽顿了顿，想起关老板嘴角的大火泡，还是忍不住多说了两句，"玩得差不多就回去吧，你既然选择了这份工作，总得有点敬业精神不是？弹幕骂得再难听，不看不就好了。而且你的直播间里明明喜欢你的人占大多数。"

Sum 抬头将剩下的可乐一饮而尽，啪的一声将可乐罐放到桌上，他朝她笑得真诚："谢谢你陪我吃饭。"接着他话锋一转，"话说，你们准备去哪儿玩？

带上我吧。"

眼见着夏籽露出了想要拒绝的表情，他马上说："去玩一趟，我就跟你们一起回公司。"

夏籽为难了起来，第一次做旅行直播，她是要力求完美的，Sum又是个随心所欲的主，带着他就像带着一颗不定时炸弹。但是想起公司最近因为他而掀起的轩然大波，她还是咬咬牙答应了。

"行。但是Sum，我们要约法三章，跟我走，你就必须听我的话，不能擅自行动，明白吗？"

"当然。"

达成协议后，两人准备先去找小黑和晓月会合。在起身的瞬间，Sum忽然朝夏籽展露一个灿烂的笑容。

"对了，第七小姐姐，我不叫Sum，我叫周未轶。"

裴允谦给夏籽打电话过来时，晓月和小黑正在焦急地四处寻找夏籽。

他们俩回过神追出来后，那两人已经消失在了雾气中。这时手机铃声响起，晓月看到备注名"裴先生"，顾不得多想就接起来："喂，你好，夏夏现在不在，您有什么事？"

然后她听到那边传来一道沉沉似刚解冻的清泉般的声音："她在哪里？"

"她……呃……"关于夏籽在哪里，显然几句话说不清，于是晓月只好敷衍他，"总之，您一会儿再打来吧。"

她说完就匆匆挂了电话，仿佛有什么要紧事急需去做。

裴允谦皱眉看着手机，点开了屏幕上一个不起眼的小程序。上面的红点显示在C市灵山县，大概就是她刚刚发来的那张照片的拍摄地。

她怎么不管去哪里，都能整出一些与众不同的幺蛾子？不过这次她有两个同伴，应该不会有什么大问题。

裴允诚已经走了。裴允谦本想探探他的口风，但精明如裴允诚，从小便对裴允谦哪怕是细微的心理变化都了如指掌。

当年夏籽父亲的事，在整个集团都引起了一场不小的风波。各种猜测和流言满天飞，裴允谦作为裴家人自然也有所耳闻。

后来这件事随着时间的流逝慢慢地淡出了人们的记忆。

唯一对此耿耿于怀的，大概只有当事人的女儿——夏籽。

现在旧事重提，难免让裴允诚觉得敏感，毕竟他当年是接受调查最多的人。

但就像警方最后的结论一样，他有不在场证明。夏东林打电话过来只是说有要事汇报，还没有见到裴允诚，他的车就在中途坠入江里，这一点当时在公司加班的人都能做证。

不过……他刚刚提到的另一个人让裴允谦有些在意。

那就是他一直不甚喜欢的姑丈——肖越安。

肖越安当年是入赘进的裴家,娶了裴元璟唯一的妹妹裴元瑛。这人出身市井,但颇有头脑,为人也谦恭机敏,于是裴家老爷子从一开始的反对,到后来也慢慢地接受了他。

他当时也和夏籽的爸爸共事,是不是也知道什么隐情?

另一边,小黑看着规规矩矩跟在夏籽身后的周未轶,说话都有些不利索了。

"夏夏,这是要……"

"他是我小弟,包让他提。"

说着她昂首挺胸地回到民宿里,准备收拾一下就赶紧开始今天的直播。

而周未轶脸上挂着可爱又可亲的笑容,从一脸蒙的晓月手里接过两个包包,说:"我提,你们玩。"

好不容易和周未轶左拐右绕才走回来,夏籽此刻瘫在自己床上,露出了头疼的表情。

她从最开始播户外就是一个人,习惯了随心所欲,自由自在。现在后面一下子跟了三个大尾巴,她只希望这些人不要给她制造混乱才好。

小腹从刚刚开始就隐隐有些不舒服,夏籽换好衣服去厕所一检查,果然,"大姨妈"提前来了。

肯定是刚刚那碗爆辣米粉导致的。

而明天的直播日程里还有漂流。她经期绝对不能沾冷水,吃止痛药的话还容易胃痛,只能祈祷这个月的"姨妈痛"不要太严重。

下午他们先做了一点简单的直播,主要是为明天的活动进行预热。

周未轶全程没有出镜。令夏籽意外的是,他的表现堪称乖巧、懂礼貌,还会绅士地照顾同行的女生。

她都怀疑之前听说他性格差劲的传言是不是真的。

其实她也能理解周未轶的暴躁。她去他直播间时确实看到过很多不好的言论,说他打游戏变"菜"了只能退役,说他在重要的比赛中拖了全战队的后腿,说他打游戏打成那样还不如回家种地……

夏籽最开始也会因为网友的恶意言论躲去厕所偷偷抹眼泪。他也不过只是一个二十岁出头的小伙子,正是血气方刚的年纪。

所以,这也是她愿意带他一起玩的原因。她只希望他能早一点调整心情,成熟起来,不要再去计较外界的声音。

晚上吃过饭,周未轶又非常麻利地将自己的行李从旅店搬来了他们的民宿，将跟屁虫属性发挥得淋漓尽致。

他搬行李时偶遇晓月在问老板娘借红糖和姜，再一想起下午直播时夏籽偶尔将手抚向小腹，他顿时就明白了。不过女生的事，他也不好多问。

第二天一早，一行四人收拾妥当，便买票进了灵山风景区。景区很大，一般爬完山，再玩完经典的项目，一天基本就过去了。

爬山的时候，夏籽坚持要步行，让直播间的粉丝也能体会到"一步一景"的美好，而不是一路坐缆车的单调。

周未轶听从夏籽的要求，一路都离她的镜头远远的，并且戴着口罩和棒球帽，装作工作人员。

夏籽涂了口红，但面色还是能看出一丝苍白。他知道她一定不舒服，可依然还能对着镜头心无旁骛地笑，认真介绍这座古老苍山里的一些传奇故事。

他讽刺地想，原来还真有人如此认真地对待这份工作——这让他觉得厌恶又耻辱的工作。

灵山的海拔并不高，很快他们就爬到了山顶。山顶聚集着很多休息的游客，座椅都被占满了。

周未轶从包里掏出夏籽的保温杯，一转头就看到她已经关了直播，蹲在地上。

她埋着头，让人看不见表情，但周未轶仿佛能感同身受她有多难受似的，心脏的某个地方非常怪异地痛了一下。

他在她面前蹲下来，将保温杯递给她。晓月这时候弯下腰忧心忡忡地说："夏夏，要不今天别播了，回去休息吧？"

夏籽摇摇头。直播不是她一个人的事情，为了这次直播，公司同事付出很多心血，怎么能因为她的一点不舒服就重来一次。于是她站起来朝他们露出一个笑容："没事，走吧，去下一个目标。"

于是几人稍作休息后，又顺着指引路牌朝漂流的出发点走去。

周未轶走在最后。他把玩着手机若有所思，片刻后用小号点进了夏籽的直播间。屏幕上，夏籽正在给大家做漂流预告。

"看到了吗？就从那里，一路往下，是不是很刺激啊？"

旅行直播比她的日常直播人气高得多，弹幕也很捧场。

"感觉好好玩！我也想去！"

"夏夏注意安全。"

"一趟玩下来衣服都得湿了吧。"

夏籽看着满屏弹幕，忽然就扫到"生理期"三个字。她定睛一看，发现一条重复出现的弹幕——"生理期不宜玩水"。

这位粉丝显然在不停地复制粘贴，很快，公屏里不少人也注意到了这条弹幕。

"夏夏在生理期？"

有人发出了疑问。夏籽顾不得研究那个粉丝是何方神圣，此刻直播间的弹幕被"生理期"三个字占据，她皱眉解释道："感谢大家的关心，但是没关系啦！"

谁知那位"多管闲事"的粉丝又开始发——"投票决定玩还是不玩"。

然后越来越多的人跟风发起了让她投票的弹幕。

夏籽没有办法，只好点开了投票。自己的直播间男女粉丝都有，大部分人能体谅生理期这个特殊情况，于是投票结果"不玩"以高票胜出。

夏籽对此还是有些歉意："好不容易来一次，本来想让你们跟着我感受一下呢！"

"没关系。"

"已经看到很多好看的风景了。"

"身体最重要。"

夏籽觉得眼眶一下有些发热。这一年来，她虽然没能变成像姬琳那样的大主播，但她也收获了许多善良又温暖的粉丝。这对她来说就是弥足珍贵的。

"谢谢大家。那我给大家抽个红包吧，发送弹幕就有机会中奖哦……"

所以，最后的结果就是，小黑和晓月代替夏籽直播漂流，而夏籽和周未轶乘坐索道去终点处等他们。

从半空中往下降时，夏籽趴在窗口看了会儿风景，转过头来问周未轶："好不容易来一次，你真的不玩？"

周未轶摇摇头："我现在是你的跟班助理，当然要敬业一点。万一你晕倒在这大山里，可没人救你。"

夏籽哭笑不得："你可别咒我啊。再说了，直播时怎么不见你这么敬业。"

"直播哪有当你助理有意思。"

夏籽脑海中灵光一闪，恍然大悟地看向他："刚刚那个人是你？"

"谁？"周未轶眨巴着眼睛装无辜。

"除了晓月和小黑，就你知道这件事了。肯定是你！"

周未轶耸耸肩，表示默认："明明不用亲自去做也能解决的事，不知道你总是在执着什么。想被颁发年度最勤恳员工奖吗？"

"那也总比你被颁发年度最爱翘班员工奖好！"

两个人就这样你来我往，斗嘴到晓月和小黑漂流结束。他们早已换回自己的衣服，虽然头发都湿了，但还沉浸在刚刚的刺激中，走路都有些飘忽。

今天的重头戏已经播完了。夏籽也觉得轻松不少，在路过一条小溪流时，她拿出小黑帮忙背的尤克里里，找了一块平坦的大石头，坐上去弹唱自己写的歌。

"那我就用一首歌结束今天的直播啦。歌名叫《奇妙夏天》，这个夏天，很高兴认识你们。"

小黑忙着将三脚架固定。周未轶摘掉口罩，目光一直停留在夏籽身上。尤克里里的声音欢快又可爱，周未轶不由得随节奏轻轻晃头。

溪水潺潺，鸟鸣阵阵，她的歌里全都是快乐。他听着她的声音，这些天积在心头的沉重、不甘、烦躁，好像一刹那都消失不见，只剩一片宁静和释然。

她能做到如此淡泊乐观，他又何必怨天尤人？

裴允谦看着手机里笑容明媚、歌声动听的女孩，忍不住又点开了礼物栏。
他觉得好听，就任性地给她更多的鼓励和惊喜。
然而他的礼物还没有点出，屏幕上就华丽地跳出了一支"星光焰火"。
准确来说，是三支。
璀璨的光芒立马在直播间里造成轰动。裴允谦看到那个ID名为"太阳"的人马上超过他，成为本月贡献榜第一。
屏幕前的夏籽显然更加激动。
一首歌结束，她都准备下播了，这时候忽然被砸了三支焰火，她本以为又是裴允谦，一看ID，却有些意外。
太阳，也就是姬琳直播间的那位常驻粉丝。虽然她知道这位粉丝没事就喜欢在灵猫放焰火，但在她的直播间还是第一次。
从惊讶中回过神来，她也真诚地向太阳表达了感谢。当天晚上刚巧姬琳发来消息，问她旅行直播顺利与否。她就简单讲述了一下与周未轶的偶遇。
她的大拇指在手机键盘上停留了一会儿，最终还是没讲关于"太阳"的事。
她觉得有些事还是只有当面才能说清楚。

这次策划是短途游，所以第二天夏籽他们就踏上了归程。
当然，周未轶也跟着他们乖乖回了公司。
他一回去自然先经历了一番狂风暴雨，但奇怪的是，平时一句话不想听、转身就走的Sum，这次却没有耍脾气，甚至在回来的第二天就准时开播了。而且更令人意外的是，以前从来不感谢送礼物的人，也不跟粉丝交谈的Sum，竟然也会挨个点名感谢，并且会略显僵硬地和粉丝聊几句天。
夏籽回来后，公司已经开始策划她下一次旅游直播的路线了。
这次小试牛刀可谓是大获全胜，夏籽的直播效果极好，除了人气和粉丝量的增长，也确实有一些商务广告找上了她。

她和周未轶再没有单独接触的机会。但她偶尔还是会去他的直播间捧场，看到他的转变，也真心为他高兴。

　　这天夏籽又来公司开会。这也是最近比较令她头疼的事，以前作为公司不起眼的小员工，只要不出问题，并且完成直播任务，一般就没人管。现在大家都围着她团团转，她才真的有种肩负重任的紧迫感。

　　来到公司后，她像往常一样直奔关老板的办公室。

　　他的办公室四面都是透明的玻璃墙。所以夏籽刚靠近办公室，只看了里面一眼，就下意识地停住了脚步。

　　裴允谦背朝她坐在关湃的办公桌前，而她的老板神色严肃，他们似乎在探讨什么重要的事情。

　　时隔好久再次见到裴允谦，夏籽心中莫名涌起一阵委屈。之前在灵山时，晓月在路上提醒过她裴允谦打来过电话。

　　但那时人多眼杂，她就没有给他回电话，只在微信上说了一句。之后他也并没有主动联系她，像忘了有她这么个人似的。后来她开始忙工作，就更没有时间去试探他的心意。

　　她站在原地发呆，压抑着心中怪异的酸涩情绪。这时关湃看到了她，便自然而然地招招手，示意她进来。

　　裴允谦也回过头来望向她。她装作没有看到他，尽量保持步伐稳重，端庄地走了进去。

　　"老板……"

　　她招呼还没打完，关湃就异常热情地迎了上来，甚至给了她一个大大的熊抱。

　　夏籽有些发蒙地望向裴允谦，这时她听到老板喜气洋洋的声音——

　　"夏夏，你火了！"

第五章
落日时差

之前的沙漠之旅，有路人将夏籽穿古装弹唱的视频发在了一个短视频平台上。

大量的点赞、转发，像滚雪球一样越积越多，夏籽成了全网都在寻找的女生，甚至她的那首歌都有了翻唱版。

夏籽平时不玩那个软件，自然不知道自己已经在另一个网络世界中小有名气。

关湃喜上眉梢，感慨道："能走红也得看命。我果然没看错人。"

夏籽拿出手机下载了那个软件，很快就找到了点赞数破百万的视频。

视频有些模糊，但依然能辨认出夏籽的脸。

这从天而降的热度让她又惊喜又忐忑。

夏籽反反复复看着视频，心中纷乱："那我现在该怎么办？"

关湃显然对此早有计划："最近我会联系一家唱片公司，先录正版单曲。你去注册一个账号，声明这才是你本人。平时可以在上面发一些动态，让晓月帮你打理。简介上要说明你是灵猫直播女主播，写清楚ID……"

夏籽点点头，注意到一旁裴允谦的目光，她跟他对视一眼，很快转开头，继续听关湃的指示。

"第二条旅游路线照常准备。我预计你马上要涨一大拨新粉丝,直播内容更要精益求精。不过,夏夏,你只要做自己,就会有很多人喜欢。"

他的最后一句话显然给了夏籽很大的安慰,让她不再那么畏惧吉凶未明的前路。

"啊。"关湃长舒一口气,似乎把这些天所有的憋屈都抒发了出来。

"今天真是个好日子,老裴来解围,夏夏争气。走吧,晚上我请你们吃个饭,叫上秦晓月和小黑。"

一行人在关湃的带领下往外走,刚巧在公司的走廊上碰到了来上班的周未轶。

关湃对于周未轶的改变是最喜闻乐见的,对他的态度也一百八十度大转变,甚至帮他在家里装了直播设备,允许他不来公司。

但周未轶还是按时来公司上下班,一副爱岗敬业的样子。

然而,他在众人面前仍旧是一副叛逆期少年的样子——不爱说话,拉着张脸,好像所有人都欠他钱一般。

唯独在见到夏籽时,他在擦肩的瞬间冲她扬唇一笑,然后就兀自朝自己的直播间走去。

夏籽没好气地在心中念了声"臭弟弟",然后跟随大家一起去吃海鲜。

几人围坐一桌,裴允谦负责冷场,关湃就负责活跃气氛,小黑和晓月埋头吃螃蟹。夏籽想了想,端起酒杯先敬关湃。

"老板,感谢你一路走来对我的栽培和提点。"

"跟我不用这么客气。接下来的这段路才是关键。还有你们两个,"他看向一旁埋头苦吃的二人,"你们要做好心理准备,跟上夏夏的成长速度。"

小黑和晓月忙不迭地点点头。夏籽这边已经倒好了酒,也转向二人。

"小黑,晓月,感谢你们这段时间的关照,也许以后还会合作很久。总之,有我一口肉吃,就绝对不让你们吃素!"

小黑听到这话有些动容。他一开始其实是四五个小主播的后台运维人员,算是从夏籽一进来就看着她成长的。夏籽不能说最美、最独特,却是最让人省心的。她的任务量永远都能按时完成,很少需要他催促。

而且她性格好,无论是最开始只有几个粉丝,还是到现在有几十万粉丝,她都对他们笑得真诚。她的笑不是没心没肺的快乐,不是职业性的敷衍,而是一种发自内心的乐观和通透。

这些,也是他在她的一首首歌里感受到的。他想,那些喜欢她的粉丝大概也曾被她的笑容治愈。

此刻听她说出这样的话,原本就敏感细腻的两百斤胖子,一时间热泪盈眶。

"没事,我吃素,肉省下来给你们俩吃!"

"是,你确实应该减减肥了!"晓月也敞开心扉和他开玩笑。

三个人其乐融融地碰了杯。夏籽坐下来,安安分分地吃了会儿菜,眼珠子时不时瞥向裴允谦。终于在看到他放下筷子后,她朝他举起了酒杯。

"裴先生,一路走来也接受了不少你的帮助。我在这里敬你一杯。"

裴允谦眼前的酒杯原本是空的,服务生见此试探地端起酒想给他倒,他没有出声拒绝,默许了服务生倒酒。

杯中红酒折射璀璨的灯光,像红宝石般夺目。裴允谦静坐不语,迟迟没有拿起酒杯。夏籽便一直举着杯没有放下。

她看起来有种莫名其妙的坚决,不知道在盘算什么。

裴允谦望着她热切又诚恳的黑眸,终于拿起酒杯跟她轻轻一碰。

旁边,关湃微微一挑眉,转瞬露出一个古怪的笑容。

夏籽注意到他的笑容,顾不得推敲个中缘由,因为自她看到关湃点了红酒后,就生出一个念头。

都说酒后吐真言,裴允谦对她忽冷忽热的态度又实在让她捉摸不透,所以她决定化被动为主动,借酒搞清楚他的真实想法。这样她也能决定自己到底该以怎样的心态面对他。

她对自己的酒量向来自信,但不知裴允谦的深浅,于是一杯接一杯地试探他的底线。

那边关湃喝到现在显然也有些上头,正举着手机不知在跟谁打电话:"你听我说,你听我说,天瑜……"

这时裴允谦忽然站起身来,淡定又有礼貌地跟大家打了个招呼,就去了卫生间。

他看起来没什么特别,只是脸色微红。但夏籽还是能从他焦距难定的双眼确定,机会来了。

她看了眼聊人生坎坷聊到忘我的小黑和晓月,站起身跟了出去。

姑妈常说她像她爸爸,无论是那双葡萄似的黑眼珠,还是倔起来一条道走到底的性格,甚至还有酒量。

姑妈说她爸爸年轻时因为能力强,酒量好,成为当时公司的首席秘书,真正的青年才俊,前途无量,可惜突逢变故,莫名其妙就杳无音信。

夏籽先进了女卫生间。她知道凭借自己强大的解酒能力,刚刚喝的那点酒只要上个厕所就没什么感觉了。

她快速上完厕所,准备出去等裴允谦。谁知刚出门她就和裴允谦打了个照面,他的脚步还有些虚浮。

夏籽不知道他是不是吐过，只看到他脸色不太好。

夏籽心中歉疚，她不知道裴允谦不爱喝酒是因为酒量不行。此刻对他造成困扰，她觉得很不好意思。

夏籽上前几步，关心地询问："裴先生，你没事吧？"

裴允谦眼神缓慢地定在她脸上，露出一个堪称无害的笑容，说："没事。"

夏籽正沉浸在他的笑容中，还没回过神来，眼前一黑，裴允谦上前一步将她拉进了怀里。

他几乎将自己一半的重量都放在她身上。

夏籽无措地伏在他的胸口眨着眼睛，为了保持平衡，下意识地伸手撑在他的腰上。

他的呼吸声格外沉重，灼热的气息喷洒在夏籽的耳际，仿佛将许多个调皮的小精灵送进她的耳朵，让它们跑到她心里旋转跳跃不停歇。

"芽芽？"他的声音因为醉意而显得慵懒又沙哑。

"啊？"他第一次认真叫自己的小名，像叫一只小动物般亲密。夏籽感到错乱又尴尬，只能紧紧捏着他的衬衫，思绪都变得混乱。

"你负责把我送回家。"

他的语气完全不似平时那般冷静、沉稳，反而多了几分孩子气。夏籽不由得也柔声说："好，那我去跟关老板他们说一声。"

说着她趁机用力推他，准备带他先回包厢。谁知刚推开他一点点，他就利落地抓起她的手腕，率先向前走，仿佛刚刚的醉态只是她的幻觉。

她胡思乱想了半天，才发现他带她走的并不是回包厢的路线，相反，他们正逐渐接近餐厅的大门口。

夏籽睁大眼，连忙向后用力拉他："走错了，大哥！"

他却不管不顾，拉着她径直往门口走，甚至在服务生迎过来问有什么需要帮忙时，十分正经地回复人家："谢谢，不用。"

夏籽就这样被他拽着出了门。

夜晚的风带着凉意扑面而来，让夏籽原本发蒙的脑袋恢复清明，但对举止怪异的裴允谦显然没用。

他像是不知道尽头似的，拉着夏籽沿着马路一直往前走。

夏籽跟着他的步伐，这情侣一样的姿势让她的脸不自觉地染上红晕。她清了清嗓子，用力向后一抻胳膊，说："裴先生，你拉着我要去哪里？"

她想到自己最开始的目的，所有的情绪一股脑就冒了出来："还有，之前你为什么救我，为什么关心我，为什么总是帮我解围，你去美国的时候，为什么又不理我……"

裴允谦猝不及防地停下脚步,回头与她对视。喝过酒让他的目光像笼了一层薄雾似的,却在看到她时,一点点聚焦,最终汇成眸中最亮的一颗星。

"在美国,我很……"

丁零零……

电话铃声乍然响起,和裴允谦说出的最后两个字交织在一起。夏籽吊在半空的一颗心以光速坠落,连忙接起电话。

"喂?"

"夏夏,你去哪里了?裴总怎么也不见了?"电话那头,晓月有些担心地问。

"啊?"夏籽看了眼靠着栏杆垂下头的裴允谦,斟酌半天才道,"嗯……他喝醉了,我送他回去。你们把关老板照顾好啊。"

挂了电话,夏籽头疼地看向靠着栏杆都摇摇晃晃的裴允谦,抬手拦了一辆出租车。

好不容易拖着他坐进车里,夏籽长舒一口气,和司机说:"去南湖北苑。"

裴允谦将头靠向她的肩膀,但她心中现在没有任何小鹿乱撞的感觉。

因为一向严肃正经的裴总,竟然开始小声哼歌。

"秋裤,秋裤,冬天的保护……"

夏籽哭笑不得,他不知什么时候还学会了自己直播时唱过的歌。

她忽然想起刚刚,不知是听错还是他确实说了,和铃声交织在一起的两个字,似乎是——"想你。"

"在美国,我很想你。"

夏籽在心中重新组合他的语句。

裴允谦的头无限靠近她的脖子,她望向车窗掩盖紧张,却看到映在玻璃上的女孩,嘴角不自觉地翘起。

出租车到达南湖北苑门口就不能进去了,夏籽下了车,和司机费了九牛二虎之力将裴允谦拉下来。司机看着娇小的女孩扛着烂醉如泥的男人,不由得担心道:"要不我送你们进去?"

夏籽咬牙站稳,不想大半夜麻烦别人:"没事,几步路就到了。您去忙吧。"

然而很快她就后悔了——万万没想到这片别墅区居然这么大!好在保安大哥伸出援手,帮着她一起将裴允谦送回了家。

别墅的小院一片漆黑,几声狗吠此起彼伏,阴森森的。夏籽深吸口气,谢过保安大哥后,用最后一点力气将他拖进了院子。

用裴允谦的指纹解锁进门后,她把他直接扔到沙发上,自己也瘫到了一边。

筋疲力尽让她看裴允谦越发不顺眼,完全后悔灌他酒这件事。她看过的许多小说里，男女主好像很愿意在对方醉酒时悉心照看，尽显温情。她却觉得此地不宜久留——醉酒的男人总归是危险的。

但送佛送到西，夏籽缓过劲来，决定将他安顿好就离开。

她努力爬起来，到卧室找出了毯子，然后帮裴允谦脱掉鞋子，安置在沙发上。

还好他家沙发够宽大。夏籽叉着腰，满意地看着盖着毯子安安稳稳睡觉的裴大总裁，拿起手机就准备走。

"咳咳……"

睡梦中的裴允谦咳嗽出声。夏籽停住脚步，她知道醉酒的人容易感觉到渴，于是转身去厨房倒了一杯水。

"要喝吗？"夏籽蹲在沙发边上，柔声问他。

裴允谦眉头微微一皱，随即眼睛睁开了一道缝。他看着近在咫尺的女孩，哑着嗓子没头没尾地说："别怕。"

夏籽以为他在做梦，于是声音更轻地说："喝点水再睡，会舒服一点。"

他没听到似的，伸手摸向了她的脑袋。

他轻抚着她的头发，目光迷离，像望着平行世界里的另一个她，声音温柔而坚定——

"我会保护你。"

偌大的房间没有开灯，唯有城市纷杂的霓虹透过玻璃窗映下模糊的光影。小小的男孩跪在窗前，额头抵着冰凉的玻璃，努力向下看。

许久后，一辆红色的跑车停在楼下，驾驶座上的男人不耐烦地将副驾驶座上烂醉如泥的女人拉出来，想要送她上楼。

男孩跳起来奔去客厅，熟练地踩上椅子打开水晶吊灯，又将门锁打开，迎他们进来。

"照顾好你妈。"

经纪人叔叔说完就走了，仿佛多看他一眼就难以克制自己的火气。

男孩呆呆地站在原地，看妈妈摇摇晃晃又去拿了瓶酒跑到阳台上喝。

她发出疯癫又可怕的笑声，半个身子已经探出了阳台的护栏。男孩心惊胆战地走过去，用力抓住她的衣角。

"妈妈，好危险！"

女人迟缓地回过头，低头看到小小的男孩，眼泪瞬间夺眶而出。她将酒瓶摔到地上，紧紧抱着他哭："对不起……对不起……小宝，如果妈妈有什么事……"

"不会的，妈妈，我会保护你。"

……

画面转到下一个场景。

这是一家医院。小男孩坐在长椅上,手里抓着玩具小汽车,一动不动。来往的成年人脚步匆忙,像一个个幽灵般闪过他的眼前。

但他丝毫不为所动,不久前的一幕还停在他眼前,烙在他的心间——

浑身是血的女人从急救室被抢救过来,送去重症监护室观察。他睁大眼睛看着病床上因车祸失去意识的女人,不自觉地想到被遗弃在垃圾桶边的残破的娃娃。

他就那样睁着眼睛,一动不动。没有人注意到他,没有人来挡住他的眼睛。他小小的心脏仿佛被谁抓紧踩蹦一般,感受到巨大的痛苦。

对不起。

对不起,妈妈,我没能保护你。

裴允谦睁开眼。

时钟的嘀嗒声在寂静的房间里格外清晰。他将手背遮在眼睛上,深呼吸以缓解刚刚因梦境而产生的心悸。

他不喝酒,除了因为酒量一般,还因为这样的梦魇。

每次醉酒,那些被他深埋多年的记忆总是不受控制地浮现,一次又一次侵蚀他的心脏。

他发出长长的叹息,下一秒却不由得屏息凝神——他听到了一道轻柔又绵长的呼吸声。

裴允谦快速回过头,看到趴在另一侧沙发上睡颜安然的夏籽。

这时他才真正从过去的记忆中走出来,他想起他喝酒的原因,就是想看看夏籽究竟想干什么。

现在一看,倒是自己把她折腾了个够呛。

裴允谦起身喝光放在茶几上的水,去了趟卫生间,换下昨夜的衣服后,朝夏籽走来。

他弯下腰轻轻将她抱起来,在起身的一刻还有些不可控制的眩晕。他闭上眼睛,稳了稳心神,再睁开时就对上了夏籽的黑眸。

客厅幽暗,她的眼睛却不知反射了哪里的光亮,一闪一闪,好似星光。

"裴……"夏籽察觉到他们此刻的暧昧姿势。

夏籽正欲开口,裴允谦打断她:"嘘——"

大概是因为夜太深,夏籽的身体机能还没从沉睡中完全恢复,她乖乖听话,任他抱着上了二楼。

不知为何,从认识他的第一天起,哪怕后来知道他是裴家人,她在内心深处都一直对他有种莫名的信任和放心。

他们去的大概是裴允谦的卧室。卧室里没有拉窗帘,月光洒下满室白霜。她被放在床上,裴允谦拉起被子为她盖上,然后自然而然地躺到了她旁边。

她后知后觉地开始紧张,他却隔着被子将她拥住就又合上了眼。

他大概还没完全醒酒。

夏籽大气都不敢出,斜着眼睛看身旁的一张俊脸。

刚刚他的一句话让她留了下来,不管他是梦到什么而说出"我会保护你"这种话,但她不可控制地想到他曾保护她的一幕幕画面。

于是她没有离开,想,那今夜就换我来保护你吧——万一你掉下沙发,或者半夜想吐什么的……

还好没有。

但比那更难解决的问题出现了。

夏籽睁着大眼睛望着天花板,尽可能浅浅地呼吸以减少存在感。裴允谦却仿佛真的只是想好好睡一觉,很快他的呼吸就变得平稳、悠长。

夏籽注意到他躺在被子上,什么都没盖。她想拿开他的胳膊,又怕吵醒他,一回头隐约看到床头柜上的空调遥控器。

她伸长胳膊去够,却摸到了一个手感怪异的小东西。

她拿过来凑到眼前仔细看,忍不住笑了出来——羊毛毡小橘猫竟然在他这里。肯定是她之前坐他的车遗落的,但他也没有像扔垃圾一样把它扔掉。

夏籽将空调调到适当的温度,然后很轻很慢地翻了个身。他睡得很沉,她面对面望着他的脸,嘴角不自觉地弯起小小的弧度。

她不知道他对自己特殊的原因是什么,但她愿意在未来的日子努力变得更好、更强大,配得上他的青睐,还得了他的恩情。

深夜,夏籽不断胡思乱想着,直到一腔热血涌上大脑,恨不得立刻起身就去奋斗,等她睡着自然已经很晚了。

室内温度高,她又盖着被子,所以整夜睡得都不安稳。脑海里的古怪梦境像走马灯一样闪过,还有哥斯拉一样的大怪物在追着她跑。

她脚下一滑摔倒在地,哥斯拉趁机上前,眼神暧昧地望着她,然后伸出湿漉漉的舌头舔上了她的脸。

"啊!"夏籽发出杀猪一样的尖叫,随即对上了圆溜溜的一双眼。

"哈……"夏籽缓了口气,"哈士奇?"

两只健壮的大狗正在她床边像好奇宝宝似的观望,其中一只见她醒来,昂着头发出长长的一声呜咽,像在呼唤谁。

夏籽坐起来挠着凌乱的长发，想起昨晚回来时确实听到了狗叫声，她当时还以为是别人家的，没想到是裴允谦养的。

她下床摸了摸狗，进去卫生间洗漱。裴允谦不知何时为她准备好了一次性洗漱用品，她一边在心中感叹他的贴心，一边快速整理完自己，然后踩着大拖鞋啪嗒啪嗒就去找裴允谦。

昨晚他们莫名其妙地同床共枕，当时没觉得怎样，此刻想来她才觉得尴尬。她顺着楼梯向下走，两只狗就跟在她身后。

夏籽闻着空气里弥漫的食物的味道，忍不住加快了脚步。

楼下的开放式厨房里，裴允谦背对着她，不知在做什么好吃的。夏籽走过去，还未看清就喜笑颜开地捧场。

"麻烦裴先生给我做早餐啦，感觉一定很好吃！"

裴允谦淡淡地看她一眼，转身将锅里的食物倒向地板上的狗盆。

夏籽差点被自己的口水呛到，连忙四处看看转移话题："这台抽油烟机挺不错的。"

那边，两只狗狗吧唧吧唧吃得如狼似虎，夏籽的肚子咕噜一声发出清脆的抗议。她觉得挺郁闷的，她一个年轻貌美的姑娘，怎么地位还不如两条狗？

这时裴允谦转身，将一个白盘子递到她眼前。

"你的。"

夏籽愣愣地接过来，听到男人藏着笑的声音："不用跟它们抢。"

夏籽听完转身就朝餐桌大步走去。这个人真的是，永远不给人留点面子，还不如喝醉时可爱。

她心中虽微怒，但肚子很诚实。表面金黄的三明治完全激起了她的食欲，大大一口咬下去，满满都是幸福感。

两只狗，一个人，在他面前吃得愉快。

裴允谦斜靠在大理石台边，小啜一口黑咖啡，眼神没离开过她。她吃东西总是非常满足，让人看着很有食欲，怪不得那么多食品商家想找她做广告。

他望着她，想，假如时光就此停止，那该多么美好。

可惜，现实中还有很多需要面对的问题。

"准备好了吗？"

裴允谦冷不丁地问她，她一时没有反应过来："什么？"

"当大明星。"

"咳咳……"夏籽喝了口温牛奶，埋怨地看向裴允谦，"你可别逗我了。小主播离大明星可有十万八千里的距离。"

夏籽说的是实话。直播圈毕竟不是主流，主播在自己的圈子里再火，还是不如真正的明星那般家喻户晓。

裴允谦微微耸肩，不再继续这个话题。

"待会儿去哪里？我送你。"

夏籽吃完最后一口三明治，点开手机看了看微信："我先回家换衣服。姬琳约我逛街呢，我们好久没有一起出去了。"

"嗯。"

夏籽站起来收拾餐具，早就吃完饭的大狗以为她还有什么好吃的，抬起前腿就朝她扑过来。

她惊慌地举高盘子，听到裴允谦沉下声音训斥它们："萌萌，朱朱，坐下！"

夏籽没想到这么雄壮的两条狗，名字却这么软萌。她忍不住夸赞："你家的哈士奇真乖。"

裴允谦淡淡地瞟了她一眼，接过盘子顺手放进了水池。

"阿拉斯加。"

夏籽一窘，嘀咕："毛色这么像哈士奇，说不定是杂交的。裴先生，你买狗的时候是不是被骗了……"眼见着裴允谦的眼神有些变了，夏籽连忙挤过来用行动掩饰尴尬，"我洗碗。"

裴允谦却一把抓住她的手腕："去收拾东西，我们马上走。"

主人都这样说了，夏籽只好收回手，乖乖找自己的东西。基本上没有什么可收拾的，她整理完毕，很快又来到客厅。

半开放式厨房，裴允谦背朝她，洗碗的姿势都透着一种随意、优雅。他将盘子依次码好，又开始收拾狗狗们制造的狼藉。他今天穿了件米色的针织衫，整个人透着一种和煦的气质。

她想起几个月前初见他的画面，当时怎么都想不到，那么遥不可及的男人，现在竟然给她做早餐吃。

半蹲着的裴允谦整理完毕，较活泼的那只大狗就雀跃地扑进了他的怀里。

裴允谦嘴角浮起一抹浅笑，纵容地摸了摸狗的脑袋。

夏籽毫无来由地想起昨晚卫生间门口的那个拥抱——场景实在算不上浪漫，但在她心中掀起了一场海啸。

在裴允谦送她回家的路上，她一直望着窗外的街景，不发一言。

驾驶座上的裴允谦瞟了她好几眼，猜不准小女生脑袋里又在想什么奇奇怪怪的东西。

"昨天晚上麻烦你了。"

夏籽转过来，望进他的眼："是我不好意思，没想到裴先生酒量这么……"

她顿了顿，没好意思直接刺激他，就换了个话题，"那你为什么还要喝我敬的酒？"

"舍命陪君子？"裴允谦嘴角含笑。

夏籽眼珠转了转："那你还记得你酒后做了什么吗？"

裴允谦看了眼旁边表情神秘的女孩，好整以暇地将手肘靠向车窗："不知道。"

"你说，想和我谈对象。"

她这老土的说法令裴允谦一时没忍住，笑了出来。他确实对昨晚的记忆不太完整，也无法反驳她的话。但是真还是假，对他来说并不重要。

这时夏籽大概怕这么说不妥当，又迫不及待地开口："我明白，酒后神志不清嘛，胡说八道也是情有可原……"她边说边瞟着裴允谦，试探着他的反应。

然而他除了觉得好笑，好像也没什么别的情绪。夏籽撇撇嘴，继续给自己打圆场："也有可能你说的是别人，刚好被我听到了而已。"

"嗯。"

他不咸不淡的态度让夏籽内心蹿起一股小火苗。眼看着快到她的公寓，她冷声说："裴先生，停在这边就好，前面不好掉头了。"

他却没听，一路开到了她家所在小区门口。

停车后，夏籽正要跟裴允谦告别，他却先一步开口："你想和我谈对象吗？"

想。

夏籽的大脑几乎是一秒就出现了这个字，但女生的矜持还是让她红了脸："谁想了！"

然后"纸老虎"夏籽同学就头也不回地下车，几乎是奔跑着进了小区。

裴允谦望着她落荒而逃的背影，无奈地笑了笑。

虽然他很反感关湃对他的防备和多管闲事，但也不得不承认关湃说得有道理，连自己都能看出来，不出意外的话，夏籽在主播这条路上会一路走到顶峰。

"人红是非多"是绝对的，他可以无所谓，但他不想让她一个年轻小姑娘去承受来自网络的恶意。

有钱人，女主播。人们对这两个词的联想总是带有固化的偏见，他不得不为她考虑，除非……她不再是一个公众人物。

一口气奔回家里的夏籽依然闷闷不乐。她显然还没有想到那么深远的地方。在她看来，直播是直播，生活是生活，许是阅历还太少，看到的社会阴暗面也少。

就像她觉得姬琳直播间的粉丝"太阳",也许和姬琳是真爱呢。

但如果真如贴吧里传的,那位粉丝人品很差,那她就要劝姬琳小心一点了。

下午见面后,许久不见的两人还如当初同住一间屋一样,手挽着手亲亲密密地逛街。

姬琳做直播挣了不少钱,人气也一直很高,自然要注重自己的形象,隔段时间就要上街买新衣服,换新造型。

陪姬琳大包小包买了不少,夏籽却几乎没怎么买东西。

"夏夏,你看上哪件了?我送你啊。"

"不用,这个季节的衣服,我还有很多,用不着买。"

"你马上就是户外的当红女主播了,下一期的旅行路线定的是海边吧?来,我们买几件好看、上镜的衣服。"

说着姬琳就拉她进了几家度假风的服装店。

夏籽心中还是很暖的,她没想到姬琳这么火了还会关注她的动态,连她下一条直播的路线都记得。

试了两条裙子,又搭配了合适的鞋,最后结账时夏籽还是没能快得过姬琳,被她抢了先。

临近傍晚,夏籽准备就近找一家好吃的饭店请姬琳吃饭,这时姬琳的电话响了。

姬琳自然地在夏籽身边接起了电话,夏籽就无所事事地点开微信。

夏籽刚刚试衣服时,姬琳帮她拍了几张照片,她自己觉得挺好看的,就想发给裴允谦臭美臭美。

"阳哥,我还和朋友在一起,就不过去了。"

"夏夏,你应该在我直播间见过的……"

夏籽发完照片,听到姬琳提起自己的名字,不由得抬起头来。

"啊……那我问一下她吧。"说着姬琳看向夏籽,压低声音说,"我直播间那位一直支持我的朋友,叫咱们一起去吃饭。他说你唱歌好听,想认识一下呢。"

夏籽脑中某根弦一紧,试探地问:"太阳?"

姬琳眼睛眨了眨,点头承认。

"算了,我都不认识。你去吃吧。"

姬琳将她的意思传递给那边,那边显然不依不饶,还在不停地游说。

姬琳无奈,只好又劝夏籽:"走吧,夏夏,就当是陪我了。而且那边好像还有灵猫的高管,吃个饭认识一下也好。"

夏籽的内心十分抗拒。她虽然涉世未深,但也知道这种场合有多难熬。

可是姬琳这段时间行踪神秘,夏籽对此早有担心。姬琳这个人虽然心思深沉了一些，但夏籽知道她本质纯良，敏感细腻，相识的这一年多来没少照顾自己。

最后，夏籽还是答应下来，准备去见识见识这位"太阳"的真实面目。

他若人好就没事，如果真的像传言中那样，那她就要想想办法了。

"好吧。"夏籽终于同意。

坐进姬琳的车里，两人一时间有些无言。

"公司里总是有人传我跟章旬阳的绯闻吧。"

夏籽怔了怔，意识到她口中的章旬阳就是"太阳"。

夏籽也不隐瞒："是。不过你不用在意他们。"

"那你呢，夏籽，你是不是也觉得我跟他在一起了？"

姬琳握着方向盘，神情平淡。于是夏籽坦然道："跟谁在一起都是你的自由呀。况且，我知道你一直很理性，也有自己的规划。"

这点，夏籽没有说错。姬琳一直都是认真起来有点可怕的人。最开始直播时关注她的人寥寥无几，她就主动向其他女主播学习；担心没有出众的才艺，不能长久地留住粉丝，她就从零开始学舞蹈；因为评论说她唱歌跑调，她就没日没夜地练习唱歌，直到声带受伤。

夏籽了解她光鲜背后所有的血泪，可夏籽从不知道她的真实想法。

"夏籽，你知道我有多讨厌当一个主播吗？"

夏籽转头看向她，她的神情还是不显波澜，可眼眸分明沉入了黑暗。

姬琳讨厌主播这份工作，仍然能做到最好；而自己分明是喜欢的，却没什么进取心。夏籽不禁心中惭愧。

"可你做得很好。"夏籽安慰她。

姬琳摇摇头。红灯闪烁几下，很快变成绿色。她顿了片刻才发动车子，似乎刚从自己的思绪中回过神来。

"章旬阳是华艺影业老总的儿子。"

夏籽睁大眼，听到姬琳坚定地说——

"我要当演员，不管多难。"

夏籽隐隐听说过姬琳大学时候的事。

那时她似乎在男女关系的问题上得罪了同班的一位女生。那女生出身演艺世家，父母在影视圈都颇具影响力。那样的背景，想整姬琳一个普通家庭出身的学生，可以说不费吹灰之力。

所以，姬琳上学直到毕业，只演过几部舞台剧，后来迫于生存压力，做了女主播。

而针对她的那位女同学，现在已经是娱乐圈炙手可热的新生代小花。

姬琳看起来很难在演员这条路上有所成就，可她心中似乎憋着一股不达目的不罢休的劲。

夏籽在车上想问而没有问出口的话是："哪怕要走并不光明的捷径吗？"

但她知道自己没有资格这么说。

两个人各怀心事地走进五星级酒店的包间。

围坐一圈的男人看起来非富即贵，中间只夹着她和姬琳两个女孩。夏籽总觉得暗中有不怀好意的目光，像梦中怪兽垂涎的舌头一样，恶心又肮脏。

旁边一个穿衬衫、戴眼镜的男人要给夏籽倒酒。夏籽面无表情地说自己喝不了，然后就低头自顾自地吃菜。

那人却不放弃，继续搭话："夏夏是吧？我认识你，最近经常占据灵猫户外榜前三。"

通过之前简短的介绍，夏籽知道这位是灵猫直播平台某部门主管，称不上权势多大，但也认为她这样的小主播好拿捏。

夏籽放下筷子，侧头对上他的眼睛："对，有什么问题吗？"

"当然没有。"男人笑了笑，将不知什么时候掏出来的名片推给她，"我跟关老板很熟。内部消息不怕告诉你，最近灵猫要推出一项唱歌比赛，决出全平台前十的好声音主播。我估计关老板会安排你参加。到时候如果有需要，你可以打我电话。"

男人眼神暧昧。夏籽皮笑肉不笑地接过卡片，出于礼貌还是轻飘飘地回了一句："好的。"

谁知他还没完没了起来："你人气虽然高，但对粉丝经济的变现能力很一般，以后还是要好好学习和把握的……"

啪！

夏籽面前桌上满满一杯果汁不知怎么倒了，顺着桌布流了旁边男人一腿。

"对不起啊。"夏籽道歉。

男人碍于颜面没有当场发火，但不代表他没有注意到夏籽刻意的小动作。

"我去整理一下。"夏籽看都没看男人，只对另一边的姬琳说。她正和章旬阳还有另一位颇有名气的年轻导演相谈甚欢。

姬琳点点头，夏籽起身时目光从章旬阳的脸上一扫而过。对别人的外表，夏籽不多做主观评价，只是刚进包间时他看向自己的目光十分诡异，整个人都流露着毫不掩饰的轻佻气质。

这让夏籽很不喜欢。

去卫生间时，夏籽拿出手机，发现裴允谦不知何时给她回了信息。

"你在哪里？"

"碧蓝国际。好讨厌这样的吃饭氛围。"

"开车了吗？"

"没有。"

"我去接你。"

夏籽怔了怔，经过昨晚相对亲密的接触，他似乎对自己更加上心了。夏籽心中雀跃，从卫生间出来后没有回包厢，而是在大厅的卡座里一边等待裴允谦，一边给姬琳编辑信息。

她刚刚出来时顺手拿了自己的小挎包，新买的衣服和鞋子在姬琳的车里，下次再去拿就好。

然后就没什么别的事了。

"哦，对了。"夏籽翻出包包里的名片，抿着嘴看了看，就随手扔进了旁边的垃圾桶。

"看来想和夏小姐认识并不容易。"一道低沉中带着戏谑的男声响起。

夏籽循声望去，一时间没能很好地掩藏脸上的厌烦。

今天她也算是真正见到了灵猫著名粉丝"太阳"的真面目。他的气质里好像根植一种衣食无忧的优越感和随心所欲的底气，和关湃给人的感觉有些像，但又没有关湃的随和。他的身材高且壮，但眉眼也仅限于端正，要说最有特点的应该是他的单眼皮，莫名有种喜感。

而且，这人行动言语间略显油腻，比起关湃，以及她家的裴先生差得不是一点半点。

她发觉心中碎碎念时一些称谓自然而然地发生了改变，不由得又看了眼玻璃门外。

她翘首以盼的样子太明显，章旬阳索性不走了，直接坐到了她对面。

"你的旅行直播，挺有意思。"

"你喜欢姬琳？"

她这话问得直接，章旬阳意外过后，耸了耸肩，漫不经心地回道："窈窕淑女，谁不喜欢？"说完，他还向她抛了个媚眼。

夏籽垂下眼帘，抚摸着包包上的流苏配饰。

"感情上的事冷暖自知。我也不知道你们是彼此真心，还是各取所需。不管怎样，请你不要伤害她。"

章旬阳仰头哈哈笑了两声："姐妹情深？"

夏籽转过头，一尘不染的玻璃上映着满厅富丽堂皇，她在光影交错中看到了裴允谦那辆低调的宝马。

她站起来，居高临下地冲章旬阳莞尔："话说，您可真是我见过的……"

眼睛最小的男人。"

她说完，一甩包包，头也不回地朝门口走去，步伐都显得格外轻快和迫切。

章旬阳坐在原地，下意识地睁大了眼睛。然后他看着她眉眼带笑地朝着一个目标走去，在注意到她上了一辆不起眼的轿车时，轻蔑地撇了撇嘴。

他不在意地伸了个懒腰，慢悠悠地走回了包厢。

另一边，裴允谦发现夏籽只有在刚上车时笑着跟他打了招呼，之后就一直安静地望着前方发呆。

"怎么了？"

夏籽回过神来。姬琳的事不好跟别人说，却又沉沉地压在她的心头。

"我在想朋友之间的界线是什么。"

裴允谦轻笑一声。

"每个人都有自己的生活，你管好自己就行了。"

"是呀。"夏籽叹口气，缩在座椅上，"我没有感同身受过别人的痛苦，又怎么能随便评判别人的选择。可是……"

"放心吧。别人在做选择时，已经像你一样权衡过利弊了，只是看当下，什么是她心中的第一位。"

夏籽不说话。裴允谦望了她一眼，继续说："至于你所担心的后果，这个世界本就因果循环，不是这个后果，也会有其他的。何况，未来也未必就是坏的。你不必自作多情，杞人忧天。"

夏籽原本因为他的三言两语有点想通了，但他最后又来了这么一句，她顿时从座位上弹起来："谁自作多情了？我关心朋友不对吗？"

裴允谦低声笑起来，还未来得及开口，她的肚子先提出抗议。

咕噜噜……

夏籽偃旗息鼓。刚刚在那种氛围下她食不知味，只勉强吃了几根菜，早就饿得扛不住了。她缩回座位，防止动作幅度太大引起肚子新一轮的响声。

"那个……你把我送回家就行。"

裴允谦望着副驾驶座上像鹌鹑一样的女孩，方向盘一打，拐进了另一条街。

夏籽疑惑，却在看到两边越来越熟悉的街景时，惊喜地笑出了声："大学路！"

每座城市美食最多的地方，大多在学校附近，C市也是如此。

大学路因坐落着几所知名高校而得名。从头到尾，汇集了全国各地的特色美食，很多游客都要来此打卡才算不虚此行。

对于爱吃的夏籽来说，这座城市里她最爱的就是这条路。毕业后她也常来，还曾来此做过户外直播。

她不知裴允谦是随心还是有意,但心中还是没来由地浮起细微的感动。她不多说,他却能猜出她的想法;她不要求,他也能准确地给予她最舒心的温柔。

有时候她觉得,他们之间似乎有种超越相识时间的熟悉感。

"谢谢你。"夏籽望着他,眼中微光闪烁,泄露了情感都不自知。

裴允谦轻轻扫她一眼,很快别过头,将车停在附近的停车位。

来到熟悉的大学路,夏籽简直如鱼得水。晚上八点多钟,这里的喧闹才刚刚开始。附近的大学生成群结队地来这里买夜宵,好不热闹。

不过,大部分店子只有窗口,没有座位,夏籽买了最喜欢的烤猪蹄、烤脑花,即使站着也吃得不亦乐乎。

当然,裴允谦充当了她的桌子。他一只手拿着小吃,一只手举着她的珍珠奶茶。也不怪她不地道,她自然是诚恳地邀请他和自己一起吃,但这位先生显然活得比她精致,以不吃动物奇怪的部位为理由,拒绝了她的盛情相邀。

后来夏籽一个人吃完两份小吃,在吸了一大口珍珠奶茶后,又跑去买了一份秘制炸土豆。

"喏,这不是动物奇怪的部位,你可以吃吧?"

裴允谦望着她亮晶晶的眼睛,终于拿起上面插着的竹签,将一块颜色鲜艳的土豆塞进嘴里。

"好吃吗?"夏籽期待着他的反应。

"嗯,还不错。"

这已经是裴允谦能说出来的最好的夸奖了。夏籽心中喜悦,和他一人一块地分食着小吃,姿势和旁边亲亲密密的情侣别无二致。

吃饱喝足后,夏籽提议去她的母校散步消食。

要说她的学校也是在全国排得上号的,培养了一批优质歌手、作曲家、演员等等。她有好多引以为傲的知名校友,所以提起母校就忍不住自豪。

"我跟姬琳都是戏剧系的,不过她是表演方向,我是音乐剧。本来我的志愿是作曲,但是文化课拖后腿了。"

她背着手,在裴允谦面前倒退着走,一边吐槽当年的高考成绩。

"然后我就被调剂了。唉!你不知道毕业时我找工作有多难……"

提起曾经的艰辛,她有一肚子话要说。裴允谦也不打断她,就专心听她眉飞色舞地讲话。他来接她时是从家里出发的,所以穿着简单的运动衫、休闲裤,和她走在大学的校园里,一点都不违和,就是颜值和气质出众了些,频频引起路过女生的回眸。

"……当时我就想,我一个正经音乐学院毕业的女大学生,怎么可能去做主播呢?但后来才发现,不工作的话,饭都要吃不起了。我那时候体重只有八十多斤,不像现在,都快一百斤了……"

她絮絮叨叨起来仿佛没有尽头似的,但裴允谦听着一点都不觉得厌烦,只在她快撞到人时轻轻拉她一把。

大学时代,夏籽最喜欢在夜晚走这条林荫路。闻着花草树木在夜晚沉淀下来的暗香,听着草丛深处夏虫一声一声的鸣叫,再糟糕的心情,也能慢慢变好。

只是那时候身边没有这样一个人,倾听她的烦恼,护她走在道路的里侧。

夏籽终于停止了说话,转过身和他并肩,低头努力压抑嘴角藏不住的笑。

不知不觉他们走到了学校的操场,上面自由活动的学生很多。夏籽津津有味地看了会儿别人打羽毛球,然后眼尖地发现一副多余的拍子。

她看向裴允谦,雀跃道:"来,切磋一下?"

裴允谦自然是同意的。于是她跑过去跟人借来了拍子和球。

摆好了架势,夏籽扬起下巴对不远处的男人放狠话:"准备好被我打败了吗?"

她神情可爱,不知道为什么裴允谦就想看她气急败坏的样子,于是也不客气道:"输的人一会儿开车。"

这赌注听着没什么威胁性,但还是燃起了夏籽的胜负欲。她微微弯腰等着裴允谦发球,眼神都锐利起来。

羽毛球对于裴允谦来说,实在是年代过于久远的运动,但和夏籽对打几下还是完全可以的。

他个头高,力气大,再怎么控制,打到夏籽那边的球仍然又高又难接。

夏籽每次都要跳跃起来才能堪堪接住,相比起来,裴允谦就显得游刃有余。

但她活力满满,毫不气馁,马尾辫在空中飞舞,接到球时还要大喊一声助力。裴允谦看着有趣,嘴角的笑意也越来越浓。

她好像不管做什么,都天然地有一种一往无前的认真和激情,生活、工作都是如此。

但这样投入也未必是好事。付出的心血越多,得到的伤害也越大,就像她对她爸爸的事情,付出的期望很大,当有一天发现结果并不是她想的那样,她真的能承受得住吗?

裴允谦挥拍,却只抽到了羽毛球的一个角。

本来两人的比赛已经到了赛点,他的这一下失误,就决定了成败。

"耶!你输了!"

夏籽跳起来,有些后悔刚刚没想一个更重磅的赌注。

和裴允谦打球太耗费体力,她喘着粗气在操场上席地而坐,这时一个人犹犹豫豫地走过来。

"你好,你是……夏夏吧?"

夏籽回头,看到一个戴着眼镜、学生模样的男生,刚刚他们打球时他似乎就一直在周围徘徊。

"是。你是?"

"啊!真的是你!"个头不算高的男生一下子兴奋起来,"我是你的粉丝!我叫'无敌码农',你……你有印象吗?"

夏籽站起来,认真回忆,半晌后指着他漾出笑容:"我知道了!最爱在我直播间起哄的那个!"

男生挠挠头,有些不好意思,羞涩的样子和他在虚拟世界的活跃完全是两个极端。

"不管怎样,还是感谢你的喜欢。"夏籽笑眯眯地说。

近距离看到自己喜欢的女主播,他发现她比屏幕上看到的更好看。男生脸一红,撑开自己的白色T恤:"那个……能给我签个名吗?"

"当然。"

夏籽接过笔,歪歪扭扭地给他在衣服上签了名。这还是她第一次给人签名,字丑,写得还不熟练,但男生很满意。

"谢谢。以后有需要帮忙的,尽管找我。我在隔壁理工大学读计算机专业,原本来这里追姑娘,没想到碰到你了。"

"好啊。那祝你成功哦!"

男生心满意足地准备离开,走之前看了眼一旁无所事事的英俊男人,红着脸信誓旦旦地说:"放心吧,夏夏,你有男朋友的事,我不会告诉别人!"说完他就一溜烟地跑了,夏籽连解释都来不及。

不过还好裴允谦也并不在意。

回去的路上自然是裴允谦开车,而夏籽还沉浸在偶遇小粉丝的愉快中。

"这就高兴了?以后出门是不是得全副武装一下。"

她知道裴允谦在打趣自己,但她还是得意扬扬道:"最近在短视频平台上圈了不少粉丝,甚至还有人发私信给我,说要高薪挖我当明星。以后你要见我,说不定还得排队!"

裴允谦在心中好笑——他是她的房东,半个老板,见她还不是轻而易举的事。但他还是故作为难地问道:"哦?那怎样才不用排队?"

这话问住了夏籽,她一怔,思索片刻后随口说:"当我的助理就不用。"

"那帮我留个助理的位子。"

夏籽翻了个白眼，无视他的玩笑。他给她当助理，她给他发工资，怎么想都是不可能发生的事。

然而她不会想到，此刻觉得荒谬的事，会在未来的几个月成真。

她忽然又想到了爸爸的事，最近事多，现在才有时间问裴允谦。

"对了，我爸爸的事有消息了吗？"

裴允谦沉思片刻，说："没有任何证据表明你爸爸的失踪和裴允诚有关系，不过……"

他最近将调查的重点放在姑丈肖越安身上，没发现什么与夏东林相关的事，却发现了一些其他的端倪，比如肖越安名下多处来源不明的产业。

他想了想，觉得那个人也许很危险，于是他选择先不透露给夏籽，只说："如果夏东林当时是因知晓某些秘密而失踪，那有可能留下了秘密的备份。毕竟，人可以本能地嗅到危险，并且做好最坏的准备。"

这句话点醒了夏籽，她几乎是马上就回忆起来："他新换了我家的防盗门，还多次确认了安全性。但……我从来没有看到他留下什么信息……"

夏籽按着太阳穴拼命回忆，裴允谦轻声安慰她："没关系，慢慢想，总会有蛛丝马迹的。"

然而，直到他把她送回家，她也没想出来。

坐到自己的书桌前，她再次翻出那个大本子，找到裴允诚的名字，随即看到他担任董事的公司——衡安正阳传媒股份有限公司。

她一怔，连忙翻出自己的手机，在短视频软件的私信栏里找了许久，终于看到很久之前某个账号问她有没有意向当明星的消息，那个账号正是这家公司的。

可是她与聚星的合约还有两年之久。

她记得毕业时还给正阳传媒投过简历，只不过石沉大海。如果，她真的有机会进入正阳，是不是就会离裴家的秘密更近一步呢？

第六章
未知告白

接下来的日子，夏籽进行了三条旅行路线的直播。分别是沙滩海洋、原始森林和网红城市。

三条路线过后，她在户外板块的人气独占鳌头，粉丝数和流量也直逼姬琳。

景美人美不说，她真实、不做作，吃什么都看起来让人很有食欲，而且心血来潮时坐在海边的大礁石上都能弹唱一曲，吸引粉丝无数。

很快有不少商务合作找上了夏籽，小黑和晓月也忙得不可开交。

她在公司的地位今非昔比，一下从边缘人物升级为灵猫白金女主播。

公司里的一众主播心思各异，有仍对夏籽冷脸的，有故意来搭话搞好关系的，但夏籽依然我行我素，一心扑在工作上。

为了趁热打铁，前面几次直播安排得有些密集，如今她想申请几天假期，好好休息一下。

关湃当然也体恤员工，他最近因为夏籽赚得盆满钵满，聚星也从之前的僵化状态有了更多的发展空间。

只有让夏籽好好休息，她才能以更好的状态去迎接之后的工作。

在以夏籽为中心的会上，团队总结了不少之前旅行直播中出现的问题，制定出应急方案，又着重安排了未来的工作，主要是一些美食店的体验邀请，还有游戏主题曲的演唱,以及灵猫自制综艺节目的录制。

开完会已是晚上九点多,关湃因为又要出差,所以先走一步。他在走之前对夏籽嘱咐了几句。

"再过几天灵猫十大歌手的比赛就要正式开始,公司里我准备主推你,到时候会调动所有的资源帮你拉票。这次,我会让整个灵猫都认识'聚星-夏夏'。"

他说得满是壮志豪情,夏籽却听得颇为糟心。

要知道她从前的人生信条其实是当咸鱼——挣的钱够花,找得到爸爸,写让自己快乐的歌,去世界上最美好的地方。

现在她却不得不成为被众星捧月的那一个。

她有一些音乐上的天赋,但并不多。所以她格外珍惜,每一次灵感出现时都不会放过。但想要成为被那么多人喜欢的主播,或者偶像,她觉得自己还不够。

这让她心虚又紧张。

会议结束后,夏籽拒绝了小黑送她和晓月回家的好意,一个人来到公司附近的公园里散心。

她坐在月色下的秋千架上,有一下没一下地晃动,放空自己的所有神思。

这时候消息提示音响起。她点开手机,发现是裴允谦发来的信息:"今天看到一只吉娃娃,长得有点像你。"

夏籽被他气笑,用力打字:"那你就是荷兰猪!"

自从他上次醉酒以后,他们之间似乎有了一种奇妙的暧昧氛围。即便是他在工作,她在直播时,他们也常常互发信息。

不久前她在B城直播,正抱着吉他在广场上唱歌时,一转身就看到了裴允谦。

他只说是来这边出差,夏籽也没有追问太多。

他们一起逛古色古香的老街,吃最辣的火锅,在夜色下骑双人单车,他还送了她一对民族风耳坠作为礼物。

她觉得他们仿佛就在窗户纸的两边,只等着谁先捅破那层薄如蝉翼的纸。

两人随便聊了几句,手机提示有短信进入。

她点开后看到银行的转账信息——是这个月的工资和绩效,比她从前的收入翻了好几倍。

如果是大学刚毕业时,能够月收入这么多,她应该做梦都会笑醒吧。但此刻她淡定得多,仿佛这只是一串平平无奇的数字。

因为她明白了,这串数字背后所要承担的东西。

她轻轻叹口气，正欲起身，身旁的另一架秋千却坐下一人。

"第七小姐姐也会不开心吗？"

这次夏籽不抬头也知道来者何人了。但是这个时间点他不是应该在直播游戏吗？

周未轶个头高，在秋千上坐下后腿伸得老长。夏籽见到他总有一种想要教训弟弟的感觉，于是没好气地开口："你怎么又溜出来了？"

他却答非所问："想单独见第七小姐姐一面可真不容易。"

"你老说我是第七，那我倒要问问你，你心里的第一是谁？"夏籽对此很是好奇，他还没说她就已经在心中罗列出了几个选项，她觉得大概率还是姬琳。

但周未轶神秘一笑，并不言语，只是站起来绕到了夏籽身后。

"抓紧了。"

"喂……喂！你要干吗！"

夏籽完全来不及阻止，周未轶就自作主张地推了她一把，而且不给她任何停止的机会，秋千越荡越高。

耳边呼呼的风声和心脏短暂的失重感让她不自觉地尖叫出声，可脑海中那些纷繁复杂的烦恼，也好似随风散落于无形。

"放马过来，我才不怕！"

她这话像是在对身后的周未轶说，又像是对自己未知的前路。

不管怎样，她想为自己找回一点勇气。

秋千渐渐停下来，但身后那人丝毫没有要离开的意思。

"走吧，吃夜宵。"

"不吃，减肥。"夏籽拒绝得斩钉截铁。拥有的粉丝越来越多，自己当然要比从前更加注重形象。

周未轶托着下巴，故作沉思般地自言自语："啊，前面新开了一家大排档。小龙虾是秘制的，味道绝了，平时去都要排队呢……"

夏籽默默吞了下口水，但还是站起来果断地跟他告别。

"拜拜。"

然而，她一条腿还没有落地，整个人就被拽着换了个方向。周未轶就像初次见面时那样，毫不生分地拉起她的手腕就走。

"周未轶！"

"我一个人吃不完。"

他云淡风轻地解释，径直拉着她走出公园。

此刻再拒绝也没什么意思，夏籽挣开他的手，朝他翻了个白眼。

"你真是我减肥路上的绊脚石。"

"我是你健康路上的领路人。"

"大晚上吃小龙虾,健康吗?"夏籽不客气地回他。她发现只要跟他在一起,就要斗嘴——弟弟果然是弟弟。

大排档就在公司附近。即便夜已深,食客仍一点都不少。

他们找到空座位后开始点餐。夏籽嘴上说着不吃,手中菜单却翻得利落,不一会儿就点了一堆。

周未轶轻笑出声:"胖了可别怪我。"

夏籽用水烫着茶杯,无所谓道:"要么不吃,要吃就吃个爽。"

这话说得没有任何问题,而且她也确实是这样做的,吃起来毫不客气。很快她面前的小龙虾壳就堆成了一座小山丘。

反倒是周未轶显得兴致缺缺,一副不太饿的模样。夏籽又扔掉一只小龙虾壳,瞥他一眼:"不是你叫我来吃的吗,自己又不吃。看看你自己,面黄肌瘦的。"

她的嘴唇因为辣而染上自然的艳色,周未轶移开目光,他当然不会告诉她自己吃过晚饭的事实。

"为了请你吃。"

夏籽放下竹签,犹疑地看着目光隐晦的大男孩:"请我做什么?"

周未轶开心一笑,冲她一挑眉:"《流浪大作战》,还希望夏籽小姐多关照。"

夏籽思索片刻,想起这是今天开会时关湃说的灵猫的新综艺节目,基本上是跟歌手比赛同时期的节目,当时是说每个公司派一男一女,组成搭档进行冒险游戏,按照人气来说,聚星的男主播非周未轶莫属,但众所周知他除了游戏,对其他都不感兴趣。而且他的情商似乎不太高,所以公司先定夏籽去,男主播待定。

没想到现在周未轶直截了当地告诉她,他将会和她一起录制这档节目。

"不可能吧?我刚开完会。"

"你们开完会,老徐才问的我。我同意了。"

"什么?"夏籽百思不得其解,"你居然想去参加综艺节目?"

周未轶优哉游哉地靠在椅背上:"有钱挣,为什么不去?"

"喊,电竞大神在乎那点钱吗?"

她随口一句戏谑听得他有些不自在,随即他的目光染上一丝漠然:"多少都在乎。"

他的目光忽然变得深沉,夏籽直觉背后似乎有什么故事,但秉持着普通

夏日乌龙茶

朋友不多管闲事的准则,她还是耸了耸肩,安安静静地剥小龙虾吃。

这时周未轶的电话响起,他看了眼来电显示,眉头微不可察地皱了皱。

"喂?怎么了?"

"嗯,知道了。我马上过去。"

挂断电话,周未轶一下子站起来,周身似乎瞬间裹上了寒霜似的,语气却在故作淡定:"我有事先走了,你慢慢吃。"

夏籽从没见过他这样凝重的表情。她意识到有什么严重的事发生,于是主动说:"要不要我开车送你?"

周未轶拒绝得很果断:"不用,我去前面打车。"

"这个点咱们公司附近不好打车,我去取车,你等等。"

"我说不用!"

他突然的暴躁让夏籽心中一震,好心却不招待见的委屈让她语气也冷硬起来:"知道了。我自己回公司。"

夏籽垂下眼帘,整理好包包就直奔收银台:"多少钱?"

服务员算出价格,夏籽点开手机刚要扫码付款,被不知何时跑过来的周未轶抢先一步。他扫了码,说:"我请。"

他低头付款,眼睫投下小小的阴影。于是夏籽慢慢地淡定下来。别人有难以启齿的要紧事,不希望外人多管闲事也是可以理解的,只怪自己总是习惯性地自作多情。

"那你快去吧,需要帮忙的话可以跟我讲。再见。"

夏籽朝他挥挥手,便转身离开。她走了一会儿,也没有听到身后的声音。她长舒一口气,数着地上的格子迈步。

这时身后传来脚步声。不多时,一个身材高大的人影追上了她,和她并肩同行。

"夏籽,你确定要送我吗?"

夏籽怔了怔,他眼神认真且肃然,带着些许果决。这是她未曾见过的他的另一面。

"当然。"她下意识地回答。

"好吧,那麻烦你,送我到肿瘤医院。"

夏籽其实并不了解周未轶,甚至公司的人和他之前战队的朋友,没有人真正了解他的生活。

他们只知道他孤僻又自我,游戏打得好,但不擅长社交,也很少跟人打交道。

他们只知道他读大学时就成为俱乐部的种子选手,十九岁带领团队夺得世界大赛冠军。

他的履历光鲜，但人很神秘，曾一度为站在世界顶峰的选手，没想到两年后就从俱乐部退役，很多人对他扼腕惋惜。

如果不是亲眼见到，夏籽不会想到与她同岁的电竞大神，其实背负许多不为人知的无奈。

医院顶层的VIP病房，面色枯黄的女人躺在床上，似乎连呼吸都微不可闻。白色调的病房里，唯有心电监护仪发出的声音敲击着室内两人的心脏。

周未轶刚刚去签了病危通知书。他母亲因为癌症导致多器官衰竭，时日无多，因为血压突然下降，所以医院紧急叫来了他。幸好经过抢救后，病人各项体征已经恢复平稳。

深夜的走廊空无一人，灯光亮得刺眼。夏籽望着走廊尽头，无端打了个冷战。

"她生病以后，我就没办法再打比赛了。"周未轶语气平静，仿佛他所说的"我"只是一个无关紧要的陌生人。

"我输了很多次，不得不提前退役，她觉得是自己耽误了我。我只好跟她撒谎，说我重新回到了战队，还赢了好几场比赛。"周未轶双手撑着额头，轻声笑了，"然后她还让我代她到灵山还愿。"

夏籽反应过来，原来周未轶去灵山并不是贪玩、躲避直播，甚至他之前很多次消失，可能都是在照顾妈妈。

"你看，她即使在生命的最后关头，许的愿望还是关于我。"

周未轶仰头靠在椅背上闭目养神，眼睫却在轻轻颤抖。夏籽的喉咙紧了紧，尽量用轻松的语气安慰他。

"因为你是她生命的延续，你过得幸福，她才会无憾。"

周未轶睁开眼，瞳孔映着灯光，仿佛暗夜中的一轮月。

"谢天谢地，你没说什么'吉人自有天相''不要放弃'这种话。"

夏籽噎了噎，没法否认她刚刚确实差点脱口而出这些话。

不过他还能打趣，大概心态没那么糟糕。

夏籽站起来告辞："那你好好照顾阿姨，我改天再来看望。"

周未轶朝她哂然一笑："嗯，说好了要来的，不来的人是小狗。"

夏籽皱眉看着他，像看一个幼稚园的小朋友："知道了，知道了，你快进去吧。"

"我送你出去。"

医院的电梯十分宽敞。夏籽低头看裴允谦发给她的消息，嘴角不自觉地上扬。原本离她有些距离的周未轶不知何时凑了过来。

"谁的消息,让你笑得这么恐怖?"

夏籽藏起手机,但是没来得及藏起笑意。

"你才恐怖。"

"所以是谁呢?"周未轶不依不饶。

夏籽抬头望着他,目光明亮又神秘:"是……我喜欢的人。"

电梯里陷入短暂的安静,随即停在了某一楼层。门自动打开后,并没有人上来。周未轶缓缓上前按下关门键。

"哦。那他挺惨的。"过了许久,他才开口。

"周未轶!"

夏籽正要发飙,电梯停在了一层,周未轶面无表情地朝她挥手:"再见,慢走。"

夏籽大步迈出电梯,转身和他面对面挥手:"拜拜!你个臭弟弟。"

周未轶提了提嘴角。电梯门缓缓合上,夏籽在转身的瞬间看到他脸上浮现的一丝落寞。

她再次回过头时,电梯门已经完全合上了。数字闪烁跳跃,她忽然有些心疼刚刚的少年。

大概是因为她明白,一个人的坚持有多孤独和艰难。

夏籽的假期,彻底变成宅女的放飞自我。

去看望过姑妈一家后,她就开始了"除了吃就是睡"的生活,追追剧,弹弹琴,做"咸鱼"的生活不要太美妙。晓月也趁这几天回家探亲,家里就剩她一个人。

总裁先生大概日理万机,除了通过微信联系,他们已经好久没有见过面了。

夏籽在被窝里翻了个身,举高手机长长地叹了口气。

宝贵的假期,应该去见想见的人才对,但是他似乎很忙的样子。夏籽的思绪渐渐飘远,她发现自己其实从未真正融入他的生活,对他的过去和现在的了解,都只停留在表面。

可她又不愿去刻意窥探什么。最开始接近他确实带着目的,而现在,她对于他来说完全透明,相反,他对她来说却是模糊的。

她比从前想更多地了解他,也许是他小时候的事,他的前女友,他喜欢的明星,他对未来的构想……

她是想到什么就必须去做的人,否则会陷入金牛座的牛角尖思维中。于是她快速打字:"在忙吗?我最近终于休假了。"

打完字,她还附带上一个"耶"的表情包,尽量让自己暗示得自然一些,然而那边很久都没有回复。

夏籽觉得自己的嘴角渐渐地耷拉了下来。她将手机扔远，起身去拿吉他，闷闷不乐地拨起了琴弦。

嗡嗡。

过了好久，手机才传来消息提示音，她跳上床捡起手机，发现正是她期待的回复。

裴允谦："七点，星光游乐园。"

夏籽一下子坐了起来。星光游乐园，她知道，它以夜晚灯光唯美为亮点，是情侣打卡的胜地。

他怎么忽然约自己去那里？

她站起来呼啦一下打开衣柜门，一边整个人埋进里面翻来翻去，一边心情忐忑：他……他不会要做什么"惊天动地"的事吧？

比如……表白？

胡思乱想让她脸红得像是瞬间登顶喜马拉雅山脉。

将各种各样的衣服摊开在床上，夏籽试了个遍，最终选择不走以往的低调风格，今晚她就是要当回头率最高的那个，以自己最美的样子和裴允谦站在一起。

她将之前姬琳送她的一条红色连衣裙拿起来，这条正面平平无奇，仿佛就是一条简单、没什么装饰的裙子，但背后其实暗藏玄机，肩带交叉，穿上会露出蝴蝶骨。她又挑出一件黑色短款小外套，黑色及膝骑士靴，然后就去卫生间洗澡化妆。

这大概是她化得最漫长、最细致的一个妆。

眼影用大地色系，口红用鲜亮的番茄色，长发认真卷过，耳饰选了两颗小小的红色心形宝石，香水是晚香玉和栀子的淡香味道。全部收拾完后，她站在镜子前，很难想象几个小时前邋邋遢遢地躺在床上的那个人就是现在这个冷艳中带着可爱的女孩。

收拾妥当，夏籽看一眼时间还早，但考虑到下班高峰期，于是她决定现在就出发。

初秋的傍晚，太阳敛去刺眼的光芒，逐渐过渡成温柔的暖色调，天边的流云像被糖霜浸过的棉花糖，让人想撕下来尝一口。

夏籽心中雀跃，车里放的歌也是甜甜的《园游会》。

"薄荷色草地芬芳像风没有形状，我却能够牢记你的气质跟脸庞……"

夏籽随口跟着哼歌，缓解心中的紧张。这应该算是他们第一次正式约会，她心中忐忑又期待，脑海中不自觉地幻想着一会儿的情节发展走向。

"要是他真的表白，我怎么办？会不会太快，可是拒绝他，他会不会很伤心？算了，也可能是好不容易有空，单纯地带我玩。可是他都是奔三的人了，去什么游乐场……"

嗡嗡嗡……

手机振动的声音打断了夏籽的碎碎念。她的心脏漏跳一拍，侧眼看过去，来电显示却是姬琳。

"呼，吓我一跳。喂？"

夏籽接通电话，手机连着车载音响开了外放。电话那边嘈杂的喘息声清晰可闻，尤其还是在这封闭的空间里，她莫名感受到一丝可怖。

她坐正身体，声音紧了紧："喂？琳琳，你在干吗？怎么了？"

那边没有说话，嘈杂声更加混乱，这时她听到姬琳凑到听筒前，明显压低且带着哭腔的声音："夏夏！"

夏籽心中闪过不好的预感。她慌忙把车停在路边，然后拿起手机焦急地问："你怎么了？现在在哪里？"

"环……环宇酒店，1933……"

"好，你现在安全吗？要不要我报警？"

"不要！"听到报警两个字，姬琳明显反应激烈，又很快压抑了语气，"我……没什么事，不用报警。"

"好，那……"

"啊，你干什么！"

嘈杂的响动从手机那头传来，接着就彻底没了声息。电话被挂断了，但姬琳最后那声呼叫，像一把匕首，刺进夏籽的心脏。

她抖着手点开导航，在目的地那一栏输入环宇酒店，然后一脚油门开了出去。

星光游乐园。

裴允谦望着跑前跑后比自己追姑娘都上心的乔森，忍不住怀疑道："放烟花这么无聊的事，你确定她会喜欢？"

乔森一副看外星人的表情看他："老板，焰火、城堡、灯光、鲜花，所有跟浪漫有关的东西都齐了，今晚夏小姐不感动到落泪，我跟你姓！"

裴允谦耸耸肩，默认了他颇为浮夸的言论："好吧。不过我不去接她真的可以吗？那女孩是一分钟不看都有可能惹祸上身的体质。"

"你是男主角呀，要留在这里。等她来了，看到这一切，再看到捧着鲜花的你，视觉冲击更强。再说，就这么一会儿工夫，还能有什么变故？世界末日，丧尸围城？"

"乔森，少看点电影吧。"

乔森并不介意他的吐槽，抹了把额头的汗，笑嘻嘻地跟他理顺流程："一会儿灯都关了，等夏小姐一来，就全部打开，然后老板你手捧鲜花出现，接着你们一起坐摩天轮，在最高处时烟花开始绽放。我的天哪，我可真是浪漫……"

裴允谦不为所动，怀疑道："你确定？我怎么觉得花哨又老套？"

"呵呵，这叫直接！最直接的才是最有用的！"

裴允谦抬手看了眼时间："六点半，我打个电话问她出发了没有。"

环宇酒店1933房间门口。

夏籽接到姬琳电话时，恰好距离这里只有几公里，她内心焦急，一路上本想给裴允谦打电话报信，却始终没顾得上。

到了门口，她又犹豫了一瞬——姬琳没有说清楚具体的情况，她这样单枪匹马地跑过来，不知道是真的能帮到姬琳，还是"千里送人头"？

但此刻，分秒流逝都可能让危险指数增加。

她一边毫不犹豫地伸手敲门，一边点开微信准备给裴允谦发位置，这时手机响了。

夏籽看了眼屏幕，发现正是裴允谦的来电。她刚要点开接听键，门哗啦一下大开。

章旬阳披着浴袍站在门内，脸上还有两道鲜艳的血痕。门外的夏籽瞬间怒火冲天。

咔嚓。

不知何处响起快门的声音。夏籽连忙回头张望，发现走廊尽头有一黑衣人快速离开了转角，但此时她已经顾不得那么多。

"姬琳呢？"她转头质问道。

章旬阳显然也注意到了拍照的人，他收回目光，懒懒散散地靠在了门框上。

"比起来，你还是先想想怎么解决被人拍到你跟我的事吧。"

多说无益，夏籽一把将章旬阳推开，闯进了房间。

套房豪华又宽敞，夏籽急匆匆地转了一圈，听到身后男人不慌不忙的声音："卫生间，左边。"

她回头，自以为凶狠地瞪他一眼，然后就进了里面。

门敞开着，所以夏籽一眼就看到大浴缸里泡在水中的姬琳。她冷得一直在发抖，但脸色是不正常的潮红。

"姬琳！"夏籽扯过浴巾冲过去，想要把她拉出浴缸，摸到浴缸里冰冷的水，心中怒火更甚。

"夏夏！"姬琳辨认出来人是夏籽，伸出胳膊就抱住了她。

她心疼地抱着姬琳，听到章旬阳在外面打电话。

"给我拿两套衣服，一男一女的，尽快。"

夏籽将姬琳扶出浴缸，帮她脱下湿淋淋的衣服，又帮她穿上浴袍。

送她进卧室休息时，夏籽还不忘瞪章旬阳一眼。

他正在沙发上百无聊赖地玩手机，仿佛眼前的一切都与他无关。

卧室里，夏籽一边用毛巾为姬琳擦拭着头发，一边小心翼翼地问："没事吧？"

姬琳摇摇头。

夏籽忍不住骂道："人渣！他果然不是什么好人。"

"是他救的我。"

姬琳气若游丝地说出这句话。夏籽手中动作一顿，不自觉地往卧室门的方向看了一眼。

难道刚刚自己错怪章旬阳了？

她想了解具体的前因后果，姬琳却不吭声了。她想起刚刚姬琳在浴缸里穿的那件浅灰色薄纱小礼服，猜测她似乎原本是在参加什么活动。

咚咚。

卧室门被敲响了两下，还没等夏籽起身，章旬阳就兀自走了进来。

夏籽连忙站在床前挡住姬琳："你要干什么？"

章旬阳看都没看她，只把一个纸袋子扔到床上。

他越过夏籽，望着姬琳，眼里并没有过多的情绪。

"衣服。"他深深地看了姬琳许久，终于转身准备离开。

他背对着她们，说："这是最后一次。你在我眼里，并没有那么重要。"

室内归于安静，随后传来章旬阳离开时关门发出的咔嚓声响。

夏籽有些不明所以，这时她听到几声压抑的抽泣。她连忙回过头，就看到姬琳捂着脸，哭得十分伤心。

夏籽不知所措，只能坐在姬琳身边讲一些毫无意义的安慰的话。

直到姬琳哭够了，她擦干眼泪，面色恢复了正常，只是声音还有些无力："夏夏，我的包好像落在十层宴会厅了，你可不可以帮我去拿？"

"好的，没问题。什么包？"

"香奈儿黑色菱格包，找不到的话就算了。"

"放心吧，肯定给你找回来。"

她让姬琳再休息会儿，然后自己前往十层宴会厅。在等待电梯的时候，她看了眼手机。

"天哪！七点半了！"

她这时候才想起和裴允谦的约定，再看手机，显示有好几个未接来电。她刚刚一直没顾上接，这时候才有空回给他。

她忐忑地拨过去，准备迎接一场暴风雨。电话那头的裴允谦却依然平静："你在环宇做什么？"

"是姬琳啦……"她忽然反应过来——她还没来得及发位置，他是怎么知道的？

叮的一声，电梯到了，夏籽心不在焉地踏进去，还在心中组织解释的语言，这时候才发现电梯里没信号。

"喂？喂？"

空荡荡的电梯里，夏籽忍不住趴在电梯轿厢上捶墙。这下完了，失约，不接电话，挂电话，她觉得裴允谦应该不会原谅她了。

环宇酒店门口。

乔森一边稳稳地停车，一边尽职尽责地提供情报。

"今天环宇唯一的活动是十层的公益宴会，不知道夏小姐是不是在那里。"

裴允谦望着被挂断的电话，随手将西装外套扔在车里，面无表情地进了酒店的大门。驾驶座上的乔森想到刚才老板黑成锅底的脸色，只希望夏小姐能自求多福。

但裴允谦在意的其实并不是夏籽的爽约。

这场宴会，他也收到了邀请函，只不过被他拒绝了。但他也清楚地知道谁来了现场。

他望着缓慢变化的电梯楼层数字，转身进了楼梯间。

十层宴会厅。

夏籽在门口张望着，想着怎么才能偷偷混进去。她看到里面都是身着礼服的男男女女，于是脱下了外套，还好今天特意打扮过，这样进去也不违和。

然而她没有邀请函，还是被堵在了门口。礼仪小姐铁面无私，她好说歹说，还是不给通融。

"夏夏？"一道熟悉的甜美女声响起，夏籽惊喜地抬头，看到身着淡黄长裙的肖依依。

"肖依依！你怎么在这儿？"

肖依依面色有些尴尬，但还是拖着长裙向她走来。

"不好意思，这是我的朋友，可以进来吗？"

礼仪小姐为难了片刻，权衡利弊后还是妥协："那好吧，裴小姐。"

夏籽跟着肖依依进场，还不忘好奇地问她："裴小姐？"

肖依依长舒口气，无奈地解释："算了，在聚星也就和你关系好，你要替我保密哦。"

夏籽忙不迭地点头。肖依依抬头望向前方，语气有些深沉："我，其实是个有钱人。"

夏籽无语："就你那每天换个包的频率，怎么可能不是有钱人。可是你为什么是裴小姐？"这是她疑惑的地方，主要是，她对"裴"这个姓比较敏感。

"依依，你干什么呢？"

一道低沉、浑厚的声音响起。夏籽回过头，看到一位大腹便便但眉眼和蔼的中年男人朝她们走来。

"爸爸。"肖依依亲昵地将男人拉过来，对夏籽介绍道，"这是我爸爸。"

然后她笑着拉起夏籽的手，爽朗地说："这是我在聚星的好朋友，夏籽。整个公司我就跟她合得来。"

中年男人身材高大，虽然身形有些走样，但还是能看得出几分年轻时候的英俊。

他笑起来眉眼弯弯，颇为慈祥可亲。

"哦，夏籽小姐，在公司要多照顾我们家依依呀。她在家里娇气惯了。"

"没有，依依很好相处啦。"夏籽挠了挠头，跟长辈谈话总是有些不自在。

她侧过头和肖依依耳语："之后好好给我解释。"

肖依依的爸爸又端详了夏籽几眼，不动声色地敛了几分笑意。

"夏籽？"他重复了一遍她的名字。

夏籽在答应的同时察觉到他目光的奇怪，不由得和他对上眼，这时忽然有人从身后拉了她的胳膊一把。

她踉跄了几步，还没反应过来，就发现挡在自己身前的熟悉身影。他的气息有些不稳，像是跑来的一样。

她惊讶地睁大眼："裴……"

"姑丈，好久不见。"

裴允谦面色沉静似冬日坚冰，动作中透露明显的警惕。再看肖依依的爸爸，耳垂再长一点简直就像是挺着大肚子的弥勒佛。

"哦，阿谦，你也来了。是和夏籽姑娘一起的吗？"

裴允谦点点头算是默认，一旁的肖依依回过神来，望着他们俩的姿势有些疑惑："二哥？你和夏夏很熟啊？"

裴允谦和关湃是发小，常常去聚星公司，而且肖依依能进聚星也全靠他。他认识夏籽不奇怪，但肖依依总觉得二人之间有一种奇妙的磁场，非常……亲昵？

接下来他们便身体力行地证实了她的想法。

117

"我们有事先告辞。再见，姑丈，依依。"然后他自顾自地拉着夏籽转身离开。

夏籽抛开脑海中的疑惑，勉强冲两人笑了笑。

他带着她快步向前，仿佛这个会场是多么可怕的狼窝，但夏籽还没忘记自己的来意。

"欸，等等，我帮姬琳找找包。"

他这才停下脚步，随便找了一位服务生："你好，我们要找一个包。"

"什么样的？"他看向夏籽。

夏籽连忙向他描述了一番，然后裴允谦就带她到会场门口等待。

她低头望着自己的鞋尖，忘了向他道歉的事，只是声音闷闷地问："所以，他是谁？"

裴允谦的反常太明显了。他将她拉到身后时的紧张，对待那人的冷漠，夏籽不可能察觉不到。

"肖越安。他的女儿裴若依，是我的堂妹，也是你认识的肖依依。"

裴允谦开着夏籽的车，时不时看一眼后视镜里的两个女孩。

姬琳除了刚见到他时有一丝惊讶，后来就一直在车上闭目养神，看起来很憔悴。

夏籽去找姬琳时，裴允谦看了眼乔森发给他的消息。乔森探听情况的速度很快，所以他大概知道发生了什么。

姬琳也是这次公益拍卖会晚宴的受邀嘉宾。她的社交面广，来去之间多喝了几杯，谁知新朋友之中暗藏不怀好意之人。

是章旬阳解救她于危险之际。

姬琳给夏籽打电话时，已经是在章旬阳救她之后了。她对他也并不放心，所以才在略微清醒时匆忙打给夏籽。

裴允谦微微出神。章旬阳那个人，他认识，有过几面之缘，人不算坏，就是贪图享乐了些，姬琳倒是跟章旬阳牵扯最久的一个女人。

他转而看了眼夏籽，在知道刚刚偶遇的人是肖越安后，她就一直沉浸在自己的情绪中，望着车窗外的风景不说话。

"还好吗？"

裴允谦的这句话打破了车内的安静。姬琳睁开眼刚要客气地说一声"谢谢"，却发现后视镜里，他看向的是夏籽。

她见过几次裴允谦，多多少少了解他的背景。但她没想到他和夏籽有了交情，而且看样子还相当熟稔。

她目光探究地望着二人，心中有些好奇。

夏籽回过神来，见裴允谦在看自己，就随口说了句"没事"。

裴允谦转移话题，问二人："饿吗？带你们去吃饭？"

姬琳先摇头："我想回去休息。"

他便看向夏籽："你呢？"

"减肥。"夏籽说得坚定。

前面的裴允谦却一声轻笑："那让你的肚子别叫了，吵到我开车。"

夏籽脸一红。她有个特质，一饿，肚子总是叫得特别大声，根本控制不了的那种。

主要是她晚饭也没吃，折腾到现在已经八点了，肚子饿得咕咕叫也是人之常情。

"胡说，就吵你了，怎么不吵姬琳？"

原本满心疲累的姬琳弯了弯唇，越发觉得二人间的互动充满暧昧。随即她不知又想到了什么，低头掩藏了脸色。

将姬琳送回家后，裴允谦让夏籽坐到副驾驶座，自然而然地问她："想吃什么？"

夏籽早就忘了刚刚立的"减肥"大旗，淡淡一笑说："这么美好的夜晚，当然要吃点有情调的……"

裴允谦开车前往她所说的目的地。

那条街，他知道，不像是什么有情调的地方。他原本让乔森在星光游乐园附近订了餐厅，但今晚想给小女生一个惊喜的计划显然已经泡汤，他还是依着她的愿望开向她口中有情调的地方。

路上，夏籽靠在座椅上，安安静静地望着窗外。绚丽的霓虹闪过她的侧脸，迷离又静谧。他知道她有心事，也不主动问，直到她开口。

"裴先生，如果你真的不想帮我，不用勉强。只是拜托你……不要告诉其他人。"

肖越安是谁，她自然也知道，裴允谦今天的表现明显是对她隐瞒了什么。她不会强迫他将知道的情况悉数告诉自己，只是好不容易被他暖了的一颗心，又渐渐凉下去。

裴允谦稳稳地向左打了方向盘，驶入新的街道，待确认路况后才轻描淡写地回她："他不简单。"

嗡嗡——

夏籽拿起手机，发现新消息来自肖依依——应该称她为裴若依。

"其实我进聚星是有目的的啦，肖依依是我的艺名。不过，你也要老实交代，跟我二哥是什么情况？"

夏籽面无表情地打字："就是朋友。"

"呵呵，你现在难道不是还跟他在一起吗？深更半夜，孤男寡女……"

她越说越直接，夏籽干脆熄灭手机屏幕，不去理她。然后夏籽接上裴允谦刚刚的话头："怎么不简单？"

"我的妹妹姓裴，你就知道肖越安在我们家的地位并不高。他是入赘的，当初我的小姑被绑架，是他救了她，小姑才非嫁给他不可。不过他的背景似乎不太单纯，但那时木已成舟。况且他表现得堪称完美，家里就默许了一切。"

听完他的话，夏籽沉默了一会儿，然后侧头凝重地望着他。

"他认识我？"

裴允谦的食指一下一下轻叩方向盘，和前方红灯倒数的节奏一致。他目光专注地望着信号灯，漫不经心道："你爸爸当年的事在公司比较轰动，肖越安作为公司代表还去看望过你和你姑妈一家，认识你很正常。"

夏籽摇摇头，却没有说话。她觉得不是这样，肖越安眼里流露的恶意，虽然被他藏得很好，但她觉得自己没有看错。

如果他真的认识自己，并且视她为眼中钉，那么是不是说明爸爸的失踪其实跟他有关。

车稳稳地停进车位，夏籽才发现不知不觉已经到了目的地。她收拾心情，准备先填饱肚子，正要推开车门，手腕忽然被身旁的人拉住。

她坐回座位，看到他眼中的温柔和笃定——

"答应过你的事，我不会食言。"

接到裴允谦的电话时，乔森正在星光游乐园进行收尾工作。焰火，鲜花，灯光，都没用到，但他还是找人好好收起，准备下次继续用这招。

"乔森，来青森公寓接我。"

"好的！"

乔森尽职尽责，很快就驱车赶到。裴允谦立在小区门口，不知在想什么。

"老板，上车！"乔森将头探出车窗，招呼他。

裴允谦拉开后座的门稳稳地坐进来。乔森眉头一皱，快速捂住了鼻子："什么味儿？"

裴允谦瞟他一眼，面无表情道："你也没吃过螺蛳粉吗？"

"螺蛳粉？"乔森的声音里充满了不可思议。他倒是吃过，只不过这味道居然是从他老板身上散发出来的，他一时没能对上号。

"开车。"裴允谦催促道。

这味道已经伴随他很久了，他现在只想赶紧回家洗个澡，然后扔掉这身衣服。

他也没想到夏籽口中的情调餐厅，竟然是螺蛳粉店。

他跟她进去的瞬间差点窒息。他对这种食物有所耳闻，只是从未尝试。整家店似乎被酸笋的味道熏陶至深，等两碗螺蛳粉上桌，他已经渐渐适应了这个味道。

年代久远的小破店里，穿高级衬衫的男人和身着妖娆红裙的女孩显得格格不入。

夏籽却完全没有被衣服束缚。她吃得酣畅淋漓，脸颊都染上红色。

裴允谦觉得神奇，明明几分钟之前还看起来阴郁、低迷的女子，见到食物后马上又变得生机勃勃。难道这就是传说中的"吃货"？

他淡淡地扬起嘴角，目光从夏籽的脸上离开，这才拿起了筷子。

他并没有多吃，只觉得味道尚在可承受的范围内。然而，吃这一顿，衣服着实吸了不少味儿，倒让乔森嫌弃了。

他冷着脸，问："之前让你盯着点肖越安，有什么发现吗？"

"没有……"眼见着老板的脸越来越冷，乔森连忙补充，"不过，有一件事，也许没什么意义。我就随便一提。"

"别废话。"

乔森忙说："在肖越安名下的酒吧里，我看到了一个熟人。"

他说了一个名字，裴允谦微微蹙眉。

"去查这个人。最近旧档案调查似乎引起了肖越安的注意，先暂停。"

"好的。"

乔森虽然偶尔惹人嫌了点，但做事从不多问，干脆利落，直接迅速。这也是裴允谦信任他的一个原因。

乔森就是在谈恋爱方面想的招数太俗。裴允谦想。

他望着车窗外的璀璨灯火，忽然生出一丝遗憾。

如果今天不是因为被突发事件影响，她是不是就会打扮得漂漂亮亮地出现在他面前，就像他们第一次正式见面那天一样。

她推开沉重的玻璃门进来，正对着手机屏幕笑靥如花。他望着一颦一笑都真真实实的她，一时间忘记了周遭的一切。

不是照片，不是视频，不是别人口中的她。自十年前的那一天之后，他离她最近也不过是舞台和观众席之间的距离。那天，他们却近到他可以闻到她身上花香调的淡淡香水味。

"风中等待"，瑞典小众香，因为她喜欢，他才记下了这个味道。

那一天他发现，自己才是一直在等待的人，等待某一天，她闯进他的世界。

如果她再敏锐一点，也许就会发现那天在西餐厅，他低头看着的，就是灵猫直播的"聚星-夏夏"。

他选择的相亲地点，也不过是因为前一天看了她的主播公告，了解她的直播地点后下意识地选的。

如此种种，他曾有意无意地创造了很多次机会，终于在那天，她真真实实地站在了他的面前。

想要护她安好的念头在那一刻从小苗长成参天大树。不是因为她有用，不是因为她可怜，他只是单纯地希望，往后的每一天，她都能笑得如此明媚、耀眼。

如果是月球的两面，那光明都给她，黑暗就让他来面对。

但她偏偏倔强又执着，没有机会，也要创造机会去探一探那深渊。

裴允谦的神色有些无奈。

他忽而又想到吃饭时夏籽忧心忡忡地提到的事——

她赶到酒店后，被人拍到了她和章旬阳的照片。

因为夏籽来得突然，所以裴允谦猜测那人应该是准备拍姬琳，没想到阴差阳错换了女主角，但是被当事人发现，只好就此收手跑路。

夏籽正处在职业生涯上升期，那张照片如果流出来，一定会对她的形象有颠覆性的影响。

很多人不会管真相如何，哪怕这件事被澄清，最后他们也只会记得这个被强加在夏籽身上的污点。

"还有一件事，想办法查一查环宇酒店的监控，尤其是十九层的，看当时有没有可疑的人出没。再联系一下衡安正阳的公关部，以我的名义让他们帮忙问问相熟的媒体，最近有没有跟拍过灵猫女主播。"

假期的最后一天，夏籽依约去医院看望了周未轶的妈妈。

她提着水果、捧着鲜花来到病房门口，看到周未轶正在给周妈妈削苹果。他嘴角带着笑地跟周妈妈说着什么，削苹果的动作笨拙却认真。

周妈妈看着他，眼中满是慈爱和不舍。

她站了一会儿，不忍打破此刻的温馨，直到周未轶削完了苹果站起身来，她赶忙空出一只手敲门。

"阿姨，您好！"

周未轶看到她并没有很意外，因为她昨天跟他说过要来。他上前接过她手中的东西，就见她已经自来熟地坐在椅子上和他妈妈寒暄。

"我是周未轶的朋友，您可以叫我夏夏。"

周妈妈对夏籽的到访还是非常意外的。自己的儿子因为职业和性格，熟识的朋友可以说是很少很少，更别说能来医院看望她。所以忽然见到这样一个青春靓丽的女孩子，她难免不往其他方面想。

"哦，夏夏，长得真俏。你是本地人吗？做什么工作的呀？"

"阿姨，我是本地人，做主播工作。"

"啊……"周妈妈发出意味不明的一声感叹。

夏籽笑眯眯地继续对周妈妈说："我最近在做旅行直播呢，您要是无聊，可以在灵猫上看看。"

"好、好！"

"对了，阿姨，我还带了汤来，您尝一尝……"

汤是夏籽早晨亲手熬的，此刻打开，满室鲜香。熬得像牛奶一样白的鲫鱼汤，上面撒着嫩绿色的葱花。夏籽小心地盛出一碗来，周妈妈不由得惊叹："你做的？"

夏籽将餐盒里的汤匙放进碗里，不好意思道："嗯。阿姨，您有什么想吃的，可以告诉我，我给您做，或者教他。"夏籽指了指凑过来观望鱼汤的周未轶。

周妈妈尝了口鱼汤，赞不绝口："嗯！夏夏的手艺真好！"

她生病之前也不离灶台，周未轶做电竞常常熬夜，食欲并不好，周妈妈就变着花样给他准备餐饭。

现在她生了病，就算他从没有提过，她也知道，自己的儿子一定是在将就着过日子。

他的天赋大概都用在了电竞上，生活上简直就是个小孩。她的病其实已经很重了，但是因为放不下他，就算艰难痛苦，也奇迹般地撑到现在。

可是夜深人静时，她也能清楚地感受到身体的变化，像一朵花的末期，日渐衰败，连太阳的光芒对她而言都是折磨。

她知道，生命的倒计时只是放缓，但从没有停止。

周妈妈望向夏籽，目光越发慈爱。虽然对于夏籽从事的这份职业，她并不喜欢，但难得的是这个女孩还能保持如此的纯真、赤诚，这是装不出来的。

"给我喝一碗。"周未轶不知什么时候搞了一个大碗过来，眼巴巴地望着夏籽。

夏籽当即用胳膊护住保温桶："等等，我没带多少，先让阿姨喝！"

周妈妈忙说："我有这碗就够啦，剩下的给他喝好了。"

"那好吧。"夏籽心不甘情不愿地接过他的大碗，给他盛了半碗。

周未轶说了声"谢谢"就坐在小沙发上闷声喝汤，不夸赞，也不嫌弃，但最后连汤里的小块鱼肉都吃了个干净。

午后的阳光很好，夏籽和周未轶用轮椅推着周妈妈出去晒太阳。夏籽开朗健谈，跟长辈也能天南地北地聊。

周未轶原本就不爱说话，更不爱表达情感，跟妈妈在一起的大多数时间是沉默的。

此刻，他望着容光焕发的母亲，不由得又将目光移到夏籽的脸上。肿瘤医院这样的地方，匆匆经过的人大多是表情麻木或痛苦的，唯独她这样鲜活灿烂，像骄阳，像星辰，对他这只在黑暗中迷失方向的飞蛾，有着致命的吸引力。

"哎呀！"

骄阳小姐显然不经夸，下一秒就出了丑。

夏籽原本一直蹲着和周妈妈说话，想要站起来时眼前一黑，脚下就踩空了，一下子跌坐在了身后的花丛，一屁股压倒好几朵盛放的蔷薇。

周未轶和周妈妈都惊了一瞬。周未轶伸手扶夏籽起来，见她无恙，便忍不住嘲笑："花遇到你真是它们的灾难。"

夏籽拍着裙子，转头看到"草儿青青，脚下留情"的标语牌，顿时惭愧得说不出话来。

"我又不是故意的……"

她今天穿了白色过膝长裙，裙子后面沾上不少草叶和泥土，说这句话时还在扭着腰费力地清理草叶。

周未轶从衣兜里掏出纸巾，拉着她的胳膊让她背朝自己，然后蹲下身子，微微拉起裙摆脏了的地方，开始轻轻擦拭。

夏籽不好意思地说道："不用了，我自己来！"她猛然转身面向周未轶，而他还没来得及起身，一时间这个画面有些诡异。

周未轶缓缓站起来，神色自若："随便你。"

周妈妈赶紧打圆场："我来帮你弄。"

太阳晒得差不多了，送周妈妈回去后，夏籽也该离开了。

这次还是周未轶送她坐电梯下去。

电梯里有人，他们谁也没说话。夏籽觉得从小花园回来后他整个人就有些不对劲，好像她惹到了他似的。

不过，他不说，她也懒得问。

电梯降至一层，夏籽正要告别，就见周未轶一副要跟着她出来的架势。

"我送你出去。"

"啊？你回去照顾阿姨吧。"

他却跟没听见似的，率先在前面带路。

夏籽耸耸肩，对于周未轶的阴晴不定，她也渐渐习惯，只好几步跟上了他的脚步。

夕阳洒下暖色的光芒，给世界笼罩一层浅橘色的轻纱。医院大门口，一一男一女相对而立，正在告别。

"那我先……"

"你喜欢谁？"

"嗯？"夏籽瞬间皱了眉，没听懂周未轶在说什么。

他嘴角一提，平平淡淡地说出一句石破天惊的话——

"能不能别喜欢他，试着来喜欢一下我。"

夏籽梦游般回到家时，还没能从刚刚某人惊世骇俗的告白中回过神来。

但周未轶显然并不是想要立即得到答案。他说完那句话，朝夏籽笑了笑，便转身进了医院。

然后夏籽就一路瞎琢磨到现在。

"我被弟弟喜欢了？"

"但他也没说明白呀？"

"喜欢怎么可能试不试的。"

想到这里，她终于下定决心——下次见面一定要跟他说清楚：我有喜欢的人，没办法再去喜欢你。

打定主意后，夏籽便不再多想，开始准备明天的直播内容。播了这么久的户外，明天她终于要安安稳稳地坐下，给粉丝们带来一场专属音乐会。

这是关湃的提议，歌手比赛马上开始，总得先预热一下，让更多新粉丝了解一下她的唱歌实力，到时候还要靠他们来给她投票。

晓月今天刚从家里回来，正在帮她整理曲谱和乐器。

这个假期发生了太多事。夏籽托着腮蹲在地上，面容忧愁。自从被人拍了照片后，她就每日看一遍灵猫直播的贴吧，但那上面一直都很平静，关于她的帖子和评论大部分是好的。

可是越平静，她就越不安，倒不如赶紧给她个痛快，她好想办法解决这件事。不像现在，她整日还得提心吊胆，防备某天被某人阴一把。

许是她的忧愁都写在了脸上，晓月便关心道："怎么了？假期过得不开心吗？"

夏籽这些年大部分时间习惯一个人独来独往，秘密藏在心底，很少跟人滔滔不绝地讲自己的事。但晓月是个很好的听众，她心里又确实憋了太多的事，于是把被拍照的事当作闲聊讲给晓月听。

说到最后，夏籽不得不提及裴允谦的部分，她微红着脸叮嘱："只给你一个人讲了，要保密的呀。"

晓月听到前面还有些义愤填膺，听到裴允谦的部分就全程"星星眼"："夏夏，我之前就觉得你们很配呀！他那么多次突然出现在你直播的城市，一定是很在意你才会去的。"

这话使夏籽听着开心，但她还是问出了一直以来自己心中的疑虑："你说，我身上有什么值得利用的地方吗？"

这话显然问住了晓月，她想了想，歪头认真地说："美貌？"

夏籽被逗笑，终于抛开心中所有的胡思乱想，认真准备明天要唱的歌曲。

直播时间定在第二天晚上八点，也就是直播界公认的黄金时段。

夏籽下午便去公司化妆，小黑早就认认真真地调试好了直播设备，播出前一小时还在不停地检查。

关湃在灵猫总部参与筹划歌手比赛，就远程给她发来打气的信息。

"夏夏，不要紧张，今天你就是整个灵猫最靓的崽！"

正在做造型的夏籽垂眼看到这条消息，也开玩笑回道："今天看我称霸灵猫！"

一切准备就绪，夏籽换上一条学院风衬衫裙，就前往给自己准备好的直播房间。衣服是她自己挑的，化妆师姐姐觉得有点简单，不够吸引人，但她还是拒绝了另一条露肩的裙子。

今天她只想好好唱歌。

一整层楼都被分割成一格一格的小房间，里面的布置或温馨可爱，或文艺时尚。走廊的壁灯是明亮的冷色调，墙上还挂着风格大胆的抽象画。

夏籽不合时宜地联想到一个比喻——两排彩色的笼子里，羽翼鲜艳的小鸟婉转啼鸣，只为求得一只虫子饱腹。

她安静地走在其间，听着各个直播间传来隐约的歌声、笑声、舞曲声，甚至哭声。小窗户的视野并不好，她只看到一个化着浓妆的年轻女孩，体型微胖，长发披散，遮住脸颊，正在低头抹着眼泪。

她只看了一眼就继续向前走。

适合的人留下，不适合的人离开，是这里的生存法则。希望这个女孩在受过伤害，流过眼泪后，能更清楚地选择自己未来的路。

到达直播间的门口，夏籽发现这正是姬琳一直用的那间，只不过这些天她请假，没来上班。

夏籽想，也许那天的事还在困扰着她，等改天去看看她吧，她总还是要振作起来，继续生活。

夏籽想起，周未轶的直播间就在姬琳对门。他们俩的直播间可以说是聚星最大、最奢侈的两间。

说起周未轶，自从那日一别，他们再没有见过面。

夏籽不知为何心虚起来。她踮脚偷偷看进去，周未轶正戴着大耳机专注地打游戏。跟从前不同的是，他现在话多了很多，经常和粉丝们互动。

自从认识他的那天起，她就自然地把他当弟弟看待。所以如何处理他之前疑似告白的举动，是现在她最为头疼的事。

她趴在小窗户上出神，周未轶像是感应到了什么，忽然侧头看了过来。二人的目光隔着透明的玻璃遥遥对上。

夏籽下意识地向后一撤，转瞬又觉得自己过于刻意，正想上前跟他打个招呼，发现他已经自顾自地继续玩游戏，好像根本不在意门外的她一样。

夏籽长舒一口气，转身进了自己将要直播的房间。

她推门进去，满室的淡蓝色调，优雅又不落俗套。虽然说这间布置得最华丽，设备最昂贵，但她对这样的安排还是有些抗拒。她其实只需要最简单的一间房就好，却又拗不过关湃，无奈落下争抢"聚星一姐"的话柄。

这几天姬琳虽然没开播，但她直播间公屏上的议论就没停过。"傍大款""退圈"诸如此类，甚至有更邪恶的猜测混杂其中。网络的恶有时就是这样没有底线。

夏籽在舒适的座椅上坐下，离开播时间还差几分钟，她的心中微微紧张。

"夏夏，你再试一下麦。"小黑从隔壁运营室来到她身边，看起来似乎比她还紧张。

"喂，喂？"夏籽试了试，"混响不要开这么大，我想尽量保持我的原声。"

"好的。"

一切准备妥当后，也进入了直播倒计时的一分钟。小黑回到运营室，夏籽在座位上坐正。

她想起一年前试用期的第一次直播，是在比这个房间更小一些的地方，麦克风的质量不是很好，直播间里的粉丝也寥寥无几。但她还是一直唱一直唱，最后下播的时候，嗓子已经哑得说不出话来。

那时候她刚毕业，连妆都不太会化，就素着脸，腼腆地向每一个送她免费花朵的人道谢。

后来她便过了试用期，自己选择了做户外主题直播，一天一天，一点一点地累积粉丝，用一年的时间累积了几万的关注量。而现在，她看了眼粉丝数，短短几个月，她已经有九十多万的关注数，马上就要追上姬琳。

八点整。

夏籽深吸了一口气，点了"开播"。

"嘿。"夏籽冲着摄像头微笑，"我是夏夏。感谢大家来看我的直播，没点订阅的点一下订阅，谢谢大家……"

她讲完和以前直播时一样的开场白，看着屏幕上噌噌增长的人气值和弹幕数，心中感恩又感慨。

一年前，她不会想到有一天会收获这么多的粉丝和支持。她现在只希望成为更好的自己，不辜负所有的喜欢。

"之前我唱歌都比较随意，在室外的收音效果也不是很好。今天呢，就是给你们的专场音乐会，什么都不需要刷，投票点歌即可。"

运营室内，小黑担忧地扶额："希望关总没听到……"

随即他点开直播间的贵宾席，立刻就被眼前一连串名字震惊。短短的两三分钟时间，已经有好几位灵猫大咖进来——粉丝数量超千万的关湃，灵猫最出名的粉丝"太阳"，只关注了夏夏一个人的神秘数字先生，消失多日的姬琳，动漫类知名主播肖依依，常年占据灵猫平台唱跳类主播榜首位的莫妮卡，甚至还有电竞圈的 Sum。

小黑被这个名字震惊，立即探头望向周未轶的直播间。他正戴着大耳机，靠在椅背上悠闲地看着电脑屏幕，似乎是打完游戏在休息。

他这才想起之前在灵山，他们和 Sum 算是有了一点交情。这么一想，Sum 现在来捧场也是正常。

直播间里，夏籽点名欢迎完一圈这些朋友，喝了一大口水，才缓过来："感谢感谢，感谢大家的支持。那我们话不多说，开始投票啦！"

她设定的歌曲投票选项里有原创，也有翻唱，很快大家就票选出了第一首歌——《晚安，小宇宙和你》。

之前旅行直播的间隙，她还在关湃的安排下去专门录了这首歌的线上版本。因为短视频平台的强大影响力，这首歌冲进了音乐平台的排行榜，算是目前她最广为人知的一首歌。

抱起吉他，调整好麦克风，夏籽开始心无旁骛地唱歌。直播间热闹非凡，她心中想的却是一年前那个容易害羞的自己。

成为一个被粉丝喜欢的好主播，曾经是她小小的目标。她觉得自己好像又找回了那颗初心。

两个小时里，夏籽唱了很多首歌，粉丝们也很热情。关湃以防万一安排的带动气氛的托，都没派上用场。

夏籽开播前开玩笑的一句"称霸灵猫"，没想到竟成了真。

一时间，整个灵猫，包括主播和用户粉丝们，都知道了一个叫"聚星-夏夏"的主播。她像一匹加鞭而来的黑马，从名不见经传的小主播，短时间内迅速崛起，成为贴吧里争相议论的对象。

粉丝的眼睛是雪亮的，挖掘起八卦来都像名侦探柯南附体。

这场空前绝后的唱歌直播过后,网上各平台多了不少关于夏籽的新帖。

"太阳是否已经移情别恋?"

"夏夏用的是姬琳的直播间,难道说聚星一姐要换人?"

"Sum 从来没看过女主播直播,今晚这是什么情况?他们是一个公司的,难道万年铁树要开花?"

…………

那边粉丝讨论得欢快,处于旋涡中心的人还丝毫未觉。

好不容易下播后,夏籽的嗓子果然又哑了。她瘫在舒适的座椅上,解开衬衫裙的第一粒扣子,休息了会儿才起身。

直播完的心情比开播前要轻松许多。她想,有这么多的粉丝也不是一件非常可怕的事。

夏籽心情愉悦地拉开门,和同样刚出门的周未轶打了个照面。

她还没准备好一个自然的表情面对他,他先冲她展开一个笑容。

"嗯,唱得还行,就是弦按不紧。"

夏籽正在心中感慨臭弟弟笑起来花见花开,没想到他说出口的话还是一如既往地欠揍。但这样的玩笑也瞬间打消了她心中隐隐的尴尬。

"你来唱一晚上试试,你看看我手指。"

夏籽伸出左手摊到他面前,想要证明不是自己技术不行,而是业务量太大。

周未轶低头,眉心轻轻皱了皱。她左手的三根手指指腹,被弦压出了深深的红色痕迹。

夏籽不甚在意地收回手,和他告别:"那我先走啦,拜拜。"她再不走,只怕他又要说出什么惊天动地的话了。

"我也走。"说着,他和她并肩同行。

走廊很长,他们很安静,唯有周未轶手中包装袋被打开的声音。她好奇地看过去,周未轶似乎在剥一颗糖果。

果真是弟弟,夏籽在心中想。这时,有人猝不及防地往她的嘴里塞了一物。

甜中带点草药味的感觉充满口腔,夏籽惊异地看向周未轶,口齿不清道:"你干什么?"

"胖大海,剩下一颗舍不得吃,给你吧。"

夏籽哭笑不得地含着糖果:"周未轶!下次你要干什么,提前跟我说一声。你长嘴巴就是用来毒舌的是吧?"

周未轶笑了笑,眉眼弯出好看的弧度。

"对不起,请你喝橙汁。"他一反常态地没有回嘴,态度好得出奇。

夏籽倒真的有些渴了。她随他来到公司的餐饮区,请阿姨做了两杯冰饮。

关湃为人大方,公司内部也弄得十分有人性化,解压室、健身房、拍摄间、舞蹈室、练歌房一应俱全，饿了累了还有小吃、水果供应。

平心而论，这里的工作环境很不错。

夏籽和周未轶相对而坐，她先感谢了他刚刚的支持，然后酝酿了一下，问："你那天是在开玩笑，对吧？"

周未轶微微扬唇，一只手托腮看着她："想知道吗？"

夏籽点头。

"你告诉我你喜欢谁，我告诉你我是不是在开玩笑。"

夏籽吸一口冰果汁，做出认真思考的表情，似乎在衡量划不划算。

周未轶看着她犹豫又好奇的样子，嘴角的笑意越来越深："怎么样，你到底……"

他的话还没有说完，就见夏籽的眼睛蓦然亮了亮，就像一朵花绽开在春天，或者阳光在瞬间穿透云雾的灿烂，她的目光闪耀着那样的光芒和生机。

他回头看到穿着纯色衬衣和挺括西裤的男人正一步步朝他们走来。他步伐随意，目光淡然，却仍然难掩本身的卓然气宇。

无须多言，周未轶也明白了，夏籽喜欢的人，正是这个跟他只有几面之缘的聚星大股东。

周未轶低头喝果汁，掩去面上的不自在。

裴允谦径直朝夏籽走来，扫了眼周未轶，低头对她说："过来，我有话和你说。"

他的语气像极了老板要和员工谈谈最近的表现，夏籽不由自主地紧张起来："怎么了？"

"边走边说。"

"好。"

夏籽告别周未轶，捧着果汁亦步亦趋地跟在裴允谦的身后。

裴允谦回头看了看略显拘谨的女孩，慢下脚步跟她并肩走在一起。

"最近你要小心些。"他面上波澜不惊，语气却刻意压低。

夏籽怔了怔："怎么了？"

"上次拍你照片的人，不是媒体的。也许是姬琳惹到了谁，也许是有人专门在收集女主播的八卦绯闻。总之，你现在树大招风，难免引火烧身。"

"那个人找不到了吗？"

"他做事很谨慎，行踪也隐藏得很好。"

"但他并没有曝光那张照片呀，难道有什么别的目的？"夏籽不解。

"没关系，他只要动手，就会留下蛛丝马迹。"

他们不知不觉走到公司门口，裴允谦示意她上车。

夏籽忧心忡忡地坐上副驾驶座，听到裴允谦冷峻的声音："不过，你必须答应我，不准再莽撞行事。"

夏籽忙不迭地点头。

裴允谦发动车子送她回家，不由得想起一件她年少时的事。

她正义感强，偏巧胆子也大。

还在上中学的时候，学校有女生因不明原因失踪，警察怀疑是被人贩子拐走了。那女生刚好是她的朋友，于是她天天有空就背着书包在学校周围晃荡，常常是周围人都走光了，她还不离开。

终于有一天，一对神情悲苦、穿着破旧的老夫妻找上了她，说他们在城里找丢失的孙子，好多天没正经吃过饭，求她请他们吃一碗面。

她最初是相信他们的，直到随他们走向犄角旮旯的一家小店，快进门时才有所警觉。她打开手机佯装有电话，匆匆记下小店的位置，塞给他们五十元，自己以有事为由跑了。

后来她将这件事告诉警察，警方最初只是觉得她想太多，没想到顺藤摸瓜还真发现一个贩卖年轻女孩的团伙。面店的老板正是团伙中负责对接的小头目。这次歪打正着，也让她成功救出了身陷囹圄的同学。

那时他就觉得，夏籽注定不会让人省心。

果然，长大以后她稍微沉稳了一些，但本质上的东西还是没有变。

"裴先生，你来找我，应该不是只为了说这件事吧？"

那就太兴师动众了，关湅不在，他大大咧咧地出现在公司，只为了叮嘱她这些吗？

他转头看了她一眼，面上不动声色，眼中却有神秘的光。

他将车开过跨江大桥，停在路边，对她说："下车。"

他说完就先她一步下车，绕去了车后。

夏籽莫名其妙地下了车，看到他打开后备厢，取出一个长方形大盒子。

如果此刻他们在荒郊野外，夏籽一定会感到毛骨悚然，以为他要埋点什么。

而当裴允谦一步一步朝她走来时，她才终于看到黑色盒子上的绸缎蝴蝶结。她瞪大眼睛："这是——"

"生日礼物。"

啊？夏籽愣了一下，认真地对他说："你搞错了吧，我生日已经过去好久了。"

"那就补给你。"

裴允谦仍然一副没有任何不妥的神情。她不知道，这确实是他想送给她的生日礼物。

在正式遇到她之前，在知道她生日那天孤零零地去江边坐了很久以后，他便动身前往北欧，亲自去探访一位久居冰原的大师，请他做了这件礼物。

所以说它是生日礼物一点都不为过。

只不过直到今天，他才收到跨越山海而来的礼物。他本想挑个理由更充分的日子，又恐夜长梦多，于是择日不如撞日。

"打开看看。"

深夜的马路上车并不多，晚风带着湿意，夏籽拢一把被风吹乱的长发，有些不知所措。

"这……不是整蛊吧？比如恐怖玩偶安娜贝尔？"

她想象力太丰富，裴允谦低声叹口气，很是无语。

"你不是已经有一个了吗？怎么？你喜欢那种东西？我倒是也能淘得来。"

"不必，不必！"夏籽急忙拆礼物。她只是想用玩笑缓解一下紧张，如果这份礼物太贵重，她是万万不会接受的。

盒盖被缓缓掀起，露出里面东西黑色的一角，夏籽用目光扫过它的轮廓，隐隐猜出了是什么。

"这是……"

这分明是一个琴盒的样子，她心怦怦乱跳地打开琴盒，瞬间被眼前的木质吉他震惊得说不出话来。

虽然是在夜晚，光线并不好，但红棕色的琴身反射着周围的光亮，更显出本身温润的光泽。

夏籽低头抚摸琴身，声音里是压抑不住的激动："好漂亮的琴！"

她用手指轻轻叩击面板，随即听到清脆的声音。琴头、琴颈、琴弦，甚至是一颗螺丝钉都透露着精致和典雅。她明白，这绝对不是大街小巷随处都能买到的一把琴。

"这太贵重了，裴先生，我不能要。"她的目光依依不舍地从吉他上离开，准备放回去。

"好吧。"裴允谦对于她的拒绝只是耸了耸肩，"你如果不要，就只能把它扔进江里了。"

"啊？"夏籽以为他在开玩笑，"为什么？"

"因为它专属于你。"

夏籽怔了怔，目光再次投向手中的琴，这才发现在琴面的角落刻着一个小芽形状的图案，旁边写着"X·Z"两个字母。

播下籽，长出芽，这是她妈妈给她取这个小名的用意。多年后，第二个人如此用心地借她的姓名，对她示好。

可是，她欠裴允谦的已经一箩筐了，不能再无止境地接受他的好意。

"我有琴。而且……而且我也不喜欢这把。"

她将吉他轻轻放回琴盒,垂下眼睫敛去目光中的留恋。然后她听到头顶传来裴允谦一贯清冽平静的声音:"喜欢,收下就好。哪里有那么多谁欠谁的,公不公平之说。"

他又一眼看穿她的小心思。

"但是我不能接受你这样平白无故的好意。"

"平白无故?"裴允谦忽然低头笑了笑。夏籽仰头看着他的眼睛,想起初次见面他就暗藏玄机的目光。

"夏籽,我对你,从来都不是平白无故。"

"那是什么?"她压抑着狂乱的心跳,非要问出个所以然。

他笑得云淡风轻,凑近她的耳朵轻声说——

"早有预谋。"

第七章
吻星记

《灵猫好声音》比赛在十一小长假之后正式开启。

初赛和预赛都是主播在直播间唱歌，然后粉丝通过官方渠道投票。最终决赛会来到线下，得票数前十位的歌手将现场决出排名。

夏籽的户外直播也暂时告一段落，全身心准备比赛。

她抱着一把小巧又精致的红棕色吉他，一路从初赛唱到预赛，得票数一直居高不下。贴吧甚至将她和灵猫几位老主播一起归为冠军候选人。

而姬琳仍然没有直播。夏籽后来才知道她请了假，一个人去欧洲旅行。她的暂时离开让聚星又失去一位得力干将，关湃很快安排了招新，准备为公司增添新的血液。

沈家佳就是这个时候找上夏籽的。她从学校毕业后去了一家私立幼儿园当老师，但工作并不顺利。听姑妈说，她在学校被小孩子气哭过好多次，更别说能管得住他们。

而此时正碰上夏籽的直播事业如日中天，她孝敬了姑妈姑父很多，于是又勾起了沈家佳当初当主播的想法。

沈家佳长相乖巧，身材纤瘦，形象自然没有问题。但是夏籽了解妹妹，她自小娇生惯养，单纯天真，没有遭受过什么社会险恶。都能被小孩子气哭的她，真的有强大的心理面对网络上的各种言论吗？

但沈家佳还找来了姑妈替她说话。姑妈虽然对主播行业不见得多支持，但毕竟有夏籽照看，也能放心一点。何况，夏籽确实在直播界混得风生水起，当姑妈的也沾了不少光。

于是，夏籽帮她递了简历，只让人事主管按规定选拔就行，成败就看她自己。

日子在匆忙中过去。

裴允谦比从前更加忙碌，有时候好几天都不发来一条消息。夏籽听说他好像投资失利，正在处理公司危机，顾不得理她也正常。

夏籽常常会想到他们最后一次见面时的情形。

他说完那句充满深意的话后，她的眼睛马上瞪得像兔子，明显已经联想到十万八千里之外。

于是裴允谦敲敲她的额头，说："逗你。"

但夏籽的耳根还是泛红了许久。

后来她抱着大盒子回了家，在脑海中盘算着该给他还什么礼，想破了脑袋都没有一个合适的选项。她一迷茫就喜欢胡乱弹琴，弹着弹着，倒还真冒出一个点子。她兴奋起来，翻出歌本，将之前写的《大坏蛋之歌》的标题画掉，思考了一会儿，写下了"初情歌"三个大字。

这时晓月走了过来，担忧地问她："明天要和Sum录综艺节目了，也算是你第一次做直播真人秀，紧张吗？"

夏籽怔了怔，小心地将琴放回琴盒。她最近习思考的事太多，显然已经顾不得紧张了，此刻说起来，她才记起和周未轶之间的尴尬氛围还没有完全消除。这次见面，她一定要问问他上次没说完的话到底是什么。

"直播综艺节目倒是不紧张，参加歌手比赛让我比较紧张。"夏籽实话实说。

预赛告一段落，她毫无意外地入围了《灵猫好声音》十强，只等着过段时间去现场参加十强争霸的比拼。

关于唱歌的比赛，她只在大学期间参加过。虽然唱歌算是她的本专业，但她音域不算广，只是胜在音色好听，平时直播又都是小打小闹，以唱得开心为准则。这次要登上比之前音乐节大得多的舞台，她难免担心。

为此，公司还专门给她请来一位声乐老师，准备录完综艺节目就让她闭关训练。

"总觉得自己承受着太多的喜欢，所以很不想让他们失望。"

"尽力就好了，粉丝喜欢的，一直都是那个努力又乐观的你呀。"

晓月的安慰让她感到温暖，她瞬间从床上蹦起来抱住了晓月："谢谢你！走，给你做好吃的去！"

窗外雷雨交加，两个女孩围坐桌前吃着年糕火锅。减肥什么的早就被夏籽抛到脑后。马上要开始奔波，当然要多吃点保持体力。夏籽这样安慰自己。

"夏夏，你和裴总在一起了吗？"饭桌上，晓月忍不住八卦。她和夏籽最亲近，自然知道她每次发消息时脸上露出的笑容是因为谁。

"哪有，别胡说！"夏籽连忙否认。

"我只是想，那样有钱的人，真的会有真心吗？"

夏籽垂下眼睛。她其实也不知道，她想起他看着她时眼里的温柔。眼睛是不会骗人的吧？

"他应该不会骗我。"

第二天，夏籽和周未轶跟着公司团队，一起踏上了前往龙溪镇的旅程。

龙溪镇位于邻省，以物产丰富、山清水秀闻名。这次的综艺节目虽然是娱乐性质的闯关游戏，但主要目的是带动当地经济发展，为滞销的水果直播带货。

所以，这次的节目也受到了主流媒体的热捧。

待参加节目的所有嘉宾就位后，导演很快开始宣布规则。夏籽一早上都在奔波，此刻不免有些昏昏欲睡，一旁的周未轶更是放飞自我，随便找了个能坐的地方就开始打游戏。

一路上人多眼杂，她还没找到机会和他单独相处，只悄悄问了问他妈妈的情况。她正想趁着导演讲话，和周未轶说两句，谁知导演忽然停了下来。

夏籽好奇地抬头，见他正在询问身后一人的意见。

夏籽随意地看了一眼，马上又将目光移回到那人身上。

"裴允谦？"她震惊到脱口而出他的名字。

一旁专注于游戏的周未轶顿了顿，也抬起了头。

导演正在跟裴允谦讨论着什么，表情、神态都充满了面对甲方的恭敬和客气。

很快导演回过头来，拍了拍手对大家说："那我们改一下赛制，由同公司一男一女搭配改为抽签分组。"

"你们随意，我和夏籽一组。"周未轶突然开口。参加节目的人不算多，他这句话一出来，其他人都有些意外，目光都集中在了他俩身上。

处于旋涡中心的夏籽简直尴尬到脚趾抠地面，但全场数周未轶的咖位最大，一时间还真没人能反驳他。

"那个……别听他胡说。我们听节目组安排。"夏籽瞥了眼导演身后的男人，有些心虚地开口。

导演也认得周未轶，答应他吧，赛制就不公平了；拒绝吧，他又对这个电竞怪才的脾气有所耳闻。

可这个节目聚星出资最多，原本关湃作为制片人之一要亲自来监督，大概因临时有事来不了，就派了另一位据说是公司股东的人来。

导演问了裴允谦一句有何建议，他便提出换个赛制会更精彩。两人为此还讨论了几句细节。导演斟酌一番，认为他说得有道理——真人秀，未知的才是最精彩的。

考虑到点击率，导演当即大手一挥，说："改！"

说完，他回头让助理赶紧准备抽签纸，怕时间长了周未轶酝酿出脾气，这人若是撂挑子不干了，那可是大事。

周未轶倒是没有再多说什么，夏籽心想，他这不是也挺懂事的吗？

各方面都准备妥当后，导演一声令下，录制正式开始。

在主持人引导下的一番寒暄和自我介绍后，他们进入了分组抽签环节。由女嘉宾抽写有男嘉宾名字的字条，抽到谁就跟谁一组。

夏籽准备等其他人抽完，自己再拿剩下的字条。这时，她就见周未轶靠近她，将一个纸团塞进她手里。

"不客气。"周未轶邪邪地一笑，转身就走，不带走一片云彩。

夏籽嘴角抽了抽，展开一看，果然是那家伙的名字。她想起刚刚录制之前，他跑去工作人员那里不知道干什么，原来是拿走了写有他自己名字的字条。

导演自然也发现了周未轶塞给夏籽字条的事，他连忙嘱咐主摄像镜头移开点。

"幼稚鬼。"夏籽吐槽一句，抬眼看到摄像机后面默然静立的男人。

他戴着墨镜，薄唇抿成一条线，手臂懒散地环在胸前，仿佛没有任何情绪，但夏籽还是感受到了一丝冷意。

监督节目？她分明觉得他是来监督她的。

夏籽头疼地看一眼若无其事的周未轶，心想，他今天千万不要做什么奇奇怪怪的事啊。

所谓"流浪大作战"，就是男女选手搭配，一起闯关解密，在每个任务地点完成挑战，收集金币，收集金币最多的一组获得胜利——可以换取丰富的水果送给屏幕前的观众。

夏籽在游戏这方面的好胜心比较强，和周未轶平和的心态不同，她一投入进来，心里就只想着得第一了。

所以在龙溪镇的大街小巷，不时就会看到夏籽拖着周未轶狂奔的画面。

"你快点！别人要抢先了！"

周未轶昨晚打游戏打到很晚，整个人都没什么精神，就这么被夏籽拉着跑来跑去，简直快要转晕过去。

"等等，等等，不就是个游戏吗？你还真想当'聚星劳模'？"

夏籽顾不得跟他插科打诨，她心心念念的都是完成了几个任务，还剩几个任务。

他们的摄像师也是最惨的。胖胖的摄像师扛着摄像机，呼哧呼哧喘着粗气，但还是非常敬业地努力保持画面稳定。

他忍不住劝夏籽："姑娘，你们现在已经是第一名了，歇歇吧……"

夏籽杏眼一瞪："不行，你没听说过龟兔赛跑的故事吗？"

她心中惦念着任务，但眼看着摄像师已经快到体能极限，她连忙热心补充："要不摄像机我扛，您去歇着吧！"

摄像师当然没把摄像机给她，毕竟他该完成的工作还是得自己完成。

说话间，他们已经到了下一个地点。

这一关叫作"同甘共苦"。两人背对背，同时答题，答案一致则获得金币，反之悬挂在二人头顶的充水大气球就会被扎破，两人将瞬间变成落汤鸡。

得知规则后，夏籽紧张地抓住周未轶的手臂，一字一句地叮嘱他："第一反应，你明白吧？千万不要多想。"

周未轶皱眉看了眼头上的水气球。他讨厌任何整蛊的东西，可是"人在屋檐下，不得不低头"。

重要的是，她想赢。

两个人背靠背站好，依次开始答题。前几道生活常识题比较简单，两个人都能答出基本一致的答案。

但为了节目效果，越往后，出来的题越奇特，有故意为难的嫌疑。接下来他们侥幸又蒙对一道"夏籽喜欢的男生类型"，为了提高正确率，夏籽写了一长串，什么成熟稳重、包容细心。但一想到周未轶简单粗暴的脑回路，她很快又添了一句"长得要好看"，果然，和周未轶孤零零的一个"帅"字勉强匹配，导演组也勉强给他们算过。

但接下来，"周未轶喜欢什么类型的女生"这个问题，就令夏籽费解了。我这样的？她晃晃头，抛开自作多情的念头，小心地写下一个"美"字。

谁知周未轶这次不按套路出牌，看到那个字后，夏籽气得鼻子都要冒烟了。

"周未轶！你写个'矮'是什么意思？"

"就是字面上的意思。再说，谁跟你说我喜欢美的了。"

"难道你喜欢丑的不成？"说到这儿，她想起周未轶之前疑似告白的举动，于是理直气壮道，"那你肯定不会喜欢我，毕竟我这么美。"

周未轶叹口气，说："告诉你一个秘密，一开始，公司女主播，我总共只见过七个。"

空气冷了几秒，夏籽咬牙切齿道："周未轶！"

她正要发作，听到头顶传来一声异响，这才想起还有一个重磅惩罚环节。她连忙紧闭眼睛双手抱头，在恐惧中等待着即将兜头而下的冷水。

哗啦。

她等来的却不是想象中的冲击，而是略带温度的撞击。她睁眼，是周未轶跟她同款的白色队服，他的手臂紧紧拥住她，头垂下来，让自己尽可能多地挡住她。

她愣了两三秒，迅速推开周未轶。此刻他已经完完全全变成了一只落汤鸡，水顺着他的黑发落下来，明明该是狼狈的，可他随手将湿了的黑发撩上去，竟还有一丝性感的味道。

反观夏籽，除了衣角和发梢略微打湿，没有其他变化。

她压根没想到周未轶会做出这样的举动，不由得别扭道："你干什么。"

周未轶接过导演组递过来的毛巾，不甚在意地擦着头发："是我写得不太好猜，淋我一个就行。"

一边的导演组早就暗暗沸腾起来。任何节目都需要一些炒作的卖点来提高收视率。周未轶作为电竞圈乃至直播界的风云人物，有点绯闻绝对会引起轰动。

而且明眼人都能看出来，这绯闻绝非空穴来风。

人群之后，明眼人裴大股东冷眼看着这一幕，腹诽：这小子心思还挺细腻。

原本他应该更自信的，不过此刻还是没来由地产生了危机感。

周未轶去换衣服，晓月过来给夏籽补妆。这时有导演组的同龄女生过来八卦："夏夏，你跟 Sum 是不是地下恋？"

夏籽一口水差点喷出来："哪有！我们只是朋友。而且，我不喜欢比我小的。"

那女生撇撇嘴："小怎么了？现在姐弟恋多了去了。难道你喜欢老的？"

不想过多地交谈私生活的夏籽随口搪塞："对啊，我喜欢老的。"

话音落下，夏籽敏锐地察觉到背后的一丝凉意。她下意识地扭过头，自下而上，长腿、窄腰、精致皮带、黑色衬衫，再往上，就是裴允谦戴了墨镜的一张脸。

女生认出他是夏籽公司的某个大人物，于是识趣地离开。晓月这时也刚好为夏籽补完了妆，她小心地看了眼裴允谦，就跟着那个女生一起离开。

夏籽见人都走了，朝他拍拍身旁的座位，说："裴先生，坐，别客气。"

其实她是有那么点心虚的，在自己喜欢的人面前，总是不自觉地想和其他异性撇清关系。

于是在裴允谦坐下后，她又此地无银三百两地解释："周未轶吧，你也知道他比较任性。"

"所以，你喜欢上哪个老男人了？"

夏籽神情一滞，差点脱口而出"你这个老男人啊"，但她还是理智地转移了话题："没有，我瞎说呢。不过，裴先生，你怎么也来了？"都不提前告诉她一声。

"关湃临时有事，叫我来盯着点。"当然，他也是顺便来找她算账。

"哦。"夏籽应了一声。

"周末要去裴若依家？"裴允谦轻飘飘地问她。

夏籽一怔，她本来是想悄悄去的。

"啊……是她邀请我去做客……"

"所以就把我的话抛到脑后？"

夏籽咬咬唇。

裴允谦继续说："我看得出她真心把你当朋友，如果有天她知道你其实另有目的，你想过怎么面对她吗？"

他的咄咄逼人让夏籽心中也升起一股无名火，她反问道："那我直接告诉她，我觉得你爸爸不是好人，所以正在找证据把他送进大牢？"

她将手肘撑在膝盖上，双手捂着脸，声音发闷："裴先生，我真的不知道该怎么办了。"

远处，周未轶整理妥当，正在朝这边走来。

裴允谦站起来，说："先录节目。"然后他就自顾自地离开了。

夏籽埋着脸，轻轻擦去眼角的眼泪，随即站起来，没事人似的活动筋骨。

"好了吗？周未轶，咱们要快点去下一站了。"

周未轶拨弄着半湿的头发，无奈道："姐姐，你让我歇歇……"

夏籽弯起嘴角："你看，叫姐姐才对嘛。"

接下来的半天，夏籽和周未轶过关斩将，一路领先，虽然过程艰难，但还是赢得了第一。

因为他们结束得较早，就坐在一旁等待其他人，等着最后再一起录一个结尾。

两个人无所事事地看着其他人努力又搞笑地闯关，夏籽突然开口："周未轶，你不是真的喜欢我，对吧？你那样说，到底是什么意思？"

周未轶闻言，轻笑："就算我真的喜欢你，又怎样？"

+ 夏日乌龙茶 140

夏籽正色："我会远离你。"

"好吧。"周未轶敛起笑容，"你也知道我妈妈可能坚持不了多少时间了。"

"嗯。"想到周阿姨，夏籽心中泛起不忍。

"她最放心不下的就是我。"周未轶顿了顿，"夏籽，你能不能做我的女朋友？"

"啊？"夏籽吃惊到眉毛都不对称了。

这时周未轶才缓缓补充："假扮。"

"呃，你可以找个真心喜欢你的女生呀，何必假装。再怎么说，也是欺骗阿姨……"夏籽在脑海中搜索着各种托词。

"如果不是因为……"周未轶喉结动了动，"谁愿意假装呢？"

夏籽一时间无话可说。周未轶站起来："我知道这个要求很过分，但是……她时间不多了。拜托你，考虑一下。"

他说完便朝导演走去，说了句什么，导演似是挽留，劝了几句，但结果还是他先行离开。

夏籽一直等到最后，和大家一起录完了结尾。

录制结束，导演组织大家参加庆功宴。

这附近的农家乐烧烤店里，夏籽兴致缺缺地拨弄着碗里的毛豆，心里想的却是早点回家。今天裴允谦的态度令她失望。她想，她这样一个外人，始终比不上他的亲堂妹吧。

她觉得一切还是只能靠自己，于是想要早点回家，再回忆回忆父亲可能给她留下的线索。

一个抱着毛绒小熊的女孩正在庭院一角独自玩耍，大概是店家的女儿。她不小心将小熊掉在泥水里，便号啕大哭起来。她爸爸忙走过去安慰："妮妮不哭，爸爸给你洗干净……"

夏籽远远地望着这一幕，嘴角不自觉地扬起一抹浅笑。

父亲是所有女孩心中最英勇的骑士。

她想起自己的爸爸。他大学读的是财贸，戴一副眼镜，看着文质彬彬，人情世故却十分通达。他头脑缜密，处事周到，本是裴元璟欣赏的下属，后被派去辅佐年轻的裴允诚开拓房地产市场版图。

他对她的教育并不是溺爱，而是有方向的引导，比如她想要一个洋娃娃，就需要为爷爷奶奶或者爸爸妈妈做一件事。

后来她又是帮奶奶买菜，又是给爷爷捶腿，终于得到了一个金色头发、会讲话的洋娃娃。她高兴坏了，宣布那是她排在第一位的朋友，从此日夜都搂着它睡。

她记得，那个娃娃会唱一首英文儿歌，她曾不亦乐乎地一遍遍地听。后来爸爸失踪，娃娃也再不能发出声音……

夏籽眨眨眼，周遭的喧嚣声又回到了她耳边。

一片嘈杂中，她轻轻启唇——

"娃娃。"

她想起爸爸离开那天的场景。

明明夜已深，他却穿戴整齐，过来吻了吻睡梦中的夏籽。那时她怀抱洋娃娃，听爸爸说他要出去一会儿，叮嘱她乖乖睡觉，不要害怕。

他最后对她说的是——"保护好莎莉。"

后来她迷迷糊糊爬起来，趴在玻璃窗上目送他离开。

那时她懵懵懂懂，现在想来，他为什么特意提到莎莉呢？她又想起，莎莉后来再没唱过歌，是否也和爸爸有关系？

她本应该更换电池，或者打开它的后背检查，但爸爸失踪后，她仿佛一夜之间长大，没有了温室的庇护，也从童话和洋娃娃的世界中脱离了出来。

她站起来，脑子里都是书桌置物架上的莎莉。急于求证的念头让她一秒都平静不下来，这时她想起裴允谦也参加了庆功宴。

到处搜寻裴允谦的身影未果，她给他打电话："你在哪里？"

"后院。"饭桌上劝酒的人太烦，他准备直接走，可又想和夏籽说几句话，于是先来这里等她吃饱喝足。

她很快寻他而来。

主人家后院种了满满的梨树，正值果实成熟的时节，层层绿意中掩藏着颗颗色如黄玉的香水梨。

她几步跑到他身边，仰起头来，眼中布满了急切和激动。

"有个地方，可能藏着他的秘密！"

裴允谦微微一怔，却并没有多意外："等你明天回去……"

"我想现在就走。"夏籽神情焦急。

裴允谦看一眼手表："这个点没有飞机。"他的计划也是先回酒店，明天和他们乘坐同一班飞机回去。

夏籽反应过来，脸上流露出失望："啊，是的……"

她背靠梨树，敛了神色，不知在想什么。裴允谦陪她站了会儿，就独自去了前院。

夏籽抬起头来，看到的就是他留给自己的背影。

她抱膝蹲下，有些歉疚地想，一不小心，就习惯了他对自己的纵容，遇到什么问题下意识地就想找他求助，觉得他无所不能。可是凭什么呢？他根本没有理由无条件帮助她。

胡思乱想许久，夏籽终于站了起来。她闭上眼缓解忽然站立导致的眩晕，睁开眼看到裴允谦正向她走来。

"走吧。"他招招手，指尖挂着的钥匙哗啦作响。

"好。"夏籽心不在焉地答应。

她跟在他身后，路过热闹碰杯的男男女女，他却并没有停下脚步，而是径直出了大门。

夏籽微微睁大眼，回头看了眼正和男青年聊得面红耳赤的晓月，快步跟上了裴允谦。

夜色里，灰头土脸的小轿车闪了闪灯，咔嗒一声开了锁。裴允谦正要坐上驾驶座，看到身后呆立的夏籽，提醒她："上车。"

"去哪儿？"夏籽边挪动步子，边疑惑道。

裴允谦微微蹙眉："回家。"

"回C市？"夏籽停在原地，有些无措，"裴先生，我刚刚有些冲动。我不是非要现在回不可的……"

"我回，顺路带你。"

夏籽无话可说，但还是犹豫着没有上车。裴允谦无奈地催促："租车钱都付了。赶紧，先回酒店拿东西。"

"好吧……"夏籽只好怀着歉疚的心情上了车。

上了车，她注意到，与外观的"灰头土脸"不同，车内布置得十分温馨，后座还放着儿童座椅和玩偶公仔，能看出一个父亲对女儿的疼爱。

裴允谦正在专心倒车，夏籽问："老板能这么轻易租给你？"

裴允谦淡淡地看她一眼："就是钱多钱少的事。"

夏籽犹豫片刻，狠下心来："裴总花了多少？我给你报销。"

这话让裴允谦嗤笑一声，然后说了个数字。

夏籽倒在座椅上，有气无力地说："我……回去给你报销……"

裴允谦无声地笑了笑，说："好啊，别忘了。"

车行驶了一会儿，夏籽望着前面黑黢黢的山路，心中不免有些发慌。

她伸手打开车载音响，想放音乐转移一下注意力，没想到歌单上只有一首《爱情买卖》。

她随手点开，跟着欢快的音乐点头。待一曲终了时，一直安静开车的裴允谦忽然开口。

"夏东林当年找裴允诚，可能是想举报肖越安。"

夏籽马上转过头看他，语气都有些发抖："这么说，真的是肖越安……"

裴允谦默认。他在调查时发现，涉及当年某些项目的档案莫名失踪，他只好从相关分包公司找起，结果越查越心惊——这些公司和肖越安都有千丝万缕的联系，最大那家公司的董事长正是肖越安曾经的大哥，他们之间存在利益联系。

裴允谦想，应该是身为秘书的夏东林也发现了什么，于是被肖越安盯上。

肖越安做事缜密，目前一切都是裴允谦自己根据极少的线索进行的推理，没有实际证据。

但如果夏东林真的撞破了肖越安的秘密，绝对不会只留存一份证据。在意识到可能存在的危险后，他一定将备份的证据藏在了某个地方。

这个谜底，只能由夏籽来解开。

其实，这一切他暂时不想告诉她，想瞒着她先独自探寻夏东林留下的线索。只是夏籽过于不安分，他只能提前给她一些警示。

他转头看她一眼，说："所以我不想让你单独去见肖越安。"

她沉默不语，就那样直直地望着前方，脸上却没有丝毫害怕。

他不由得担心："夏籽，我没有确切的证据，你也没有。我们都只是猜测，明白吗？"

他这才注意到她放在膝盖上握成拳的手。

她回过神来，对他勉强一笑，说："我知道。"

她转而又看向窗外的夜色，不知在想什么。

浓黑一片的山间，没有月光，没有星辰，只有车灯的光亮。裴允谦望着天空密不透风的黑云，心中升起不好的预感。

忽然，一道闪电自裂开的云缝中蜿蜒而出，从天边直插入层峦山谷。不一会儿，轰隆一声惊雷炸开在天际。

在城市长大的夏籽从没见过这样惊心动魄的闪电，下意识地缩在了座椅上。裴允谦看了看乌云压顶的天空，暗自懊恼没有提前看一眼天气预报。不过，山中天气多变，遇到了也只能自认倒霉。

不多久，大雨倾盆而下，没有多余的前奏，直接就劈头盖脸地砸下来。即使雨刷疯狂地晃动，前车窗还是一片模糊。

雨点密集地砸在车顶的声音让夏籽更加害怕。眼见着能见度几乎为零，裴允谦只好将车靠右停在路边，打着双闪灯。

只是这里停车也十分危险，裴允谦准备等雨小一点，就迅速驶离。

雷雨交加，不时出现的几道闪电几乎要将天空割裂，夏籽缩在座位上瑟瑟发抖，祈祷着别被雷劈到。

咣当！

有什么不同于雨点的东西砸到了车顶。

裴允谦和夏籽对视一眼，心中瞬间警铃大作。

裴允谦迅速发动车子，但还是晚了一步，雨声中传来另一种更加恐怖的声音。车子刚起步，就受到了剧烈的撞击。

一声巨响伴随着车身猛烈的摇晃，后车窗爆裂开来，裴允谦下意识地将夏籽压在了座位底下。他回过头，看到一块巨石正好砸在了后备厢上，导致它整个凹了下去，估计油箱也坏了。

幸好没有砸到前面，裴允谦抖落自己身上的碎玻璃片，心中庆幸。

车是开不了了，下车也许更加危险，他们暂时不敢轻举妄动。

车窗被砸碎后，外面的雨声更加清晰。

湿冷的气息涌进车内。夏籽惊魂未定地睁开眼，发现自己正被裴允谦牢牢地按在座位下。他用身体将她包裹得严严实实，他的后背却整个暴露。

夏籽忍不住伸手，抱住他的脖子，似乎想尽自己微薄的力量，也去保护他。

一声轻笑拂过耳边，夏籽不由得恼怒："你还笑，一会儿命都没了。"

他在她的耳畔问："你害怕吗？"

咣当的声音还在继续，可是再没有刚刚那样巨大的石块。夏籽心中是害怕的，可是有他在身边，好像又没有那么怕。

"不怕。我们肯定会没事的。"

裴允谦摸了摸她的头发，说："也有可能会……'游戏结束'。"

夏籽简直无语，这种时候一般人不是应该说点充满希望的话吗？

但夏籽内心深处又觉得他说得没错。逃出去或者留在这里，都是充满未知的危险选项。此时此刻，一切完全看运气，何况车外雷声、雨声还在继续。

明明该是沉重的话题，但躲在他的怀里，她的心情反而渐渐平静。

"如果下一刻我们就会死亡，裴先生还有什么遗憾吗？"

"没有。"

"这么无欲无求吗？"受他的影响，她居然还能笑得出来。

裴允谦淡淡地一笑。他抬眼看到车窗外渐弱的雨势，暗自感叹自己最后时刻想的就是眼前这个人。

"出去吧。"

雨来得快，去得也快。他放开她，发现驾驶座这边的门已经被堵死。他们从副驾驶座那边出去，看到乌云正在快速散开，隐隐露出月光。

零星小雨打在身上，凉意渗入皮肤，夏籽打了个哆嗦，这时一件西装外套兜头将她罩住。她扒开衣服露出眼睛，看见裴允谦正在打救援电话。

挂断电话后，他四处观察了一番，说："顺着下坡路再走两公里，应该就是国道。他们说会从那边过来接应，我们先离开这里。"

夏籽抬起头，幽深的山峦不知还蕴藏着什么样的危险。她点点头，跟上他的脚步。

雨彻底停了,夏籽想将外套还给裴允谦,他却不肯要,她只好又穿回自己身上。

夜在一场雷雨后恢复了寂静,山路蜿蜒,只有一前一后两个赶路的身影。下坡路比上坡路好走,但时间久了,夏籽的腿还是发起软来。

察觉到她越来越急促的呼吸声,裴允谦停下脚步,先抓住对她来说过长的西装袖子,然后伸进去,捉住了她躲在里面的冰凉的手。

"走吧。"

他牵着她,自然地继续往前,速度比之前慢了些。

夏籽回过神来,手指触到他手背上结实的骨节,她的脸一下子红了起来。

"裴先生,这样不太好吧?"刚刚情况危险,抱也就抱了,可是现在……

"怎么了?"裴允谦回过头,眼神不知是真无辜还是装无辜。

"这……男女授受不亲!"她随口说道,然后用力挣了挣手。

他没让她挣开,反而停下脚步,用他幽深的目光看着她。

"也是。"

夏籽用力点头。

"那,你愿意做我女朋友吗,夏籽?"

夏籽微微张开嘴,喉咙里却发不出任何音节,整个人像灵魂出窍一般。

他盯着她的眼睛,目光坚定、认真,没有丝毫开玩笑的样子,仿佛此刻听不到回答,他就会一直这样盯着她不放。

她觉得自己的大脑一片空白,呼吸都快停滞了。她闭上眼,脑海中浮现出刚刚性命攸关时的画面,他的第一反应却是保护她。

于是她顺着心的声音,说:"愿意。"

裴允谦望着她,目光依然平静。

"我们在一起并不容易,你的职业,我的家庭,还有你爸爸的隐情,总之会有各种各样的阻碍。你,还愿意吗?"

他将所有的现实问题抛给她,让她做选择。她的眼中却不再是刚刚的慌乱无措,她勇敢地回望他,目光无比坚定。

"愿意。"

因为是你,无论多难都愿意。

她试探地回握他的手,感受到她的温度,他往前一带,将她拥进了怀里。

四周是不知名的群山,头顶是冲破云雾的月亮,蝈蝈在雨停后继续唱歌。夏籽从他的颈窝探出头,看见一颗又一颗的星星,明亮得像被大雨清洗过。

她呼吸着冰凉的空气,心头却是火一般的炽热。

过去的那些年,她也有过暗自关注的男孩,有过隐秘的小心思,有过暧昧然后失之交臂的遗憾,可从没有过如此确定又如此热烈的心情。

拥抱和牵手都不再让她不安或犹疑。她伸手环住他的腰,紧一点,又紧一点。

从现在开始,她将她所有的信任和希冀,都交托于他。

"你跟我在一起,是因为喜欢我,不是一时冲动,不是随便玩一玩,也不是想要利用我,对吗?"

他又轻笑一声,凑到她的耳边,说:"是,喜欢你。"

"从什么时候开始的呢?"

"很久很久以前。"

"多久?"确定关系后,夏籽开始不依不饶。

他推开她,弯起食指轻敲她的额头,说:"走吧,这里还不安全。"

"哦。"夏籽噘了噘嘴,跟上他的步伐。

但她心情调整得很快,拉着他的手晃荡起来,脚步也轻快得要跳起来。

"我好开心。你开心吗?"

裴允谦无奈地一笑,顺着她的话,拉长了语调说道:"开——心——"

她进入角色很快,上前一步亲密地挽住他的手臂,望着漫天繁星回忆。

"想想第一次见面,我简直要被你气死了。可没想到,你最后还是被我收了。"

她扬扬得意,笑起来梨涡都比平常深。他侧目望着她,脸上带着笑,心中却在思索——有些秘密是该永远埋藏,还是向她坦白。

因为考虑了太多的外界因素,他一直对她模棱两可。可刚刚牵着她的手,他忽然就有种再也不想放开的感觉。他想就此沉沦,什么牛鬼蛇神,遇见了再说。更何况,她都如此勇敢而一往无前了,他又有什么可犹豫的呢?

"我第一次谈恋爱,对象是你,真是太幸运了……"

她高兴时喜欢絮絮叨叨地讲话,裴允谦看着她,目光一暗,侧身弯腰,在她脸上轻轻一吻。

她愣在原地,正不知所措,就听见救援车由远及近的喇叭声。

原来他们已经不知不觉地从山中走了出来。

等车被拖出来,路面被清理干净,乔森也带着人赶来接应。他留下来联系车主处理后续理赔事宜,裴允谦和夏籽折腾近一晚上,先坐车回C市。

一路上,司机在前面开车,坐在后面的他们,手一直都没有放开。

等回到青森公寓,已经快要凌晨四点。半路甜蜜的小插曲也没让她忘记自己的目的,她进门后直奔被裴允谦戏称为"安娜贝尔"的洋娃娃,在他鼓励的目光下，深吸一口气，拉开了娃娃背后的拉链。

一个装电池的小盒子，连着一个发声器，让娃娃一被拍就触发唱歌功能。

它后来不能唱歌，是电池没电，还是电池盒里有其他东西，夏籽从没研究过。

她慢慢打开小小的电池盒，乍一看空空如也，仔细看却发现里面粘着一片小小的存储卡。

裴允谦拿出来仔细察看，像老式手持摄像机里用的那种存储卡。夏籽的心怦怦直跳，太阳穴一抽一抽痛得厉害。

真没想到，自己没头苍蝇似的被困扰了十年，其实谜底一直就在她身边，每天一睁眼就能看到。

裴允谦看出她的异常，说："这个需要读卡器。先睡觉吧，等天亮了，我让人送过来。"

她虽然急于想知道里面的内容，但也不得不承认他说的是对的，只好妥协。

"你也睡会儿吧。"

"跟你一起吗？"裴允谦打趣。

夏籽内心挣扎了一番，十分严肃地看着他："行，但是我们之间要画一条'三八线'。"

裴允谦没好气地揉了揉她的脑袋："睡你的吧，我去睡沙发。"

夏籽松了口气，拿上睡衣去洗澡。

裴允谦捏着小小的存储卡，神色若有所思。

夏籽这一觉睡得很沉，莫名地踏实。等她睁开眼，已经是上午十点，她揉着眼睛，迷迷糊糊看到裴允谦背对着她的身影。

"裴先生……"她的称呼一时间还没能改变。

裴允谦听见身后的响动，转身笑容和煦地问道："醒了？"

她见电脑的屏幕亮着，一下子清醒过来："能看到存储卡里的东西是什么了吗？"

裴允谦点了点头："能，里面只有两段视频，不过我没打开。我觉得，还是你亲自看比较好。"

"你跟我一起看吧，万一是跟他的工作有关的东西，我怕看不懂。"夏籽边说，边跳下床。

"好。"

夏籽坐在电脑前，搓了搓脸，深吸口气，才郑重地点开第一个视频。

视频是用录制时间命名的，夏籽忍不住出神，那个时间，她还是六七岁。这么久远，会是什么内容呢？

"你好啊，十八岁的芽芽……"

夏籽怔怔地看着充满颗粒感的录像，画面上是一个女人，面目柔和，虽然只录到上半身，也能看出她的虚弱和瘦削。

夏籽捂着嘴巴，两行眼泪瞬间就涌了出来。

这是她的妈妈。

夏籽六岁那年，妈妈患了绝症。她死的时候，夏籽对"死"的概念都还很懵懂。长大后，夏籽常常看着照片怀念妈妈，只是关于她的记忆还是越来越模糊。

此刻看到如此生动地出现在自己面前的妈妈，夏籽无法形容内心受到的冲击。

裴允谦揽住她的肩膀，无声地抚慰她，陪她一起听她妈妈对她的期望和希冀。

妈妈预料到了自己人生的终点，但又舍不得夏籽，于是通过这种方式，跨越时间，托夏东林给她成年的寄语。

可惜啊，她现在才看到。

视频结束，夏籽擦擦眼泪，咽下喉头的酸涩，缓了缓情绪才点开第二个。

"芽芽……"画面里，眉目清俊的男人神色有些僵硬，似乎不习惯对着镜头说话。

他调整了下心情，露出一个略带腼腆的笑容。

"昨天呢，你已经过了十二岁的生日了，其实我有很多话想对你说，但怕你还不懂。我想起你妈妈给你录的这段视频，觉得蛮有趣，也想凑个热闹，等到你十八岁时一起送给你。

"十八岁……你会是什么样的呢？我的女儿一定很漂亮，会不会有男孩子追你？这个我要好好把关。不过，那时候你一定有了自己的主见，说不定会和我吵架，然后我就变成孤独的老父亲喽……

"爸爸对你的期望呢，也不高。唉，想当年我以全系数学第一的成绩考上的财贸学院，你怎么就不及格呢？算了，算了，没事，芽芽，你学不会也没关系，快乐就好了。勇敢也很重要，勇敢的人先看世界……

"其实爸爸最近不是很勇敢，我很想和什么对抗，又怕不自量力。

"爸爸想问问十八岁的芽芽，如果错误的事发生在你眼前，你会选择视而不见吗？会因为害怕就退缩吗？"

夏东林低头沉默了一会儿，又继续说："讲远了。虽然我想让你永远天真无邪、快乐无忧，所有的污浊都远离你，可我还是想告诉你，光明的另一面是黑暗，这个世界有真实，也有虚假，本身就很复杂。爸爸希望你就算身处艰难的境地，也能做出正确的选择，永远做个乐观、勇敢的女孩……"

视频进度条走到了尽头，可夏籽一动不动，过了很久才回神。

这是她爸爸妈妈想要送给她的十八岁的礼物。

可是他们谁都没有看到她十八岁的样子。

心头的苦涩、遗憾和感动压得她喘不过气来，但她还是勉强挤出一个笑容："好像……和证据没什么关系，麻烦你辛苦带我回来。"

裴允谦摸摸她的头，用一种柔和的目光注视她："没关系。我觉得这个礼物，对你来说更有意义。"

夏籽的眼泪又要夺眶而出，但她不愿在他面前露出脆弱的一面，于是毅然地推着他往外走："你走吧，你走吧，回去休息，昨晚不是没好好睡觉吗？"

裴允谦无奈地被她推到门口。

"那我先走了，你再睡会儿。"

"嗯，慢点哦。"

裴允谦想了想，凑近她叮嘱："就算这样，存储卡的事，也不要和任何人说。"

"当然。"夏籽点头，这是属于她与她最亲近的人之间的秘密。

这时她才注意到自己离裴允谦很近，她恍然意识到，他们从昨天晚上开始，已经是情侣关系。

这个觉悟让她脸颊染上绯色，待他要走时，她拉住他的袖子，鼓足勇气在他脸上印下一吻。

叮咚——

电梯门缓缓打开，露出了晓月一张震惊的脸。

夏籽害羞又尴尬，裴允谦却十分淡定，旁若无人地摸了摸她的头，就兀自进了电梯。

晓月赶忙拖着行李箱出来，不可思议地盯着裴允谦。

裴允谦淡淡地扫了她一眼，电梯门就关上了。

"哇，夏夏，你真的跟裴总在一起了？"

她昨天喝酒喝大了，一觉醒来才知道夏籽提前走了。今天独自回来，她发现自己应该是错过了什么精彩的剧情。

三言两语说不清，夏籽只好告诉她实情："对，我们在一起了。"想了想，夏籽又不放心地补充，"别告诉别人，我们暂时是地下恋。"

这也是昨夜回来的路上他们达成的共识，现在这个阶段并不是夏籽公布恋情的最好时机，还是个人生活保持低调，专注于主播事业为好。

晓月呆呆地点头："连关总也不告诉吗？"

说到关湃，夏籽更加头疼："等我找个机会，当面跟他说吧。"

其实她明白，她以现在的身份与裴允谦恋爱有多艰难。

可是比起那些看不见的艰难，她更怕错过。

另一边，裴允谦独自站在电梯里，目光停在金属门上映出的自己的身影上，眼神却没有焦距，大脑陷入沉思。

夏东林没有留下证据，或者说证据不在夏籽这里。

对啊，那是他的女儿，他说希望"所有的污浊都远离你"，怎么会把可能带来危险的东西留在她这里呢？

裴允谦的思维一点一点清晰，新的想法如灵光般闪过。

叮。

电梯下至一层，他脚步带风地走出电梯，马上拨出去一个电话。

"档案先等等再查。去查当年跟夏东林关系最好的同事，或者朋友。"

《灵猫好声音》总决赛在即，夏籽的户外直播暂停。公司专门为她请来了声乐老师，进行一对一指导。

姬琳的欧洲之旅似乎还没有结束，其间一次也没有开播过，她的直播间里已经怨声载道。都说她挣到钱就跑，毫不犹豫地抛弃粉丝，连一贯维护她的粉丝都消失了不少。

聚星的新一批主播已经完成了培训，正式上岗。在三个月的试用期后，成绩达到标准的留下。

让夏籽意外的是，沈家佳也在名单之内。

当天晚上夏籽就请沈家佳吃饭，作为亲表姐，她还是叮嘱了沈家佳很多。

"不用特别在意他们说什么，大不了不干，也不要因为别人的话为难自己。主播这份工作，最重要的不是脸，不是能力，而是心态。"

"知道了，芽芽姐。我就不信世界上还有比幼儿园老师更可怕的工作。"

她像小时候一样叫自己芽芽姐，夏籽心一软，给她夹过去一只大螃蟹。

"有什么事要跟我说，不要自己憋着，听到了吗？"

"知道啦！我会好好干的！"

夏籽望着表妹天真的样子，仍不能完全放下心来。

不过，她也没时间去操心别人了，公司进总决赛的只有她和另一个不相熟的男主播，他们可谓是被寄予了全公司的希望。

这些天裴允谦罕见地没出差，只要她忙完，他就会带她去吃好吃的放松。

她在练歌的间隙，想的全都是他。手机的每一次振动，她也会期待发来消息的是他。可他不知是白天工作忙，还是根本就没想起自己还有个女朋友，总之很少主动发来消息。这让她很怄气。

又一天晚上，他来接她吃火锅。

151

席间夏籽终于忍不住开口:"你是不是特别特别忙?"

裴允谦烫着毛肚,随口答:"还好。"

"那你干吗一整天都不给我发消息?"她垂着眼睛不看他。

裴允谦放下筷子,意识到自己忽略了女孩的小心思,于是耐心解释:"因为我想你的时候,都会来见你。"

夏籽眼睛眨了眨,心顿时软得一塌糊涂。她抬起头来认真地看他:"那,你早晨起来的第一件事是什么?"

小女生恋爱时思维奇特,他有些摸不准她到底要干什么。

"睁眼?"

"不对。"夏籽摇摇头,憋着笑说,"是要和我说早安。"

裴允谦揉揉额头:"说了能怎么样?"

"这样你从一醒来就开始想我了。"

"好。"裴允谦勾起嘴角,答应得痛快。

夏籽也终于笑起来:"晚上睡之前也要说晚安。"

"好。"裴允谦在一片热气氤氲中精准地夹出她喜欢的干贝丸子,说,"以后你想要怎样,都可以告诉我。"

夏籽怔了怔,想想自己刚才疑似撒娇的一番操作,瞬间脸红了。要知道,几个月前她还对裴允谦相当敬畏。

于是她笑道:"好啊。"说完她才意识到,自己是个恋爱小白,还不太知道该怎么和男朋友相处。

那他呢?

她的心中忽然有些别扭,在咕噜咕噜喝了半瓶酸梅汤后,才鼓起勇气开口:"真心话大冒险时间!"

她将瓶子放到他眼前,语气故作轻松:"裴允谦先生有多少个前女友?"

裴允谦捕捉到她目光中的不自然,于是坦然道:"一个。"

她刚悄悄松口气,转瞬心里又酸涩起来。她扬起笑容,看起来明媚开朗:"一个啊,那她一定很美,很特别,是你心头的白月光、朱砂痣。"

裴允谦伸手敲她的额头:"少看点小说吧。"

夏籽作势要还手,然后不服气地继续吃饭,在低头时敛去了嘴角的笑意。

吃完饭,裴允谦送她回家,车停在门口时,她说想散散步消食。他便锁车陪她一起在深秋的萧索中瑟瑟发抖。

"认识你时,是在夏天吧。"夏籽鼻头红通通的,说话时也带了鼻音。

裴允谦握紧她的手,回忆像是走了很远:"是夏天吧。"

他们漫无目的地走在街边,车灯、霓虹闪耀,世人匆匆忙忙,没人会注意到他们。

夏籽说:"我们在一起并不久呢,但不知道为什么,就想和你一直走,一直走。"

"那就一直走。"

裴允谦停下脚步,在她面前站定。她今天穿了牛角扣连帽大衣,因为怕冷,所以一直戴着帽子,一张小脸躲在下面,只看到挺秀的鼻尖。

一秒,两秒,三秒……裴允谦站在她面前,像是被定格了一般。

夏籽不安又疑惑地抬头,对上他漆黑得快要融进夜色的眼眸。

他的唇紧抿着,却分明有什么话想要对她讲。

她忽然笑起来,唇线弯成美好的弧度,说:"一直都觉得我自己很平凡,但是遇见你,就觉得好幸运……"

她的话音落下来,余光里的亮在刹那间消失不见,好像整个世界,都变成裴允谦近在咫尺的脸。

再近一点,又近一点,他也将头躲进她的帽子下面,呼吸交织,黑暗缱绻,唯有目光照亮彼此的脸。

鼻尖对上鼻尖时,夏籽紧紧闭上了眼。

冰凉又柔软的触感覆上了她的唇。她的一颗心高高悬起,仿佛失去了反应能力,直到他将她抱进怀里。

她攥着他的粗呢大衣,感受着他的气息。车水马龙的喧嚣变得微不足道,感官上的接触被无限放大。

帽子下的小小世界,她将整颗心托付给他。

他终于离开她时,她一张脸已经红得像最新鲜的草莓,娇艳欲滴。

她这才反应过来,口齿都有些不清楚:"你……你……太……太突然了吧……"

"有什么不对吗?"裴允谦心情大好,刚才的纠结、犹豫都消失不见。

自他准备开始这段感情,他本想将一切都向她坦白,可又受不了她眼眸中对他全心全意的信赖。

再给他一些时间吧,他会帮她找到父亲,给她一个真相,也给自己彻底的解脱。

夏籽已经一整天都心不在焉了。

她不是忽然露出诡异的笑容,就是整个人突然陷入沉思,搞得声乐老师以为她因比赛压力太大而精神失常。

裴若依来看她时,看到的就是她这么一副样子。

裴若依没好气地揉了揉她的脸颊:"夏籽!你是被摄魂怪亲吻了吗?"

亲吻？这两个字让她身体一颤，眼神顿时恢复了焦距："你怎么知道？"

裴若依哭笑不得："喂、喂、喂，你真的精神失常了吗？"

夏籽游走的神思这才缓慢归位："啊，依依，你怎么有空来找我了？"

"还不是我爸。"裴若依不耐烦地说，"他非要给我办个生日派对，让我叫朋友们都去。"

夏籽心中咯噔一声，表面还是故作平静："什么时候呀？我最近不是要去参加比赛……"

"我看日期了，不冲突。你，必须给我来！"裴若依一把搂住夏籽的脖子，"上次叫你来玩，你临时有事，这次是我生日，你一定要来！"

"知道啦，知道啦！"

裴若依凑到夏籽耳边兴奋地说："我有一整个房间的娃娃给你看！"

派对的时间是周五晚上，地点是黄金地段某大厦的顶层豪华复式公寓，躺着能看见星空的那种。

地下恋的裴允谦和夏籽准备分头前往。

关湃刚出差回来，自然少不得来凑热闹。还记得当时裴若依求裴允谦让她来聚星工作，他还很不解——裴若依吃喝不愁，自己名下还有房产和股份，她非要来当主播，只能说是闲得没事找刺激了。

他顺路去把夏籽接上，一同前往，美其名曰穿了礼服的都是公主，公主必须配有司机。

但其实今天夏籽打扮得很低调，一条香芋紫方肩裙，长发斜编成辫子垂在肩膀一侧，看起来温婉又恬静。

她上车时，关湃正在打电话，听上去对方应该是今晚的主角——裴若依。

"什么神秘嘉宾？跟我有关系吗？"关湃的语气十分不屑。

那头的裴若依神秘一笑，说："你来了就知道了。"

挂断电话，关湃看了看安安静静的夏籽，说："许久不见，夏夏好像有什么不一样了。"

夏籽理了理耳边碎发，对着后视镜臭美道："那自然是变得好看了。"

关湃爽朗一笑："这还用说吗，我的当家女主播。"

贫完嘴后他又用正经的语气告诉她："后天的比赛，不要压力特别大。你只要去参加，能露个脸，就很好了。"

"嗯。"夏籽点点头，"我不紧张。"

不过她还是想努力一下，赢得好的名次，这样在向关湃坦白自己谈恋爱的事时，应该能更有底气吧……

他们八点到达时，整个公寓已经十分热闹了。

裴若依在公司的好朋友少，所以夏籽见到的都是生面孔。人家大部分是一个圈子的，夏籽也不好搭话，就一个人挑喜欢的点心吃。

"小女朋友。"

一道熟悉的带着戏谑的声音在背后响起，夏籽顿时心花怒放，回过身，果然是早早到场的裴允谦。

"老男朋友。"他今天穿了休闲款的格纹西装，头发罕见地全部梳到后面，整个人英气逼人。

夏籽阴阳怪气道："裴先生还特意做了造型？"她挨个扫过明里暗里朝裴允谦投过来的娇羞目光。

裴允谦嘴角微微上扬，凑到她耳边说："吃醋了？"

夏籽灿烂一笑，将托盘递到他眼前："我不吃醋，我吃蛋糕！"

派对现场放着热烈的摇滚乐，没人注意到他们甜蜜的互动，除了眼尖的裴若依。

她注意到关湃和夏籽来了后，就想找夏籽打招呼，没想到有人比她更快。怪不得二哥自来到这里，对身边的人很是敷衍，原来醉翁之意在别处。

果然，夏籽一来，他马上就甩开一位互联网创业精英，抬脚朝她走过去。

有问题，绝对有问题！

虽然裴若依跟这位哥哥关系也没有多好，但她喜欢夏籽，心里也是祝福他们的。

这样想着，她清清嗓子准备去捉弄一下眉来眼去的两个人，正巧电话响起，她看一眼来电显示后笑着接起来。

"喂？怎么还没来？"

对面传来一道明媚又清爽的女声："依依，我在停车场迷路啦！快来接我！"

"这么多年了，你还是这么路痴。等着啊，我这就过去！"

裴若依看一眼二哥和夏籽，决定先去接今天的神秘嘉宾。

另一边夏籽正吃得开心。这里的点心都是请国外知名甜品师现做的，夏籽捧着一块法芙娜巧克力蛋糕，简直吃到快要忘我。据说法芙娜是最好吃的巧克力，今天她一试，果然名不虚传。

裴允谦望着一脸满足的夏籽，无奈道："有这么好吃吗？"

"好吃！"

夏籽沉浸在蛋糕的香醇味道中，连男朋友都不想搭理了。裴允谦就在她旁边漫不经心地喝着一杯鸡尾酒。

她终于吃完，嘴巴边上不可避免地沾了巧克力。裴允谦指了指她的嘴角。

她领悟了他的意思——这种场合形象还是很重要的。

她下意识地舔了舔嘴角,没有注意到一旁裴允谦微动的喉结。

他看了眼四周,低声说:"去露台。"

夏籽摸不着头脑,一边避开口红用纸巾擦拭着嘴角,一边乖乖跟在他身后。露台上摆满了大型针叶植物,层层叠叠,刚好挡去大半视野。

夏籽刚随他走上来,就被一双手拉进了怀里。

她的心脏怦怦跳,有些紧张地拍他的肩膀。

"会被看到。"

他不为所动,与她的紧绷相反,他周身都十分放松,仿佛并不在意她所说的。

"蛋糕好吃吗?"

夏籽觉得皮肤好似有微弱的电流穿过,迷迷糊糊地说:"好吃……"

"是吗?"

他越来越低沉的嗓音像是某种诱惑,让她脑袋越来越迷乱。然后他低下头来,吻上了她的唇。

夏籽心底分明隐隐期待,可也有些措手不及。她沉醉于此刻他的气息、他的怀抱。

直到一声冷笑在身后响起。

"呵。"

夏籽匆忙推开裴允谦,转头看到环抱手臂的关湃。

他的目光透着冷意,来回扫过二人,问:"所以这是好上了呗?"

夏籽苦着脸欲言又止,想解释又不知道从何说起。裴允谦踱步上前,揽过夏籽的肩膀坦然道:"你不是早该想到了。"

关湃在他面前酷不过三秒,马上搓着脑袋发狂:"我真是服了!我先喜欢上的人最后喜欢上你,我准备孤注一掷捧红的人又跟你谈恋爱。裴允谦,我上辈子欠你的吗?"

当当当——音乐不知何时停了,裴若依敲酒杯的声音格外清晰。

"派对开始之前呢,先给大家介绍一位老朋友。她就是——"

"Hello(你们好),朋友们。"清爽又落拓的声音响起,台上的短发女生朝人群清浅一笑。

"我是天瑜,我回来了。"

她扫视人群一番,目光透过玻璃门,定在露台上的三人身上,唇边是意味不明的笑。

"好久不见。"

第八章
初情歌

今晚没有月亮。

夏籽捧着热奶茶坐在便利店旁的石阶上,默默看着过路的行人和飞驰的车辆。周遭霓虹在她的余光里变成彩色的星星。

她在纠结离开还是回去。

刚刚的氛围让她窒息。

裴允谦那突然回归的前女友成为全场焦点,即使夏籽没有主动上前,也听说了她的事迹。

骆天瑜,动物学博士,潜过深海,登过高山,去过北极,越过雨林,最近在研究海洋动物,满世界追着鲸鱼跑。

她甚至穿着皮夹克和工装裤就来了,皮肤微黑,笑容自信,能看出是非常独立且果敢的女生,让人能够一眼记住她的气质和长相。

她的人缘很好。夏籽作为女生都忍不住被她吸引,甚至感到钦佩。

看到她后,关湃的眼睛都直了,马上忘记要和裴允谦算账的事,就准备迎过去。

谁知骆天瑜先他一步,端着酒杯径直来到露台。

她的目光扫过关湃,又越过夏籽,最后定在裴允谦身上。

周围的人目光暧昧，大家都知道他们曾经是天造地设的一对，虽然早几年就分了手，但这么多年过去，双方还都是独身，难免又要脑补一番旧情复燃的情节。

"阿谦，关关，好久不见。"

夏籽无意识地向后退了一步，身后坚硬的针叶刺到皮肤，她都没有知觉似的，默默听他们叙旧。

直到裴允谦向骆天瑜介绍她。

"这是夏籽。"简简单单四个字，再无更多描述。

夏籽勉强露出笑容，说："你好。"

骆天瑜也朝她微笑示意，然后注意力又转向了裴允谦："你还记得凯莉吗？它活下来了，还生了三个宝宝。"

裴允谦罕见地在公共场合露出温柔的笑容："是吗？"

一旁的关湃插进他们中间，黑着脸拉起骆天瑜的手臂，沉声问："听说你被鲨鱼咬了？我看看，在哪里？"

她打掉他的手，说："那是爱的亲吻，你懂什么。"

"你……"

眼见着关湃吃瘪，骆天瑜和裴允谦相视一笑，转头的动作都充满了默契。

他们老友相见，分外热络，有聊不完的话题。夏籽便借口去卫生间，拿了外套出了公寓。

她本来只是想出来透透气，没想到越走越远，就去便利店买了一杯热奶茶。

电话铃声响起时，夏籽看了眼时间，她已经离开二十分钟了，但来电显示是裴若依。她闷闷不乐地接起电话。

"夏夏，你跑哪里去了？"

"嗯……"夏籽抬眼看见对面黄底黑字招牌的连锁卤味店，"我……想吃鸭脖，就出来买了，你要吃吗？"

"我爸请厨师做的鹅肝难道还不如几根鸭脖子吗？赶紧回来，还没给你看我的娃娃呢！"裴若依回头看了眼言笑晏晏的裴允谦和骆天瑜，犹豫了一下，说，"顺便给你解释一下。我可不是要拆散你和我哥。"

"瞎说什么呢？我这就回去。"夏籽心虚地站起来，思考片刻后，还是去买了几盒鸭脖。

她拎着塑料袋慢慢往回走，有辆车经过她身边时停了下来。

她好奇地驻足，就见车窗慢慢摇下，露出中年男人和蔼可亲的一张脸。

夏籽认出了他，脸色微变。

他却自然地问道："怎么才到？"

夏籽不动声色地攥紧了袋子，反应很快，冲他一笑："肖叔叔还记得我？"

"当然,依依的好朋友。"说着他示意司机下去开车门,"上来吧,捎你一程。"

夏籽本想拒绝,但看到司机请她上车的姿势,还有肖越安眯起眼来紧盯她的目光,她莞尔,说:"谢谢叔叔。"

林肯车内宽敞、舒适,夏籽却有一种莫名的压迫感。

她盯着司机的座椅,感觉到旁边肖越安的目光投了过来。

"夏籽小姑娘越长越标致了。"

她害羞地一笑,然后惊讶道:"难道您以前见过我?"

"你没见过我吗?当年我还去看过你。"

夏籽装作努力回忆的样子,迷惑道:"那时我还不满十二岁吧。难为您,过了十年,还能认出我。"

夏籽对上他的眼睛,他眯眼望着她,眼神似笑非笑。

她感到背脊发凉。

好在车子很快到达,她稳住声线,故作淡定地向肖越安道谢,然后下了车。

地下停车场的应急灯泛着幽绿的光,她推门出去,一时间有些迷茫。

巨大的停车场四通八达,夏籽四处张望寻找电梯口,肖越安不知什么时候走到了她身边。他虽然大腹便便,但身材高大,看起来也并不显老态。

夏籽下意识地后退一步,听到他热心地招呼道:"走吧,一起上去。"

夏籽跟在他身后,司机走在另一边。停车场寂静,只有他们频率不同的脚步声。

夏籽从没有这么急切地想赶紧到达目的地。不知为何,她很不安,这让她呼吸的声音听起来都有些急促。

"夏籽小姑娘,最近还去公安局吗?"

她的脚步顿了顿,脑袋里各种信息、猜测交织,她一开口,声音居然有些哑。

"不……咳,不常去了。"

"我也很希望能找到你的爸爸。"他转过身,眼中充满了遗憾和怜悯。

夏籽的额头渗出薄汗,不由得攥紧了衣袋中的手机。

嗡嗡嗡——

手机振动的声音恰好响起,夏籽看到裴允谦的名字,往左滑——拒接。

就这几秒钟的时间,她再抬头时已经恢复了镇静。

"真是谢谢肖叔叔关心了。"

顶层,派对依然热闹。

肖越安给自己女儿带来了豪华礼物，接着致辞几句就离开，把空间留给年轻人。

夏籽在随肖越安上来后就悄悄融入了人群，她躲去卫生间，透过镜子看到自己苍白的一张脸。她补了些口红，尽力对镜子露出一个自然的微笑，然后深吸一口气走出了卫生间。

她出去时迎面撞上了正要进来的一个人。

那人说了抱歉侧身让路，夏籽瞥了他一眼，是个陌生人，潮男打扮，皮相也好。当然这派对上大部分是俊男靓女。

夏籽没有多想就径直离开。

她四处观望，在角落里的一张小圆桌边找到了裴允谦，裴若依也在。他们几人之间氛围很好，只是裴允谦不时地看一眼手机。

夏籽转过身，忽然不想被他发现自己。

她咬咬唇，压住满腔委屈。这时一人站在她面前，她抬起头，发现是刚刚在卫生间碰到的人。

她正疑惑间，那人爽朗一笑，说："我没认错吧？你是夏夏？"

原来是看过她直播的粉丝，她回他一个礼貌的笑容，点头说是。

"你最近可是我的特别关注，我正托裴若依介绍我们认识……"

夏籽面上保持微笑，心中却烦躁，她现在只想找个地方静一静。这人却不依不饶，直接拿出手机说："我们加个微信吧。"

"不好意思……"夏籽在心中想着托词，这时被人一把搂在怀里。

她转头看见裴若依红通通的脸颊，后者明显喝了好多杯酒，说话的语气都慷慨激昂的。

"徐昊洋，你干吗？想追我朋友？"

裴若依是今天的主角、全场的焦点，此时高声说出的话更是吸引了无数目光。夏籽缓缓捂住脸，一只手在背后拉她的衣服："依依！"

被叫作徐昊洋的男子挠挠头，从口袋里掏出一张名片："虽然你说得也没错……但我有正经事的。"

夏籽接过来，才发现他看上去年纪轻轻，其实已经是一家游戏公司的创始人。

"我一直关注你的直播，觉得你很适合做我们新游戏的代言人。"

"代言人？"

关湃不知何时走了过来，一把抽出名片，眼神不善："我是她的老板，代言事宜请联系我们公司商务部门。"他靠近徐昊洋，威胁道，"你那一箩筐前女友解决了吗，就敢惦记我的人。"

徐昊洋不好意思地笑了笑："关哥，我怎么是惦记呢。这游戏我花了不少心血，就想找个有灵气的妹子代言。我就看夏夏特顺眼。"

他无形中夸了夏籽，这让关湃听着很受用，随即满意地拍了拍他的肩："好说，过几天我们对接一下。"他远远看了眼不声不响的裴允谦，好心提醒，"她可不是你能肖想的。"

徐昊洋当然识时务，见好就收，很快就走了。

小小的插曲终于解决，裴若依迫不及待地拽着夏籽上楼："走、走、走，看我的宝贝去！"

夏籽无奈地跟上她的步伐，在上楼梯时和小圆桌旁的裴允谦对上了眼。

她看不懂他的眼神，但能看出骆天瑜对她的好奇。

她转过脸，头也不回地上了楼。

满室的娃娃个个精雕细琢，看起来价格不菲，连娃娃穿的小衣服都挂满了一整面墙的展示柜。

夏籽自然是惊叹且艳羡的。但她时不时又有些走神。果然，年纪大了，烦恼就会变得复杂，小时候只要看到这么多漂亮的娃娃，不开心的事就早被抛到九霄云外了。

裴若依热情洋溢地介绍完，这才注意到夏籽的脸色。她打了个酒嗝，将头靠在夏籽的肩膀上，闭眼缓了缓酒劲。

"夏夏，你看得出吗？"

"什么？"

"我喜欢关湃。"

夏籽怔了怔，她之前确实有所猜测，但没想到会在这里听裴若依亲口承认。

"从小就喜欢。我一个男朋友都没交过，我就喜欢他。"她的声音有些委屈，转身抱住了夏籽。

"可是他一直都有喜欢的人。我不敢告白，怕连朋友都做不成。"

她呜咽了几声："可是天瑜不喜欢他，我想让他们当面了断，这样，他是不是就会放弃了……是不是就能……看到我……"

"骆天瑜还喜欢裴允谦？"

快要睡着的裴若依睁开眼，扳着夏籽的肩膀认真道："夏夏，我没想拆散你跟二哥。天瑜之前在海上受了伤，最近刚好回国养身体。就算我今天不请她来，他们也会碰面。"

夏籽坦然地望着她："没关系啊。"

"这么说，你承认和二哥在一起了？"

夏籽点点头。

裴若依反而替她担忧了："那你可是危险了。"

夏籽站起来，无所谓地笑了笑："情敌很强大，但我也不是吃素的。"

她说着便拉开了门，裴若依问："你干吗去？"

夏籽理了理头发，嘴角一提——

"正面迎击。"

"阿谦有了喜欢的人？"骆天瑜托着腮，语调轻松。

"是女朋友。"裴允谦抿一口鸡尾酒。

骆天瑜眼睫微微一动，很快又露出一个笑容："进度很快嘛。"她举起酒杯碰碰他的，"祝你们幸福。"

裴允谦晃晃酒杯，说："准备漂到什么时候？"

骆天瑜望着眼前欢歌笑语的男男女女，眼神却像是越过他们看到了很远的地方。

"我拖着血淋淋的胳膊躺在沙滩上时，就想如果你愿意娶我，我就回来，哪里都不去了。"

裴允谦沉默，她却先笑道："但是回到现实，我当然不会让你娶我啦。"她越过他的肩膀看见从楼梯上下来的女孩，故意凑到他耳边，轻声说，"小女朋友蛮可爱的。"

楼梯上，夏籽看到二人亲昵的样子，脚步顿了顿，然后换了个方向，径直走向门口。

那里的置物柜上还放着她进门时随手扔上去的鸭脖。

她提上鸭脖，准备了一个温婉可爱的笑容，就转身走向自己的男朋友。关湃正被人拖住走不开，小圆桌旁只有裴允谦和骆天瑜两个人。

"嘿！"她一屁股坐在裴允谦身边，热情地和骆天瑜打招呼。

"嘿。你刚刚去哪儿了？"骆天瑜也不爱客套，有什么说什么。

"蛋糕吃得有些腻，我出去买了这个。"夏籽将几盒鸭脖整整齐齐地放上桌子，大方地一挥手，说，"请你吃。"

裴允谦暗暗叹了口气。

对面的骆天瑜却两眼放光："天哪，我刚回国，就馋这个！你这个妹妹神了。"

瞎猫碰上死耗子。夏籽勉强笑了笑，豪气地说："你喜欢就好。"

"那我开动了。"

骆天瑜说着便迫不及待地拆了一盒，她戴上一次性手套，满脸陶醉地啃了一个鸭脖子，再伸手时，裴允谦却将盒盖合上。

"你干什么？"

"吃一个就够了。"

夏日乌龙茶

"再吃最后一个。"骆天瑜露出可怜的表情。

裴允谦没听见似的，将所有鸭脖重新装回袋子里去："不行。"

骆天瑜意犹未尽地摘掉一次性手套，吐槽他："这么多年了，你还是这么爱管人。"

"你是巴不得再回医院吗？"

"知道了，知道了，我去找关湃了。你俩说悄悄话吧。"她朝夏籽挤了挤眼睛，就脚步轻快地走了。

夏籽望着她潇洒的背影，转头问裴允谦："她不能吃辣啊？"

他"嗯"了一声，拎起那袋子鸭脖，挑眉问夏籽："大晚上一个人跑出去买鸭脖？"

"我想吃……"她终于泄了气承认，"我吃醋行了吧。"

裴允谦轻声一笑，弹了一下她的脑瓜："她是老朋友，你是女朋友。就这么不相信我吗？"

"相信。"她其实不相信的是自己，可是听裴允谦这样说，她的心情还是明朗起来。

派对散场已经是晚上十一点。

关湃抢着送骆天瑜回家，夏籽就自然而然地坐上了裴允谦的车。

司机开车，夏籽和裴允谦坐在后座。他喝了酒，闭着眼靠在靠背上休息。

夏籽望着他搭在膝盖上的手，轻轻将自己的手覆了上去。

裴允谦仍闭着眼，反手将她的手握在了手心。

到小区后，夏籽和裴允谦道别，然后慢慢走向单元门。

她回过头，裴允谦正站在车边目送她。她忽然又折了回来，不顾车里还有司机，双手从他腰边穿过，将头紧紧埋在他的胸口。

裴允谦轻拍她的后背，问："怎么了？"

"我碰到了肖越安。"她的声音闷闷的。

裴允谦的身体一僵，问："他和你说了什么？"

夏籽沉默不语。裴允谦轻轻叹口气说："对不起，当时没有在你身边。"

"你会离开我吗？"

"不会。"裴允谦的声音听起来斩钉截铁。

夏籽抬起头来，冲他挤出笑容："那就好。"

他在她额头轻轻落下一吻，她终于安心地进了单元楼。

回到家，晓月热情地迎出来，问夏籽派对怎么样，她随口说了一句"挺好的"，就兀自回了房间。

拉开窗帘，她看到裴允谦的车正缓缓驶离小区。

她将头抵在冰凉的玻璃上，过了好半天，眼睛才轻轻眨了下。

自从遇见裴允谦，她好像越来越依赖他。

她想，还是要回到自己一个人时候的状态，保持独立、理智、清醒，即使以后他真的放开她的手，她也不会跌得粉身碎骨。

《灵猫好声音》总决赛周日正式开始，周六关湃带着两个入围主播以及随行的工作人员来到了灵猫总部。

夏籽仰头望着高大的灵猫大厦，不由得发出感叹。

因为晚上要进行带妆彩排，一行人在酒店安顿好后，就来到了灵猫会议室。

十位入围歌手坐成一排，传奇公司的莫妮卡是最后一个到的。夏籽记得她，当初公司举办音乐节，还请她来做开场表演嘉宾。

她也算是和关湃地位相当的大主播，走性感御姐路线。只是她明明擅长的是舞蹈，却也成功进入了歌手比赛的前十，难免让人多想。

她进来后扫了一眼正襟危坐的主播们，径直走到夏籽旁边的男主播身旁，摘掉墨镜，毫无感情地笑笑："我想坐这个座位，谢谢。"

男主播虽然脸色不好看，但还是起身换去边上的座位。

莫妮卡稳稳地坐下去，长腿优雅地交叠，香水味直冲夏籽的鼻子。

夏籽侧头悄悄观察，忍不住被对方身材的热辣吸引。她想起贴吧里关于莫妮卡的传闻。

今年是莫妮卡做主播的第五年。主播行业更新换代很快，每时每刻都有更年轻、更优秀的人加入，但莫妮卡在灵猫五年都没有过气，一直保持"一姐"的地位，有人说她背靠大树，身份不简单。

"看够了吗？"莫妮卡眼睛向她斜过来，语调冷淡、悠扬。

夏籽友好地朝她笑笑："久仰大名，我是聚星的夏夏。"

她伸出手，对方却并不买账，边把玩着墨镜，边漫不经心道："知道。"

她如传闻一般冷漠，夏籽只好收回手，无所事事地托着下巴发呆。

不一会儿，灵猫某主管到场。夏籽将目光移过去，发现这人居然就是上次在酒桌上给她倒酒结果被她故意泼了一身果汁的眼镜男。

他今天西装革履，目光扫过一众主播，也没在夏籽脸上停留，看起来严肃又高冷。

道貌岸然。夏籽在心中吐槽。

没想到这次比赛的主要负责人真的是他，不过夏籽觉得无所谓——她凭本事吃饭，又不靠关系。

眼镜男专心讲着比赛，说通过积分赛选出最终冠军，第一轮根据主题自选歌曲，第二轮翻唱经典老歌。

夏籽另一边的短发女生嘀咕："反正也是内定。"

夏籽转头看向会议桌另一侧的关湃，他正双臂环抱着闭目养神。

她想起关湃不久前对她的叮嘱。明明他的好胜心强，那天却没有鼓励她拿第一名，是不是因为他也知道什么内幕。

她又若有所思地看向莫妮卡，要说最有可能有黑幕的，应该就是身旁的这位。

越想越远了，夏籽摇摇头，管他黑幕不黑幕，她又不掺和。

等终于开完会，他们一行人随便吃了顿灵猫给安排的自助餐，又马不停蹄地去化妆准备彩排。

莫妮卡全程都没有理会夏籽，确切地说，她没有理会任何人。

让夏籽意外的是，就是这样一个看起来高傲又冷漠的冰山美女，居然帮了她一把。

在舞台边等待排练出场走位时，夏籽没有注意到舞台的边缘，差点一脚踩空。好在旁边有人用力拉了她一把，惯性让她们同时跌坐在地上，回过神来，她才发现拉她的竟然是莫妮卡。

莫妮卡的白色纱质长裙钩到了一旁的道具上，瞬间撕裂。夏籽边道谢，边不好意思地说："我赔你一条新的吧。"

莫妮卡站起来随意地将长裙打了个结，说："好啊，赔吧。"

她既没有假惺惺地客套，也没有迁怒于夏籽，反而让夏籽心生好感。

"嗯！等一下我让助理联系你的助理。"

莫妮卡先上场，破了的裙子完全没有影响她强大的气场和周身的光华。这让夏籽忍不住感慨："不愧是'女神'！"

不过……她唱歌确实说不上多出众，可能胜在声音中性、有磁性，但又缺少浑厚气韵做支撑，唱到高音容易有气无力。

她似乎并不在意自己的唱功，不紧张，也不担忧，随随便便唱完一首，就鞠躬退场，等待接下来的一轮。

出于礼貌，夏籽朝她微笑鼓掌。

莫妮卡没理夏籽，径直与她擦肩而过。

夏籽也不介意，整了一下衣装就等主持人报幕叫她上场。

因为是彩排，大家都没有完全发力。夏籽主要精力用在了给吉他调音上，在唱歌方面也比较轻松。

每个人会在台上演唱两首歌，根据总积分角逐冠军。

全部彩排结束后，她下台先叫晓月去找莫妮卡的助理，处理赔偿事宜，然后联系导播反映舞台安全隐患的问题。跟导播沟通完,她想了想,还是打算再去跟莫妮卡表示感谢,毕竟要不是莫妮卡伸出援手,她也许就不能参加明天的比赛了。

她是在后台的化妆间找到莫妮卡的。

夏籽没看到莫妮卡的助理,只有晓月正在和莫妮卡交谈。令夏籽惊讶的是,今天全程都是冷酷脸的莫妮卡,刚刚居然对着晓月笑了一下,虽然很淡,但夏籽还是觉得稀奇,暗想晓月这个女孩子,表面上不太活泼,其实在处理公关问题上很有天赋,总是能够体贴地照顾到对方的感受。

莫妮卡见夏籽出现在门口,笑容很快消失。晓月回头看到她,高声说:"夏夏,谈妥了。莫妮卡姐不需要我们赔了。"

夏籽惊诧:"你们怎么说的?"

晓月笑而不语,莫妮卡站起来,微微低头望着夏籽:"都是一个平台的,没必要总谈钱。下次你请客吃饭吧。"

莫妮卡都如此大气了,夏籽也不好推辞,当即表示等莫妮卡以后有空来她所在的城市,她一定尽地主之谊。

一天的奔波终于结束。

裴允谦不知什么时候也来了,并且跟他们住同一家酒店。

晚上他来夏籽的房间看她。彼时她正和晓月吃外卖、看电影。

她闻到他身上的酒味,有些不满。

"酒量不好,还喝酒?"

"没多喝。有灵猫的高管,我们顺便聊几句。"

夏籽怔了怔,顺势说起今天听说的关于莫妮卡的传闻。

裴允谦对此没有过多的意外:"正常,这种比赛,有时候不单单是比赛,也是想给有价值、有潜力的人铺路。"

夏籽嘿嘿一笑,故意说:"那你也给我铺铺路?"

裴允谦面色平静地掏出手机,说:"你想要第几名?"

夏籽眉毛一挑,不客气地说:"那当然是第一。"

裴允谦轻笑一声收回手机,说:"胃口不小。"

"不过说起来,"夏籽正色,"莫妮卡背后的人到底是谁?"

裴允谦耸耸肩:"这就不能告诉你了。"

夏籽撇撇嘴,又开始走神:"莫妮卡也是够厉害的,年纪轻轻就身价过亿。我什么时候才能有这样的成就?"

"等你三十岁的时候,肯定比她还有成就。"晓月开口。

"她三十岁了?保养得真好。"夏籽惊奇。

裴允谦看了眼晓月,又看了眼手表,说:"你们早些休息吧。明天加油。"

"嗯!晚安。"

送走裴允谦,夏籽背靠门弯起嘴角。

她明天也有个神秘礼物要送给他,希望他会喜欢。

作为由直播平台自制的首届大型主播唱歌比赛,《灵猫好声音》在直播圈引起了不小的轰动。

此次总决赛的现场,不仅有知名主持人主持,平台还专门邀请了权威音乐制作人以及当红歌手来当评委,可谓是阵容豪华。

后台,夏籽怀抱着深棕色的小吉他,闭着眼温习心中旋律,她的头也随着心中音符轻轻摇晃。

她待会儿要唱的歌是自己刚写不久的原创曲目,这是首次正式表演,她绝对不会让自己出错。

况且……这首歌还是专门写给他的。这是她能想到的,自己力所能及的最特别的礼物。

"夏夏,来试一下音!"

"好!"

随着直播时间的临近,后台工作人员都忙成了一锅粥。夏籽被他们影响得都不自觉地紧张起来。

匆匆试完了音,确认耳返无误,她被要求将吉他留在后台工作人员这里,她随其他主播一起候场,等待最开始的亮相。

夏籽抱着吉他有些犹豫。这把琴对她来说十分重要,她不放心交给别人,可是导播催得急,晓月又刚好闹肚子,她只好千叮咛万嘱咐让工作人员帮忙看好琴,然后赶去候场。

大屏幕上很快出现六十秒的倒计时,灯光暗下来,导演举起手,只等待着最后一刻。

咣当!

后台导播那里似乎是撞到了什么,夏籽临上场前回头看了一眼,只见那边一片人仰马翻,但她还没来得及看清,就被编导拉去指定位置。

经过主持人一番漫长的赞助商播报和嘉宾介绍后,终于轮到他们出场亮相。十位歌手依次上场,分别介绍自己。

夏籽简单自我介绍完,想在台下找到那个熟悉的人,然而底下暗,她谁都看不到,也不确定裴允谦是否准时来了现场。

下了台,根据抽签顺序,她排在第七个上台。时间比较充裕,她便先去找自己心心念念的吉他。

结果，她发现刚刚发生混乱的地方，居然就是暂时安置演出设备的置物架子。

她急忙跑过去四处翻找，虽然大部分设备看上去完好，但她还是十分担心。等终于找到她的吉他，她双目圆睁，一时间心痛得说不出话来。

整个琴头从中间裂开来，几根弦岌岌可危地挂着，她愣在原地，一旁的导播发现后匆匆过来："这是你的琴吗？架子不知道怎么就倒了。我们这里有备用的，你先凑合一下。"

夏籽木木地站着，直到导播塞过来另一把琴。

夏籽忍着眼泪，看到手里这把陌生的琴——用这把琴，怎么能够完美演绎自己用心投注感情写出的歌？

这时，台上伴奏的声音响起，第一位出场的选手已经开始演唱。

夏籽懊恼自己为什么不准备一个伴奏版的，她感到无比绝望，拿出手机给关湃打电话。

"老板，我比不了了。能弃权吗？"

"什么？弃权？"他那边舞台的声音很大，大概坐的位置是前排。

他高声重复："什么弃权？你在哪儿？我现在过去找你！"

关湃来的时候，身后还跟着裴允谦，夏籽看到他后，一直强撑的情绪有些绷不住，眼圈瞬间红了："对不起。"

裴允谦拿起琴查看破损程度，又转头看了看置物架旁还未整理好的一片狼藉，在判断是意外还是人为。

夏籽见他眉头都皱起来了，以为他在生自己的气，低下头更不敢看他。

关湃很冷静，告诉她哪怕随便唱一首也不能弃权，否则对她的形象有影响。他让她快速选一首别的歌，他联系导演找伴奏换歌。

关湃打电话的时候，裴允谦见她咬唇发呆的样子，问道："这么想唱这首吗？"

夏籽下意识地点点头，又摇摇头："不唱也没关系。"

她只是想在自己第一次站上这么大的舞台时，隐秘而又公开地将它唱给一个对她而言重要的人。

裴允谦看了看后台给某位演唱歌手准备的钢琴，问她："钢琴伴奏，可以吗？"

夏籽睁大眼睛望着他，她还没有试过用钢琴做伴奏。况且，这个时候排练肯定不可能了，去哪里找一个毫无准备就能配合默契的伴奏者呢？

"可以是可以，但是谁来弹？"

裴允谦舒朗一笑："我。"

夏籽震惊："你？"

"怎么，不相信我吗？"

"不是，"夏籽的思绪有些凌乱，"你帮我伴奏？我都不知道你还会弹钢琴呢，那我们不用练一下吗？"

裴允谦扶住夏籽的肩膀，给她一个坚定的眼神："冷静一点，现在你要做的，就是把谱子给我，然后当你上了台，该怎么唱就怎么唱。我会全程配合你。"

大概是被他的眼神鼓舞，夏籽的整颗心真的慢慢平静下来。她快速将谱子发给他，等关湃来问她要换什么歌时，她的语气已经变得镇定："不换了。"

她朝关湃露出一个肯定的笑容："我就唱这首。"

其实夏籽心中还是有很多不确定，但想到上台后不是自己一个人，她就不害怕了。

每位选手上台演唱后会有现场访问的环节，所以留给她的准备时间很多。关湃和裴允谦去沟通更换伴奏和灯光等事情，几乎没让她插手。

第六位选手演唱完毕，正在接受主持人的访问。夏籽握着话筒站在幕后，却四处找不到裴允谦的身影。

她心中微微慌乱，可他从未对她食言，于是她深吸一口气，在心中默数倒计时。

"好了，感谢我们的莫妮卡！那么现在掌声有请下一位参赛歌手——来自聚星的夏夏！"

灯光闪耀，掌声雷动，夏籽理了理裙子，踩着高跟鞋稳稳地上台。

伴随着背景音乐，主持人在抑扬顿挫地介绍她："她是灵猫户外直播栏目快速蹿红的'白金'级女主播，因为欢乐有趣的旅行直播而被粉丝喜欢。她同样也是极富音乐才能的天才歌手，会创作，会唱歌，她就是被粉丝誉为治愈系灵气女主播的——夏夏！"

光柱朝她打过来，她嘴角微微带笑，扫视一圈人头攒动的观众，说："大家好。"

主持人过来寒暄了一番，就将舞台彻底交给她。

舞台暗下来，荧幕上出现"初情歌"三个大字。夏籽用手推了推耳返，听到旁边皮鞋踩在玻璃地面发出的嗒嗒声。

她转头，一身黑衣的高大男人坐在钢琴前，半边脸上戴了狂欢节面具，像一个神秘又优雅的王子。

他将目光投向她，她就明白了他在等她的信号，于是点点头。

原本欢快的前奏被他用钢琴弹出来，多了几分温柔、沉郁。两束光分别打在他们身上，夏籽安安静静地等他弹完前奏，然后轻快地唱出第一句。

你看他
又摆出一副臭脸
猫咪绕过他身边
金鱼甩尾说再见
那我呢
我唱歌来给你听
骄阳灿烂
盛夏慵懒
你拨开迷雾走近我
暗夜欢宴
流星无言
你穿过冷雨拥抱我
宇宙无解
星星入眠
你身披月光亲吻我
我们相遇在这孤寂星球
爱是它独特的记号
爱是我能给你的
最好礼物
……………

她曾随心所欲地写了很多歌,可要论真正的情歌,这是第一首——因为是送给他的,她不眠不休地打磨了很久。

跟以往的民谣风格不同,这首歌风格偏流行,更加突出了副歌部分的旋律与节奏,中间还有一个几乎突破她极限的高音。等到了歌曲结尾,调子又安静下来,她随钢琴温柔的声音轻轻吟唱,直到琴音和歌声同时结束。

她回过头,感动于他们第一次配合就如此默契。他朝她点点头,仿佛功成身退的骑士。

台下掌声雷动,她听到主持人的声音:"好的,感谢夏夏为我们带来精彩的表演!现在网络投票通道和现场投票已经开启,喜欢夏夏的表演可以点击投票给她进行助力……"

直播平台上,弹幕密密麻麻。大部分人在说夏籽唱得好,歌也好听,但也有部分人注意到了伴奏者。

"不觉得弹钢琴的人很帅吗?虽然只露了半张脸,但我的目光就没离开过他……"

"对！哪里找来的伴奏？我看介绍里没说他的名字。"

"有人知道他的账号吗？好想关注他！"

……

后台，裴允谦听着台上对夏籽的采访。她听起来情绪很好，他便放下心来，拿出手机打给国外一个号码。

琴还是要修的，不然她会一直愧疚。

打完电话，他顺势摘掉了面具。摘下来的一瞬间，他有预感般地回头，精准地捕捉到一片混乱中某个对准他的手机摄像头。

他目光冷冽，那镜头却极快速地消失不见。工作人员照旧忙碌地穿梭着，某个心怀不轨的人正藏在他们中间。

裴允谦慢慢走过他们，眼睛扫过每一个细节，然而那人似乎深谙伪装之道，裴允谦没发现任何异样。

夏籽的采访结束，她来到后台四处寻找裴允谦，却被迎上来的小黑、晓月还有化妆师围住。虽然现在结果还没有公布，但她还是要提前准备第二轮的比赛。

裴允谦远远地看了眼夏籽，转身隐没在阴影中。

十位歌手第一轮全部唱完，一段广告过后，投票结果公布，夏籽以高票数暂时排名第三。

积分赛的第二轮是翻唱，选手们都提前准备好了伴奏。裴允谦回到观众席，关湃依然在后台，大概还在关照自家主播。

第二轮比赛，夏籽唱得很轻松。她虽然好胜心强，但也有自知之明，十位歌手中比自己唱功强的，或者和自己旗鼓相当的有好几位，她不奢求拿第一，只想着有个好排名。

等全部比赛结束，到了激动人心的公布最终排名环节。

第十到第四名依次公布完毕，都不是夏籽，她原本平和的心态在主持人的故弄玄虚中也紧张起来。

然后是第三名，在主持人漫长的铺垫台词过后，夏籽听到了那个名字——不是自己！

她怔在了原地，现在没有公布排名的只剩下莫妮卡和她。也就是说，第一名将在她们中间产生。

夏籽连表情管理都忘记了，真实地表现出震惊和紧张。

主持人又故意卖起了关子，还现场采访起了两位冠军候选人。莫妮卡一如既往地冷静淡漠。夏籽见她如此镇定，也慢慢平复了心情，根据之前的推测，冠军应该不属于自己。

终于，二人的票数同时开始滚动上升。

全场两人的粉丝开始欢呼助威，场面几近疯狂。

直到票数定格。

夏籽目不转睛地盯着大屏幕。那上面，一人的统计柱形图比另一人高出一截。

夏籽不敢相信地确认了一下高的柱形图下方的名字——

夏夏。

全场在安静了几秒后，重新响起了欢呼声和掌声，当然也有不少唱衰的声音。

夏籽脑袋混乱，感觉自己像处在一个爆米花炉里，米粒们疯狂跳舞，她只想自己冲出去静一静。

但主持人自然不会给她机会，很快话筒就递了过来。

夏籽从茫然中回过神来，稳住表情，只说了句："谢谢大家的支持。"

她回头看了眼莫妮卡，莫妮卡还是那副稳如泰山的样子，甚至在注意到她的目光后，还冲她大方一笑。

夏籽转过头来，接受了自己是冠军的事实。

她扫过台下喜欢她的、不喜欢她的粉丝，认真地说："也许我不是最好的，但因为你们，我愿意努力成为更好的。谢谢。"

她深深地鞠躬。

这场比赛就像梦一样。

结束后夏籽没有参加任何庆功宴，她申请了几天的假期，每日都躲在家里追剧。

她不工作，晓月和小黑却一刻也没闲着。她成为灵猫首届歌手大赛冠军，知名度不同以往，有很多要对接的合作和邀请。

但就连裴允谦给她发消息，她都兴致缺缺，只回一两个字。

于是裴允谦来到她的家里看她。

三天没出门，夏籽的头发随意地用抓夹夹在脑后，睡衣都没换过，脸上还架着一副大大的黑框眼镜。

见到裴允谦，她只是淡淡地说了句"你来了"，便转身离开，没再理会他。

裴允谦无奈地一笑，将门关上，来到卧室，她正在自顾自地开电脑，只留给他一个冷漠的侧脸。

他靠在门边问："比赛完你就不太对劲，得了第一名还不高兴吗？"

夏籽终于转过头直视他："你说实话，你跟关湃是不是在背后帮我了？"

裴允谦怔了怔，终于明白了她在生什么气。

他轻笑出声,走到她身边,伸出手就给了她一个脑瓜崩儿。

"笨蛋。"

他正欲接着说话,手机铃声响起,他去客厅接电话。

夏籽揉着额头,愤愤不平。

她一个人气呼呼地坐在卧室,戴上大耳机准备不理他。

"夏夏。"裴允谦打完电话出现在门口,他扫了眼她怄气的样子,无奈地说,"没必要这么不相信自己,难道你觉得你只有靠我才能得第一吗?"

她静静地坐在椅子上,没有任何表情。裴允谦看了眼手表,说:"给你带了一品轩的砂锅粥,还热着,快去喝。我去公司了。"

她没有去送他,神情却松动了——

难道自己真的误会他和关湃了?

开车出了夏籽家所在的小区,裴允谦却没有往公司的方向开。

他按照刚刚电话里听到的地址,导航去了另一个地方。

那里位于三环外城镇交界的地带,旧楼林立,街道拥挤。裴允谦好不容易将车停下,步行前往自己的目的地。

一排六层高的老旧居民楼,临街有一溜商铺绵延向前。正值饭点,整条路上热闹非凡。

裴允谦在一家经营蔬菜水果的店铺前停下脚步。剪着平头、戴着一副厚重眼镜的老板正忙前忙后地招呼顾客,他看起来有四五十岁,做事井井有条,虽然中年发福,讲话也粗声粗气,但还是能让人感受到几分文人气息。

裴允谦站在一旁,耐心地等他忙过生意最好的时段。

老板当然注意到了这个气质非凡的年轻人,在忙碌中时不时地看他一眼,眼神流露警惕。

终于,在送走一拨顾客后,老板走下台阶,一边搬运新到的车厘子,一边问他:"小伙子,你要买什么?"

裴允谦摘下墨镜,说:"卢希胜,卢会计,你好啊。"

中年男人手中动作停了停,回头盯着他说:"你不买东西就走。"

随即他自顾自地进了店里,裴允谦跟了上去。

"我叫裴允谦,裴元璟的二儿子。"裴允谦介绍自己。

卢希胜闻言,脸色更冷了:"我管你叫什么?"

裴允谦仍一副好脾气的模样,说:"我要十箱车厘子,能不能拜托老板帮我搬到车里?"

卢希胜终于正眼看向他,两人无声地对视了会儿,他松口:"先付钱,十箱一千九百九十块。"

裴允谦二话不说扫了付款码。

卢希胜一声不吭地将车厘子搬上推车，招呼妻子看好店，自己就跟着裴允谦走了。

街头嘈杂，两人沉默地走了会儿，卢希胜开口问他："你找我干什么？"

裴允谦漫不经心地扫过四周，说："你还记得夏东林吗？"

卢希胜停下了脚步，像是整个人突然被按了暂停。

但他很快恢复正常，继续推着车前进。

"不记得。"他说。

"为什么在夏东林失踪后，你就辞了职？"

"不知道。"卢希胜冷淡地回应。

两人不知不觉走到了裴允谦的车边。

卢希胜面无表情地将水果搬上去，裴允谦也弯腰帮忙，两人近距离接触的瞬间，裴允谦说："你不想知道他失踪的真相吗？"

卢希胜沉默不语。

裴允谦合上后备厢，对他说："谢谢，我下次再来看望您。"

第二天，结束了假期的夏籽，来公司报到。

公司里的人看见她，大都喜气洋洋的，十分亲切、客气，甚至有种故意讨好的感觉。

她还发现大部分办公桌上放着一盒车厘子，当然她自己也分到了一些。不知缘由的她默默感叹关老板好大方。

她的工作量陡然增多，以前基本上只能来者不拒，现在却能择优选择，这几天公司商务都在给她做工作计划。

夏籽看着眼前厚厚一摞计划书，头大得很。但令她意外的是，国内特别火的一档音乐综艺节目邀请她去当一期嘉宾。

要知道，主播一般都地位尴尬，能真正突破直播圈闯入大众视野的更是少之又少。

参加这档综艺节目，就是她正式走出直播圈、进入大众视野的第一步。关湃对此十分重视，准备亲自带她去对接。

现在夏籽简直是他的特别保护对象，为此他还专门划拨了几个人，组成夏籽工作室，负责她所有的工作。

"当然，直播还是要继续做的。要做好粉丝维系，毕竟是他们一直以来的支持，你才有今天。"

她点点头，终于鼓起勇气问："老板，你是不是和裴先生给我走后门了？"

不问清楚，她这个第一拿得憋屈。

关湃愣了愣："什么？"

"你们前一天不是去见了灵猫高层吗？而且，凭我这点粉丝，怎么能跟莫妮卡一决高下？"

关湃环抱手臂，靠在椅背上。

"所以你就认为我们给你走后门了？"

"不是吗？"夏籽义愤填膺。

"当然不是！"关湃拍案而起，"我最讨厌的就是这种事，还指望我给你走后门。"

夏籽眨眨眼，有些意外。

"不过，裴允谦确实给你走后门了。"

眼见着夏籽脸色变了，关湃又不紧不慢地补充："灵猫确实有意捧莫妮卡，想通过这样对优质主播的推广、输出，给灵猫带来新的机遇。但是，"他话锋一转，"裴允谦用了一顿饭的时间，说服了灵猫高管。他讲得太多，我记不住，大概意思就是灵猫近些年口碑整体下滑，还是尊重市场选择最有未来。意思是，他建议公正选拔，出其不意。果然，出现了你这匹黑马。"

"所以，夏籽，感谢你的粉丝吧。这是你实至名归，不掺任何假，用你的歌声换来的第一。"

夏籽愣在了原地。原来一切都是因为她的不自信，以及对关湃、裴允谦等人先入为主的偏见。

"对不起。"

关湃喝了口水，摆摆手："这个第一对你来说，短时间内确实难以接受。但是，这一页已经翻篇，新的路就在眼前。不管你准备好没有，都要拿出以前的勇气和自信，开始迎接新的挑战。"

从关湃的办公室出来，夏籽仍然沉浸在自己的思绪中。

她好像被从天而降的冠军冲昏了头脑。

虽然相处时间不算长，可裴允谦很了解她。

他表现出来的一切都是刚刚好——克制有度的付出，恰到好处的温暖，除了那把她至今不知道真实价格的吉他。

类似黑幕这样的事，他不会，也不屑做，是她的想法太极端了。

她正犹豫要不要给裴允谦打个电话道歉，有人一把搂住了她的脖子。这熟悉的出场方式，她不用抬头也猜到了对方是肖依依，哦，不，裴若依。

"很厉害嘛，竟然打败了莫妮卡！中午你要请我吃饭！"

"好。"夏籽将她的胳膊掰下来。

夏籽发现自己已经没有办法以正常的心态与裴若依相处，看到她，就会不由自主地想到那个有可能是凶手的人——肖越安。

但夏籽还是单独请裴若依吃了饭。

裴若依这些天肉眼可见地开心，夏籽猜她的情感生活应该有了些收获。

果然，席间她主动说："天瑜跟他说永远只把他当朋友，他们为此还吵了一架，目前正在冷战中。希望关湃赶紧想清楚，这样我就能出手啦！"

裴若依说得志在必得，夏籽想的却是，骆天瑜把关湃当朋友，那她把裴允谦当什么呢？

主食吃完，甜品上桌。夏籽望着鲜嫩可爱的草莓慕斯，忽然问："依依，你爸爸是什么样的人？"

裴若依的嘴角沾着奶油，疑惑道："我爸？怎么了？"

"没什么，之前有过几面之缘，觉得他很和蔼。"

"嗯！我爸爸是个超好的人。"她嘴角漾着笑回忆，"我小时候喜欢狗，常常偷偷跑出去喂流浪狗，后来他就为我建了一座流浪动物救助基地。"

"他也很开明。我喜欢动漫，妈妈觉得我不务正业，不像淑女，但他会耐心听我讲动漫里的情节。我扮演动漫角色，他不会说我怪异，我去当主播，他也赞成让我体验，总之是和一般爸爸很不同的，他是我最喜欢的人。"

夏籽垂着眼睛不说话，直到裴若依惊讶地开口："夏夏，你在干什么？"

她回过神来，发现眼前的草莓慕斯已经被自己叉成了蛋糕碎。

夏籽提了提嘴角，尽力让自己看起来自然："没什么。很羡慕你，有这么好的爸爸。"

裴若依怔了怔，察觉到了夏籽情绪的低落，小心地问道："你怎么了？"

夏籽摇摇头，笑着转移了话题："这几天我不在，公司有什么八卦吗？"

说起八卦，裴若依立即精神抖擞，迫不及待就跟她分享起来——无非就是谁跟谁恋爱，谁跟谁分开。

漫不经心地听了会儿，夏籽趁着裴若依喝水的工夫，问："周……Sum最近播得怎么样？"自从龙溪镇一别，她还没有见过他。

她比赛时，他也没有到场。

夏籽一直想找个机会和他说清楚，她愿意帮他照顾阿姨，但她不会去做假扮女朋友这么幼稚的事情。

"他？好久没播了吧，据说是请假了。"

和裴若依分开后，夏籽直接打电话给周未轶。

连着两通电话都没人接，她打到第三通时才终于被接起来。

"喂。"

周未轶原本低哑的声音此刻听起来更加沉郁。

夏籽心中闪过不好的预感。

"喂？最近你还好吗？"

"不好。"

夏籽顿了顿，声音越发轻柔："听说你请假了，有什么事吗？"

"丧事。"

他短短两个字，却像是一个惊雷炸开在夏籽耳际。

匆匆行人路过她身边，她站在原地，脑海中闪过很多词句，可最终还是一个音都发不出来。

半晌后，他仍然没有主动挂掉电话，直到夏籽问："你在哪里？"

夏籽在坐上飞机之前，让晓月帮自己请了假。

她只带了一些简单的行李，就来到了某座沿海的小县城。周未轶在这里出生，他的母亲也葬在这里。

几经辗转，夏籽终于来到了周未轶所在的小县城。

她找到他时，他正在家门口的小店吃一碗海鲜面。他大概许久没有好好打理自己，乱七八糟的头发，下巴青色的胡楂，脚上沾满泥沙的人字拖，都让她没来由地感到心酸。

她在他面前落座，他头也没抬地说："来了。"

周阿姨的葬礼早已结束。亲戚少，周未轶也不搞繁文缛节，简简单单地将母亲下了葬。

夏籽捧着花随周未轶来到公墓。

沿海地带气候潮湿，空气里都弥漫着蒙蒙水汽。

夏籽轻轻将花放下，觉得眼睛也被湿气侵袭。她一时间无言，周未轶却轻笑一声开口："可惜，还没来得及让你假扮我的女朋友。"

她心中酸涩，蹲下来对着周阿姨的照片，说："阿姨，您放心吧，他会好好的。"

"夏籽。"他叫她的名字，"就算是假装，你也不愿和我在一起对吗？"

夏籽吸了口湿凉的空气，说："对。"

"明白了，走吧。"周未轶转身离开，却在走了几步后突然折返。

他将手伸进衣兜，片刻后握成拳伸到她眼前："这个给你。"

夏籽疑惑地将手心展开，几个彩色的、橡胶质感的小物落在她的掌心。她仔细看了看，惊讶道："这是……"

周未轶早就背过身去。

他的声音听起来冷淡又平静："本来想在比赛前给你的，如果你不想要就扔掉吧。"

她想起她曾经向他抱怨过弹琴久了手指会痛。

她捧着几枚弹琴专用的指套，不自觉地愣在了原地。

周未轶已经走出好远。她看见每个指套上用彩色笔描绘的小小动物——画风幼稚，可是笔笔都是真心。

她忽然就觉得小小的指套有千斤重量。

晚上，夏籽就住在周未轶家——是他提议第二天和她一起回 C 市。

老旧的二层小楼，夏籽住在二楼的客房。

她躺在床上，似乎都能听到远处海浪拍打沙滩的哗哗声。她无法入眠，索性捧着杯子轻轻走出房门。

下楼梯之前她看见周未轶的房门开着，她顺势望了一眼，看到阳台上静坐的黑色身影。

到目前为止，周未轶表现得都很平静，但她明白这都是成年人的伪装。

她敲敲门，缓步走到他身边。

他抬头望着天边星辰，没头没尾地问她："人会有来生吗？"

夏籽趴在栏杆上，认真地点点头："嗯。阿姨说不定已经有了另一个幸福的家庭，她会从头开始新的人生，没有痛苦和悲伤，也没有一个让她操心又牵挂的坏孩子……"

她的话没能说完，因为听到身边压抑的哽咽声。

他将头埋在手心，终于失声痛哭。

她没有看他，也没有安慰他，只是安安静静地将头靠在栏杆上。

耿耿星河永恒闪耀，里面藏着多少个奇妙的世界。她相信，总会有那么一个地方，是我们所爱之人的天堂。

第二天，夏籽和周未轶乘坐飞机回到 C 市。

她出门前专门戴了渔夫帽和墨镜，并且让周未轶也戴了顶棒球帽。

在机场等车时，两个人都沉默不语。

周未轶似乎在一夜之间改变，没了从前那种玩世不恭的孩子气，变得沉闷许多。

夏籽跟他保持着距离，说："我们分开打车吧。"顿了顿，她又怕他误会，"主要是你太有名。"

周未轶平静的神情终于有了一丝波动："怕什么？不是要当我姐姐吗？"

夏籽翻了个白眼——我拿你当弟弟，别人可不这么想。于是她又往旁边挪了一步。

周未轶的孩子气终于被激发出来，他轻轻坏笑，故意跟着她挪了一步。

于是两个人你一步我一步地接连挪动,像小朋友闹别扭。

她的步幅怎么能跟他的相比?于是两个人最后直接胳膊撞到了胳膊。

夏籽忍无可忍,将拳头捏得嘎嘣响:"好玩吗?"

周未轶终于没忍住,笑出声来,夏籽原本气闷,但看他露出久违的笑容,她的气一下子就全消了。

这时,一辆黑色宝马停在他们面前。

夏籽只觉得眼熟,直到车窗摇下来,她看到裴允谦冷漠的侧脸。

她十分意外:"你怎么来了?"

"上车。"

夏籽左右看看,有些为难。

裴允谦扫了眼立在那儿的周未轶,淡淡地补充:"你和他,都上车。"

"不用,走好。"周未轶直接侧身,拦下刚巧驶过来的一辆出租车。

眼见周未轶利落地上了出租车,夏籽只好钻进裴允谦的车里。

她昨天走得匆忙,而且两个人还处在冷战中,所以她没有告诉他自己的行踪,没想到他还是找来了。

一想到她对他无中生有的猜忌,她马上有些歉疚地说:"那个,之前对不起……"

"为什么你从来都不听我的话?"他语气冰冷。

她皱眉转头:"我怎么了?"

"为什么一声不吭就走了?你知道我多担心吗?"

他质问的语气让她气闷:"我现在连出去看个朋友的自由都没了吗?"

"嗯,你没有。"

她不可思议地看着他。

他沉着脸没有看她。她根本不知道,以她现在的身份,随心所欲有多么危险。

果然,她直接扭过头去不再理他,许久后又回过头来,面露讽刺:"那么你又为什么知道我在这里呢?还有之前,环宇酒店。裴先生,你对我到底隐瞒了多少秘密?"

她露出笑容,可心是刺痛的。她好想完完全全地信任他,可是敌不过心里一次次敏感的猜疑。

他的目光就像冬日寒夜,一点点沉下去。在沉默中,他缓缓开口:"你手机上有定位。"

车内寂静,夏籽笑出声来,然后长长地叹了口气。

"什么时候装的?"

"你在乡下遇袭,我带你去医院的那晚。"

夏籽望着她，眼中写满了不可置信。装上定位软件做什么呢？关心她？保护她？还是……监视她？

"好可怕。"

她侧过身子不愿看他，感觉浑身的汗毛都立起来了。

车子在高速路上飞驰。夏籽没再说过一句话，直到他们到达她住的小区。

下车前，她转头对裴允谦说："我觉得我们太草率了。裴先生，我并不完全了解你，你又有多了解我呢？对于我们的关系，还是再慎重考虑一下吧。"

她面色平静，显然已是深思熟虑过。她走了两步又折回来，将自己的手机递给他："怎么删？"

裴允谦接过手机，低头摆弄了一番，然后还给她。

"对不起。"他并没有辩解。就算是担心她，这种行为也是不可以被谅解的。

夏籽最后看了他一眼，转身走得干脆利落。

裴允谦目送她离去。

他静静地坐在车里，直到属于她的窗户亮起了灯。他拿出手机打电话："琴我拿去修。"短时间内她应该不会见他。

他看了眼昏昏欲睡的门房保安，继续说："青森公寓安保做得不好，陌生人都能随便进入。你联系几个业主，投诉一下。"

他最后看了眼楼上的灯火，掉转车头离开。

他很少冲动地去做没有万全准备的事情，比如……和她在一起。

这么多年过去了，他还是不知道该怎样对待一段亲密关系。

骆天瑜曾经也吐槽过他的独断专行和自我。他需要时间好好想想，到底该如何与夏籽相处，如何……不让她讨厌。

夏籽躲在窗帘后，从缝隙中看到属于他的车灯光消失在夜色中。

她想起小时候，年幼的自己就这样抱着洋娃娃，目送爸爸离去。她那时多天真，虽然心中害怕，但还是相信爸爸十分钟后就会回来。

依赖的感觉，她多久没有体会过了？

是裴允谦让她再次感到被保护、被惦念的温暖，可是这样迷梦般的温暖，是真实的吗？

迷雾中站在她面前的他，只有面容是清晰的，可他的背后呢？

分别代表理智和情感的两个小人在她耳边叫嚣，一个说要远离他，一个说要相信他。

夏籽抱着脑袋蹲下来，眼泪无知无觉地砸到地板上。

第二天，她很晚才醒来。

晓月在门口犹豫半天，还是尽职尽责地提醒她："夏夏，关总特别嘱咐过，直播不能停。你看你今天状态可以吗？我帮你准备设备？"

夏籽顶着黑眼圈坐起来，语气平静："准备吧。"

她洗漱完后看着镜子里苍白的一张脸，想起最开始直播时，她在开播前总要在镜子前给自己打很久的气。

她会捏着脸颊微笑："来吧，夏籽，不要怕，你就是最酷的！"

"今天也要开开心心地直播！骂我的都是小猪佩奇！"

"粉丝数破一万了，呼……加油，夏籽！"

…………

她抬手捏自己的脸颊，可露出来的笑容难看又虚假。

她盯着镜子里神情颓然的自己，没能说出一句鼓励的话。

化完妆后她站在直播镜头前，出神了许久才点开了直播。

"大家好，这里是夏夏，感谢进入我的直播间，没点订阅的点点订阅，谢谢……"

她看着直播间噌噌增长的粉丝数，努力露出微笑："好久没给大家直播了，这些天都待在家休息。今天就给新的粉丝朋友露一手，直播做湘菜！"

弹幕密密麻麻，对她的手艺充满了期待。

她对着屏幕笑了笑，开始做菜。不知该说她是做得认真还是走神严重，她全程几乎没有和直播间的观众交流。

要知道夏籽之前观众缘好就是因为和粉丝互动频繁，几乎每一条留言都会有回应，很多粉丝也是因为她说话有趣而关注她的，但她今天全程无互动，不少粉丝看了一会儿就失望地退出去，看别人直播去了。

夏籽对人气的下降丝毫未觉。

稀里糊涂做完饭，她习惯性地以一首歌作为直播的结束。然而她竟然唱自己最擅长的歌都会失误，直接忘记了和弦。

她呆呆地望着屏幕上的自己，强打起精神和粉丝告别下播。

接下来的几天，她的状态都不是很好。很多粉丝都说她飘了——得了第一名，心就完全不在直播上了。

小黑对此也忧心忡忡，这些天夏籽的流量数据不是很好，他担心关总责难。

但关湃目前关注的重点完全不在直播上，他一颗心都放在音乐综艺节目，期盼着夏籽一战成名，从主播变身歌手。

好在音乐综艺节目很快就要开始录制，夏籽的直播暂停。

她收拾心情跟着关湃来到北京，对接，熟悉流程，彩排……时间在忙碌中过去，但她还是会不由自主地想起裴允谦。

他自那天一别，就再无音信。

她旁敲侧击地问关湃，关湃说他也不知道。他随即警惕："我已经接受你们恋爱了，但是短时间内不能曝光，你给我小心点。"

夏籽的目光暗下来——还不知道恋不恋爱了，又何谈曝光。

她悄悄叹气，这样也好，大不了一心发展事业。

正式的录制开始，夏籽要和一位以练习生身份出道的男团歌手合唱《分开旅行》。年轻男孩帅得耀眼，夏籽知道这是节目组有意捧的对象，自己不过是陪衬。

主持人介绍她时头衔是"网红女主播"，她知道大家只要听到这个词，一般就不会有什么好印象。

即便这样，夏籽唱歌时还是动了感情。

这首歌太像她当下的心情。

"怀疑爱是可怕的武器，谋杀了爱情。"

录制完成后，夏籽回到后台，点开了和裴允谦的聊天对话框。

不可否认，她也会好奇他在哪里。如果他有社交账号，发有定位的照片，她一定会挨个认真去看。

想随时随地知道对方在哪里，是正常的情侣都会有的心情。只不过他的方式过于极端，大概也是因为，她是有各种麻烦缠身的人物。

她理解了他的心情，但依然对他的方式耿耿于怀。他不喜欢网络社交，不喜欢分享，现实中也是一样孤僻而冷傲。但夏籽完全相反，她愿意对他坦诚，也需要他毫无保留的信任，她不是弱不禁风扛不住事的小女生。

想通以后，她终于下定决心主动给他发消息。

"你在哪里？"

"冰岛。"他几乎是秒回。

冰岛？她马上"酸"了起来："我还在水深火热地工作中，您老人家已经去度假了。冰岛，好羡慕。"

"现在是极夜，没什么可看的。"裴允谦透过玻璃，看到外面浓重的夜色。壁炉里的柴火噼噼啪啪地响着，他一个人坐在摇椅上想她时，她便发来了消息。

"哦……你这个人真没劲。"她吐槽他。

他怔了怔，换了种语气："喜欢的话，下次带你来。"

夏籽忍不住憧憬起来。她最近攒了一些钱，可以小小地奖励自己一下。

反复看着他这句话，夏籽认真地打字："上次，对不起。等你回来，我们好好聊聊吧。"

"嗯。"

裴允谦也早就想回去了。据乔森说，肖越安最近忽然搬进了南湖北苑，和他楼挨着楼，不知道意欲何为。

裴允谦低头思忖，新的巴西玫瑰木已经到了，明天给大师送去，琴修好也指日可待了。

他必须尽快回到她身边。

与裴允谦和好后，夏籽的心情明显开朗了许多。正巧节目组觉得夏籽表现不错，准备再让她录一期。

他们在北京多留了几日。

等回到公司后，她又马不停蹄地去为一款古风手游代言，就是当时在派对上拦住夏籽的那人公司旗下的游戏。

那人玩世不恭了些，但是真舍得砸钱，光是宣传上就花了不少钱，在各大视频、社交软件上，都能看到夏籽一人分饰二角的代言形象——剑眉星目的佩剑少侠和娇俏可爱的绿衣少女。

那款手游因为设计精良，画风唯美，很快成为时下最热门的游戏之一。恰逢夏籽比赛时唱过的《初情歌》也发布了线上版，一时间人气高涨，连灵猫官方都准备跟她签平台长期合同。

几周后，夏籽录的那期节目正式上线。她原本在主流娱乐圈没什么知名度，但是和她一起唱歌的男生人气极高，他们合唱的歌曲被推上热搜，评论里的人都说自己听哭了，女生唱得太有感觉了，完全唱出了委屈又期盼的心情。

很快有越来越多的粉丝注意到她，四处搜索她是谁。

节目首播是晓月陪夏籽一起看的，她看完，激动得两眼放光，直说夏籽马上可以摆脱"网红"和"女主播"的标签，成为真正的歌手。

夏籽嘴上是笑着的，心中却有些不安。

还好裴允谦说他那边的事已经忙完，马上可以回来。夏籽就像吃下一颗定心丸。

然而某天早晨，一篇爆料文章引爆网络，题目是——

《女主播和她的情人们》。

第九章

暗淡星

某个粉丝数百万的爆料博主,称有人匿名投稿,爆出当下知名的灵猫女主播和前后几位男友之间的纠葛。

夏籽看完文章只觉得可笑。全文根本就是根据几张截图或照片疯狂杜撰的故事,说她一开始勾引老板关湃,借机上位;她和章旬阳在酒店的照片也在其中,说她抢姐妹的粉丝,衣着暴露地出现在酒店;还有裴允谦某晚送她回家,在楼下与她告别时的背影照,被说某公司总裁对她死心塌地;最后一张是她和周未轶在机场时,两个人正在怄气,她抬头气鼓鼓地看他,他低头温暖一笑,被作者曲解成宠溺,还说她不分年龄,老少通吃。

她原本还有工作安排,但目前只能暂停,躲在家里。

关湃那边在急着做公关。夏籽鼓起勇气打开直播,想自己发声,澄清一切都是子虚乌有,然而网友就像失去理智一样,根本不听她的解释,只有谩骂和讽刺。一直支持她的粉丝们在大量的谩骂中根本插不上话。

她关掉了直播。

晓月担心她,一直陪在她身边。

夏籽心中愤懑,打开微博气冲冲地输了一行字,但想到现在网络上对她一边倒的评论,她还是没有轻举妄动,关掉微博,等待关湃的安排。

那夜她没能睡着，给裴允谦发信息。

"你什么时候回来？"

他却一直没有回复。

夏籽索性爬起来打开电脑，想再看一遍爸爸妈妈留给她的视频，想以此获得一些心灵上的鼓励和安慰。

咚咚咚。

敲门声响起。

夏籽迅速关掉视频，转头看到睡眼惺忪的晓月。

"我上厕所看到你房里有光。怎么，睡不着吗？"晓月担忧地问。

"睡不着。"夏籽承认，"我想捋一捋，到底是谁想要害我。"

"需要我陪你吗？"晓月坐到她床角。

"不用了，你快去睡觉吧。"她柔声说。

"那好吧。"晓月站起身来，"有什么事一定要和我说。再艰难，我都会陪你一起度过。"

夏籽心中温暖，说："谢谢你。"

目送晓月离开后，夏籽的目光回到了电脑上，小台灯的光让她半边脸颊藏在暗影里，她神情淡淡的，注意力却并不在电脑屏幕上，放在鼠标上的手也一动不动。

许久后，她终于动动手指，点开了桌面上一个功能软件。

另一边，刚刚从国外回来的裴允谦，下飞机后先去了另一个地方——某座不知名偏远小镇，他要去求证心中的推测。

租车的时候，他点开热搜，果然，《女主播和她的情人们》热度丝毫没有减退，网友们最爱看的还是这样的绯闻。

这就是他不想让她越走越远的原因。

如果她能因为这次的风波知难而退也好，但以她的性格，她反倒会越挫越勇吧。

裴允谦摇摇头。经过了那一次的矛盾，他不想再以自己的角度为她思考。

他不会再干涉她的选择。

第二天，夏籽睡到十点才起床。

她看到裴允谦发的信息，说是今天就能回来。她躺在床上给他回了信息，就准备去卫生间。

夏籽在半路碰到晓月，她刚买完早餐回来，看到刚睡醒的夏籽，问："你起来了？来吃早餐。"

"我洗个澡，你先吃。"

"好。"晓月弯起嘴角。

夏籽洗完澡出来看到来自关湃的未接电话,她打过去得知公司对自己的事有了解决方案,让她过去开会。

她抽空浏览了一下电脑,又下载了一个软件,然后就和晓月一起去公司。

短短几日,天翻地覆。

曾经因为夏籽走红而刻意讨好的人全部不见了踪影,反倒多了许多窃窃私语的声音。

唯独裴若依一如既往地揽住了她的肩。

"人红是非多,没事,澄清就好了。"

夏籽望着裴若依,神情复杂。

裴若依表面上大大咧咧,性格正直纯粹,然而自己接近她却不是真心想和她做朋友。

"谢谢你。"对不起。她在心中说。

到达小会议室时,里面只有关湃和小黑在,等夏籽和晓月落座以后,关湃说:"一会儿阿谦也来。"

夏籽点点头。关湃示意小黑将笔记本电脑递过去。

"昨晚 Sum 在直播间澄清了和你的绯闻,没想到他还挺懂事的,不过我都不知道你们交情这么好……"

她点开截取的视频,看到周未轶戴着大耳机,神情坦然:"当然不是。她是我姐,我刚来公司时她帮了我不少忙,在机场是因为我有家人去世,她去吊唁。"

夏籽微微张着嘴——他居然因为她,将自己的家事也一并说了出来。

她心中正不是滋味,就听到关湃说:"你和我的都只是一些直播截图,更好澄清。老裴那张只是个背影,也好说。现在的问题就是你和章旬阳那张。"

关湃面色冷了下来,厉声问:"这事我还真不知道。夏夏,你不解释一下吗?"

夏籽嗫嚅半天,纠结道:"总之我跟他一点交集都没有,不能就这样说吗?"

"呵呵,"关湃冷笑,"在机场,在户外这些都好说,你跟他偏偏是在酒店,你让人怎么相信?"

夏籽咬着嘴唇依然不说话。关湃拉过笔记本电脑,点开了另一个视频。

"你不说,我就不知道了吗?"

夏籽睁大眼,看到视频中穿礼服裙的姬琳被一个男人拉进酒店房间,不久后,章旬阳敲门进去,直接将那个男人踹了出来。

看这段视频拍摄的角度，来源应该是酒店走廊里的监控摄像头。

夏籽看向关湃，后者神情冷漠，咬牙切齿地说："欧洲旅行？明明是自己去跑剧组资源了。还以为能瞒得过我。不过就是想先找好下家再跟我挑明，怕断了自己的退路。那丫头，人精一样。"

随即他目光冰冷地看向夏籽："现在唯一的办法，就是你和姬琳二保一。牺牲谁，你应该猜到了。"

夏籽的心一沉，随即拍案而起："让章旬阳帮忙澄清不行吗？为什么非要用毁掉一个人的名誉的方式？"

关湃迎着她的目光："她选择那样做的时候，就已经将自己的名誉抛在脑后了。这事没得商量，自己做的事情，自己承担。我都不知道你是真单纯还是伪善良，非要替她背锅是吧？"

夏籽攥着拳头，一字一句地说："她没有选择要那样做，她也是受害者！"

关湃还想问什么，夏籽打断他，说："我不干了。"

这一切的一切，她受够了。

关湃暴跳如雷，站起来和她对峙："你说什么？"

她却没有看他，低着头，手指在衣兜中摩挲着一个U盘。

"虽然不知道你的目的究竟是什么，但是，如果我退出直播圈，是不是能让你满意？"她抬起头，看向会议桌一角一直安静地坐着的人。

"秦晓月。"

空气刹那间安静，静到能听到小会议室外面工作人员敲击键盘的声音。

关湃和小黑同时望向晓月，随即关湃吃惊道："什么意思？"

秦晓月也睁大眼睛，像是课上被突然点名的孩子，迷茫而无措："怎……怎么了吗？"

"我本来不太确定，也不愿意相信。"夏籽微微垂首，"不愿相信，你每时每刻的关怀都是演戏。

"可是，"她话锋一转，缓缓望向她，"你为什么要翻我的东西，偷看我的电脑？"

夏籽平日里有些懒散，比如用了笔，如果一会儿还要用，就懒得盖上笔帽。有一次偶然间她发现笔帽是盖着的，以为是自己记错。可后来还有很多次类似的异样情况，她的东西虽然摆放得凌乱了些，但在她心中都有固定的位置。

还有一些是她昨晚睡不着时想清楚的，能拍到她和裴允谦、她和周未轶的照片，会不会对她的行踪太清楚了？

于是夏籽打开了笔记本电脑的摄像功能——如果昨晚秦晓月注意到自己刻意避开她看电脑，第二天就极有可能来翻看。

果然不出她所料。

秦晓月依然一副迷茫的样子:"我只是想帮你整理东西……没有乱翻乱看。"

夏籽叹了口气,她从没想到自己身边竟然隐藏着这样可怕的人。确实,只要秦晓月坚持否认,她就没有任何证据能证明秦晓月就是出卖自己的人。

夏籽本想诈一诈她,谁知她心理如此强大。

场面陷入僵局,关湃还没有捋清楚眼前的情况,这时,会议室的门开了。

夏籽转头看到风尘仆仆的裴允谦。

他刚刚在门口听到了两句,进来以后也不多说,直接问秦晓月:"九月初,你并没有回家探亲,你去了哪里?"

一旁的关湃马上反应过来:"那是夏籽在酒店被拍到照片的时间!"

秦晓月依然面色沉静:"我去探望的是外地的其他亲戚,不行吗?"

裴允谦摇摇头,将一支录音笔扔到桌上,刚刚好滑到秦晓月的眼前。

他面色讽刺:"莫妮卡已经承认了。你以为你于她有多么重要,不过是颗棋子。"

秦晓月雷打不动的无辜神色终于有了一丝缝隙,她咽了一下口水,勉强笑笑:"莫妮卡?我跟她甚至都不熟。"

夏籽十分惊讶。

裴允谦冷笑:"她的把柄,我一抓一个,换你这么一个小秘密,你以为有多难?你们不过也是利益关系,她想出卖你,随时随地。"

秦晓月面色渐冷,抬头恶狠狠地看了眼裴允谦。

一旁的夏籽静静地望着她:"如果只是为了钱,那你真可悲。"

"为了钱又怎样?你靠一张脸混到现在,为的不也是钱吗?"她讲这话时,讽刺意味十足,再不见平日的柔弱、腼腆。

夏籽不由得攥紧了拳头,她实在想不到被朋友背叛这样的事会发生在自己身上。

夏籽感到困惑:"莫妮卡为什么想要对付我?因为我抢了她的第一?"这真是荒唐又可笑。

秦晓月冷笑:"不是她,而是传奇公司。他们视聚星为最大的竞争对手,想收集聚星女主播的黑料。而莫妮卡原本想威胁的人,是姬琳。"

她说到这里,转头给了夏籽一个神秘的微笑。

"你闯入环宇酒店,成为完美的替罪羊。所以,你猜猜看,是谁去求莫妮卡放过自己,又任凭火烧在你身上?"

夏籽觉得指尖一点一点变得冰冷。

看到她的表情,秦晓月满意地笑了。

"你处处维护她,她却不声不响地陷你于泥淖。"秦晓月拉开门,轻飘飘地感慨,"这个圈子,真够恶心。"

她最后看了夏籽一眼,又对关湃说:"我只是偶然拍了几张照片,你们没有证据证明是我投稿,并不能把我怎么样。而她,"她指向夏籽,冷淡地笑了笑,"就算澄清了所有,也再难回到当初了。"

秦晓月干脆利落地离开。

小黑全程目瞪口呆,此时像被颠覆了世界观一样,呆坐着一动不动。

夏籽仍然站着,脑子里都是刚刚秦晓月最后说的话。

关湃狠狠地拍了下桌子,咬牙切齿道:"秦晓月!这事不会就这么完了。"

裴允谦看向夏籽,问:"你还好吗?"

夏籽回过神来,强打起精神:"没事,谢谢你。不过,你怎么发现是她的?"

"之前有一次,秦晓月说漏了莫妮卡的年纪。莫妮卡的年龄对外都宣称是二十五岁,很少有人知道真相。后来我就派人盯着秦晓月,果然发现她和传奇公司的人秘密联系。"

而且乔森还在肖越安的酒吧见过她。裴允谦想了想,不确定的事,他决定还是暂时不告诉夏籽。

夏籽恍然大悟:"这么说,你早就怀疑秦晓月了?"

"所以姬琳断播,除了因为想找剧组,也许还因为和莫妮卡达成了什么协议。"关湃皱眉,"莫妮卡放弃威胁姬琳,秦晓月就用这些来诬陷你,而姬琳知道这一切,却默许它发生。我不明白,你和姬琳不是最好的姐妹吗?她为什么不站出来帮你呢?"

夏籽垂下眼帘。为什么呢?她也想知道为什么。

关湃拿起手机拨出一个电话:"给我找到姬琳,不惜任何代价。"

夏籽觉得心中像塞了一个坏掉的柠檬。

不管怎样,她都不想多加猜测,她要好友亲口告诉她一切。

关湃和裴允谦还有其他事要谈,夏籽独自走出会议室,平复心情。

这段日子她过得很不开心,虽然名声大噪,收入翻倍,可她在镜头前再找不回曾经真心的笑容。

如果她平凡如初,秦晓月是不是会拿她当朋友,姬琳也不会对她心存芥蒂。她觉得浑身冰凉——还有什么是真实的?裴允谦是吗?

她漫无目的地乱走,偶然间从小窗户里看到一张熟悉的脸。她这才想起,沈家佳也是这里的主播。

她从窗户里望进去,表妹正对着镜头笑容羞涩,紧身T恤展现身材,黑色长发遮了半边脸。

沈家佳似乎非常在意自己的容貌,直播过程中不停地整理头发,一半的脸几乎没有露出来过。

她有些后悔让表妹进入直播行业。

"芽芽姐？"沈家佳下播了。

夏籽回过神来，走了进去："怎么样？这段时间我比较忙，顾不上来看你。"

沈家佳笑得温婉："挺好的。我看到表姐得了冠军，很厉害。"

夏籽看出她藏在笑容背后的忧郁，不由得关心道："直播不顺心吗？"

沈家佳欲言又止，随后还是勉强笑了笑："每天只能涨十几个粉丝，照这样的人气，我应该很快会被公司淘汰。"

"都是这样过来的，你慢慢适应，别着急。"

沈家佳眨眨眼，试探地问："芽芽姐，你什么时候直播，帮我涨涨粉丝？"

夏籽想了想，耸耸肩故作轻松："我最近是泥菩萨过江——自身难保，你也看到了。等过了这阵风头吧。"

"嗯。"沈家佳乖乖点头。

那天夏籽在公司待到下午，傍晚裴允谦送她回家。秦晓月行动力很强，已经将自己的东西搬走了。

夏籽站在空荡的卧室门口，想起很多个深夜，她和晓月围坐桌旁煮夜宵吃，谁也不提减肥，谁也不嫌弃谁胖。

她转身关上房门。

"想吃什么？"裴允谦站在冰箱前问。

她慢慢走过去，看都没看冰箱，而是钻进了他怀里。

他轻拍她的后背，声音柔软："不用为不值得的人伤心，让自己吃饱肚子最重要。"

"我知道她家里很不容易，也想努力对她好。可是，为什么呢……"

"人心都是复杂的。"

夏籽抬起头，睁着明亮的眼睛问他："那你呢？也复杂吗？"

"复杂。"他笑着伸手刮过她的鼻尖，"想吃什么？"

她并没有胃口，但为了不让他失望，还是说："上次你做的粥吧。"

他便扎上围裙任劳任怨地煮粥。

夏籽蜷在沙发上，心不在焉地刷手机。她第一次体会到上热搜的感觉，虽然不是什么好内容。她更加郁闷，很多人大概是因为这篇文章才认识了她，却也在他们心中留下了不堪的印象。

三言两语，空口无凭，也能在网络中掀起滔天波浪，甚至让一个人"社会性死亡"。

被诽谤容易，反转太难。

她无法毫无顾虑地悉数将真相告诉大家，那意味着另一个人要重蹈她的覆辙。她想起姬琳目光坚定地说要当演员，想起姬琳回忆大学经历时无助的表情，想起姬琳直播时笑容背后的忧郁……

她将头埋在靠枕上。

忽然，仿佛天旋地转，她觉得自己的身体腾空又落下，再睁眼时，她发现自己已经在裴允谦的怀里。

她顺势将头靠上他的肩膀。

满室静谧，唯有小砂锅里热粥翻滚的咕嘟声。她双手环上他的脖子，闭着眼睛，声音轻柔："你可以不对我坦诚，但能不能别离开我……"

他微微侧目，看到她亮着的手机屏幕上，一行行冰冷刺目的评论。

他拥住她，说："我会慢慢坦诚，也不会离开你。"

她在他的脖间轻轻呼吸，没有力气，也没有心情再去探究他的秘密。她现在，只想要他留在身边。

"我该怎么办？"她语气低沉。

他思忖片刻，帮她分析："一，模棱两可地回应，继续你的歌手事业，也继续承受曲解和谩骂。二，全部澄清，只不过是失去一个可有可无的朋友。"

夏籽不太满意地嘟囔："没了吗？"

"有。"裴允谦淡淡地弯起嘴角，说出一句俗到让她头皮发麻的话，"我养你。"

"喊。"夏籽撇撇嘴。

"你不是喜欢音乐，喜欢作曲吗？"他正色，"可以去继续读书。你的小金库攒了不少钱吧？"

她眼睛一亮，听到小金库却瞬间丧气："不行，我还有没完成的事。"

裴允谦的眉头皱了皱："我会帮你找你爸爸。"

"再说吧。"她敷衍地回答，然后从他身上爬起来，吸吸鼻子，语气轻松地说，"好香。粥是不是快好了，我看看。"

裴允谦望着她的背影，目光复杂。

接下来的几天，姬琳还是如人间蒸发一般。

但关湃按捺不住了，有一些原本属于夏籽的商业活动和通告，因为她的负面报道一下子撤走不少。

他在夏籽身上孤注一掷，不能在即将成功时功亏一篑。

可是等联系了公关团队和媒体后，他又犹豫了。姬琳是他曾经真心对待的主播，她也为公司做过贡献，虽然有错，但她也只是个无依无靠、独自奋斗的女生。

他咬咬牙，转头又去找章旬阳。

另一边，裴允谦搬进了夏籽的家里，美其名曰是她现在缺助理，他刚好也没工作。

她这才知道，因为上次的投资危机，他的公司已经被裴允诚收购，他目前只占少部分股份。她不懂商业上的你来我往，她只是担忧。

"我目前前途未卜，要是我发不起工资，你别怪我啊。"

正专注研究期货价格的裴允谦随口答："哦？那我得看好你，不能让你跑了。"

他语气调侃，但她是真的担心。

大概最后的结果，就是她从此退出台前，成为一个唱歌只给自己听的普通人。

她有些想念最开始时支持自己的粉丝们。

那时候她的人气和流量真的不高，但她铆足了劲想让每一个进来她直播间的观众看得开心，于是唱歌给他们听。路人像看傻子一样看朗声歌唱的她，但她一点也不在意，她很快乐，因此他们也快乐。

现在呢？他们是不是很失望。

她忍不住点开自己的直播间。屏幕是黑的，但下面的留言就没断过，大部分是骂她的。

可还是有一直在为她说话的人。

比如……"无敌码农"？

夏籽想起这个名字，正是她在大学操场上给他签名的那位，他正以一己之力回击满屏的恶言恶语。

她心中感动，点开他的头像，私聊说："谢谢。"

"无敌码农"很快回复："夏夏！我知道你没做过那些事，对吗？"

"没有。"

她眼眶湿热，一字一句告诉他："我什么都没做，谢谢你的信任。"

关湃最终说动了章旬阳来澄清，他愿意现身说明他和夏籽没有任何关系。

但效果也和预想中的一样，没有激起多大的水花。比起空口无凭的澄清，网友更愿意相信更加戏剧性的情节，哪怕只是臆想。

关湃四处奔走，请公关团队和媒体发文，反倒越发被网友反感。他整日关在办公室里，下巴上满是青色胡楂。

裴允谦偶尔会去帮忙，但大多数时间陪夏籽待在家里。

他把两条狗也带了过来，小家开始变得热闹。

她每日看看书，全副武装去遛遛狗，还能吃到裴允谦做的可口饭菜，渐渐也心中平静，甚至做好了退出直播圈的准备。

然而反转就在这时发生。

网络上一位叫作"钢铁蜘蛛侠"的人，发了一段宇宙酒店的监控视频。

画面显示是公益慈善宴会那天，姬琳出现在镜头里，酒过三巡，她似乎是酒力不胜而被人带到了十九层的某个房间。不多时，章旬阳砸门逼人开了门，然后把那人踹了出去。他和姬琳在里面独处了半个小时，夏籽才急匆匆赶来，出现在房间门口。

一切昭然若揭。

"钢铁蜘蛛侠"还言辞激烈地抨击了姬琳，说她让夏籽背锅，自己却心安理得地藏在背后。

一时间，网络风向立转，骂过夏籽的那群人又将矛头齐齐对准了姬琳。

夏籽目瞪口呆，感叹网络世界瞬息万变。

她在猜测"钢铁蜘蛛侠"究竟是谁时，也不由得担心起姬琳来。

裴允谦对此仿佛并不意外。她跑过去抓住他的衣领，佯装凶狠："你不是喜欢漫威吗？所以你是'钢铁蜘蛛侠'？"

他任由她威胁，甚至还调整了一下她的位置，防止她掉下沙发。

"我没有给自己起昵称的习惯。就算有，也不会取一个这么二的。"

夏籽皱眉思索。其实她也觉得不是裴允谦，那人的文风太激进了，以裴允谦的性格，估计从小到大写作文都没用过感叹号。

她转身坐在他旁边，苦恼地仰头望天："该不会是关湃安排的人吧？"毕竟这是关湃最开始的提议，况且，除了他，还有谁的手里有视频呢？

她打电话过去，谁知关湃也是一头雾水。

夏籽听他的语气不像是装的。

而且他还带来了一个好消息——姬琳现身了。

不知道是不是因为这段轰动全网的视频，让姬琳主动来到了公司。

夏籽听闻消息，马上和裴允谦赶了过去。

公司里，好多人明面上在工作，私底下却悄悄望着会议室窃窃私语，夏籽看到好多张幸灾乐祸的脸孔。

会议室四面都是玻璃墙，夏籽远远就看见了背朝她的姬琳。

明明没有什么地方愧对于姬琳，夏籽的脚步还是有些犹豫。

裴允谦自身后拍了拍她的肩膀，她才回过神来，走上前敲了两下门。

姬琳缓缓回过头，她的目光平静无波，还有一种与从前不同的沉郁、淡然。她好像瘦了许多，下巴越发尖，眼下是掩不住的黑眼圈。

"好久不见。"夏籽主动开口。

姬琳动了动嘴唇，没能笑出来："嗯。"

"听说你得了第一，恭喜。"她说着这样的话，眼中却看不到一分温度。

夏籽不知如何回应，直到关湃大步流星地进入会议室，直接将手上一沓文件摔在姬琳面前。

他的力气大了些，白纸黑字的文件掉落在她周身。

姬琳抬眼默默地望着关湃，关湃也冷冷地回望她，一时间谁都不说话。夏籽上前一步捡起地上散落的纸张。

姬琳瞟了眼蹲在旁边的夏籽，眼神讽刺。

"违约金一千万元，准备好了吗？"关湃冷声说。

"呵，"姬琳冷笑，"好一个落井下石。利用完我洗白夏籽，再把我彻底推出去，关老板真是打得一手好算盘。"

"一码归一码。"关湃双手撑在会议桌上，目光认真，"视频不是我们发到网上的。但你不声不响擅自断播是真，按合同来说，你已经违约了。而且，在夏籽替你承担一切的时候，你在哪里？别告诉我，你什么都不知道。"

她看了眼一旁眉头紧锁的夏籽，轻描淡写道："我知道啊，我知道是传奇公司背后做的一切。"

"那你为什么不站出来？"关湃质问她。

姬琳避开夏籽的目光，沉默了片刻，抬头笑道："站不站出来，你不是也决定要牺牲我了吗？"

关湃的脸色变了变。

姬琳敛去笑容，随手翻开夏籽放在她面前的解约书。

"倘若我现在还是比夏籽能赚钱，关湃，你还会这样对我吗？你们商人，是不是都这样无心无情？"

关湃望着她："你们进来的第一天，我说过不会让任何人欺负你们，我自己也不会。事情还没到无法转圜的地步，如果你回来继续直播，以前的事，我可以当作没发生。我们也会帮你澄清一切。"

"太晚了，太晚了！"姬琳忽然情绪失控，声泪俱下，"我好不容易得到的机会，因为那个视频已经没有了！"

会议室里一时间鸦雀无声。

夏籽移开眼，压抑着冲进鼻腔的酸涩。她想，她们的友谊始终比不上姬琳的前途重要。

原来，在姬琳心中，自己什么都不是。在她被所有人围攻时，姬琳选择沉默，选择置身事外，仿佛她只是个无关紧要的陌生人。

夏籽深深吸了口气，红着眼睛露出讽刺的笑："姬琳，其实你从没有真的把我当朋友，对吗？"

姬琳惨白着一张脸，整个人仿佛处在崩溃的边缘，没有看夏籽一眼。

她用力在解约书上签下自己的名字，将文件像刚刚关湃摔给她一样，也以同样的方式回敬过去。

"一千万元，我会给你的。"她对关湃说。

然后她拿起包包走到门口，转头看了一眼夏籽，目光深刻而决绝。

"从此以后，我不会在直播圈出现。

"夏籽，祝你成功。"

从公司回来后，夏籽睡了一下午。

晚上裴允谦煮了她最喜欢的火锅，她都提不起精神来。

饭桌上，她问他："还是不能找到'钢铁侠'吗？"

"他的警惕性很高，我找的人说定位不到 IP 地址，看操作应该是个懂代码的。"

"懂代码的？"夏籽这次真的糊涂了，"我认识这样的人吗？"

看她总共也没吃几口，裴允谦给她夹了几颗牛肉丸子，然而看她的表情还是像神游在九天之外。

他伸手敲敲她的脑袋。

"吃饭。我发现你特别喜欢纠结，钻牛角尖，纯粹是自己为难自己。"

夏籽幽怨地看着他："如果得不到真相或者结果，我就是不得安宁。这就像肚子饿一样，根本控制不了。"

裴允谦无奈地叹气，说："吃吧。"他看了眼手机里关湃刚刚发来的消息，"后天重新开直播。明天我带你出去逛逛，想去哪儿？"

她这段日子食欲明显不如从前，肉眼可见地清减了。裴允谦想带她换个心情。

夏籽认真地想了想，眼睛一亮，说："花鸟市场！"

她小的时候，爸爸常带她去，那里有很多可爱的植物和小动物。爸爸承诺她上初中后就允许她养猫，结果，他还没有兑现承诺就失踪了。

饭后夏籽主动去洗了碗，然后和裴允谦坐在沙发上看新出的恐怖电影。

布艺沙发虽然不大，但坐两个人绰绰有余，然而夏籽还是一直往裴允谦身边挤，裴允谦索性将她抱到了怀里。

夏籽偷偷露出得逞的笑容，然后像树袋熊一样，紧紧地抱着他看电影。

导演是国外有名的恐怖片大师，这部新拍的电影剧情也不错，就是画面和音效不太好。裴允谦其实不喜欢这种电影，大概是因为小时候总是一个人待着，他很反感一些故弄玄虚的东西。

但夏籽看得津津有味，被吓到时还不小心用头撞了一下他的下巴。

不过就算害怕，她也依然紧张地盯着屏幕等待结局揭晓。

裴允谦干脆闭上了眼。

"欸？"不多久，他听到夏籽疑惑的声音，睁眼就看到她狡黠的表情。

她像发现新大陆一样，将他按在沙发靠背上，额头抵着他的额头，坏笑道："原来裴先生不敢看呀？"

裴允谦耸耸肩："屋顶角落里的鬼有点恶心。"

夏籽怔了怔："什么？屋顶也有？"她回忆刚刚看过的画面，顿时觉得汗毛直立。

就在她愣怔的几秒钟里，裴允谦将她反压到了沙发上。

局势逆转，夏籽本来想抓个他的把柄，好好威胁他一把，谁知道反而被压制了。

裴允谦并没有用很多力量在她身上，但她还是动弹不得。

她马上笑着讨饶："我错了，我错了，我不该嘲笑你。"

裴允谦头往下低了一厘米，在快要碰到她的唇时停住，说："你刚刚叫我什么？"

夏籽因为紧张，浑身紧绷，听到这句话后立马乖乖回忆。

"裴先生？"她大概就开玩笑般地称呼了这么一次。

"嗯。"裴允谦点点头，"不要叫了。"

夏籽的黑眼珠动了动，有些苦恼："一时间改不了。那叫你什么？宝贝？亲爱的？小可爱？"

夏籽此言一出，立马逗乐了裴允谦。

"我没意见。"他故意说。

"我有意见！"她推了推他，他纹丝不动。她将头转到一边——这个暧昧的姿势让她的脸烧得快要着火了。

"可以叫我阿谦。"

她将头转回来，对上他深黑的眼，慢慢展开笑容："好。阿——谦——"

她嗓音软糯，笑容可爱。裴允谦眸中的笑意渐渐敛去，她见他神色不对，还没来得及收起笑容，他已经吻了下来。

这段日子夏籽经历无数波折变动，他们上一次接吻已经是很久以前。

夏籽显然还不熟悉这样的亲密，她僵硬得一动都不敢动，任由他"攻城略地"。他最初还是温柔试探，后来就越发猛烈。

夏籽觉得呼吸困难，刚见缝插针地深吸一口气，抬眼就看到两个大脑袋。

她吓了一跳，一扭头，下巴狠狠地撞上了裴允谦的鼻梁。

"嗒……"裴允谦停了下来，眼睛因鼻酸而迅速泛红。他顺着她的目光抬头，看到两只大狗正歪着头一脸呆萌地望着他们，好像在说：你们在玩什么好玩的游戏？怎么不带我们？

裴允谦捂着鼻子轻笑，从沙发上爬起来，顺势也拉起了夏籽。

她理了理毛绒睡衣，不好意思地挠挠头："对不起啊，我不是故意的。"

他揉着鼻梁，没好气地说："你一惊一乍的毛病不改改，我日后性命堪忧。"

夏籽面色更红了，朝他僵硬地摆摆手，赶忙说："晚安。"然后她就头也不回地冲进自己的卧室。

裴允谦笑着摇摇头，将她留在茶几上的零食袋子一一扔进垃圾桶，又去洗了装水果沙拉的盘子。

用吸尘器清理茶几下的地毯时，两只大狗跳来跳去和吸尘器玩，裴允谦笑着训斥："下次再坏事，就把你们卖了。懂吗？"

两只"电灯泡"像是听懂了似的，乖乖并肩坐在他眼前，再不敢造次。

第二天早晨，夏籽是吸着鼻子醒来的。

梦里她好像在吃烤冷面，梦境真实不说，连味道都如此清晰。她迷迷糊糊地睁开眼，发现这味道似乎不是梦里的，房间里真的隐隐有一丝烤冷面的香气。

她揉着眼睛走出房间，看到厨房里裴允谦的背影。

她走过去，裴允谦正将平底锅里的食物一一盛出，放在盘子上。

"烤冷面？"夏籽十分惊讶，但盘子里确实是裹着煎蛋的冷面块，上面撒着白芝麻、番茄酱、黑胡椒粉，里面夹着小块洋葱、金针菇、培根，看起来比外面卖的要精致许多。

裴允谦将盘子放到她手上："早餐。"

"裴……阿谦，你也太神奇了吧？"

"不难。你以后可以不用再吃外边卖的。"

夏籽捧着餐盘，心中温热，抬眼看到裴允谦眼中的温柔。她迫不及待地拿起叉子塞了一块进嘴里。

"好吃！"她双眼放光，很快将烤冷面吃了个干净。两只大狗眼巴巴地望着她，期待能捡到一些掉落的渣渣。

吃饱了饭自然心情大好，裴允谦承诺今天带她出去兜风，她特意化了美美的妆，可转念一想，还是戴上了帽子和口罩。

今天是周二，花鸟市场人不多。

多年过去，这里和夏籽小时候见过的比起来，已经有了很大的改变。简易的塑料棚子变成了玻璃房子，里面层层绿意掩映，不时还传出小鸟婉转的啼鸣。

阳光透过玻璃照进来，室内温暖而湿润。

夏籽停在售卖多肉植物的摊位前走不动路了。可可爱爱的小花盆里，安安静静地长着一棵又一棵形状奇特的多肉植物。

她将期待的目光投向裴允谦："要不要养？"

裴允谦扫了眼小巧精致的植物，冷静地说："虽然多肉不用经常浇水，但照顾不当也会死亡。你之后的工作怕是少不了，确定要养吗？"

夏籽毫不犹豫地点头："我会好好养的，家里太冷清了。"

裴允谦耸耸肩，任她挑选，她还顺便抱了两盆盛放的向日葵。

把选好的花放进车里，她又立刻拽着裴允谦返回。

"还要买好看的小喷壶、园艺手套……"

裴允谦被她拖着胳膊，无奈道："你到底是想要种花，还是想过家家？"

沉迷于"过家家"的某人根本顾不上理他，已经开始了新一轮的挑选。

最后是裴允谦帮她抱着一堆花里胡哨的园艺工具，出了花鸟市场。

吃过午饭后，他们又顺路去逛宜家。

两个人生活，自然需要补充一些新的生活用品。夏籽忽然走神，说起来，自己的室友换来换去，那位房东却一直随自己折腾，从来没有提过任何要求或者表示不满，搞得好像她才是房子的主人一样。

"真奇怪。"

"怎么了？"听到身旁的裴允谦问道，她才意识到自己不知不觉将心里的疑虑脱口而出。

"没什么。"她放下手中的马克杯，兴高采烈地说，"我们去买情侣杯子吧！"

她挽着裴允谦的胳膊，两个人俨然就是路人眼中的热恋情侣。

一下午时间，他们收获颇丰，靠枕、坐垫、收纳盒、毛绒玩具……到最后裴允谦车子的后备厢已经装得满满当当。

回到家，夏籽就迫不及待地开始摆弄她的花花草草。

她将阳台打扫了一遍，然后将小盆栽挨个摆好，浇了一遍水。裴允谦环抱手臂靠在阳台前，给她泼冷水："三分钟热度。"

夏籽回头恶狠狠地瞪他："我肯定会把它们养得很好！"

晚饭，裴允谦做了意大利面，二人吃饱喝足后，一起坐在沙发上吃水果。

夏籽点开一部悬疑片，扬眉说："猜凶手，猜错的人去洗碗。"

裴允谦笑了笑，说："好。"

她将头靠在裴允谦的肩膀上，捧着一碗水果，偶尔给裴允谦叉一个，两只狗狗就卧在他们脚边。

夏籽心中安宁，有一种想永远这样过下去的心情。

时间点滴流逝，电影也到了结局。她心中有淡淡的失落，没有永恒的静止，只有下一个开始。

她站起来伸了个懒腰，语调轻松："我猜错啦，去洗碗。"

他从背后拉住她的手："你去泡个澡，然后早点睡觉。"

她明白他的好意，便也没有推辞："那洗碗就拜托你啦。"说罢，她还踮脚快速摸了一下他的头，然后就溜进了卫生间。

泡了个热水澡出来，她看到裴允谦依然在厨房里。

她边擦头发边蹑手蹑脚地走过去，一把环住了他的腰。

"怎么洗了这么久？"她探出头去看，发现他不是在洗碗，旁边的小砂锅里咕嘟咕嘟地响着，像是在熬粥。

"我一会儿要回趟家。粥熬好了，你明早起来热了喝就行。"

听说他要离开，夏籽心中失落："去几天？"

"很快。"

"发生什么事了吗？"夏籽担心道。

"没有，家庭聚会。"他揉揉她的脑袋，"你去吹头发。"

她乖乖跑回卫生间，过了会儿，手中的吹风机被裴允谦拿了过去，他利用身高优势为她全方位吹头发，她索性悠闲地闭上了眼。

直到轰轰的声音停止，他从身后抱住了她。

夏籽睁开眼，看到镜子里裴允谦将头搁在她的脑袋上。

"晚上睡觉把门锁好。有什么事给我打电话。"

"放心啦。"她往后靠向他的胸膛，"不会有什么事的。"

"嗯。"

她转过来，踮脚抱住了他。

"我等你回来。"

第二天起来，夏籽吃过裴允谦为她煮的粥，就出发去了公司。

关湃早已发布了澄清公告。在知道事情的原委后，他在公告中不留情面地点出罪魁祸首——也就是那个年轻导演。一时间舆论纷纷转向，居然还有其他女生出来曝光他的不良品行。

舆论的焦点从夏籽和姬琳身上短暂转移，但这起绯闻事件对她们的口碑都带来了影响。只要她和姬琳还做公众人物，就总是会被好事者提起。

浏览这则公告时，夏籽正在关湃的办公室。

"当时照片里只有章旬阳,所以我们只在他身上努力,一下子忘了真正的始作俑者。关总,还是你厉害。"

"原原本本告诉大家真相,是对一直信任我们的粉丝负责,也是……我能为姬琳做的最后一件事吧。"

夏籽垂下眼帘,沉默不语。

关湃最是有情有义,她赞同他的做法,可她不想听到姬琳的名字,也不想原谅姬琳。

酒店事件澄清后的第一次直播,公司上下显然对此很重视,公关部甚至给她拟了发言稿。

她大概扫了一眼,发现都是些冠冕堂皇的话。

今天的直播,公司定的主题是谈心,主要跟粉丝交流,挑些粉丝提的问题回答。夏籽一开始就是抱着轻松的心态来的,所以也不打算多想而给自己徒增压力,直接就开始了直播。

她的直播间黑屏了许多天,但是一开播,观众瞬间鱼贯而入,人气噌噌攀升。大部分人已经通过网络知道了真相,但还是有人在阴阳怪气地嘲讽。

她看着令人眼花缭乱的弹幕,对着镜头舒朗一笑。

"新朋友、旧朋友们,你们好,我是夏夏。"

弹幕一直没停,大部分在关心她的近况,还有人问她是不是要退出直播圈,转战娱乐圈。

"确实有娱乐综艺节目在找我,公司也想让我往歌手方向发展,但我个人的话,还是想以直播为中心,最近也在计划比较不错的旅行直播路线。"

这是她的真心话,歌手的路会更宽,但她并没有足够的底气,她更喜欢自由自在的直播。

很多粉丝也对她表达了支持,这时她看到几条关于姬琳的弹幕。

"姬琳傍大款是真的吗?"

"明明是自己的错,让姐妹背黑锅还不主动澄清,真够有心机的。"

"姬琳已经好久没播了吧?不打算出来说点什么吗?"

夏籽本来不想对此表态,但还是忍不住开口:"我希望我的粉丝都是理智且独立的,不会随便跟风站队,也不会随口言语中伤他人,喜欢时保持清醒,不喜欢时,也能给予祝福。"

"那夏夏真的没有男朋友吗?"

"是呀!和 Sum 那张照片,虽然说是姐弟,但他看你的眼神也太甜了!"

夏籽瞬间头皮发麻。她不擅长撒谎,现在也不是最合适的官宣时刻,只能闪烁其词:"当然是姐弟!我要是谈恋爱,一定会找个最好的时候告诉你们,然后天天给你们秀恩爱！"

　　一个小时的直播结束，就算只是谈谈心，夏籽也累得够呛。
　　她休息了会儿，推开直播间的门，果然，周未轶正靠在对面的墙上等她。
　　她望着他，一时无言。自他们在机场分别，她就被卷入绯闻事件，就算见面也是匆匆打个招呼，很久没有像现在这样安安静静的，就只有他们两个人待着的情况。
　　周未轶冲着她一笑，看起来比从前更泰然自若了。
　　"姐姐恋爱了？"
　　夏籽一惊，脱口而出："你怎么知道？"说完她赶忙捂住嘴巴，往四周看了看。
　　周未轶神秘一笑，不再多说。
　　"他来接你吗？"
　　"不。"夏籽摇摇头，"他有事。"
　　"这样啊。"周未轶似是思考片刻，说，"一起吃个饭？我也刚下播。"
　　夏籽有些犹豫。
　　"我准备重新回战队了，从替补做起。"
　　夏籽惊讶地望着他，她知道他曾经在世界级比赛中失误，这对他来说影响很大，没想到他还能鼓起勇气回去。
　　"走吧，我需要与人聊聊。"
　　"好吧。"夏籽妥协。她在心底里是真心希望他好的。

　　还是那家大排档，天气转凉，露天用餐也改为了室内。他们选了角落里的包厢，有了之前的教训，他们心照不宣地选择低调行事。
　　夏籽看着眼前鲜香麻辣的小龙虾，总觉得没了当初的好胃口。她最近都是这样，即使吃再喜欢的食物也提不起多大的兴趣。
　　她一边慢吞吞地剥虾，一边问周未轶："为什么忽然决定回去？"
　　他刚拿起一串鸡翅又放下："退出时是因为我妈妈，选择回去也一样。我曾经骗她说我们又得了第一，但我走后，战队再没有进过决赛。不是我自吹自擂，但我想回去再拿个世界第一给她看。"
　　夏籽露出欣慰的笑容，鼓励他："我相信你一定可以的。"转瞬她又担心起来，"那关总这边的合约怎么办？不是还有一年吗？"
　　"是，鱼与熊掌不可兼得，我没办法两头兼顾。所以……"他抬头看向夏籽，似是好不容易才挤出来这句话，"那什么，你能不能借我点钱？"
　　"噗！咳咳咳……"夏籽被呛了一下，随即埋怨地看着他，"世界冠军找我一个小主播借钱？我没听错吧？"

"还小主播呢？小主播能去参加正经综艺节目的有几个？"

夏籽还是在心中捂紧了钱包："我听说你的违约金可不低，就算借，我能出的力有限哈……"

"放心吧，关湃好心给我打折了。虽然不情愿，但他还是同意我回去比赛了。"

夏籽腹诽："那人居然能放你走。"

周未轶耸耸肩："不过他说，我以后退役如果没事干，一定还要来找他。"

夏籽提了提嘴角："想得真长远。"

"主要是，跟别人我更不好意思提借钱。我这些年存了一些钱，现在差得不多，放心。"

"我借！"夏籽豪气地说完，又小心翼翼地看他，"差多少？"

周未轶想了想，说出了一个数。

"什么？"夏籽大惊，没想到他口中"差得不多"的金额，是她目前的全部积蓄，大部分还是她火了以后攒的，否则她连个零头都出不起。

她扶额深吸了一口气，声音明显虚弱了不少："账号发我，明天给你转过去……"

周未轶喜上眉梢，马上爽快地将菜单放到她面前："姐姐想吃什么，随便点！"

"你给我省着点花！"

吃过饭，周未轶送夏籽回家。

原本夏籽让他送到小区门口就好了，他非要送进来。

晚上十点的小区十分静谧，亮着的窗户里都是生活的烟火气。夏籽一边背过身倒退着走，一边叮嘱他："回到战队好好训练，早点把钱还我，听到了没？"她可是为了他一夜之间变成穷光蛋了。

周未轶笑着点头。

"世界第一也没那么重要啦，不用非得拼命，饭还是要按时吃，觉也要按时睡。训练累了可以来找我，想吃啥，我给你改善伙食。听到了吗？"

周未轶的脸隐在阴影中，夏籽便又问了一遍："听到了吗？"

"听到了。"

他目视前方，看到了夏籽家所在的那栋楼。他想起不久前，他来这里找她，想逗逗她说自己准备承认照片上的事，顺便也安慰一下黑料缠身、可怜巴巴的她。

但他来到这里，就是现在他站的位置，看见裴允谦和她提着大大小小的超市购物袋,有说有笑地进了单元楼。

他转身藏在了树后。

他选择回战队,离开聚星,其实也是想主动和她保持距离,整理自己的心情。

可不知道为什么,她像抹了蜜糖的果子,他是孤身的熊,他根本无法控制想要靠近她的心。

她背着身子,还在唠唠叨叨讲一些小事情。他拉她一把,避开后面驶过来的黑色轿车。

你才是,要小心点。他在心中这样说,转念又觉得,有裴允谦在,自己的担心都是多余的。

"好啦,我到了。"夏籽站在单元楼门前和他道别,"快回去吧,再见。"

周未轶手插兜站在她面前,她抬头看他喜怒难辨的神色,又说了遍再见。

"下次见不知道什么时候了,我们抱一下吧。"

夏籽闻言向后退了一步:"美得你。"

他轻笑一声,不给她任何反应的机会就上前将她拥住。

夏籽心情复杂。他却很快放开她,说:"再见。"

夏籽勉强笑笑,转身刷卡进了单元门。

情绪低落时好像各种事都要和她作对。

不知道是因为天冷还是手冷,门口按指纹的密码锁时,她按了好几次都不能识别。好不容易打开了,又因为屋内太黑,刚进门,她就踩到一个东西扑倒在地。

夏籽揉着膝盖,摸到一个圆圆的弹力球,是萌萌的玩具。裴允谦怕她顾不过来狗,暂时把它们送去了宠物店。

她站起来打开灯,满室明亮中,她被晃得眯了眯眼。

在黑暗与光明交替的瞬间,她心中忽然闪过了些什么。

这个球,她早晨见过,当时是在沙发的位置。怎么她晚上回来,它跑到门口了?难道这屋子的地面不平?或者是……

"阿谦?你回来了吗?"

无人应答。

她每个房间都看了一圈,最后回到自己的屋子。灯没有开,只有窗外微弱的光亮,因此她很容易就发现合着的笔记本电脑缝中透出的光。

她走过去,缓缓打开笔记本电脑,看到屏幕上显示"系统正在配置中(89%),请勿关闭电源"的字样。

她的笔记本电脑系统是比较旧的版本,偶尔关机就会出现这样的情况。

夏籽确定自己好几日没有用过电脑，而且，最后一次关机前分明没有提示过要重新配置。

她站在原地一动不动，感觉到身上的汗毛根根竖起，心跳也在咚的一声后，变得又快又混乱。

她屏住呼吸，仔细用感官感受整个房间的不同，感受不属于她的气息——有人来过她的家，打开过她的电脑，甚至有可能……还没走。

她咽了下口水，僵硬地回过头，目光扫过平整的床面和封闭的衣柜。

满室安静，夏籽却不可抑制地幻想着有一双眼睛，正在黑暗中注视着她。

她转身冲出了房间，抓过包包关掉大灯就夺门而出。

还好电梯依然停留在她所在的这层。她进去后，抬头数着不断下降的数字，等电梯门一开就迫不及待地冲了出去。

终于来到室外，她松了口气，拿出手机第一时间打给裴允谦。

第一遍没人接，第二遍过了好一会儿他才接起来。

"喂？你在哪儿？"夏籽急切地问。

"我在医院。"然而他听起来更忙，"怎么了吗？"

"你怎么了？"夏籽怔了怔，反问他。

"不是我。我现在有些忙，等下回给你好吗？"

"嗯……"夏籽刚发出一个音节，那边已经挂了电话。

夏籽盯着手机屏幕，心中渐渐聚集起难以纾解的脾气。

男人真是靠不住！

她联系了物业，说怀疑有外人进过她的家。保安很快赶来，带她上楼检查了一圈，确定没有任何人在那里。

见她还不放心，保安说明天可以帮忙联系换锁公司。

夏籽点点头。告别保安大哥后，她开始思考今晚去哪里落脚的问题。

家是不敢回了，可是去哪里呢？她想起了裴若依，正好还能旁敲侧击地问问裴允谦到底在干吗。

"依依……你在干吗呢？听说你们今天家庭聚会了？"

裴若依大概无所事事，几乎是秒回："对啊，无聊死了。"

"裴允谦在你旁边吗？我发消息，他都不回。"

"不在。他好像去医院照顾……骆天瑜了。"裴若依的语气都有些小心。

原来如此，还是因为她。

挂了电话，夏籽冷笑了声，独自往小区中心的广场走去。那里有健身器材可以让她坐一坐，顺便想想到底该去哪里。

走近了以后，夏籽发现有一小点火光在闪烁。

她眯眼看了看，惊讶道："周末轶？你还没走？"

孤零零坐在秋千上抽烟的这位，可不就是周未轶。

他看见她也很意外，下意识地将烟头藏到身后："你怎么出来了？"

他心情不好，就坐在这里思考了一会儿人生，没想到她还会下来。

夏籽随意回答："不想待在家里。"她想了想，继续问他，"今天咱们回来的时候，你有没有看到什么可疑的人？"

"可疑的人？"周未轶皱眉回忆，"那倒没注意，不过有辆车挺奇怪的。"

"怎么奇怪了？"夏籽连忙问。

"就是差点撞到你的那辆黑色轿车，车牌被挡住了，也不怕被交警拦。"

夏籽陷入沉思，那么就有可能是车里的人看到自己回来，便立刻通知了楼上的人撤离。但怎么会有人能进去呢？明明在秦晓月走后，夏籽删掉了她的指纹，也更改了密码……

越想，她越觉得毛骨悚然。

"怎么了？你被什么人盯上了吗？"周未轶的脸色不知不觉变得严肃。

夏籽摇摇头："没有，别瞎想。"她转移话题，"有什么地方能打发时间吗？"

周未轶想了想："我打发时间的地方，只有一个……"

"咳咳。"

夏籽扇着面前浑浊的空气，语气不善："你平时就来网吧打发时间？"

"对啊。"周未轶已经兴致勃勃地打开了电脑，顺便还帮她按开了她的。

为了不被人认出，他专门包了情侣卡座，也隔开了外面的乌烟瘴气，但这位夏籽姐姐显然还不满意。

"你小子今天还抽烟是吧？不学好！"

周未轶直接戴上了大耳机。

夏籽只好靠上了椅背，兴致缺缺地随意点击着鼠标。她不爱玩游戏，也玩不好，所以一般不会自取其辱。她搜了搜小游戏网站，然后点开了一个换装游戏。

不一会儿，周未轶的脑袋凑了过来。

"啧啧，还好不是在外面，不然我简直想假装不认识你。"

夏籽正专心给画面中的女模特挑选耳饰，听到这儿不乐意了。

"你看不起谁？"

实在看不下去夏籽桌面上风格幼稚的游戏，他挑眉说："带你玩我的游戏，怎么样？你就只要当辅助，很简单的。"

夏籽一直都喜欢接触新鲜事物。听到这儿，她点头："好啊。"

帮她注册好账号后，周未轶先带她熟悉游戏模式，打了两把就开始正式的五对五竞技。

周未轶用的是小号，游戏等级也不高，带她玩刚好。

夏籽做什么都容易认真，她玩最简单的辅助，但全神贯注，如临大敌，只不过操作还是跟不上。

周未轶实在忍不住吐槽她："上啊，你待在那里干什么？"

夏籽愣愣地转头看他："啊？你站得太靠前，我怕误伤你。"

周未轶扶额，咬牙切齿道："你压根就不会打到我。"

夏籽撇撇嘴："是吗？这游戏一点都不科学。"

之后的几个小时，小小的双人包间充斥着一男一女吵吵嚷嚷的声音。

"大姐，你溜达去对面干什么？"

"欸？草丛里有小蜈蚣，真逼真！"

"赶紧来找我，要团战了。"

"哦。哇哇哇，怎么突然这么多人！哎呀，我'死'了。"

"这回不准乱跑！跟紧我。"

"来了，来了。走位、走位、走位……咦，他们在打龙！快，我一个人包围了他们三个！"

"呵呵，开心吗？"

"我'死'了……"

周未轶捧着两杯热奶茶回来时，发现夏籽靠在座椅上睡着了。

电脑屏幕上，醒目地显示着"失败"两个大字。

周未轶无奈地轻笑，将自己的外套给她盖上。他还从来没带女生打过游戏，感觉很神奇，烦躁的同时，又觉得可爱。

他不知道她半夜不愿待在家里的原因，也不会问。

他只是在她熟睡时，安安静静地在旁边点开了一部电影——《爱在黎明破晓前》，基调平淡而温馨，适合他此刻的心情。

"周未轶……慢点走……我还要保护你……"

听到她的呓语，周未轶回过头，抿嘴忍住笑。一缕头发垂到了她的脸上，他动作轻柔地帮她别到耳后。

他望着她弯弯的眼睫，小巧的鼻尖，因睡着而微微张开的淡粉色嘴唇……

他强迫自己转过头。

电影里，萍水相逢的男女主角正在车站做最后的告别。

他脑海中不受控制地幻想，如果她和他在一起，他会怎样照顾她——她想要的，他会毫无保留地给她，她会对他撒娇，他们会牵手，拥抱，亲吻……

心脏像被什么东西缓慢而沉重地击中，令他感觉憋闷又疼痛。

她不属于他，不管现在，还是未来。

早晨六点，夏籽揉着眼睛和周未轶一起走出网吧。
"本来想让你自己先回家的，没想到我睡着了。"夏籽有些歉疚。
"先欠着，下次做好吃的给我吃。"
他没好气地睨她，她却松了口气："当然可以。"
"送你回家？"
夏籽看了眼晨光熹微的天边，摇摇头："你先回去补觉。我还有事。"
他不多问，也不坚持，只是点点头，说："有事打电话。"
"嗯。"夏籽答应，目送他打车离开。
然后她也抬手叫了辆车。
"去南湖北苑。"
在车上，夏籽发现手机电量已经显示红色，但她不敢回家，只好趁着手机还未关机给裴允谦打去电话。
然而他的电话一直无人接听，手机还剩百分之一的电时，她赶紧给他发了个消息。
"在家吗？在的话来门口接我，不在的话，我等你。"
她从出租车上下来，保安自然拦着不让她进去，她顺便也打听到裴允谦还没回家这个事实。
别墅区连周边绿化都做得精致，萧索的冬天里，常青树的叶子也像洗过一样绿。夏籽在马路边蹲下，呆呆地盯着下坡路的尽头。
冬日清晨，天气寒凉。夏籽吸吸鼻子，不多久就抱紧了双臂。
保安小哥吃着热乎乎的豆腐脑，见她一个人可怜，于是招呼她进保安室。
"小姐，进来等吧。"
她客气了几句，实在受不住寒冷，便随他进了保安室。
她为人随和，也健谈，很快和几个保安唠得火热。她原本戴着帽子和口罩。交谈中她拉了拉口罩透气，没想到被一位喜欢上网冲浪的大哥认了出来。
大哥夸她人美，性格好，不像那些乱七八糟的传闻里的那样，还安慰了她几句。
她感受到陌生人的善意，心中温暖。
"其实我就是个喜欢唠嗑和唱歌的普通女生，身上没那么多传奇故事。对了，过段日子我要开始新一期的旅行直播，这次的直播地点特别好，你们可以关注我呀。"
就这样，她成功拉来了几个粉丝不说，还蹭到了一碗豆腐脑。
"那个，你和C9栋这位先生是……"终于有人忍不住八卦。

夏籽轻咳一声,大言不惭道:"哦,那是我的保镖兼助理。"

裴允谦身份神秘,他们确实不知道他的底细,此刻恍然大悟,纷纷感叹保镖都这样气质不凡,夏籽肯定背景不简单。

她微微一笑,不再多说,转过头坐在正对着玻璃窗的凳子,喝暖乎乎的豆腐脑。

直到裴允谦的车出现在小区门口。

她本没有第一时间认出来——人脸识别需要时间,于是她看到显示屏上,裴允谦冷峻的面容。

然后夏籽透过玻璃窗,看到坐在副驾驶座上的骆天瑜秀丽的侧脸,以及跟她平时气场不符的虚弱和温顺。

夏籽愣住,忘记起身叫住他们,等回过神来,他的车已经长驱直入,进了小区。

豆腐脑忽然没了味道,她一口气喝光,起身感谢他们的招待,然后抬腿出了门。

有人喊住她:"C9栋的先生好像回来了,你等的不是他吗?"

夏籽回头冲他笑笑,头也不回地顺着柏油路离开。

夏籽想,他们也许并没有什么,可她承认自己退缩了。她需要他,骆天瑜也需要,她不要他兼顾,也不想让他做选择题。

她掩埋起心中对答案的恐慌,故作轻松和随意,一路搭乘公交车和地铁回家。

快到家时下起了雨,冬雨让气温骤降,夏籽匆匆忙忙跑到楼栋门口,听到一道微弱的叫声。

"喵……"

她侧头仔细寻找,看到了藏在角落里狼狈的橘色猫咪。

她认出是自己在小花园喂养过的猫猫,它居然找到了这里。她将它抱出来,注意到它的腿状态不太正常,碰一碰它都会大叫。

夏籽直接转身,带着它打车去了附近的宠物医院。

猫猫是轻微骨折,夏籽一上午跑前跑后,给它进行了治疗后,医生说可以带回家中养伤。

夏籽松了口气。等回到小区,她先通过物业帮忙叫了换锁公司。

等待换锁师傅的工夫,她坐在门口的台阶上安静地看雨。猫猫在她的臂弯里渐渐熟睡,她轻抚它的脑袋,喃喃自语。

"你看,没有他在,我有什么做不了的呢?非要去找他做什么,非要让他看到自己惨兮兮的样子。"

她笑了,仿佛松了口气,又似乎是对自己无奈。

"猫猫，我是不是太缺爱了？"

太想被爱，于是越来越依赖，越来越刻意。

雨变小了。

夏籽伸手去感受雨滴时，一双皮鞋出现在她眼前。裴允谦黑发微湿，看她的目光有些愠怒。

"手机怎么关机了？"

夏籽才意识到，已经一上午了，自己还没进家门。

她听出他平静语气下的隐忍，抬头反问他："你呢，为什么不接电话？"

她知道自己此刻的形象一定很糟糕：一脸残妆，长发被雨淋成一绺一绺的，衣服上还沾着昨夜网吧里的颓靡味道。

他的眉缓缓皱起，单膝及地蹲在她眼前。

"发生什么事了？"

这句话让她心头一酸，可什么都说不出来。

这时，一辆车停在裴允谦身后。

"你们哪个换锁？"

"这里！"夏籽举手。

她一路领着换锁师傅上楼，裴允谦就默默地跟在她身后。

直到两个人有了独处的时间，裴允谦才拉住正在给猫咪垫窝的夏籽。

"是不是肖越安？"

夏籽垂着眼睛，轻巧地挣开他的手。

"我决定搬家了。"她打算收拾些东西暂时回姑妈家住，换锁也是为了主人家的安全着想。

"搬去哪里？"

"找找看吧。"

察觉到夏籽态度的冷漠，裴允谦不再靠近她，而是走去阳台打电话。

她自顾自地去房间整理东西，一进卧室，昨晚那种不寒而栗的感觉重新萦绕心头。她不自觉地咽了下口水，缓缓打开衣柜。

没有任何异常。

也许一切只是因为自己太敏感，所以她一时间不知道该不该把这些事告诉裴允谦。

夏籽简单整理好一个行李箱，准备出门时，正巧裴允谦刚打完电话。

"你去哪里？"

"先回姑妈家住。"

"我帮你找好了房子，离公司不远，你可以去看看。"

夏籽抬头望着他，嘴角浮现一个神秘的笑，然后踮脚凑近他的下巴，说："不能跟你去挤一挤吗？"

裴允谦叹口气，轻推她的肩膀，将她带进房间后关上了门。

他将她抵在门上，低头顶住她的额头，目光专注。

"骆天瑜的伤，她父母不知道，她一直住在外面养伤。你今天早上看到我带她回家，是因为她说想找几本书看，我才带她回去挑。"

看到她的短信后，他才意识到她可能误会了什么。

前些天骆天瑜旧疾复发，住进了医院。昨晚需要补办些手续，她一个人不方便，而他是她刚住院时填的紧急联络人。

她除了手臂的外伤，还患有先天性罕见病，这些年控制得很好，但这次复查出了一些情况，所以暂时得住在医院。

今早吃完早饭，她说憋闷想出去散心，顺便去他家借几本书。问过医生后，他便带她出来兜风。

等看到夏籽的短信，已经是将骆天瑜送回医院后，他发现自己的手机不知何时被设成了静音。

骆天瑜靠在病床上，正沐浴着阳光安安静静地看书。他注视她片刻，终究还是没说什么。

他打电话叫来关湃，挂完电话便准备离开。

"我有事先走，想吃什么和关湃说。"

骆天瑜终于抬起头看他，脸上看不出丝毫波动，说："好。"

他要出门时，她又叫住他："对不起，下意识就填了你的号码。我以为没什么紧急事。"

他顿了顿，微微侧头："作为朋友，我还是会帮你，但，我不该是你的紧急联络人。"他拉开门，声音清冷，"你也不是我的。"

咔嗒。门轻轻合上。

骆天瑜将目光重新移回书页，无意识地勾起嘴角。

"是吗？"

听了裴允谦的解释，夏籽心中释怀许多，但还是故意转开头不理他。

"不让你去我家，是因为肖越安最近也住在南湖北苑，很奇怪。我猜不透他下一步到底要做什么。"

夏籽终于惊讶地望向他，将昨晚发生的事情悉数告知他。

全部听完后，裴允谦皱起眉心，说出来的却是："你和周未轶那小子去网吧通宵？你们是小孩子吗？被拍到怎么办？"

他的语气明明是严肃的，但夏籽还是听出了一丝醋意。

她扬眉故意刺激他:"关键时候,弟弟可比老男人靠谱……"
她的话没能说完,因为已经被某人堵住了嘴。
他将她抵在门上辗转亲吻,她不甘示弱地踮起脚,用力环住他的脖子回吻,仿佛要将昨晚的恐惧、今早的失落,一齐朝他发泄出来。
咚咚咚!
她被换锁师傅力道十足的敲门声惊到,门牙狠狠地磕到了裴允谦的嘴唇。
裴允谦放开她,食指擦掉嘴唇渗出的血珠。
"姑娘,换好了!你出来看看!"
"好……好!"
夏籽舔了舔嘴唇,头也不敢抬:"那什么,我出去看看……"然后她就脚底抹油,溜了出去。
给换锁师傅付了钱,夏籽最后检查了一遍房间。
"等我看完新房子,再抽空过来整理吧。"重要的东西,她都放在了行李箱里。
最后她将猫猫托付给裴允谦。
"姑妈对猫毛过敏,你先帮我照顾它,等搬到新家,我再接它过来。"
"嗯。"他接过猫咪,"顺便把我也接回去。"
"幼稚。"她冷眼看他,"一把年纪的人还装小朋友。"
"配你不是刚好?"
"呵呵,我成熟、稳重又端庄。"
裴允谦毫不掩饰地笑起来,记得刚认识时,她在他面前还会小心翼翼的,在一起后反而露出了张牙舞爪的本性。
他觉得这样很好。
她本就不用完美无缺,不用勉强自己去迎合世界。
他希望她成为自己,并且永远快乐。

重新住回姑妈家,夏籽解释说最近因为工作关系要搬家,所以暂住几天。姑父姑妈自然欢迎。
夏籽从小到大和表妹挤在一间房,后来大学毕业,一找到工作,她就搬了出去,除了过年很少再回来住。
她推开卧室门,属于她的那张单人床还在,被褥整洁。
她心中温暖——不管怎样,她至少还有家人。
打开行李箱,她开始整理自己的衣物。
房间不大,基本上被沈家佳的东西占据,夏籽先帮她收拾桌面上的杂物,给自己稍微腾出一些地方。

抽屉里也是塞得满满当当的，夏籽叹了口气，先将书本纸张拿出来，她正要整理时，发现了一个长方形的盒子。

她拿起来，被上面鲜明的"验孕"两个字惊到。

她提起一口气，打开盒子抽出来验孕棒，看到试纸上鲜红的一道杠。她慌忙在心中回忆一道杠和两道杠的区别，确认无误后，长长地舒了口气。

姑妈每日都会打扫房间，沈家佳也不会傻到一直将它放在家里，很可能这是昨天才验的，早上忘了带走扔掉。

晚上沈家佳回来，一家四口人好久没一起吃饭，姑父做了一大桌子菜。

夏籽在其乐融融的氛围中不时瞥向沈家佳。

她跟着大家笑，但偶尔也会走神发呆，一小碗米饭半天只吃了几口。

夏籽发现她又瘦了。

夏籽用公筷夹了块她小时候最喜欢吃的糖醋鱼，放进她碗里。

"多吃点，不准减肥啊。"

沈家佳冲夏籽笑笑，小口吃掉鱼肉。

晚上，姐妹两个在房间里谈心。夏籽想起小时候的冬天，沈家佳冷得不行，就会挤过来和她一起睡。

那样的亲密，好像长大后就渐渐消失了。

"你和你的小男朋友最近还好吗？"夏籽还记得最开始在奢侈品店里遇到他们，外表青涩的大男孩在沈家佳背后悄悄看钱包的样子。

"你说乔楠？我们分手了。"沈家佳语气平静。

夏籽怔了怔，在心中斟酌着措辞。

"换新男朋友了？"

沈家佳微微惊讶，点头承认："嗯。"

像是想到了什么美好的画面，她甜蜜地笑起来，大方告诉表姐："是我的粉丝。"

夏籽皱眉："关湃不让主播和粉丝谈恋爱，新主播培训时没跟你说吗？"说到这里，她不由得心虚，要按这样说，她和裴允谦的恋情也是不合规的。

但此刻也顾不了这么多，她怕沈家佳被人欺骗。

"所以芽芽姐要保密呀。"沈家佳冲她眨眨眼，表情慢慢变得温柔，"最开始我特别惨，直播间的数据很不好，只有他，一直在关注着我……"

"他工作很忙，却时常飞来这里看我。他人细心又温柔，对我很好……"

沈家佳絮絮叨叨地讲着恋爱中的一些甜蜜故事，夏籽还是心存疑虑。最后她悄悄去沈家佳的账号主页里，记下位于榜首的账号名，准备让关湃或裴允谦帮忙查一查。

关灯后，夏籽在黑暗中问："你喜欢当主播吗？"这是之前裴允谦问过她的问题。

"不喜欢。"沈家佳几乎脱口而出。黑暗中夏籽看不到她的表情,但能感觉到她声音中的疲惫。

"甚至,很害怕,害怕那些说我难看的人,害怕美颜滤镜突然关闭,害怕排名垫底……姐,我终于知道你为什么反对我当主播了。"

"没关系。"夏籽无声地叹息,"你还有什么喜欢的工作吗?反正还年轻,我们可以不停地尝试。"

沈家佳沉默了会儿,说:"他向我求婚了。"

"什么!"夏籽几乎从床上蹦起来,随即压低声音,"你同意了吗?"

"没有,我还在考虑。"沈家佳的声音渐渐小了下去,"我什么都不会,能去做什么工作呢?结婚……好像也不错……"

"喂……"夏籽还想多说,但听到沈家佳平稳悠长的呼吸声,还是没有吵醒她。

第二天,夏籽和沈家佳一同前往公司。路上夏籽叮嘱表妹,下次男朋友来,把她也叫上,她要给妹妹把把关。

沈家佳自然说好。

来到公司,沈家佳去做直播准备,夏籽去会议室开会。

之前经历了一系列风波,公司对她未来的发展方向有了争议。

原本上次开会时大家达成一致,让夏籽先在做出成绩的旅行直播方向上继续深入,维持路人缘,几个不大不小的综艺节目暂时都推掉。

但这次会议中,关湃带来了重磅消息:一档国内知名的优质歌手比拼节目邀请夏籽参加。

夏籽惊讶到合不拢嘴。这档节目年代久远,邀请的选手不分国界,不分新老,她从青春期开始就和家人期期不落地追,没想到自己居然受邀了。

不过,她转念也猜到,自己在灵猫平台的唱歌比赛中获得了冠军,不久前又在网络上被讨论得沸反盈天,选她这样一个带有争议性的选手,想必也是为了提高节目的收视率吧。

关湃自然也能想到这些,但他觉得这是千载难逢的好机会,所以自然让旅行直播的事再往后推一推,目前先全力准备这档节目。

除此之外,夏籽还被好几家卫视、网络平台邀请做跨年晚会的表演。

最后关湃定了一家近几年崛起的受众多为年轻人的网络平台。

夏籽全程只有被安排的份。

从会议室出来,她看到公司几个员工正兴高采烈地装饰圣诞树,这才意识到,原来一年快过去了。

今年过得堪称轰轰烈烈，好像从认识裴允谦开始，她的人生就发生了翻天覆地的变化。

在忙碌中，她抽空去看了新的房子，比之前的稍微宽敞些，而且是复式的，装潢简约、文艺。
问起租金，裴允谦说："我买的，你看着给。"
夏籽翻了个白眼："你们这些人真过分，钱好像是大风刮来的一样。"
"我有聚星百分之十的股份，你混得好，我自然有钱挣。"
"哼！"
夏籽无疑是喜欢这房子的，但她最终还是选择搬回了青森那间小公寓。
裴允谦对她的决定感到意外："不害怕了？"
夏籽问："他们冒险闯进我的家，是不是知道了什么？"
"有可能。我的人之前调查肖越安时，在他的酒吧见到过秦晓月，当时以为是偶然，现在想来，也许并不是。"
夏籽点点头："我也觉得上次有人闯入我家和秦晓月有关。现在换了锁，被破门的机会小一些。而且，他们不至于光天化日下频频犯法。"
"再说，"她叹口气，"搬家反而容易引起怀疑，我不如假装什么都不知道。况且，有你，我就不怕。"
她勇敢的前提也是因为确信裴允谦会在她身旁。
裴允谦尊重她的决定，本来换房也是怕她有心理阴影，她能想开最好。
反正……不管住在哪套房，他都会在她身边。

两个人回到小屋，过上了猫狗双全的生活。
夏籽这次给猫取了名字，叫"新年"，因为它到来时正好距离新年不远，而且这也是一个充满希望的名字。
工作的间隙，夏籽去买了一棵圣诞树，还有彩灯、圣诞帽等装饰物，并斥巨资给裴允谦买了领带作为礼物。
但夏籽总觉得这礼物不够特别，于是熬夜偷偷扎了个自己的Q版羊毛毡小人，大眼睛，马尾辫，嘟着嘴，头身比差异巨大。第二天就是平安夜，来不及重做，夏籽只好就用这个初版手工制品当礼物。
裴允谦收到礼物，对Q版的她兴趣更浓些，翻来覆去地看，脸上的笑就没停过，虽然嘴上还是一样不留情："真丑。"
夏籽不高兴地伸出手："那我的礼物呢？"
他收好羊毛毡玩偶，从兜里掏出钱包。
夏籽顿时恼了："你不会没给我准备礼物，用钱打发我吧？"

裴允谦瞥她一眼，掏出两张纸片。夏籽将脑袋凑过去看。

"机票？"

她拿过来研究上面的英文地址。

"冰岛？"夏籽惊讶地瞪圆眼睛。

她又看了眼上面的时间——12月31日。

"你不是想看极光吗？当晚你有跨年演出，但排得比较靠前，大概九点就能结束，我们十点半坐飞机，第二天就可以到冰岛。"

夏籽的眼中像冒出许多星星一样："好棒！我喜欢这个礼物！"

她开心得直接躺倒在沙发上，两脚朝天，晃个不停，还甩飞了拖鞋。

"我真期待新年。"她坐起来感动地望着裴允谦。

他忍不住低头在她唇上印下一个吻。

"喵？"

叫新年的猫咪踱过来，歪着头看主人，意思是——你难道不是在叫我吗？

他们对视一眼，哈哈大笑。

平安夜的晚上没有下雪。

夏籽心血来潮，想出去播户外。

她穿上枣红色兔毛领的短夹克，扎高马尾，还在头上别了一个红色的蝴蝶结，最后套上长筒靴。

裴允谦自然陪她一起去。

商业街上充满了节日的氛围，《铃儿响叮当》的音乐声让她的脚步都轻快起来。

"朋友们，平安夜快乐！今晚你们和喜欢的人在一起过吗？也对，如果有的话也不会来看我直播了，哈哈哈……"

"我？"她瞟了眼镜头后头上扣着羽绒服帽子、拉链拉到嘴巴以上的裴允谦，"我只能和我助理将就着过了。"

说完，她朝裴允谦坏笑。

他们不知不觉走到了人民广场，夏籽想起，当初，自己就是在这里直播时，遇到了裴允谦。

广场上仍然有人在卖气球。

她想起自己因为莽撞和冲动陷入危险，还好裴允谦及时赶到。

现在卖气球的人是一位老婆婆，正站在寒风中瑟瑟发抖。夏籽关掉直播，和裴允谦对视一眼，穿越人海走了过去。

来到婆婆身边，她抬眼看了看五彩斑斓的卡通气球，实在不知该选哪个，就说："婆婆，你算算这些一共多少钱，我都买了。"

裴允谦冷着脸睨她一眼，默默扫了二维码。

她凑在他身边理直气壮道："我回去给你转账！"

得到一大把气球的夏籽成了全场焦点，她将气球全都系在包带上，又点开直播给大家炫耀。

广场边还有抱着吉他唱歌的流浪歌手。

她借来吉他，让裴允谦帮自己直播。

"不管是正在甜蜜约会还是孤身一人的朋友，今夜，都祝你们幸福、平安。一首 Last Christmas（《去年圣诞》）送给我亲爱的粉丝们。"

她抱起吉他唱起这首欢乐的歌曲，一堆色彩斑斓的气球在她头顶轻轻飘动，像九尾狐甩着可爱的尾巴。

裴允谦忍不住笑了。

他忽然明白了她最开始招粉丝喜欢的原因——她有一种令人快乐的魔力。而快乐，正是很多人求而不得的东西。

夏籽唱完歌，也到了该回家的时间，"九尾狐的尾巴"反倒成了累赘。

她索性看到一个小孩就送一个气球，转眼间广场上空四处都飘动着卡通气球。

她送着送着，眼前出现一人，挡住了他们的路。

这人穿格子衬衫，戴眼镜，相貌并不出众，怀中还抱着一个写着"夏夏"的应援灯牌。夏籽反应了几秒钟，指着他笑起来："无敌码农？"

那人也腼腆地笑："我看到你在人民广场直播，就一路找来捧场了。"他飞快地扫一眼夏籽身后的高大男人，虽然容貌看不到，但藏在帽子下那双极其淡漠的眼睛，他熟悉。

"我就知道你有男朋友，网上的内容都是瞎写的。"

"呃……"夏籽尴尬地挠挠头，倒是裴允谦，眼神都变得友好了。

"他确实是我的男友兼助理，以后我会跟大家解释，现在……先保密哦。"夏籽不好意思地笑笑。

"当然！放心吧，有我在，谁都不能诋毁你！"

他神情激动地举着灯牌，夏籽感动得热泪盈眶。一旁的裴允谦冷眼看着互相感动的二人，简直想说："你们在演电视剧吗？"

这时"无敌码农"挠挠头："你播完了？原本想来给你热场子的。"

"播完了，你快回去吧。平安夜怎么没和喜欢的女生过？"

"无敌码农"目光阴郁了一秒钟："被甩了。"随即他乐观道，"平安夜能见到你就……"敏锐地感受到一股寒意，他识趣地住嘴。

"那我就先走了。夏夏，圣诞节快乐！""无敌码农"边倒退着，边和她挥手。

送走自己的粉丝，夏籽的注意力终于转向一直沉默的裴允谦。

"怎么啦？我有这么好的粉丝，你吃醋了？"

裴允谦望着已经远去的男子，幽幽地问："他是学软件的？"

"应该是吧，他好像说过。怎么了？"

"'无敌码农''钢铁蜘蛛侠'……"裴允谦沉吟片刻，"他们之间有联系吗？"

夏籽怔了怔，两手一拍："天哪！他懂代码！我怎么没想到！"

虽然不知道他用什么方式获取的视频，但他对她的维护很符合那篇文章的论调。

"你不早说，我找他问个清楚。"

"问清楚又能怎么样？"

夏籽泄了气，是啊，一切已成定局，即使问清楚也无济于事，她甚至不知该感谢他还是该埋怨他。

"走吧。"他拍拍她的脑袋，及时阻止她的胡思乱想。

她深吸口气，心情转好，挎住他的胳膊。

"走！"

帽子下的一双眼无奈地扫视了一下四周。

夏籽意识到什么，还是选择和他保持半米的距离，幽怨道："当个公众人物真麻烦，要是像你一样默默无闻就好了。"

"默默无闻"的裴允谦嗤笑出声。

"是，我金光闪闪的小女朋友。"

被夸到心花怒放的夏籽背过身，面朝他走路，大拇指和食指悄悄比出小爱心。她看眼四周，用嘴型说——

"爱你。"

裴允谦停下脚步，然而他心潮还没澎湃起来，只听"啊呀"一声，钟爱倒退着走路的夏籽没注意后面溜达的大狗，直接被绊倒，摔了个屁股蹲。

狗主人收紧绳子，马上过来询问。夏籽忙说"没事"。

裴允谦长长叹了口气，面不改色地朝她伸出手。

夏籽拉着他站起来，拍拍屁股小声道："女朋友跌倒了，大哥。你能不能表现得急切一点？"

"'状况女王'，习惯了。"

"裴允谦！"

跨年这天很快到来。

某网络平台直播后台，夏籽站在帷幕后，将耳返又往里推了推。夏籽团队的化妆师小文正认认真真地给她调整眼角两颗闪亮小星星的位置。

"嗯，这回顺眼多了。"小文多端详了夏籽一会儿，"夏夏这张脸是化妆师喜欢的，眉清目秀，像一张白纸，稍加笔墨就不会错，就是不宜多。"

夏籽会心一笑，被夸得欣喜。

"是吗？还好我懒，化妆不怎么复杂。"

自从秦晓月离开后，小文补位，成了助理兼化妆师。她年纪稍长，活泼爱笑，但举手投足间还是有种阅历培养出的从容、聪慧。

夏籽对她从不以"姐"相称，差不了几岁，叫她"姐"总感觉自己时时刻刻需要被照顾，不如以朋友关系相处。

经历了上一次，夏籽不再过多地和自己身边的人交心。而小文保持着合适的距离，不打探她的隐私，方方面面又悉心照料。尤其是化妆方面，小文是个完美主义者，眉毛都不能有分毫不对称。

最近几次出席活动，夏籽都格外满意自己的妆容，上镜几乎无死角。

这时有人挤挤攘攘来到自己身边，工作人员指手画脚地喊："紧急情况！CAPS男团先上，他们要去赶卫视台的场！"

于是她就被莫名其妙地推到了后面，一行挺拔俊秀的、像是一个模子刻出来的大男孩路过她身旁。

小文在一旁嘀咕："咖位大就能为所欲为？"

夏籽拉过小文的手看她表上的时间，心中慢慢升起焦急。原计划是她唱完一首歌就立马赶往机场，这男团人气高，唱的还是串烧，自己不知猴年马月才能走。

年底，裴允谦有必须出席的股东会议，他们约好各自结束工作后在机场会合。

一想到待会儿有可能误机，她心中就一阵一阵地烦躁。

好在CAPS男团也忙，没在台上多浪费时间就下来了。轮到她，主持人还没介绍完，她就已经冲上台。虽然整个人看上去急匆匆，但她职业精神还在，对唱歌的自我要求也在，甚至因为想顺利结束，中间的高音无比流畅、沉稳。

一曲结束，她提着裙子奔下台，将话筒扔给小文，拿过自己的包和外套就一溜烟地跑了。因此她没有看到裴允谦给她发的消息，也就不知道乔森早已等在了门口。

出了大门后，她直接拉开门冲上一辆出租车。

刚结完上一笔账的司机大叔惊了一下，看她盛装打扮急匆匆的样子，把"空车"牌一推，豪气地挂挡。

"小妹去哪儿？"

"机场！"

出租车迅捷又利索地驶入车辆的长龙，乔森眼睁睁地看着夏籽上了别人的车，胆战心惊地给自家老板打电话通报。

接到裴允谦的电话时，夏籽正凑在司机身旁求他开快一点，但节假日高峰期，想开快点简直是奢望。

裴允谦听出她的焦急，冷静地说："不急，我也没到，赶不上就换一班飞机。"

然而电话那头，机场登机广播的声音还是暴露了他的位置。她咬咬唇，说："等我。"

好在录制节目的地方也在四环外，距离机场不远，但剩下最后一公里时，车流还是彻底堵塞了。马上是元旦假日，到处都是匆匆归家的游子。

夏籽心一横，付过钱后推门下了车。

冬日冷风像盈盈绣针，穿过她薄薄的大衣和纱裙，刺入肌肤。冷空气吸入肺腑，她不自觉地轻咳几声，然后提起裙摆，踩着高跟鞋飞奔。

杂乱的汽车喇叭声，暴躁的人声，夏籽心无旁骛地在车辆夹缝中赶路。风将她的长发吹到脑后，也将她白玉般的脸颊和耳郭吹得通红。

司机们探头看这个身着青白长裙一闪而过的女子，她的眼角似乎还有晶莹剔透的泪，仿若迷失人间的在逃公主。

"在逃公主"跑得气喘吁吁，周身火热，但扑面而来的风是那样寒凉。冷热在她身体上交锋，渐渐麻痹了皮肤。

她没有精力注意周遭的目光，满心满脑想的都是——

超过时限的机票退不了，她势必会因为愧疚而想办法给他补偿，但钱都借给了周未轶，她现在是一个货真价实的穷光蛋。

原本对节目组的怒火忽然间转向了另一个人。

她咬牙切齿："周未轶，你个浑蛋！"

进入机场的旋转门，加速冲刺让她几乎耗尽所有体力，正因腿软想寻找支撑时，一道身影闪过身前，将她锁入怀中。

他稳稳地扶住她，一只手抓住她冰凉的手，语气比平日深沉许多："不是说赶不上就换一班？怎么连衣服都不换？"

她抓着他派克羽绒服腰间的绳子，呼吸急促。

"飞机……快，登机……"

"没时间了，换下一班吧。"他语气平静。

她嘴一撇，险些滑倒在地。

他扶她起来，脱下羽绒服罩在她身上，又将后面的帽子扣在她头上。

"所有意料之外的变化都是正常的，遇到问题再找新的解决方案就好了。你这样一根筋，以后可怎么办。"

他看她站稳，拿着她的证件率先前往服务台。

夏籽站在原地，望着他的背影，周遭的一切自动变成虚影，只余他高挑挺拔的身姿。他身上只穿一件修身的毛衣，肩背挺得笔直。他素来是狷介孤高的性格，但对她，又总有十足的耐心。

他回头望过来，仿佛时时刻刻都不放心她离开他的视线。

夏籽呼吸逐渐平稳，手一扬将帽子掀开。

裴允谦挑眉，眼神意外。

她笑了笑，随后吐出一口气。

她是一根筋。不想误机，不想总是成为他的"状况女王"，不想……让他等。她的一根筋，皆指向他。

这欲盖弥彰的遮挡还有什么意义呢？

她喜欢他，甚至爱他。

而爱，是根本无法掩盖和藏匿的东西。

她抬腿走向他。

笑容漾在她嘴角，她走过去自然而然地挽住他的手臂，然后趴在服务台上问："请问下一趟飞往冰岛雷克雅未克的国际航班是几点？"

"你好，去雷克雅未克的航班今天没有了，目前能去的只有英国伦敦和挪威奥斯陆。"

她回头征询他的意见，他给了她一个"随便选"的眼神。

她便转过头热情地笑："我们去挪威。"

穿制服的女士按部就班地走着流程，时不时还要抬头看他们一眼，一副欲言又止的样子。

当她将机票递到男人手中时，忍不住望着夏籽开口："你是……"

夏籽很快打断她："祝你新年快乐！"

她将裴允谦挽得更紧，走向安检处。

他低头看她，嘴角带着一抹调笑："不怕被传绯闻了？"

她大大方方地看他："因为我们是真恋爱。"

他低头一笑，露出整齐洁白的牙齿，倒有种二十岁出头的年轻男孩特有的阳光和纯粹。

他心绪深沉，常以旁观者之姿态看待事物，喜怒皆习惯性克制，不动声色，不露情绪，时刻不让内心世界暴露蛛丝马迹。这是自我保护，也是由于生活环境造就的冷静和谨慎。

但这些她都不喜欢，她喜欢看他像刚刚那样笑，是因为自己而笑，是没有任何防备和心事的笑。

她挽着他臂弯的手向下，找到他的手，然后十指相扣。

他们的世界都曾黑暗、孤独、迷雾重重，可当牵起彼此的手，就有了照亮前路的光。

飞机上。

夏籽早已换了一身衣服。他们的行李由乔森送到机场，里面有裴允谦帮她整理的衣物。

一想到刚刚打开箱子时看到的最上方的内衣袋子，她就忍不住脸热。而裴允谦还是一副理所当然的样子，问她："带了三套，应该够了吧？"随即他还凑近她的耳朵，絮絮低语，"你可以尝试纯棉以外的材质和其他款式。"

夏籽一把盖上了行李箱，脸热得简直要冒烟，但他的神情没有丝毫揶揄，似乎真的只是在教她做事。

她想，爱情也许就是这样奇妙，两个毫无关系的陌生人，互相分享彼此的私密，慢慢融入彼此的生活，几年、十几年，几十年如一日。

听起来也许枯燥，但对方是他，她便只余憧憬。

飞机起飞时已经接近零点，远处地面有零星的烟火陆陆续续升空。夏籽趴在舷窗上看得出神，直到那边烟火越来越密，绚烂了一小片夜空。

她回过头激动地拉他过来："你看……"

他顺着她的力道靠过去，只淡淡地扫了眼底下欢庆的世界，就将目光锁定了她的眼。

"夏籽，新年快乐。"

她本就在他的靠近下无意识地后撤，直到感觉他的手已经放在了她的后颈处。

她启唇，呆呆地回他："新年快乐……"

然后她的尾音就消失在了他的唇齿间。

新的一年里的第一个吻，夏籽能感受到他与从前不同的热切和依恋，这让她恨不得也将自己的心掏出来给他看。

那颗因为他而热烈跳动的心脏。

他的唇从她的嘴角慢慢游移到她的耳朵，呼吸灼热。他的声音清晰地传入她的耳朵，直抵她的心脏——

"我爱你。"

第十章
夜光海

"咳咳咳……"

裴允谦看了眼温度计,三十七点八摄氏度——体温降下来了就好。

夏籽躺在床上,两颊通红,看起来虚弱又可怜。谁能想到她一下飞机就直奔医院,高烧到三十九摄氏度,现在好不容易退烧,依然得窝在酒店。

大概是因为她穿着裙子在冬夜奔跑,长途跋涉之后又水土不服。

总之她现在身处美丽幽静的挪威小镇,却根本没力气出去看风景。

她只有三天假期,今天一天已经浪费了。她不甘心地哑着嗓子呼唤裴允谦,带着浓重的鼻音:"阿谦,我觉得我好了,我们出去吧……"

她可是第一次来北欧,不能就这样惨淡收场。

正打电话给酒店前台订餐的裴允谦没理她。她知道自己理亏,只好又往被子里缩了缩,听他用英语和前台交流。

打完电话,裴允谦走过来,一言不发地揭开夏籽头上的冷毛巾,探了探温度,又换了一块新的。

她用疲倦的眼注视着他的动作,声如蚊蝇:"那明天……咳咳……我应该就好了……"

"下次再穿着裙子乱跑?"

他声音凛然,她乖如鹌鹑。

"不了,不了。"她随即讨好地补充,"你知道我遇事容易冲动,反正以后,有你拉着我嘛……这次是个意外。"

他神色软下来,摸了摸她的脑袋:"起来喝点牛奶再睡。"

"好!"

当夜,他睡在她身边。

异国他乡,噩梦与头痛交织,她几乎整夜翻来覆去,睡得很不安稳。迷迷糊糊间,她感受到裴允谦隔段时间就给她测一次体温,在她特别难受时将她紧紧搂在怀里。

梦里她又回到那间黑暗的地下室,阴冷,空寂,不知名的小虫毫无畏惧地爬上她的身体。

她几乎流干了眼泪,不停地呼唤:"爸爸……爸爸……"

她瑟瑟发抖时,一股温暖包裹了她。她像溪流拥抱大海,躲进他的怀中,渐渐平静。

晨光熹微时,她睁开眼睛,头痛欲裂,抬眼就看到裴允谦微微锁着眉头的睡颜。

她想起昨夜,自己足足折腾了他大半宿,于是没敢动弹,想让他多睡一会儿。她静静凝视他的脸,他下巴上冒出的青色胡楂,青山般的鼻梁,俊朗的眉形。浅麦色肌肤光洁、紧致,鼻翼上一颗小痣,平添几分可爱。

她盯着那颗小痣,困意袭来,脑中场景不断崩塌又重建,现实和幻影交错重叠,在某一刻整整齐齐地重合了。

如一道惊雷正好劈下,她倒抽一口凉气,瞪大眼睛望着他。

她的秘密,她曾以为是幻境的场景,竟然和现实重叠在了一起。是的,他的模样虽有变化,但这一刻,她确定,就是他。

裴允谦就是她藏在记忆深处的那个幻影。

爸爸失踪后,她曾尝试独自去寻找他,某次就到了夏东林失踪前曾去过的裴家别苑。

这座园林别苑本是裴家的老宅,在老爷子过世后逐渐荒凉,只留下主屋藏书和藏酒。

夏籽偶然听警察说,夏东林失踪前的一天来过这里,虽未调查出个所以然,但她还是来了。她偏执地认为,有些属于爸爸的痕迹,只有她能找得到。

多天真。那时她不过才十二三岁,背着小书包,谁也没告诉就去了。

她见到了那座别苑——杂草丛生,林木掩映,灰白色的小楼藏在其中。

夏籽瘦瘦的、小小的,只需侧身就能钻过栅栏门。站在楼下仰望时,她看见有黑影闪过窗边，于是攥紧书包带回身就跑，然而还是慢了一步。

她只觉得后脑勺剧烈一痛，随后就失去了意识。再醒来，她已经置身于一片黑暗中，一点光亮都没有的黑暗。

她痛哭流涕，尖声呼喊，没有得到丝毫回应，只闻得到陈旧的空气中有酒的味道。

黑暗模糊了时间，她不知道过了多久，只觉得又饿又渴。

迷迷糊糊中，她终于听到来自高处的两道模糊的男人声音："地下室的，处理掉吗？"

"再等等，看看老板的意思……"

她也就是在这时坚定地认为爸爸的消失和裴家有关。

又过了许久，她听见了钥匙插进门锁的声音。然而她手脚被绑，此时也没有爬起来看看的力气，当一道光打在她眼前的地板上时，她下意识地闭上眼睛。

有人脚步缓慢地自木质楼梯上下来，发出吱呀吱呀的声响。

这个人蹲下来查看她的状况，然后她就被抱了起来。

她感觉到久违的温暖，努力睁开眼皮，光线刺眼，只模模糊糊看到一个俊朗的轮廓，然后就彻底昏了过去。

后来的记忆断断续续，她记得自己为了记住疑似要害她的人，努力睁大眼看清他的面容——就是这个角度，就是这颗小痣。

可就像人总是记不得梦里的场景，随着岁月流逝，这些细节逐渐在她的记忆中变得模糊，只有偶尔受某些事物触发时，才会想起一些支离破碎的片段。

后来她真正清醒是在医院里，曾经的恐怖经历就像一场噩梦，仿佛从未存在过。但据姑妈说，她确实失踪了两天。

是裴家的清洁阿姨报警说，久未住人的老宅卧室里，躺着一个小女孩。这事光听着就够骇人的，后来警方经过询问，发现夏籽是自己闯进去的。

至于她进去后发生了什么，无人知晓。

经过检查，她除了因水米未进导致有些虚弱，后脑有撞击过的痕迹，并无大碍。

警察问她是被人袭击还是自己撞的，她激动地将自己的遭遇悉数说出。警察开始还神情严肃，后来确定裴家别苑除了定期出现的清洁阿姨外，再无他人进出，甚至她的出现都应该被算作非法闯入。

他们一遍遍确认她的记忆，而她逐渐变得沉默。

十几岁的她已经有了自己的想法，她知道口说无凭，这种情形下，自己说的话多半会被警察当作臆想。而且，如果一切都是真的，那么危险依然存在，言多必失，姑妈家也可能因此受到牵连。

于是她隐忍下来，像从来没有过那段记忆一样，之后没心没肺地成长，只在深夜反刍自己的秘密，不知不觉将有关裴家的一切记满了一整个本子。

从青春期到成年，她一直低调地生活，避免一个人走夜路。好在这些年，她再没遇到过类似的危险情况。

她猜测，大概对于他们来说，自己已经不再构成威胁。

那么现在呢？如果他们知道自己仍没有放弃寻找夏东林的下落，他们会如何？

她望着裴允谦，目光慢慢染上忧郁。计划着"处理掉"她的人，是他吗？他曾开玩笑地说的那句"早有预谋"，也是认真的吗？

她曾那样放心地将秘密交付于他。

眼眶酸涩，她闭上眼睛缓解，再睁眼时，猝不及防地对上了裴允谦关切的眸子。

他望着她，嗓音有些喑哑："醒了？"

她无声地点头，避开了他的视线。

他起身，疲倦地揉了揉太阳穴，先探身拿过一旁的体温计。

嘀，三十六点七摄氏度。

她感觉到他明显松了口气。

夏籽闭上眼，翻身背朝裴允谦。他从床上下来，去外间倒了一杯温水，回来看到她还是以同样的姿势蜷缩着身体。

他轻笑一声，故意说："昨天不还吵着闹着要出去，现在病好了，反倒蔫了？"他轻拍她的脑袋，"起来喝水。"

她在他的帮助下乖乖坐起来，捧着杯子慢慢喝水，目光渐渐投向他。

他坐在她身前，看她将水喝完后依然盯着自己，漆黑的眸子却不似平常那般明亮，透着丝丝黯然和纠结。

"怎么了？"他一只手拿着空杯，一只手捧着她的脸颊，拉近彼此之间的距离。

她专注地看着他的眼睛，仿佛偏要从中看出点什么端倪。他耐心地等她回应，任她不言不语地看着自己，然后用大拇指在她的眼角擦去一些眼屎。

她泄了气，伸手环住他的腰，侧头紧紧贴在他的胸口。

他轻笑出声，抚摸她的后背："到底怎么了？"

"只是想抱抱你。"她声音虚弱，语气委屈。

她缩在他怀里，他想起昨晚她在睡梦中时不时就叫两声"爸爸"，心疼道："做噩梦了吗？"

她点点头。

他轻轻拍了她几下,转移话题:"还想不想出去玩?"

"想!"她很快抬起头来,眼里重现光芒。

在酒店吃过早餐,裴允谦将她裹得严严实实,准备好一些旅行物资,就租车前往极光小镇。

她看他娴熟地和商家讨价还价,仿佛对于这样的自驾旅行习以为常。她不自觉地想起骆天瑜——他们在一起时,一定有共同的喜好,共同的话题,他们也会一起冒险。

夏籽想,他和骆天瑜一起旅行,应该比和什么都不懂的她一起旅行更快乐吧。

她默默坐在副驾驶座上,睁大眼睛看着窗外的异国景色,到处银装素裹,雪山连绵,一片又一片红顶白墙的小房子,满目皆是安宁、静谧。

"今天天气不错,应该可以看到极光。"

夏籽回过神来,原本沉郁的心情因为"极光"两个字而荡漾。

"真好。"她会心一笑,转头看他,"你看过很多次吗?"

"看过几次。"

"和骆天瑜吗?"

裴允谦转头看她一眼,女孩神色如常,仿佛在聊一件无关紧要的事。

他斟酌一番,实话实说:"和她一起看过。"

"路还长,要不要讲讲?主要是,我也没有过别的恋情,没什么可给你讲的。"

这番言辞讽刺意味太明显。裴允谦想,反正这事迟早都要讲。他清清嗓子,陷入短暂的回忆。

"大学时,我在宾州,她在旧金山……"

其实现在想来,他与骆天瑜的恋爱故事真的乏善可陈。两人同在一个圈子,开始只是点头之交,因为关湃常常将她挂在嘴边,他们对彼此比平常人多了几分印象。后来他们同在美国,因为同胞的惺惺相惜,常有来往。

那时关湃被老爷子安排在欧洲,还嘱托裴允谦替自己照看"女神",裴允谦因此对她比对旁人用心,他也欣赏她的独立和聪颖。

转折发生在某一次她突然发病,他在医院陪她一整晚,她醒来后告诉他:"我的生命可能比很多人要短。刚刚在混沌中,我在上空听到我的两个愿望。一是去听听蓝鲸的歌声;二是……和你谈一场恋爱。"

那时他也不过二十岁左右的年纪,不在乎爱情的真谛,也不追求浪漫。

何况他是真的欣赏、佩服她。

他见过她对生死的淡然，咬牙忍痛时的坚强，于是他尽自己所能去帮她，但这不是爱。

他学的是金融专业，习惯以计算方式衡量事情的可行性。帮她实现一个愿望，于他来说又有什么损失？当然，如果是现在的自己，一定会看不起当年那个草率又自私的男人。

于是他们约定，大学毕业时恋情即结束。

关湃知道消息后险些和他绝交，为此消沉了许久。但关湃不知道的是，即使表面上在一起，他们的相处模式也仍然只是朋友、知己，他从未逾矩，她的骄傲也令她始终矜持。

两年后毕业，他去金融街闯荡，她继续读书，两人之间保持着不算高的联系频率。直到几年后他回国，她随科研团队奔赴南极，追寻蓝鲸的踪迹。

"就是这样。"

夏籽听得入神："好酷的女生……"

"但偶尔提及，我其实会后悔。"裴允谦望着笔直公路的尽头，周遭是寂静的荒原，"她应该和一个真正爱她的人在一起。"

才不枉此生。

这是裴允谦最近领悟的道理。谈恋爱，正是因为"爱"这个字，才让恋情弥足珍贵。

一只冰凉的手覆上他放在挡位上的手。

他回过头，她对他微微一笑，眼中是温柔和了然。

她觉得自己好幸运。

她没有骆天瑜优秀、超脱，但她拥有如此珍贵的，来自他的爱。

她握紧他的手。

她早就没有退路。

来到极光小镇，简单填饱肚子后，裴允谦怂恿夏籽体验了一把狗拉雪橇。

她第一次坐，开始还紧紧抓着裴允谦的手臂，等哈士奇们撒欢跑开后，她就已经完全沉浸在了雪地滑行的快感中。

她举起双臂，高声欢呼。谁知因为太忘我，狗狗忽然停止时，惯性让她失去重心，虽然裴允谦反应极快地拉住了她，但两个人还是一起滚到了雪地上。

狗狗们凑过来围观。他们手忙脚乱地站起来，裴允谦帮她拍打身上的雪花，夏籽趁他不备，将手中一捧雪花塞进他的脖子里。

他瑟缩一下，手上动作不停，将她的帽子一扣，里面残留的雪瞬时劈头盖脸撒下来。她尖叫一声，俯身抓起地上的雪就朝他扔过去。

裴允谦几步闪远，嘴角不自觉地弯成和她一样的弧度。

这附近的海域受墨西哥暖流的影响,即便是冬天,气温也只在零摄氏度左右,但她毕竟感冒还未痊愈,裴允谦见好就收,没再任由她胡闹。

他在这里的峡湾租了间渔村木屋。夏籽换了干爽衣物,对着壁炉烤火。

裴允谦随手捧起一本英文杂志阅读,她把头枕在他的腿上,窝在暖烘烘的毯子下,像猫一样,舒服地眯起眼睛。

她伸手,他的视线虽停留在杂志上,手却准确地递到她手心。

夏籽与他十指紧紧相扣,这才安心合眼。

这里日照时长就几个小时,所以天黑得早。

裴允谦透过小木窗,看到天空已经显现瑰丽的极光色,但还是让她多睡了会儿。

夏籽醒来时,漫天繁星在夜空中闪烁。她套上外套、戴上帽子就往外跑,还埋怨裴允谦不叫醒她。

他选的地方是平原地带最佳观测地点,再往高走,他怕她身体吃不消。

她一出门就愣在了原地,这样的天空,她第一次亲眼见到。

她站在无垠的苍穹下,想,宇宙竟有如此神奇的力量,像神之笔无规则地挥洒,造就眼前无与伦比的壮丽。

朦胧、梦幻、灿烂的绿光,像一道道烟霭,又像宇宙在无声中爆裂,连繁星都成了碎片。

夏籽不自觉地伸出手,踮起脚尖,仿佛这样就可以触到那抹神迹。

裴允谦站在她身后,手插在衣袋里。他见过比这更壮观的布满整片夜空的极光,可心绪还是因她的虔诚而起了波澜。

他发现,再动人的风景,在他心中都比不过眼前女孩不自觉流露的笑容。他的喜怒,不知不觉皆被她牵动。

他上前几步,衣兜里的手顺势打开羽绒服,将她包裹其中。他的下巴虚虚地搁在她的头顶,声音无比温柔:"喜欢吗?"

她呆呆地看着夜空,半晌才说:"喜欢……"

世界永恒变化,这一秒的极光,只存在于这一秒,只属于他们两个人。

她回身吻上了他冰凉的嘴唇。他等的仿佛就是这一刻,拥紧她毫不客气地就要加深这个吻。

谁知她一双手用力推向了他的胸膛。

"走开,走开。"

她从他衣兜里拿出他那部能上网的手机,一边低头专心捣鼓着什么,一边自言自语:"太美了,太美了!我那帮粉丝看到一定兴奋极了……他们肯定想不到抠门的夏夏,有生之年居然会来到北欧,出息了,出息了……"

被嫌弃地推开的裴允谦挑眉,不可置信地看着她,而她已经麻利地点开了灵猫直播。

"朋友们,我是夏夏!这个点你们都在干吗呢?不管了,你们猜我现在在哪儿!"

夏籽一直播就进入忘我状态,完全把自己的男朋友晾在了一旁。

裴允谦在短暂的不爽后,也暗自熄了火。他不是自称了解她吗?他知道很多时候她直播不只是为了工作。

她把他们当作朋友。

她也喜欢用直播的方式和他们分享生活,分享快乐。

她是天生的主播。

不可否认的是,他曾对"女主播"这个词带有世俗的偏见,和很多人一样,直到她入了这一行——没有什么高低贵贱之分,他和她也是平等的。

他望着正对着手机屏幕笑容甜美的女孩,心想,也许真诚就是最强大的力量。

看过极光,第二天他们去吃了本地特色美食——帝王蟹和烤鱼,又逛了一些纪念品店,然后就匆匆踏上了回国的旅途。

夏籽趴在飞机舷窗上依依不舍。裴允谦打开笔记本电脑准备工作,见她这副样子,轻笑着安慰:"这么喜欢吗?那以后有机会带你来多住几天。"

他说到以后,夏籽故意坏笑:"以后?说不定陪在我身边的是另一个人。"

裴允谦敛了神色,随手合上笔记本电脑,轻描淡写地看她一眼。

"你想让谁陪?"

她素来识时务,马上喜笑颜开:"当然是我亲爱的阿谦……"

他满意地勾了勾嘴角,手伸进外套兜里,再拿出来时摊开手心,上面是几颗颜色鲜艳的糖果。

她惊喜:"哪里来的?"

"店主塞的。"

夏籽想起纪念品店的婆婆对他们两个异国人报以的友好,开开心心地接过来剥糖纸。

裴允谦看着她的腮帮鼓得像只松鼠的样子,忍着戳一戳的冲动,含笑继续工作。

漫长的旅程,他一直工作,她一会儿睡觉,一会儿捣鼓糖纸,时间过得倒也飞快。

直到飞机降落,他们像从童话里的冰雪王国回到现实,又开始了各自的忙碌。

普时资本在名义上归了裴允诚，但裴允谦还持有一定的股份，并且负责着几个重要项目。年关，手头的项目有全军覆没的，也有异军突起的，他要审时度势，帮裴允诚做好决策，忙得废寝忘食。

夏籽年初的行程也已经被安排得满满当当。

她的综艺邀约和商务活动越来越多，直播反而被一拖再拖。她似乎正在经历从主播到艺人的转型，甚至有网剧拍摄找上了她。

恰逢她参与录制国内最具盛名的唱歌比拼类节目，人人都是歌坛唱将，她区区一个灵猫冠军歌手在其中显得微不足道。大家虽表面上一团和气，但其他选手偶尔流露的轻蔑态度还是让她浑身不自在。

导演对她说，她籍籍无名，声音也不够有辨识度，想要让人记住，只能飙高音。

她知道节目组是在想方设法地制造噱头。

夏籽在压力下苦练几天高音，唱节目组安排的歌，最后的结果可想而知——高音飙了，却不够好听、漂亮，唱她最不擅长的悲情老歌，也无法投入任何感情。

选手们在镜头前礼节性地鼓掌，夸她前途不可限量。

她只能在成为首位被淘汰者时，尽力捏造出一副豁达、从容的面具。

关湃对她的被淘汰早有预料，但他依然对夏籽下一阶段的职业生涯颇为自信。

最近他干劲满满，脸上时而流露出无法克制的甜腻笑容，让人不得不怀疑他事业爱情双丰收中。

夏籽最近忙得脚不沾地，通过小文才知道，肖依依合约到期，即将发表声明退出直播圈。

她抽空发信息询问几句，裴若依照常回复，从文字信息看不出什么端倪，只说是厌倦了直播，想回归正常生活，当个闲散女老板。

那几日夏籽都在外地录制节目，好不容易回到家里，行李都懒得整理，洗了个澡就钻进了被窝里。新年在猫窝里伸了个懒腰，几步跟进她的被窝。它这些天已经习惯了主人的忙碌，一个人在家也过得舒舒服服。

裴允谦从公司回来时，已是华灯初上。他知道她今日回来，特意让乔森推掉了一个饭局。

他进门开灯，她的行李箱还立在门口。他走进卧室，一人一猫挤作一团，小小的鼾声此起彼伏。

他微微一笑，心中一角像被融化。

他轻轻合上门，系上围裙进厨房熬冬瓜排骨汤。

熬汤的间隙，他去洗了个澡，出来发现夏籽依然没醒，但新年已经闻着味道来到厨房徘徊。

看来她是真的累了，连饭香都不能将她唤醒。他感到心疼，轻轻掀开被子，俯下身，自身后拥住她。

温热的大掌盖在她的小腹上，那里曾经还有软乎乎的一小团肉，现在却平平坦坦。

许是闻到了饭菜香，她的胃咕噜咕噜地发出一串抗议。

夏籽动了动胳膊，终于有要醒的征兆。

迷蒙中感受到身后的温度，她几乎是不假思索就转身钻进了他的怀抱。他鲜少用香水，但身上一直自带一种仿若雨后森林的清爽味道——也许是沐浴露，也许是某种须后水或保养品，她很喜欢闻。

他一下一下摩挲她嫩白的耳郭，问："录制节目有趣吗？"

她的声音还带有鼻音，听起来有些温软："不喜欢。"

"不喜欢什么？"他的声音低沉、轻柔，诱得她不自觉地吐露心里话。

她用侧脸蹭蹭他的胸口，选了个最舒服的姿势。

"嗯……明明不喜欢还要说喜欢，明明看不起我还要假装夸我，心里想的是一套，表现出来的是另一套，包括我都是这样。"

"不喜欢，就退出娱乐圈，当个普通人。"

夏籽抱着他不说话。

裴允谦微微一笑，揉揉她的脑袋："你自己选择了这条路，谨言慎行就是必要的，但也不至于全然假装，你可以做真正的自己，不用刻意立人设。"

她从他怀里探出头来，感慨道："有一种感觉，只要在你身边，好像所有的烦恼就都没有了。"

"在我身边，你可以做任何事，不用顾及后果。"

"行、行、行，请停止你的霸道总裁发言。"夏籽没好气地爬起来，伸了个懒腰，终于对隐隐约约的饭香味有了兴趣，"让我去看看你做什么好吃的了。"

昏暗中，裴允谦望着她的背影，忍不住说："你可以依赖我。"

她起来摸索着穿上拖鞋，嘴角流露出笑意，又很快收敛。

夏籽只在家里休整了几天，然后就马不停蹄地去试镜一部网剧。

网剧走的是无厘头搞笑路线，她试镜的是女二号。选角导演说之前在网上看到她古装扮相的视频，觉得很合适。

但夏籽来试了场戏后，年轻导演半天没说话，一开口居然是让她试演女主角。

夏籽来之前倒是研究过剧本，女主角长相甜美，性格狡黠，属于古灵精怪那一挂的。

她凭着本能演完女主角那段戏，导演不评价，只让她回去等结果。

于是过了几天，夏籽就收到了请她出演女主角的消息。

她只感到措手不及。

导演给出的理由是她身上有一种很生动的气质，像石缝里挤出的野花，很特别，也很难得，虽然演技生涩了些，但比起原本的新人演员，她的人气也是加分项。

于是她人生中出演的第一部网剧，就莫名其妙地当了女主角，虽然不是什么大IP、大制作，但好歹也要在知名影视平台播出。

人人都说夏籽的事业跟开了挂似的，只有她自己知道压力有多大。

之后的发展证明她没在做梦，她真的成功进入剧组，开始第一次拍戏的尝试。

夏籽只有大学时代一些专业课上学到的理论知识和出演学校话剧获得的经验，只能比别人更加用心地记台词，揣摩情感，就这样磕磕绊绊，网剧不知不觉也拍完了一大半。

某天，饰演刁蛮千金的夏籽在拍某段发生在市集上的剧情时，一回头竟然在群演里看到了姬琳。

那一场结束后，夏籽妆容还未卸下，就往群演的人群里挤。

彼时姬琳正坐在石头台阶上吃盒饭。她手抓一个馒头，就着塑料饭盒里冷掉的番茄炒蛋和手撕包菜，吃得狼吞虎咽，大概因为马上要补拍平民镜头，时间紧迫。

夏籽站在她面前，她就跟没看见似的，仰头咕咚咕咚地喝矿泉水。

"姬琳。"夏籽叫她的名字。

姬琳将水瓶放下，抬头看她。

夏籽没来由地想到两年前，她们同是去聚星应聘的大学生，那天面试完，不知怎下起了小雨。正值上班时间，写字楼门口有些冷清，她索性坐在台阶上等雨停。

潮湿空气里，一阵清新的花香调香水味钻入鼻子，夏籽侧头，看到了举着蕾丝小花伞的姬琳。

夏籽记得她，因为她是刚刚面试的人里相貌最出众的一位。

她很美，美得安静又古典，五官都不算突出，可组合起来，就十分动人、耐看。

她微微仰头看着淅沥小雨，侧脸让夏籽想到了金庸笔下的小龙女。

"你去哪里？"

夏籽回过神来，意识到她在跟自己说话。

"哦……大学城。"

"我也是。走吧，一起去坐地铁。"

夏籽站起来，接受了她的好意。后来她们发现两人来自同一所学校，毕业后就一起租了房子。

那时候她们每天一起坐公交车、挤地铁，深夜下播后饥肠辘辘，跑去吃海底捞，然后在回家路上买大包零食和水果……

她们出双入对，形影不离，门口的保安大哥戏称她们像以前的少女组合Twins。

但天下没有不散的筵席，曾经的少女组合早就有了各自的生活，她们也一样，背向而行，渐行渐远。

"三小姐。"她嘴角带着一抹笑，以剧中的身份称呼夏籽。

夏籽一袭华服，头上点缀着金钗玉珠。反观姬琳，身上是灰扑扑的暗粉色丫鬟服，衬得她白皙的面容都跟蒙了尘似的。

"你怎么在这里？"

"那我能在哪里？"

她将自己的全部积蓄还了部分违约金，也发过誓再不回到直播圈。她这样孤注一掷，丝毫不给自己留退路，就是为了从头开始追逐她的演员梦想，即便要从最普通的群演做起。

姬琳仰头直视夏籽，目光平和，不卑不亢。她曾拥有过众星捧月般的宠爱，却依然能让自己低到尘埃里、泥土里，重新生根发芽，长出枝丫。

夏籽忽然觉得，有些话不必多说。

夏籽笑了笑，说："没什么，我就是来看看你。"她说着就提起裙摆，转身离开。

背后的人在这时叫住她。

"夏籽。"

夏籽没有回头。

"对不起。"姬琳终于说。

夏籽回头，表情淡淡的。她觉得自己和裴允谦太近了，不知不觉"近朱者赤"，遇到出乎意料的事都能够淡定了。

"我不接受。"她隔着一段距离，静静地望着姬琳，"因为，我一次也没想过，为了洗清我自己而伤害你。"

回到剧组，夏籽有意无意地和选角导演提起，群演里有个女生科班出身，长得也好看。选角导演很快说："知道啊，姬琳嘛，她之前不是黑料缠身的女主播吗？没有剧组愿意用她。她都只能演些角落里的小角色……"

夏籽补着妆，不发一言。片刻后她请化妆师暂停一下，转头望着导演。

"后面不是缺一个演员吗？可不可以让她来演？"这个角色在剧的后半部分有不少镜头和台词，也有亮点。

选角导演露出为难的神情。

她的目光诚恳："黑料不一定是真实的，但演技和天赋，是实实在在可以被看见的。"

后来，因为合适的演员难寻，姬琳得到了那个角色。她心无旁骛地演戏，时不时还暗地里提点夏籽几句。

她们认真对待各自的角色，只谈角色，不讲恩怨，仿佛曾经的隔阂不曾出现。

就这样不知不觉中，拍摄进程到了尾声，夏籽也已经在剧组待了将近三个月。

裴允谦就是在这时来探班的。

他的普时资本在裴允诚的规划下准备跻身国内金融领域前列，他也以合伙人身份参与公司决策。

裴允诚将目光投向刚热起来的网红流量矩阵，裴允谦随他考察了不少网络营销公司，他觉得此时加入已晚，市面上跟风创立的公司鱼龙混杂。但裴允诚坚持要赶上这波潮流，想以强势之姿进来分一杯羹。

两人意见相左，裴允谦索性暂时撂了挑子，来看望夏籽。

裴允谦来得隐蔽，夏籽深夜收工后回到酒店，不多时就听到敲门声。她透过猫眼看到是裴允谦，欢欢喜喜地开了门，刚迎他进来就扑到了他怀里。

两个人亲密了一会儿，夏籽对他说："你来时有没有注意到记者？听说我又被盯上了。"

"嗯。"他抱着她回想，"走廊尽头的垃圾桶旁有个红点，被我'不小心'踩碎了。"

"噗！"夏籽忍不住笑了，"干得漂亮！"

夏籽因为第二天凌晨就要去化妆，原本计划早早睡觉。裴允谦虽然在她隔壁开了房，但压根就是个摆设，他根本没有要去住的意思。

待她洗完澡出来，他正优哉游哉地靠在唯一一张床上看手机，还自然地对她说："来睡觉。"

虽说他们也不是第一次同床共枕，但夏籽第二天要早起化妆，自然十分警惕，还把剧组送的抱枕兔子放在中间，当"三八线"。

"不准过来！"

那晚夏籽还是睡得不踏实，半夜听到吧嗒一声，有什么东西掉到了地上，然后某人十分不讲信用地靠了过来。

她在睡梦中不满地推他："你去那边睡……"

他闻言顿了片刻，似在心中进行思想斗争，而后还是乖乖躺好。然而过不多时，他又厚脸皮地抱住了她的后背。她气呼呼地拽过被子，他呼吸沉沉，仿佛没有察觉，只将脸贴近她的脖颈。

夏籽又累又困，好不容易酝酿出睡意，这时一只手轻捏她的下巴，将她的头转了过来，然后她的唇上就传来温热的触感。

她半梦半醒，黑暗的房间令头脑更加昏沉，直到他滚烫的大掌强势突破睡衣的防线。

"裴允谦！"

一声低呼让他停下了手中动作，他呼吸沉重，终于翻身撤离。

就这样反反复复折腾了一整夜，夏籽第二天的黑眼圈像两朵乌云。收拾妥当，她捡起被他扔到地上的兔子，恶狠狠地瞪他一眼。

"你今天要走了吧？"

裴允谦早已穿得人模人样的，笑容云淡风轻，眼中却有些许歉意："我去看看有没有人欺负你，然后就走了。"

跟她在一起，他的自制力简直不堪一击。为了避免理智过早崩塌，他决定控制一下想要靠近她的心情。

因他一句话，她瞬间消了气，任由他跟着自己去剧组"视察"。

当然也没人真的欺负她，她顶多就是被导演骂两句。

那之后，他们又回归各自的生活。

夏籽一部网剧拍摄结束，接下来的工作日程也很快排满。

这段时间，她与裴允谦过着聚少离多的生活，网上陆续出现一些风声，直指她和圈外神秘人热恋。

关湃一直压着绯闻，还时不时地警告她一番："你之前在公众场合为什么不戴口罩？还敢在机场露脸？怕别人不知道你是夏籽吗？"

进入娱乐圈后，夏籽以本名开始活动。

夏籽抠着手指，小声反抗道："知道就知道，谈个恋爱难道连歌都不能唱了？"

关湃恨铁不成钢："世上的事要是你一句话能解决就好了！你之前的绯闻虽然已经澄清，但大众好感度一般。当务之急就是树立形象，积累人气。其他的，免谈！"

夏籽在聚星的三年合约即将到期。关湃最近正想着怎么和她谈续约，如果有裴允谦的加持,成功率就是百分之百。

所以他软了语气:"我当然是支持你和老裴的,他那片不毛之地还真需要你这颗小太阳。但一切的前提是你事业稳定下来,到时候,就算你们公布婚讯,我都没异议!"

夏籽只能妥协。

最近她出了自己的第一张电子专辑,风格是她一贯擅长的民谣,《初情歌》是主打歌。专辑销量居然还不错,冲进了音乐平台榜单前十。

关湃让她趁热打铁,争取今年再出一张专辑。

"要出也行,但我有条件,这段时间不拍剧,不参加综艺节目,不代言广告,怎么样?"

"否决。"

"那没办法了。"夏籽靠向椅子,"我不是什么天才,一次只能做一件事,兼顾不了那么多。"

回到家里,满目冷清,新年的猫屎味儿显得尤为刺鼻。

最近她和裴允谦都忙,将朱朱和萌萌托给裴若依照顾,家里只剩一只腿脚不利索的橘猫。它自上次受伤后就落下了些微腿瘸的毛病,倒是不影响生活,却也让它安安心心地留在了夏籽家里。

夏籽望着不大但温馨的房间。她已经攒了不少钱,但一直没顾得上买个属于自己的房子。裴允谦也随她的心意,一直陪她住在这里。但这毕竟不是长久之计,她决定让裴允谦帮自己看看有没有合适的小房子。

新年从房间里一瘸一拐地走出来,喵喵叫着迎接她。

夏籽将它抱起来,它毛发蓬松,散发着香香的宠物沐浴露味道,看来自己不在时,裴允谦将它照顾得很好。

撸了会儿猫,她放开它,坐在自己的书桌前。

她从琴盒里拿出裴允谦已经帮她修补好的吉他,随心弹出《初情歌》的旋律。

许久没有碰琴,手指都有些僵硬,她表面沉静,内心其实慌乱而迷茫。

她不是怕兼顾不过来,她是怕……再也写不出让自己快乐、让别人喜欢的歌曲。

以前的歌曲是怎么得来的灵感呢?

是她走在月光明亮的小路上,思念爸爸时哼出的旋律;是她随人流穿过斑马线,抬头瞥见蓝天的欣然;是她雨后漫步公园,遇见一只蜗牛的喜悦……

后来,自己好像再没有停止脚步,认真看一看万物生长的乐趣。

那些曾让她欢欣雀跃的小美好,渐渐被忙碌和嘈杂取代。

她要维护人设，反思言行，还要努力上进、步履不停，战战兢兢，唯恐一心建造的大楼毁于一旦。

她虽然也有过短暂的任性，但很快就会被现实拉回属于自己的框中。

她觉得压抑又喘不上气。

咔嗒。

门开的声音响起。夏籽放下吉他，像狗狗一样竖起耳朵迎出去，果然是下班归来的裴允谦。

她的坏情绪一扫而空，直接就要扑进他怀里，却被他拎着马尾辫拉开。

"衣服脏。"

"能有多脏。"夏籽撇嘴。

不过等他换上家居服后，还是补给她一个拥抱。

晚上他们坐在沙发上吃炸鸡，看搞笑综艺节目。夏籽笑点极低，看得在沙发上打滚，简直快要笑岔气。

裴允谦皱眉看看电视，又看一眼她，实在怕她一口气上不来。

终于等到广告时间，夏籽乖乖坐下来吃炸鸡，裴允谦缓缓开口。

"周末带你去见我父亲和继母。"

"咳咳咳！"夏籽猝不及防地受到惊吓，连忙接过他递来的果汁喝下，顺了顺气。

"怎么这么突然？"她忽然忐忑不安起来。

"因为他们又给我介绍了相亲对象。"裴允谦也端起杯子，动作不紧不慢，"我说，我有对象。"

夏籽的耳根渐渐泛红，手里的炸鸡似乎都不香了。

"你爸爸和你……继母好相处吗？我到时候应该穿什么衣服？要不扎马尾吧，显得精神些。我该买什么礼物呢？你家大业大的，什么都不缺呀……"

"礼物我会看着办。"裴允谦打断她的喋喋不休，"你只要按时到场就好。"

夏籽还是紧张。

他握住她的手："不用怕，也不用看谁脸色，只需要跟着我。"

那几日工作之余，夏籽脑子里都在担忧这件事。

恰逢许久不见的裴若依邀请她去自己的美容院，她欣然答应，毕竟即将第一次去裴家，她准备向裴若依取取经。

那天夏籽收工早，来到这家装潢是二次元风格的美容院，她额头三道冷汗滑下，心想，不愧是你。

她走进去，早已等候多时的裴若依迎了过来。

"你看你，好久没好好护肤了吧，毛孔都有些粗大了。走，带你去做我的招牌项目！"

夏籽在裴若依的安排下，躺到贵宾美容室的床上。她有些惊慌地看着美容师搬来整套器材，裴若依就坐在一旁，边做美甲边和她闲聊。

"你要去见家长了？！看来二哥这次是认真的。"

夏籽戴着眼罩，刚忍过一波刺痛，牙齿打战地说："说正经的，他家是不是龙潭虎穴？"

"舅舅平时严肃了点，但对小辈很好；舅妈平时不怎么喜欢社交，常常一个人作画。反正不会像狗血伦理剧演的那样，给你甩银行卡和钱就是了。"

夏籽稍微安心。她想到刚见面时裴若依表面如常的模样，反而有些担心。

"你怎么样啊？怎么突然不直播了？"

裴若依的声音毫无波澜："能怎么样？我直播本来就别有所图，现在图不到了，还直播什么？"

想到骆天瑜，夏籽心情复杂。

"她和关湃在一起了吗？"

"不知道，但关湃一直在照顾她。"

敏感地察觉到裴若依的低气压，夏籽不再多说。直到做完美容，她对着镜子左看右看，深深觉得自己的皮肤像刚剥了壳的水煮鸡蛋。

裴若依也做完了指甲，站起来神秘一笑："陪我去个地方？"

坐上裴若依银灰色的特斯拉，夏籽还有些意外。

"你的风格这么多变？"

"我对车没什么兴趣，都是随便从车库里开一辆他们的车。"

夏籽了然地点点头。她记得刚进公司，人生地不熟，就是裴若依带她熟悉环境，一点没有富家女的架子。如果不是因为裴若依的爸爸是肖越安，她应该会全心全意地拿裴若依当朋友。

到达目的地时，夏籽还有些蒙。

"这是……"夏籽一边下车，一边四顾环境清幽的别墅区。

"关湃的家。"

夏籽顿了顿，疑惑道："这个时候，我那个工作狂老板一定在公司。"

裴若依摘下墨镜，嘴角提了提。

"谁说是来看他？"

夏籽心中瞬间有了猜测，但她没多说，只是跟上裴若依的脚步。

裴若依办法多，居然过了安保，直接进了小区。

她们来到一座带小花园的别墅，藤蔓爬满了整片围栏。裴若依走上台阶，按响门铃。

"来啦!"清脆的女声印证了夏籽的猜测。

"你又没带钥匙?"骆天瑜的声音带着调侃和亲昵,一把拉开门。

她的笑凝滞在嘴边,很快反应过来:"什么风把你们俩吹过来了?"

夏籽还在旁边觉得不好意思,裴若依已经毫不见外地跨了进去。

"来看看你。"

一路穿过小径,夏籽意外地发现这里的花花草草被打理得生机盎然,不太符合关湃的事业狂属性。

夏籽将目光投向穿浅粉色居家服的骆天瑜——像是她精心照料的结果。

随骆天瑜走进客厅,裴若依微微一愣:"你要走了?"地上放着两个巨大的行李箱。

骆天瑜去厨房拿冰饮,闻言回头朗声说:"对啊。"

两人意味深长地对视一眼,夏籽再次出声问:"你去哪里?"

"北冰洋。"她朝她们眨眨眼。

夏籽犹豫片刻:"你的身体……"

骆天瑜莞尔:"谢谢你的关心,我的身体还可以。"她将冰饮放在小吧台上,抬起双手分别搭上了她们的肩膀。

"两个可爱妹妹,你们来得正好。说实话,走之前我还有一些小小的心愿……"

傍晚时分,大学城附近的小吃街逐渐热闹起来。

三个女孩立在路口嘻嘻哈哈地说笑,姿色天然,各具风格,吸引回眸无数。

而她们并未察觉他人目光,仍在激烈讨论该从哪一家店吃起。

夏籽也没想到,骆天瑜说的愿望,居然就是吃各种小吃。她在国外多年,最怀念的就是国内街头小巷的美食。

夏籽便带她们来了这里。

三人分头行动,各自打包了自己喜欢的小吃,然后去附近一座公园里,铺好大报纸,席地坐在草坪上。

裴若依还去便利店提了一箱啤酒。

路灯依次亮起,三人围坐一圈,一边品尝美食,一边天南海北地聊,不多时,已经聊得热火朝天。

她们几杯酒下肚,平日里隐藏在心里的感情也忍不住流露。

裴若依红着脸凑到骆天瑜身边,带着浓浓的酒气。

"骆天瑜,我没办法讨厌你。"

骆天瑜淡淡一笑,将罐里的啤酒一饮而尽。

"依依,我们十几岁就认识了,关湃是还不错,但值得你把一颗心都掏出来给他吗？"

裴若依扶着额头不说话，骆天瑜继续说："你跟他表白，很勇敢，之后潇洒地转身离开，也很勇敢。依依，我想看你找到真心待你的人。"

"我不勇敢。我很痛苦，天瑜姐姐，见不到他，我好难过……"

夏籽鼻酸，侧过头掩饰红了的眼眶。

"我要走了，但是还没有告诉他。"

夏籽惊讶："你要不告而别吗？"

"告诉他，我大概就走不了了。"骆天瑜耸耸肩。

"阿谦……裴允谦知道吗？"

骆天瑜顿了顿，随即轻松一笑："只有你们俩知道。"

夏籽沉默片刻，说："你为什么非要做这些冒险的事呢？在乎你的人，一定会很担心。"

咔啦——

骆天瑜拉开一罐新啤酒，低着头，声音几不可闻，但夏籽还是听见了。

"因为我快死了。"

晚风轻柔，四下静谧，夏籽却觉得脑袋里轰隆一声响，再没了说话的力气。

骆天瑜指了指胸膛："我这里，生来有缺陷。医生说我活不过二十岁的，但我一直挺下来了，把二十年当作八十年过。"

她顿了顿，又说："我一直都是按自己的方式生活。没人能代替我死亡，所以也没人能替我决定人生。"

夏籽移开目光，暗蓝的天空，恰好划过一颗小流星。她出神地盯着那片天空，片刻后用自己手中的啤酒罐碰了碰骆天瑜的啤酒罐。

"一路顺风。感觉不舒服……就回来，我带你吃别的美食。这座城市，路我不会找，找吃的我拿手。"

"哈哈哈。"骆天瑜笑出声来，也用力碰了碰她的啤酒罐，"说好了啊，回来就找你！"

从短暂醉酒中清醒过来的裴若依揉揉脑袋，迷糊地问："吃什么？"

骆天瑜和夏籽对视一眼，同时朗声大笑。

三个女生吃吃喝喝，欢笑声像银铃般飘荡。裴允谦到来后，看到的就是这样一幅场景。

他其实也刚陪关湃喝完酒。骆天瑜要走，关湃怎么可能没有察觉。

接到夏籽的电话前，裴允谦刚送关湃回去。

她们三人里夏籽的酒量最好，其他二人都已经有些神志不清。

裴允谦先帮夏籽收拾残局，整理妥当后，他们一人架着一个出公园。裴允谦率先扶起了裴若依，夏籽看了他一眼，将更轻更瘦的骆天瑜拉起来。

她们喝的是啤酒,不至于不省人事。夏籽微微侧头时,看到的就是骆天瑜带着缱绻、落寞、压抑的目光。

夏籽顺着她的目光看过去,是裴允谦高挑挺拔的背影。

"喂,我可不会因为同情就把他让给你。"夏籽赌气。

"哈哈。"骆天瑜像听了一个笑话,"姐不稀罕。"

"男人哪有我的蓝鲸可爱。"她补充。

"最好是。"夏籽转过头去。

安静片刻,夏籽目视前方,说:"反正,注意安全。"

"好。"

"下次回来还要一起喝酒,到时候给你尝尝我的手艺。"

"没问题。"

第二天是夏籽去裴家的日子。

她早早起来做准备,衣着打扮不能假装成熟,也不能过于幼稚,她选了介于休闲和正式之间的小衬衫和 A 字裙,长发扎起,妆容清爽。

虽然心中依然紧张,但她已经从容许多。她没有极好的家世,社会地位也比不过裴允谦。这些都是改变不了的客观事实,但她不会因此就妄自菲薄,裴允谦就是她最大的底气。

时间差不多了,裴允谦来接她。

她一出单元门,他就笑了:"你这样,别人该说我老牛吃嫩草了。"

夏籽一甩马尾,不客气道:"本来不就是吗?"

"上车,尾巴都快翘上天了。"裴允谦摇头催促。

她收起得意的小尾巴,刚坐进车里,某人就伸过头来偷袭。她连忙对着后视镜查看口红有没有被蹭掉,气鼓鼓的:"你干吗?"

他启动车子,眼睛看看路况,嘴角是极浅的一抹笑:"吃嫩草。"

夏籽嫌弃地瞥他一眼。

车缓缓驶入裴家园林。

没错,是园林。外观古色古香,雕栏玉砌,其间庭院深深,草木丰茂,但进到室内又是现代化的家居风格,无一不透露着精致、典雅。

放在古代,这就是皇亲国戚的水准了吧。夏籽悄悄吐舌头。

因为提前打过招呼,他家人知道夏籽要来,早已在大客厅等待。

夏籽随裴允谦进来,正好迎上一双眼。那双眼平静无波,又透着威严,像在审视她。

夏籽温婉一笑,朝他们打招呼:"伯父,伯母,你们好,我是夏籽。"

坐在一侧沙发上的女人率先起身，一身月光白丝质旗袍，长发由一支翠色玉簪绾起，妆容素雅，面容隐隐带着岁月的痕迹，但在出尘优雅的气质加持下，反而更显味道。

她朝夏籽礼貌地微笑，邀夏籽落座，周到而亲切。

夏籽端正地坐好，心想怪不得裴允谦提起家庭并未见多少戾气。虽是继母，但以这位的气度，必定待他不差分毫吧。

上座的裴元璟递给夏籽一杯茶，她方才借机看他几眼。他脸上表情不多，但到目前为止还没对她流露出任何不喜的神情。

"谢谢叔叔。知道您喜欢喝茶，我带了我姑妈亲手炒的高山乌龙茶，虽然比不上您的名贵茶叶，但味道独一无二。"

裴元璟闻言笑笑："有心了。"

夏籽腼腆一笑，随即看向裴允谦的继母。

"伯母，知道您喜欢国画，我选了一套颜料，不算贵重，您用得上就好。"

"能来就好，不必费心。"气质优雅的女人声音也温和、好听，夏籽的心情也随之慢慢平静。

裴允谦坐在一旁听他们彼此客套，目光一直停在夏籽身上。她也是执着，他说已经准备好了礼物，她嫌没意思，自己又选了两样。

裴允谦抿唇笑了笑，感觉到父亲投来的目光，他对上去。父亲的目光里是一如既往的不可捉摸，但他明白，父亲对夏籽不反感。这是个不错的开头。

不过，无论如何，自己的终身大事也不会让父亲来左右。

"小夏现在是歌手？"裴元璟问。

"我一开始是主播，现在算是歌手。"她毫不避讳地讲出自己的职业，眼见着伯父伯母的神色有些莫测。

她知道，他们对自己大概早已提前了解过，所以粉饰不如诚实。

"女孩子抛头露面，总是辛苦了些。以后成家，你有什么打算吗？"

他这话看似体恤，实则犀利。夏籽还真没考虑过这个问题，一时间有些蒙。

"嗯……暂时还没有。"

"听说你音乐上有些才华，还有其他更好的职业……"

裴允谦起身："关于以后，我们会从长计议，我先带她四处转转。"

他说着，朝裴元璟和继母祝云霓微微鞠躬，就带夏籽离开。

出了厅堂，夏籽忍不住长舒口气。

"你家人的气场真可怕。"她低声吐槽。气场是人自带的，就好像第一次见面，裴允谦给她带来的感觉一样。

"现在你不是照样欺负我吗？哪里可怕了？"

"扑哧。"夏籽被他一本正经的话逗乐，"我哪里欺负你了？"

裴允谦睨她，一副"你心里有数"的样子。

见完他父母，夏籽这才有心情观赏院中景色，暮春时节，一派绿意盎然的景象，小路纵深处，居然还有一小片竹林。

裴允谦见她好奇，便带头踏上小径，朝幽深的竹林走去。

夏籽充满好奇地四处观望，靠近竹林深处，依稀传出模糊的交谈声。

裴允谦和夏籽对视一眼，转过弯，二人的脚步同时停下。

林中石桌前，相对坐着两人，面朝他们的这位正是肖越安。

背朝他们的人也转过头，银边眼镜反射着微光，长相俊雅，气质谦和，细看之下和裴允谦有些许相似。

夏籽猜这位大概就是裴允谦的哥哥——裴允诚。

四人面面相觑，倒是作为长辈的肖越安先打了招呼。

"小侄来了？还带了小夏？赶巧了，阿诚这壶茶，正沏出香味来了。"

话已至此，二人简单打过招呼，也相对坐在石凳上。石凳冰凉，裴允谦坐下又起身，将自己的休闲西装脱下来，走到夏籽身边。

他将西装给她垫在身下，又若无其事地坐回去。

夏籽脸颊微热，明显感觉自己被异样的眼光端详。她抬头，对上裴允诚带着玩味的笑眼。

"初次见面，我是裴允诚。"他朝她伸出手。

夏籽和他虚虚握过手，努力让声音听起来镇定自若："你好，我是夏籽。"

"知道，你最近小有名气。"他烫过茶盅，为她倒上一盅新茶，"前几日和周导吃饭，他还夸了你几句。"

周导就是夏籽担任女主角的那部戏的导演。

夏籽摆摆手："我就是菜鸟一个，还是周导教得好，大家也对我包容。"

裴允诚朗声一笑，眼中收起和煦，多了几分精明："听说夏小姐和主播公司的合约快要到期，不知可愿意来我公司旗下？既然要转型做艺人，不如彻底一点。"

"嗯……"夏籽感觉伤脑筋，这种事她需要深思熟虑，一时不知如何应对。

还好裴允谦及时解围："关湃的人可不好抢，大哥要做好心理准备。"

"哦？我看是你的人不好抢吧。"裴允诚朝他微微一笑。

裴允谦看一眼悠哉品茶的肖越安，换了个话题："大哥和姑丈好兴致，找了这么一处地方，在说什么悄悄话？"

"当然在说你和你的小女朋友。"肖越安不紧不慢地接话。

裴允谦低垂眼眸，品一口裴允诚为他斟的茶。

"姑丈不常来访，这次倒是巧。"

"呵呵，"肖越安和蔼一笑，"确实巧，我和小夏倒是有缘得紧。"

243

谁跟你有缘了？夏籽腹诽。

肖越安说完又一本正经地解释道："我有公事找阿诚谈。"

说到公事，裴允诚想起什么似的："刚好你来了，阿谦，我书房里有份文件，你来帮我看看。"

裴允谦看一眼夏籽，有些不愿意起身："什么东西这么急，现在就要看？"

"游鲸娱乐的调研报告，我们讨论很久的那个。走吧，我现在都使唤不动你了？"

裴允谦依然不愿跟去，夏籽连忙主动解围："你们快去吧。这里有……肖叔叔陪我聊天，不会闷的。"

肖越安眼眸一转，有几分意外。

夏籽落落大方地迎上他的目光——这里是裴家，光天化日之下，他能把她怎么样？

裴允谦大概也是有了相同的想法，起身前还故意说："书房在西边，你如果觉得闷了，可以来找我。"

"好。"

裴允谦随裴允诚离开后，竹林一时间十分静谧。夏籽觉得茶好喝，又给自己斟了一盏。

她自顾自地品茶，没发现肖越安早就换了一副面孔。

"看样子阿谦果真认定你了。你若嫁进来，还是要低调行事比较好。"

肖越安言外之意分明在敲打自己——不要惹是生非。

夏籽觉得好笑："肖叔叔，我怎么就高调了？"

肖越安答非所问："过去的事已经过去了。你和阿谦好好生活，我这个当姑丈的也会真心祝福你们。我对依依如何，对你也会如何。"

小小的石桌俨然已经成了谈判桌，二人话里话外的暗示也逐渐明晰。

夏籽嘴角带笑，目光却冰凉如秋雨。

"我比不上依依，我哪有这样爱她、疼她、保护她的爸爸。"

这话让肖越安薄薄一层的和蔼面具瞬间碎裂，他目光瞬间变得阴沉，像锁定猎物一样凝视夏籽。

"你知道了什么？"

"你怕我知道什么？"夏籽毫无惧色地对上他的眼睛。

两人沉默地对视片刻，肖越安恢复了惯常的平静。

"我怕你？你只不过是个小姑娘，而这里的每个人，都比你想象中的更复杂。"

"他们怎样，和我没关系，我只想要真相。"

话脱口而出，夏籽已经隐隐有些后悔。她确实年轻，连阳奉阴违都不会，早早暴露心迹，更容易给自己招来祸事。

她站起来，克制住心中的慌乱，想要离开。肖越安在她身后说："夏籽，作为长辈，我还是要忠告你，糊涂比清醒容易。你和阿谦安安稳稳地生活不好吗？"

夏籽微微侧头，眼里的光逐渐聚集。

"我选择清醒。"

她顺着原路穿花拂柳而过，却再没了初来时观赏的心情。

这层层掩映的绿意，就像她笼罩着迷雾的心绪，没有方向，没有终点，她只能凭着一腔孤勇，横冲直撞。

"夏籽。"一声轻呼在不远处响起。

夏籽茫然四顾，终于发现小径尽头那个挺拔如松柏的身影。

那是……路的终点，也是她的港湾。

夏籽迈的步子越来越快，渐渐脚下生风地跑了起来。

她一头撞进他的怀里，他却握着肩膀将她推开，仔细看她的神情，眉头缓缓蹙起。

"他欺负你了？"

夏籽摇摇头，脑海中忽然蹦出肖越安刚刚的一句话——"这里的每个人，都比你想象中的更复杂"。

她呆呆地望着裴允谦，一颗心仿佛悬在空中。

他觉察出她的异常，问："他和你说了什么？"

夏籽缓慢地说："他说让我和你好好生活。"

裴允谦知道没有这么简单，但她看起来状态并不好，于是他放弃追问，只说："去前厅吧，快开饭了。"

她便乖乖跟在他身后。

这一餐饭，夏籽全程在精神恍惚中度过，偶尔集中注意力回应裴母几句客气的搭话。大部分时候裴家的饭桌十分安静，氛围和口味同样让人不适应。

在竹林里还会调笑几句的裴允诚也变得沉默，更别说原本就是外人的肖越安。

好不容易挨过一餐饭，夏籽以有事为理由率先告别离开。

裴允谦和她一起走，将她送回公司后，他接到了卢希胜打来的电话。

这段时间，裴允谦时不时就去拜访卢希胜，也没有采取咄咄逼人的方式，就尽可能地给予他们帮助。

在帮他即将出国留学的儿子联系好学校后，卢希胜对裴允谦的态度也有了改变。

今天是卢希胜的儿子去新加坡的日子。卢希胜特意多买了一张机票，让妻子去陪儿子住一段时间。

当天下午，卢希胜便约了裴允谦见面。

平时生意红火的水果店此刻栅栏门紧闭。里间的仓库灯光昏暗，两人坐在小桌两边，第一次开诚布公。

"你要怎么让我相信你？"卢希胜面色冷峻。

"我会娶他的女儿为妻。"裴允谦的目光坦诚。

卢希胜神情缓和下来，兀自点上一根烟，深深吸了口："我以为，不会再有人记得老夏了。"

"他的女儿记得，我也记得。"

"这么多年，连肖越安都找不到我，你是怎么知道我的？"卢希胜问。

"我调查了很长时间，当年和夏东林关系比较近的公司员工，我拜访过不下十个。你那时的岗位和你当年突然的离职，加上你被我找到时的反应，我才最终确定是你。"

卢希胜低头，说："有的东西，是我先发现并告诉他的。只不过老夏为了保护我，一直没有让我露面，由他想办法举报肖越安。"

"肖越安是个狠人，当年老夏失踪后，我真的怕了。好在他一直不知道我的存在。现在也是因为我的妻儿走了，我才敢跟你坦白一切。这么多年，我其实一直在等，等拨云见日的一天，等有人来找出老夏失踪的真相。"

卢希胜低头抹泪。

裴允谦诚恳地对他说："我也收集了一些证据，但涉及金额不大。我们必须给他致命一击，所以还是希望你能帮我。之后我会马上联系警方，绝不让你们一家陷入危险。"

卢希胜沉吟良久，摊开手心，一个小小的U盘正躺在他手心。

"我现在无所谓了，只求你，如果我有什么事，请你务必帮我照看妻儿。"

裴允谦从小店的后门出来，先打电话让乔森过来带卢希胜藏起来。然后他上了车，迫不及待地打开笔记本电脑验证，这时手机突然收到了一条匿名消息："她有危险。"

裴允谦心中一惊，马上明白了什么。他看了眼车载地图，自己离夏籽还有十公里，但是离另一个地方非常近。

想到这里，他先打电话让人找夏籽，自己则驱车一路狂飙向某个地点。

另一边，夏籽从公司回家已是深夜。

她给新年添猫粮时接到裴允谦的电话。他语气很急促，说不放心她一个人住，要她今晚一定先回姑妈家。

夏籽应允。

她起身时环视了整间屋子，整体是她最喜欢的香芋紫色调，这也是她当初一眼就选中这里的原因。房间格局很好，白天明亮通透，虽然面积不大，但住起来完全没有逼仄的感觉。

最后她将目光锁定在厨房，橱柜门是小方格玻璃，很有复古感。

她又将目光移向抽油烟机，半开放式厨房对抽油烟机的要求非常高，她忽然想到什么，走过去看抽油烟机的牌子，然后上网搜索。

果然，这个牌子的电器世界闻名，价格不菲，各款式风格也一致。虽然有些细微的不一样，但她确定她曾在裴允谦家不经意夸赞过的抽油烟机，也是这个牌子。

她环顾四周，忽然觉得有些冷。披上外套，她乖乖去店里找姑妈。

晚上十点，川菜馆依然人声鼎沸。她避开嘈杂，到后厨盛了一碗酒酿小圆子，一边吃，一边给房东打电话。

"喂？陈阿姨，不好意思，这么晚打扰您。没事，就是问问，您这房子卖不卖，我想买来自己住。"

这话半是真心半是试探。

谁知那边的人迟疑了："这……我也不是房主。"她急忙补充，"房主是我儿子，这样吧，我打电话问问他……"

"陈阿姨，这个事有点急。您能不能给我您儿子的电话，我自己联系。我确实太想要这个房子了。"

陈阿姨一开始还顾左右而言他，后来经不住夏籽的软磨硬泡，甩给她电话号码了事。

成功得到电话号码，夏籽一个数字一个数字输入拨号栏，通讯录里的名字随数字的增加而减少。

最后一个数字输完，屏幕上果然只留下了一个熟悉的名字——乔森。

白瓷勺掉进碗里，热汤溅上她的手背，她无知觉似的，抓着手机的左手微微颤抖。

这时前厅传来吵嚷声，夏籽回过神来，赶忙跑去看。

原来是吃到半夜还不离开的几个青年，正拉着姑父说醉话。

"大哥，大哥，你就是我们的大哥！"

身材虚胖的中年男子显然有些忌惮这帮人，敷衍几句后就赶紧回了后厨。夏籽端详那几人，觉得有些面熟，便跟进后厨打听。

"姑父，那几人我看着眼熟，是不是上次来医院道歉的那几个？"

姑父面露苦色："是啊，他们后来好一段时间没来，最近又经常来了，还老跟我称兄道弟的。唉，我怎么敢再招惹他们。"

恶人示好，夏籽才不相信会是主动从良。她更相信，是背后有更强大的力量，使他们不得不示好。

她又想起出事那晚，是裴允谦将她送到医院门口。

头脑中的一些细枝末节逐渐串联起来，她梦游似的从后厨的门出去。月色苍凉如水，她蹲在小巷中，感觉心脏隐隐抽痛。

她要把整件事从头捋一捋。

所以，她小时候在裴家别苑遇到的人，很可能就是裴允谦。

她不知道他是不是打晕她的人，不知道他和肖越安是不是一伙的，总之是他将她完好无损地从地下室里带出来，目的不明。

然后她回归自己的生活，他对她却依然保持监视。房子是他的，工作是他好友给的，暗地里不知还有多少事，都充斥着他的影子。

她以为他大发慈悲，帮自己这么一个无依无靠的小女生。其实一切都在他的掌控之中——包括她的人生，她的喜怒。

她以为自己是途经他这片森林的自由鸟儿，但也许，她从没有飞离过这座他亲手建造的巨大牢笼。

为什么？

她想不通。

她站起来，长久的蹲姿让她眼前发黑。

她闭上眼缓解眩晕的感觉，这时电话铃声响起，她缓慢地将屏幕凑到眼前，看到"阿谦"两个字。

她改昵称时心情有多甜蜜，此刻就有多痛苦。

大拇指短暂地游移，最后她还是点了拒接。

对不起，让我整理好心情后，再来面对你。

她转身朝黑暗小巷的深处走去。

隐没在黑暗处的男人压低帽檐，拨通电话，声音低沉而森然——

"老板，动手吗？"

第十一章
宇宙无解

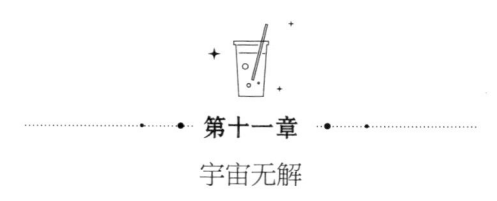

纯洁酒吧位于 C 市酒吧街的核心区域，富丽堂皇，和"纯洁"两个字显然格格不入。但这是这附近最具盛名的地方，以常有知名乐队来表演而闻名。

二层位置最佳的卡座，肖越安眼神散漫地看着对面的男人，说了句"不急"，便挂掉电话。

"我年纪大了，难免愚钝，小侄这句话是什么意思？"

裴允谦坐在柔软的皮质沙发上，肩背依然挺直。他将一个 U 盘扔在桌上。

"就是字面上的意思——我，有你要的东西。"

肖越安不动声色地靠向皮质座椅，眼中压抑着瞬息万变的情绪。

当年夏籽闯入裴家别苑，肖越安以为她在夏东林那里发现了什么才找上门来，于是动了杀心，但毕竟还是有所顾虑，所以派人从身后敲晕她后，只是将她先扔在地下室。

肖越安本来就担心夏东林留后手，他女儿又非常不安分。他打算永绝后患，正想着如何悄无声息地让夏籽也消失时，没想到被一个突然到来的清洁工破坏了计划。

裴家人因为怕睹物思人，很少会来这里，只安排用人定期来打扫。别苑位于郊外，方圆一公里内除了这幢别墅全是孤山野岭，所以肖越安偶尔将这里作为秘密据点。

是的，他背后有另一股势力。

在与裴元瑛相遇之前，他只是个微不足道的小混混，只是皮囊和头脑出众了些。某次阴差阳错之下，他从死对头手中救出了被绑架的裴家小姐，没想到这会成为他翻身的契机。

裴元瑛获救后，他时不时地制造几次偶遇。

那时肖越安也算是玉树临风，稍微打扮一下就是一表人才。一来二去，裴元瑛果真陷入爱河。富家女子大多任性倔强，她说了非他不嫁，裴家老爷子也无可奈何。

裴家老爷子知道肖越安出身不好，但女儿以死相逼，他只能默许这桩门不当户不对的婚姻。

后来令人意外的是，肖越安婚后表现一如既往，对待裴元瑛体贴用心，还认真学习商务管理，待人接物也没有过任何差池。裴家老爷子渐渐放松警惕，还专门安排他去新公司，辅佐长孙裴允诚，开拓房地产市场版图。

后来老爷子因病过世，裴元璟上位。他的上位没能镇压住家族、公司内部的动荡，还是肖越安出手替他摆平。

裴元璟对肖越安心存感激，他接手公司初期，裴家产业的平稳运行，还真少不了肖越安的帮忙。

肖越安渐渐改变以往不露锋芒的处事风格，开始利用自己手中的权力，将房地产公司的分包合同直接签给当初自己当混混时的大哥，获利五五分成。

肖越安做事缜密，表面上看一切正常，当时裴允诚涉世未深，难以察觉。但肖越安暗箱操作了几次后，还是被夏东林看出了不对劲。他觉得分包公司的资质不合格，但每次提出异议都被肖越安打了回去。

夏东林改变策略，假意投诚，最终发现肖越安存在职务侵占、虚开发票等违法行为。

他暗中收集证据和录音，准备和裴允诚说明，就在去见裴允诚的途中，被肖越安的车拦住了去路……

肖越安以为永绝后患，没想到夏东林的女儿和他一样固执，好好的日子不过，非要来触他的逆鳞。

秦晓月是在他酒吧里打工的大学生，他不过救了她一次，她便感激涕零，誓死效忠，他便顺势让她进入聚星，想办法接近夏籽。

她很聪明，巧妙地利用传奇公司和聚星公司的竞争关系，一边在夏籽身边替他监视，一边收集直播圈的各种八卦，卖给狗仔或有心之人。

后来她发现夏籽常常悄悄看一个视频，于是趁夏籽洗澡时，偷偷录了一段给肖越安看,肖越安便认定夏东林一定留给了夏籽一些证据。

于是某天秦晓月趁夏籽不在,带人用早就复制好的指纹,打开房门,试图找到并复制电脑里的秘密文件,可惜还没找到,楼下的同伙发信息说夏籽回来了,他们只能迅速离开。

之后肖越安便计划着将夏籽抓来,亲自逼问。

他能坐上今天的位置,甚至取代混混大哥成为酒吧街的幕后老大,不只是因为头脑过人,还因为做事干脆、毫不心软的雷霆手段。

他行事缜密,绝不允许自己有把柄被他人掌握。

让一个人悄无声息地失踪,然后伪装成意外,这种事他十年前已经做过了,不介意多这一次。

况且,她不罢休的态度着实恼人,他还是想着要解决掉这颗不定时炸弹。

没想到,就在这千钧一发之际,裴允谦坐到了他面前。

他说:"我有你要的东西。"

肖越安看着眼前的年轻人,萦绕心头多年的迷雾渐渐散开,有种拨云见日的感觉。

他细细回想十年前的往事,先是夏籽莫名其妙从地下室消失,然后是突然到来的清洁工完全打乱了他们的计划。

他知晓别墅每月打扫卫生的时间,清洁工的到来本身就奇怪。

此刻,肖越安终于明白了,一切都是裴允谦从中作梗。

那天过后,夏籽的家人报了案,肖越安无法再有更多行动。但他仍不死心,很长一段时间都派人盯着小夏籽,直到感觉她偃旗息鼓,回归正常的生活,似乎再没有对他不利的举动。

他渐渐对她放松了警惕,认为她只是个孩子,无法再掀起更大的波浪。他没想到,他当时根本看不上的私生子裴允谦,早就悄无声息地横插了进来。

肖越安脑内风云变幻,神情却一如既往地淡定、温和。他示意助手拿走U盘查看,然后为裴允谦倒了杯白兰地。

"阿谦小时候就认识夏籽了?所以,当年是你使计将夏籽救出。"

裴允谦不发一言,算是默认。

"你接近夏籽,甚至带她来裴家,总不会是你那时候就已经看上了她?"

裴允谦轻笑一声,仿佛听了个笑话。

"姑丈应该了解,我那时满脑子都是……如何报复裴元璟。"

肖越安微微眯眼。

"所以,你原本想利用夏籽,来报复对你亲生母亲造成伤害的裴家?"肖越安心中感叹,倒也符合他当时的少年心境。

"夏东林的事，我有所耳闻。再联系姑丈的人当时在别苑，商量着如何处理夏籽，我便猜测，她手中可能有对于你们，甚至对于裴家来讲，致命的秘密。"

"等等。"肖越安眯眼一笑，表情意味深长，"小侄，话可不能这么说，你怎么能确定，你遇到的就是我的人？"

裴允谦耸耸肩，看了眼旁边操作电脑的肖越安的助手。

"因为除了你，还有谁会觉得她是威胁呢？"

肖越安的眼神暗了暗，这时，一旁的助手将笔记本电脑放到他面前。

几份扫描过的文件，标题是他熟悉的公司名字，最下方还有一个音频文件，他戴上耳机点开。

几秒钟后，肖越安左侧腮帮肉眼可见地颤了颤。

他一把扯掉耳机，看向裴允谦，声音像从牙缝中挤出来。

"你从哪里弄来的？"

"夏东林最后去过的地方。"裴允谦神色平静。

肖越安死死地盯着他，想判断他话的真伪。他不卑不亢地回视，丝毫不露怯懦。

片刻后，肖越安靠向椅背，整个人恢复了松弛的状态："说吧，你的条件。"

"放过夏籽。"

肖越安微微惊讶："你对她是认真的？"

裴允谦扬唇微笑，说："所有的事，夏籽一无所知。姑丈想必也希望我们一家人和和气气，少生祸端。您若非要走极端，我也不清楚我会做出什么事来。"

"我怎么相信你没有备份？"

"如您所说，我是认真的。如果她知道原委，必定会恨你，恨裴家。我和她之间也必然产生嫌隙，她会离开我。"

裴允谦的神色有些黯然，肖越安想起他看夏籽的眼神和一些细节——感情这种事最没办法演戏。事已至此，肖越安似乎只能选择相信他。

"好吧，我答应你。但是我也要告诉你，U盘里面的东西不足以判我死刑，如果你背叛我，让我进监狱，只要我能出来，就不会让你和夏籽好过。哪怕我这辈子出不来，也会想方设法整死夏籽。你知道我做得出来。"

肖越安冷酷地看着他。

裴允谦颔首："放心，姑丈。"

谈判至此，两人心中也都有了结果。

裴允谦起身，说："还有一件事，也是夏籽最耿耿于怀的。"

肖越安抬头："什么？"

"夏东林在哪里？是生……还是死？"

肖越安靠向柔软的椅背，嘴角是意味不明的笑："你既然选择不再追究，那这个问题还有意义吗？"

裴允谦颔首，神情散漫："嗯，给我一个答案，我会让她死心。"

肖越安默默地看他，眼神晦暗不明。

肖越安将杯中酒一饮而尽，再看向裴允谦时眼神竟然变得愉悦。

"你说呢？"

"他死了。"裴允谦说。

肖越安笑而不语。

裴允谦面色无波，似是意料之中。他朝肖越安点头示意，然后转身离开。

楼下的女歌手唱《处处吻》正唱得火热，裴允谦径直下楼，问身侧的乔森："打通了吗？"

乔森面色凝重："没有。"

裴允谦接过手机，面色在绚丽灯光的照射下依然深沉。

"暂时应该没事。"他像是在说给乔森听，又像是安慰自己，但前进的脚步分明加快了。

"裴总，就这么给他吗？他真的会相信你？"

"不一定。但能暂时转移他对夏籽的关注。"

"好。"

"东西留了备份。你尽快整理一下，暗中交给警方。"

乔森郑重地点头，说："只是现在您变得很危险了。"

裴允谦沉默不语。

他现在有卢希胜作为人证，虽然能说明当年夏东林的失踪和肖越安脱不了干系，但在没有实质性证据，也找不到夏东林下落的情况下，一切还有很大的变数。

所以，他不怕危险，因为有时候危险才会带来机会。

为了真相，他可以选择将自己置之死地而后生。

前提是，一切都由他来承担，不牵扯到夏籽分毫。

二楼。

隐在暗处的纤细身影关闭手机的录音功能，然后来到肖越安面前。

"肖叔，你真的相信他吗？"

肖越安懒得抬眸，只是自言自语般地说道："呵，这小子的翅膀确实比前几年硬了。"

"肖叔！裴允谦城府很深，您可不要被他三言两语蒙蔽！"

肖越安看着眼前这个和依依一般年纪的女孩子，心头浮现几分可惜。
　　"晓月，你年纪还轻，出去重新找个工作为时不晚，总是跟着我做什么？"
　　秦晓月踟蹰片刻，坚定道："您对我有救命之恩。"
　　肖越安摇摇头，年纪大了，他发现自己越来越没有从前那种狠戾的劲头。大概是因为长久地在依依面前扮演一个好爸爸，所以他在酒吧见到差点被醉汉拖走的秦晓月，一时没忍住，出手相救。
　　他知道秦晓月的背景，她从小缺少父爱，母女在偏僻小城受尽债主欺凌。她好不容易凭本事考出来，以为能破茧成蝶，然而社会一次又一次地给她上了关于苦难的课，她的心灵在一定程度上是扭曲的，眼中偶尔流露的恶，连肖越安都暗自震惊。
　　说实话，今天裴允谦的话让他心动。年轻时他贪婪，执着于权势，狂热于敛财。随着年纪渐长，他发现自己对身外之物越发兴致缺缺，满心想着的只有女儿依依，只希望她觅得良人，幸福美满。
　　这些年他陆续割裂了那些暗地里的联系，只留明面上的产业，为的就是有一天能完全抽身，金盆洗手。
　　夏籽是他心头的一根刺。
　　以他长久对她的观察，她并不是识相的、安分守己的人。
　　说到底，他根本就不相信裴允谦。
　　他目光阴沉，低头陷入沉思。
　　一旁，秦晓月紧紧攥着手机，站在栏杆前凝望裴允谦远去的身影——即便是背影，也在人群中出类拔萃，有种让人神驰的英伟。
　　秦晓月想起裴允谦和夏籽的一幕幕恩爱场景。
　　那是她从未得到过的珍惜和爱护。
　　秦晓月面无表情，点开手机，找到刚刚的录音文件，谨慎地剪辑掉有关U盘的部分，只余足以让夏籽崩溃的谈话……

　　漫漫长夜，有人计划着前路，有人彻夜未眠。
　　裴允谦坐在沙发上，看晨光洒下一地暖色光芒，他却觉得遍体生寒，仿若全无知觉。新年不谙世事地抓他的衣角，似乎在说"铲屎的，你怎么还不服侍我"。
　　他被这点动静打断思绪，下意识地给一个熟悉的号码打去电话。
　　"对不起，您所拨打的……"
　　他挂断电话，又给乔森打。
　　"找到了吗？"
　　那边传来否定的回答。

裴允谦青筋暴突的拳头重重砸在自己的腿上，新年瞧见氛围不对，一溜烟跑下了沙发。

他正欲起身去找肖越安时，乔森在那头小声地说："但是……夏小姐刚刚开播了……"

裴允谦脚步一个趔趄，随后抓住沙发扶手，点开手机上的灵猫直播。

这段时间她很少直播，他也不再登录软件，所以没有收到开播提示。

他这边急切地想要看到她的脸，确认她的安全，屏幕上却定格着一片深蓝色水面，波光反射着晨曦，宛如星星在银河里闪烁，即便画面静止，也仿佛能感同身受到水波的荡漾。

他以为是自己手机的问题，将声音放至最大。

"啊，我在户外，信号好差，大家将就一点哦……"

突然播放的声音让裴允谦心头一震，随即画面切换到她的正脸，屏幕依然卡顿，她的脸被拉长，变得模糊，但裴允谦还是认出了眼前的女孩就是夏籽。

他始终高悬的一颗心终于缓缓落下来，新年也听到了夏籽的声音，歪头从卧室看过来，喵喵叫了几声。

确定她无恙，他又关心起她所在何处。看时间，她才开播五分钟，因为网络问题，还没来得及说出自己的所在地。

于是他想都不想地在公屏打字——

"你在哪里？"

"你在哪里？"

"你在哪里？"

托她的福，他一个快三十岁的人还要常年混迹直播圈，渐渐深谙看直播的套路，知道评论太多，要发许多遍才会被注意到。

夏籽显然也看到了，她微微一笑，镜头一转，是大片湛蓝的水域，远处，山峦连绵起伏，在蒙蒙雾气中仿佛仙境幻影。

弹幕有人猜："云市小月湖。"

夏籽笑着默认。

又有人问："夏夏现在这么红，还有空跑来这里游玩？"

夏籽正托腮坐在一块大石头上晒太阳，声音听起来慵懒、放松。

"嗯，我想停一停。"

她一贯悠扬的声音透过手机回响在整个房间。背景音里，浪花轻轻拍打岩石，是大自然的声音，也让他的心情渐渐平静。

他早已穿好了外衣，走之前还不忘给新年开了个罐头。他摸了摸它的脑袋，语气低落，透着担忧："她好像在和我闹别扭。"

然后他起身下楼，开车直奔机场。

路上，只要网络允许，他都会打开她的直播观看。她在小月湖边待了一上午，和网友们聊天谈心，说自己不是很喜欢当明星，说有计划出国读书等等。

下午，他乘坐的飞机才抵达云市。他依稀记得她在下播前，说自己准备开车往北，深入雨霞山，领略那里的自然风光。

他站在机场门口，低垂着头寻找租车公司的电话。不相识的人看见，只会觉得此人风度翩翩，身份不凡，没人注意到他眼神中的迷茫。

自母亲去世后，他第二次尝到人生的无能为力感。不能确定她的方位，让他素来淡定的一颗心动荡起伏，他好久没体会过这种恐慌的感觉。

拨号页面，他删掉正在输入的租车公司电话，重新点了"夏夏"两个字。她既然直播，就意味着开了机。

果然，电话接通，嘟声延续，裴允谦本不抱多大的希望，可是下一秒，那边清晰地传来一声——"喂。"

他的瞳仁骤然放大，可是想说的话哽在喉咙，只留下长长一声呼吸。

"夏籽。"他叫她的名字。

"嗯。"那边的人答应道，随即他听到她带着笑意的声音，"过来。"

他的眼神更加迷茫，下意识地四处观望。

对面一辆不起眼的黑色小型越野车里，穿黑色冲锋衣、长发扎成马尾的年轻女孩走下驾驶座，摘掉墨镜。

隔着一条马路，她冲他招手。

"嘿！"

在联系不到她的这十六个小时里，他宛如只存留执念的行尸走肉，世界仿佛只余黑白。

可是亲眼看到她的这一刻，世界重新恢复了色彩。他看到湛蓝的天空，洁白的云朵，远处有山，近处有嘈杂往来的行人。

她站在那里，笑容清浅，是他世界的中心和终点。

他等车流止息，然后一步一步地走向她。

他孤零零一个人，什么东西都没有带。他靠近她，她却敛了笑容，不给他询问的机会，就率先上了车。

午后阳光依然热烈，她戴着方形大墨镜，嘴唇抿成细线。裴允谦坐上副驾驶座，转头看着她的白皙侧脸。

"你……"

"安全带。"她提醒道。

这样的场景让裴允谦有些恍惚，他不禁想起初相识时，他送她回家，也是这般沉声要她系安全带。

想不到时过境迁,两人换了位置。

他低头自嘲一笑,系好安全带。夏籽声线平静地开口"我知道你会来",所以早早等在机场外。

她大可以选择不见他,想方设法地躲着他,但她还是在通往雨霞山的高速路口,掉转了车头。

尘世繁杂,就让他们在这片净土相见,看高原的空气能否洗涤心灵的污浊,让他们坦诚相待。

两人心中都酝酿着千言万语,可都无言,任沉默蔓延。那个成天嘻嘻哈哈,总是未言先笑的女孩好像一夜之间消失了。他分明就在她旁边,可无法再猜透她的想法,靠近她的心。

他沉默,是因为无措。

她的车停在一家卖户外用品的商店,裴允谦面露疑惑。

"你见过穿风衣去雪山的人吗?"她不客气地甩出这句话。

裴允谦低头轻笑,他这次行动本就未经大脑思考,只是单纯地想见她,亲眼确认她无恙。

她率先进了店里,他寸步不离地跟上。

她为他选了和自己同款的黑色冲锋衣,又买了一些旅行必备品,他们就正式踏上了自驾游的旅途。

这次旅行出于她的一时冲动,他也没有任何准备,就像是一场冒险。

经过刚刚购物时的短暂交流,二人之间沉默的氛围被打破。

裴允谦先开口问:"为什么突然消失?"

夏籽顺手拿起刚刚买的冰柠茶,猛地吸了两口,然后放到旁边,专心开车,整个人透着一种洒脱,仿佛丢掉某种包袱后的轻松。

裴允谦却没来由地不安起来。

"想开始一场漫长的旅途,够我思考人生。"

"思考出结果了吗?"

裴允谦侧目看她,墨镜后,她的睫毛缓缓眨了两下,粉唇轻抿。

"嗯。"

"什么时候?"

"刚刚。在机场等你时。"

裴允谦没有接话,他的电话在这时响了起来。

他接起来,听了片刻后微微蹙眉,声音渐冷:"知道了。嗯,接下来除非天塌下来,否则不要给我打电话。"

他这边刚挂了电话，手机振动的声音又响起。他才发现是夏籽的。她腾出手拿出手机，看都不看就挂断，随后把手机扔在了一旁。

裴允谦看到"鱼哥"两个字，知道是聚星专门为她配的经纪人，才上岗没几天。

"这两天，我们只属于彼此，怎么样？"

"好。"裴允谦答得很快。

"开车到雨霞山，去金粼湖就只能徒步和骑马了。刚刚我买了登山杖，还有简易帐篷和睡袋，以防万一。不过走得快些的话，应该会找到民宿……希望沿路能看到鹿或羚羊，我带了水果……"

她又变回了那个高兴时就喋喋不休的女孩子，裴允谦专注地听她讲话，希望时间就这样停止，最好末日来临，世界天翻地覆，唯有他们彼此相依……

可是回到现实，他知道他们只是笼罩在一圈彩色泡沫里，看起来美好，实则不堪一击。

他想起刚刚乔森小心翼翼告诉他的话："夏小姐通过我妈问出了我的电话号码。我和她之前互相留过电话号码，老板，情况不妙……"

"过了那个服务区，你来开车。"

裴允谦回过神来："嗯。"

旅程枯燥，他们在晚上终于到达雨霞山脚下。

进入某座小镇，房屋白墙红瓦。他们找到一处民宿住下。这里毕竟偏僻，住宿条件并不好，门上的锁都形同虚设。

安全起见，二人同住一间。

房间十分狭小，两人一路舟车劳顿，十分疲惫，洗漱后各占床一边，很快入梦。

但裴允谦始终睡不安稳，清晨迷迷蒙蒙醒来，他看见眼前一张恬淡美好的睡颜，几乎是本能地就吻了上去。

夏籽被惊醒。短暂的迷茫过后，她迎上他的吻，手抚上他的黑发。

这个吻和他们曾经的吻都不一样，像沙漠旅人遇见绿洲，像害怕昙花天亮就会凋谢，他们是两个溺水之人，把彼此当成浮木。

直到门外传来中年男子清晨习惯性清嗓的声音，以及脚踩在木质楼梯上发出的声响，他们停顿一瞬，才缓缓分开。

夏籽深呼吸平复急促的心跳，然后一个鲤鱼打挺坐起来，准备去洗漱。

"今天要徒步很远。"她边刷牙，边含混不清地说。

"嗯。"他起身揉揉太阳穴，在狭小的房间里收拾要带的物品，将比较重的东西都放到自己的背包里。

夏日乌龙茶　258

她洗漱完素着一张脸出来,鬓发湿湿地贴在两颊。

"你去洗吧。"

卫生间也极小,裴允谦站在洗漱台前,侧眼就能看到夏籽站在房间里,利落地将微卷长发扎成马尾,冲锋衣拉链一直拉到下巴。她垂着眼整理背包,脸上少见地没有表情。

两个人各怀心事地收拾妥当,便背包出门,开始今天的旅程。

租的车就停在民宿这里,下山时原路返回即可。

天气也顺她的心意,碧空如洗,万里无云。

裴允谦走在她身侧,声音沉郁:"是不是如果我不来,你就要一个人上山?"

"是啊。"她不假思索道,"我要去金粼湖。"

裴允谦闷声走路,夏籽才明白他的意思。自见面后,他对自己一直小心翼翼,若是从前,他肯定会厉声说她不懂保护自己。

她笑了笑。

"放心吧,这两年游客增多,山上还有一处专门的露营场地。我查过,很规范,也有安保措施……"

她又习惯性地一边倒退着走路,一边和他说话。

他抓住她的手,强迫她转过身来看路。这是一段上坡,周遭荒凉,但已经被旅人走出了一条小路。

他们顺着小道,渐渐进入杉树林。

暮春初夏,树木茂盛的枝叶宛如一把把大伞,遮天蔽日。夏籽需仰头才能看到顶端。

落叶层叠,积在脚下,脚踩上去松软之余又有些未知的凸起。二人拄着登山杖,挽着手,步履小心翼翼。

夏籽神思漫游,忽然想到网上看的一张图,笑着说:"我们像不像一对暮年老人,手挽着手,颤巍巍地散步在黄昏下……"

她的尾音倏然收住。

他顿了顿,疏朗一笑:"现在是清晨,不是黄昏。"但握着她的手还是紧了紧。

突然而至的悲凉直击心脏,夏籽喉头滚动,思维却很快跳跃。

"如果下一秒世界末日,外星生物侵袭,我们就躲在这片树林里,建造篱笆高墙,杉树木屋,种些瓜果蔬菜,养些鸡鸭牛羊。"

"你喜欢这样的生活?"

夏籽想了想,摇摇头:"没有网络和书籍,应该会很枯燥。"

裴允谦没有接话,一时间只听见脚下的声音和头顶鸟儿的啼鸣。

"我喜欢。"片刻后,他慢慢说,"只要是和你在一起,哪怕只是静静坐着,什么都不干,我也不会觉得枯燥。"

夏籽低头不语,心中像是冰与火在瞬间相撞。

她喃喃道:"是啊,世上的事如果就只分喜欢和不喜欢,该多简单明了。"

那日,他们从清晨走到黄昏,越过山丘,穿过深林,路过小溪,终于在落日之前,赶到了金粼湖。

其实有一条公路可以通往这里,但夏籽执意徒步,旅程中哪怕看到一只松鼠,一处岩洞,都要停下来探究,所以仅是到达目的地就用了一天时间。

但夏籽依然欣喜。这里原本是一处自然景观,随着游客增多,安全起见,才增设一个观景台。

她趴在木质围栏上往下望,水汽氤氲,隐隐可见似蓝似绿的粼粼湖水。

"听说金粼湖是火山口积水形成的湖泊,形成于好几亿年前,湖底现在还有地质活动的痕迹,湖水也没有那么清澈。因为水中矿物质成分复杂,偶尔在太阳光的照射下,会显示出多种颜色……"

她认真地眺望这片湖,像背书一般介绍完,神色渐渐浮现一丝失望。

"可是,没有书上的好看。"

"你知道的真多。"裴允谦站在她旁边。

她将下巴搁在手臂上,眼神悠远。

"小时候和爸爸在书里看到的,他说会带我来。"

裴允谦望着远山,陷入沉默。

"没想到只能和你来了。"她冲他笑笑,起身走向木质阶梯,准备下到湖边。

她的背影一点一点远去,裴允谦望着她,眼眸像被火红的夕阳染色,瞳孔也缓缓放大。

她说,只能?

他迈步走向阶梯,追上夏籽。

她正蹲在一块大石头上,望着湖面发呆。他走到她身后,说:"小心等下站起来头晕。"

她没有抬头:"我想一个人待会儿。"

裴允谦神情平静,像完美的雕像。而他的心却像浸在冰雪之中,一点点冷却、结冰。

"好。"他妥协,转身。

她兀自坐下来,看夕阳慢慢消失在远处山峦的背后,看彩云恋恋不舍地缱绻在天边,看湖面反射夕阳余晖的奇异光彩……

世界如此美好,安静下来,似乎还能听到时间的齿轮转动间咔咔作响,一切都是流动的、变化的。

她眼睫微动,无声地叹息。

在猜到他会赶来后,她上网搜了航班信息,开车到机场门口等他。

也就是在那时,她忽然收到秦晓月发来的音频文件。她以前恋旧又心软,甚至连删除微信里一个对她只有恶意的人都不愿意。

不过也正因此,她知道了真相。

她的车停在机场门口,里面隐隐传来某航班到达的广播通知,她从头至尾听着录音,直到进度条到达末尾。

肖越安的声音浑厚、阴森,他说:"你说呢?"

然后是裴允谦冷淡清晰的声音:"他死了。"

那一刻,世界天旋地转,她像在时空错乱间被吸入了无底黑洞。周遭一切瞬间崩塌,她体会到短暂的失重感,可是回过神来,她透过后视镜看到自己的脸,居然十分平静。

只是自欺欺人的谎言被戳穿,只是多年来的"侥幸心理"瞬间破灭。

只是一直信赖的裴允谦,理所当然地不是真心对她。

他的身影出现在机场门口,神情安静而沉郁。她趴在方向盘上静静地凝视他。

也许她用真心换了他一点真诚,可她从头至尾从没真正读懂过他的心。

她讶异于自己内心的平静,原来人真的会成长,会隐藏。

所以她走下车,依然能对他笑,虽然笑容无法纯粹如常……

她回过神来,黑暗如浓墨般侵袭,天边微光消失殆尽,微小的星辰闪烁于天际。

她能感觉到,裴允谦一直在身后不远处看着自己,可孤独寒冷的感觉还是渐渐蔓延开来。

星辰运行,万物生长,她又只剩自己一个人。

或者说自始至终,她只有自己。

那晚他们在露营基地里搭帐篷过夜。

这里地处高原,星空璀璨,吸引了很多摄影爱好者前来拍摄,不知不觉就带来了商机,形成了露营基地。

正是观星的好时节,基地里人不少,他们吃过简单的晚餐,开始搭帐篷。

露营的计划是夏籽定的,但她根本没有经验,所有的工作基本上是裴允谦一个人完成的。

她拿着工具站在一旁，变成了真正的"工具人"。

她看着他神情专注地将四角的地钉固定牢靠，搭建起整个帐篷的骨架。他一直都如此让她有安全感。

她原本坚定的心开始动摇。

那晚他们睡在双人睡袋里，但她刻意离他很远。高原昼夜温差大，她贴了暖宝宝，但还是冷得四肢冰凉。

"过来这边？"他突然出声。

她沉默片刻，只觉得手指、脚趾快要僵硬，终于翻身向他靠近。

他们都穿着衣裤，缩在他臂膀下的夏籽依然能感觉到他的温度。

她的四肢慢慢回暖，原本僵硬的身体放松下来，不自觉地环住了他的腰。他侧过身来，将她拥入怀中。

今天走了一整天的路，裴允谦的身体是疲惫的，抱着她困意袭来，竟也渐渐坠入梦乡。

而夏籽睡得很不安稳，常常受惊似的忽然动一动。他便轻拍她的后背，安抚她入睡。折腾到凌晨四点，她身体酸痛，活动时不自觉地发出呻吟。

裴允谦被她吵醒，他抚上她纤细的肩膀，声音低沉。

"又瘦了。"

"嗯……"她眯着眼懒懒地回应，忽然扑哧笑出声。

"还记得第一次见面吗？裙子拉链被我撑开了，你还毫不留情地当众戳穿我。"

"是戳穿吗？"裴允谦声音带着笑意，"我以为是善意的提醒。"

"还故意让我开你的车，看我出丑。

"悄悄看我直播，还假装嫌弃我。

"忽冷忽热的，还欲擒故纵……"

她吐槽起他来如数家珍，短暂的沉默后，她话锋一转："但是……"

"你会千里迢迢赶来救我，也会不远万里来沙漠找我。

"只因为我一句话，就租车带我回家，遇到危险时先把我护到身下。

"怕外面的烤冷面不卫生，亲自做给我吃。

"出门的前一天，还要帮我做好第二天的早餐。

"我常常不在家，可是新年和我冲动之下买回来的那些多肉，被你照顾得很好。

"你带我去挪威，还说，爱我……"

她絮絮的话语戛然而止，正专注倾听的裴允谦低下头，对上她清澈的眼眸，只是此刻，泪水漫上眼角，让她看上去脆弱却倔强。

"阿谦，所以，这一切，都是因为你想要利用我，报复裴家对你妈妈的伤害。"

她真笨,为什么连这都想不到呢,还自作多情地以为,他是真的爱她。

她艰难地说完这句话,也捅破了他们小心保护的最后一层窗户纸。

她说:"我以为的第一次见面,我的全部欣喜和心动,其实都是你的——早有预谋。"

"不是。"裴允谦望着她的眼眸,"不是这样的,也许最开始是,但后来……"

"你爱上我了吗?"她接话,随即笑了笑,"不可思议,又可怕。你们每个人都可怕!"

她突然失控,狠狠地推开他,钻出睡袋,起身跑出了帐篷。

他反应过来,急忙追了上去。

然而她并没有走远,只是在基地的露天平台上,仰望晨光初现的苍穹。

他站在她身后,表情忧郁而沉痛,回想起最初的一切,他无法全盘否认,可绝对不是她所理解的那样。

"我所走的每一步,从来都没想过要伤害你。"

"真的吗?你从头到尾欺骗我这件事,难道还不够伤害我吗?"她转过身来,眼神哀伤,可一滴眼泪都没有掉落。

"对不起。"许久后,他只能说出这三个字。

"谢谢。"她说出这礼貌的两个字,表情疏离又决绝。

"谢谢你,在我十二岁那年救了我。谢谢你,自以为是地为我做的一切。"她眼眶通红,"请你再也不要插手我的一切,裴允谦先生。"

这个称呼让他的心脏像被利刃深深刺中,血流如注。

她目不斜视地向前走去。与他擦肩而过的瞬间,她轻声说:"我不想再见到你了。"

那一刻,她听到风鸣鸣地穿过树梢,虫悲戚地发出哀鸣,天空仅有的几颗沉默星子,都收敛了光芒。

她想起,他们在一起时,就是在银河的见证下,没想到分开时,也被星辰偷偷看了去。

也只有星星看见了,擦肩而过后,她仿佛星光坠落般的破碎泪滴。

回到C市,夏籽没有立刻去公司。

她联系房屋中介,利落地定下一间房,然后用两天的时间搬过去,带上她的猫和一阳台的多肉植物。

那两天她上网,发现最火的事莫过于正在举行的一场世界级电竞比赛。

让她欣慰而开心的是,周未轶作为中国队主力队员参与其中。

他们一路过关斩将，在决赛中以大比分获胜，夺得冠军。她在屏幕上看到沸腾的现场，也忍不住为周未轶如有神助般的表现鼓掌欢呼。

她必须找事情做，转移注意力，慢慢适应没有裴允谦的生活。

关湃就是这时打来电话的。

骆天瑜自顾自地离开，据说她与关湃大吵了一架，但他最后还是败下阵来，坐了下一班飞机跟随她飞往北欧。

夏籽也是趁着他不在这个机会，才能说走就走。

他亲自打来电话，她便很快出现在了公司。

还是那间会议室，他和她相对而坐。他看起来神情疲惫，和曾经那个意气风发为她规划娱乐圈事业的老板看上去判若两人。

他面色平静地刷着手机，语气随意："可以啊你，现在出门都懒得遮掩了，还直接推掉代言，跑去自驾游。"

"对不起。"她态度坦然地认错，"不过，我和聚星的合约下个月到期。"

"嗯。"他居然没有像之前一样抓狂，"我知道，你想去哪儿，我可以帮你引荐。"

她意外地说道："老板，你……"

"这些天我一直陪骆天瑜待在海上，也想了很多。我曾经很在意成功这件事，但后来发现，有比这更重要的。骆天瑜说，她没有几年时间了。那好，她有几年，我就陪她几年。"

他毫不掩饰地告诉夏籽他的心里话，她忍不住动容，说："有你陪她，真的很好。"

"公司我不打算要了。以前觉得难以割舍的，其实决定以后发现真的没什么。除了命，一切都是浮云。"

"那聚星给谁？"

"我问过裴允谦，他好像有别的计划。目前我在和传奇公司谈合并的事。就是可惜了，"他望着夏籽，无奈地笑笑，"我好不容易捧出一个能闯入娱乐圈的主播，却没能带你好好走下去。"

夏籽摇摇头。

"关湃，我拿你当老板，也把你当朋友。谢谢你一直以来对我的照顾和包容，但这条路，我可能走不下去了。"

关湃挑眉，起初还有些惊讶，随后就了然地点点头："早就看出你对娱乐圈的欲望没有那么强烈。能这样干脆地断舍离，也不容易。好好和裴允谦在一起吧。"

夏籽没有说话——看来裴允谦并没有对关湃说什么。

"那你接下来准备做什么？"

"战斗。"她想了想。

关湃面露困惑:"和什么战斗?"

夏籽抿唇微笑。

"恶龙。"

夏籽是在走出聚星时接到周未轶的电话的。

他夺得世界大赛的冠军后,第一个电话就是打给她。

电话那头,他难掩兴奋,他说目前他们还在国外,等他回去要请她吃饭,顺便还给她那笔巨款。

正好她最近要用钱,便答应了他的邀约。

夏籽对工作怠惰,关湃睁一只眼闭一只眼。没有顶梁柱和主心骨的聚星就像一盘散沙,许多主播或员工听到风声,纷纷想方设法跳槽。

夏籽也是在这个时候才知道,沈家佳在好不容易熬过试用期后,主动选择了离职。

夏籽想起自己很久没去看姑妈一家了,于是买了东西,打电话给姑妈,准备过去餐馆。

谁知姑妈和姑父这个时间居然不在餐馆,而是在家。

"芽芽,你不知道,我们小区一栋楼居然发生了塌陷。我们这栋也危险,裂缝越来越多了。业主们正拉横幅呢!我和你姑父正准备先找个地方搬家……"

夏籽闻言赶到姑妈家所在的小区,里面果然拉满了横幅,到处都是怒气冲冲的业主。

夏籽也看到了那栋危楼,地基处当真已经塌陷了一角,业主们连夜搬出。物业公司正好合约到期,眼看情况不妙,马上甩手走人。

这个小区年代不算久远,满打满算也就十年,最高七层,前后总共四排十六栋,住户不少,眼下人心惶惶。

夏籽见姑父姑妈着急,便说最近帮他们看看房子,先找个落脚的地方。

她顺便问起表妹,姑妈一副恨铁不成钢的样子:"说是和朋友出去玩一段时间,家里有事她都不回来,真是个小没良心的。"

第二天,是周未轶回国的日子。

他让她在家中等待,亲自来接她。

临近傍晚,她终于等到周未轶的电话。她走出新小区的门,看见一辆颜色亮得扎眼的跑车。

她目瞪口呆地看着靠在车上装酷的周未轶,忍不住吐槽:"弟弟,你有驾照吗？"

周未轶一秒破功，摘掉墨镜："你瞧不起谁？"

他们相视一笑，夏籽拿出包装好的礼盒："祝贺你成为世界冠军。"

周未轶神色不自然地接过去，说："谢谢。"

上车后，她看着他明显不够娴熟的开车技术，打趣道："身价过亿的人，都不请个司机吗？"

"这是赞助商送我的。我原本不想开，他们说接女孩开这个比较有排面。"

夏籽无语地望天："学点好的吧。"

她看到他黑色短袖下瘦长的手臂，语气不满："参加比赛难道不给饭吃？"

周未轶笑了笑："不给。我准备雇一个私人大厨，你有兴趣吗？"

"是吗？我的薪水可是按分钟算的。"

"那没问题，让大明星放弃工作给我做饭，可不得大气点吗？"随口开着玩笑，周未轶不自觉地想起在网络上搜索她名字时，出现的一条条小道消息。

她疑似和圈外人谈恋爱谈得火热，一起去北欧度假不说，最近还一起自驾去西南某小众风景区旅行。

远距离拍摄的照片不算清晰，但周未轶还是能认出裴允谦的脸。

他心情微妙，语气却如常："最近怎么不常在电视上看到你了？"

"除了还没有播出的网剧和综艺节目，你以后大概都不会在电视上看到我了。"

"什么？"周未轶意外。

"我准备隐退。"

"这么突然？关湃为难你？还是裴允谦的意思？"

夏籽感到莫名其妙，看他："我的决定，为什么一定是他的意思？"

周未轶语塞，他敏感地察觉到他们的关系似乎出了问题，便不再说话，好在这时到达了目的地。

周未轶今天下了血本，带她来本市最高档的法国餐厅，位于市中心，巨大的落地窗，柔和的灯光，还有钢琴师在现场弹奏小夜曲。

既然是周未轶请客，夏籽也不客气，点了店中特色，周未轶则全都和她点的一样。

等菜的时候，夏籽托着腮俯瞰城市的繁华，面容恬静，带着一丝忧郁。

周未轶从手机上抬头，终于有机会凝视她的侧脸。

初尝爱情滋味的他第一次体会到什么叫日思夜想。在封闭训练期间，每天疲惫不堪地回到房间，他倒在床上，满脑子都是她的身影。

他努力训练，是想给自己一个翻身的机会，同时也是想让她看到自己——

我不是你心里需要照顾的弟弟，我是一个可以成为世界冠军的顶天立地的男人。

虽然她已经有了心爱之人。

周未轶望着她，似乎想把这一刻的她牢牢记在心里，然后靠着回忆去度过没有她的暗淡无光的日子。

装盘精致的菜肴一道一道按顺序上桌。

许是今天幽雅的环境使然，夏籽的动作都不自觉地变得小心谨慎起来，但周未轶仍然不拘小节。

"为什么两片肉这么贵，还不够我塞牙缝的！"

夏籽刀叉相撞，余光瞟了眼面不改色的侍者，从牙缝里挤出几个字："这是鹅肝！"

周未轶皱皱眉："还有刚刚的田螺，我也不是很理解，也就是个头大了点，不如爆炒出一盆吃着爽……"

眼见侍者如雕像般的脸上裂开一道缝，夏籽嘴角扯出笑，语气却透着威胁："安静吃饭，否则……我把你从这儿踢下去。"

她的脸在暖色的灯光下显得清秀柔美，恶狠狠的语气没有一点威胁性，反倒像卖萌似的。

可周未轶还是乖乖噤了声。

漫长的一餐饭吃完，时候也不早了。周未轶一边吐槽法餐没有大排档好吃，一边自然而然地帮她把包背在自己身上。

"你也算是世界级选手了，能不能不这么土？"

"土怎么了？我土得高兴。"

两个人你来我往地斗嘴，夏籽的脚步却忽然停住。

周未轶不明所以地抬头，看到身着休闲西装、条纹衬衫的男人正站在几步之外，一动不动地看着她。

他似乎还有应酬没有结束，另一边的小厅里有人唤他："裴总！"

夏籽的酒一下子就醒了，她觉得脑袋嗡嗡的，迈步都困难。

周未轶感受到二人之间怪异的氛围，似乎懂了什么。他径自抓起夏籽的手腕，带着她一步步向前，越过裴允谦的身边。

双方擦肩而过的瞬间，裴允谦没有阻拦，也没有出声，但周未轶还是感受到了他周身的低气压。

周未轶头也不回地带着夏籽离开了那里。

与去时的轻松氛围不同，周未轶送她回家的路上，她一直靠在座椅上，眼里映着城市霓虹，整个人像是进了另一个维度的世界。

周未轶调小了车载音箱的音量。

周杰伦慵懒又深情地唱着："看不见你的笑，我怎么睡得着，你的声音这么近，我却抱不到……"

亮蓝色的跑车，在夜色中也引人注目。

到达她小区门口，他便将车停在外面，步行送她进去。

她说送进小区就可以了，但周未轶不依，一直陪她走到单元楼门口。

"你住几楼？"周未轶随意地问。

"五楼。"

周未轶点点头。

夏籽怏怏地和他告别，转身上了楼。

她一副非常疲惫的样子，进门后甩掉鞋子，挂起大衣，直接瘫倒在沙发上，在黑暗中静静听着时钟嘀嗒的声音。

多么悲哀，曾经认真爱过的人，现在看见他，她只觉得不寒而栗。

她睁着眼睛，双目无神，直到手机忽然振动起来。

她看到周未轶的名字，有些奇怪。

"喂，怎么了？"

"回去了吗？"

"嗯。"

"怎么不开灯？"

夏籽从沙发上坐起来，起身几步来到阳台，看到楼下一个模糊的黑影，似乎正仰头往上看。

她心中涌起莫名的情绪，攥着手机的手紧了紧，然后打开阳台的吸顶灯。

"躺了一会儿。我都上楼了，还能半路走丢不成？"

"上次你突然从家里出来，还问我有没有看见什么可疑的人，害怕得一晚上连家都不敢回……"他顿了顿，声音微微沙哑，"我不知道你在害怕什么，但……如果他不能保护你，那我来。夏籽，有什么事，第一个电话打给我，好不好？"

夏籽一下哽住了，许久才缓缓开口："周未轶……"

"嗯，那我就默认你说'好'了，晚安。"随后电话里传来忙音。

而她举着手机的姿势迟迟没有变化。

楼下，那个孤零零的身影默默离开。她对着听筒，喃喃地说着没有讲完的话——

"不要喜欢我。"

接下来的日子，聚星高层忙着完成被收购的事宜，与她的合约也没再谈。

很多家公司对她抛来了橄榄枝，但她一个都没接，而是买了一大堆参考资料，认真准备英语考试，同时向国外的一些音乐学院递出申请。

她专心为自己留学的事奔波，看起来好像不再执着于寻找夏东林。

周未轶参加完那场比赛之后，变成了闲人一个，时不时就来找她蹭饭。

姑妈家小区的危楼事件在媒体的曝光下愈演愈烈，相关部门介入，安置居民，调查原委。

相关档案被一一翻出，正阳房地产开发公司陷入舆论危机。

恰逢股市动荡，正阳的股价毫无意外地下跌。裴允谦回到裴家，协助裴元璟主持大局。

但就像是被推倒的多米诺骨牌一样，转眼又有几个小区曝出房屋质量出现问题，业主们纷纷站出来，举报自己小区存在多年的安全隐患。

裴元璟大怒，几天都没给裴允诚好脸色，还说要彻查当年所有的工程项目，看是谁从中作梗。

整个裴家上下人心惶惶。

但内部调查和外部调查的进程都相当缓慢。因为涉事工程年代久远，有一些文件莫名其妙丢失，给调查造成了很大的阻力。

夏籽看完正阳房地产公司的新闻报道，目光平静地按熄屏幕。

周未轶正坐在她对面，无所事事地玩手机游戏。

他最近可以说跟她形影不离，像她的免费保镖似的，连她来图书馆都要跟着。

察觉到夏籽的目光，周未轶抬起头来，问："怎么了？"

夏籽若有所思地盯了他几秒，说："手机给我。"

周未轶怔了怔，还是退出游戏，然后乖乖将手机给她。

夏籽低头在两个手机上设置"位置始终共享"。

周未轶问："这是要干什么？"

夏籽抬头认真甚至是凝重地说："如果你最近找不到我，直接按照我和你的共享位置，报警找我。"

"你要干什么？"周未轶心惊。

夏籽沉默不语。

嗡嗡嗡——这时她的手机振动起来，她的心慌了一秒钟，抬眼看到是沈家佳的来电。

沈家佳消失了很久，无论夏籽发消息还是打电话，她都说自己在朋友家过得很好。此刻接到表妹主动打来的电话，夏籽有些生气。

她去走廊接起电话:"喂,沈家佳,你在哪里?"

那边的人很久没说话,只隐隐传来浅浅的呼吸声,夏籽继续追问,那边似乎有压抑的抽泣声。

夏籽皱起眉头,语气越发严厉:"沈家佳!现在!赶紧告诉我你在哪里!"

"芽芽姐,我在医院。"

夏籽倒吸了一口凉气。

沈家佳急忙带着哭腔说:"姐,不要告诉我妈好不好……"

回到阅览室,夏籽麻利地收拾物品。周未轶看出她神色紧绷,没问什么,称职地当着司机,载她来到郊区某家私立医院。

三楼妇产科,装修色调是温馨可爱的粉色,但夏籽的心情一点都轻松不起来。

某间病房内,夏籽看到了躺在床上、整个人瘦得脱了相的沈家佳,而她身边,没有任何人陪护。

夏籽攥紧了拳头,克制着涌上心头的怒气,一步步走到她身边。

"你那个所谓的男朋友呢?"

病房里还有其他人,一时间这些人的目光都若有似无地看过来。

沈家佳赌气,侧过头不说话。夏籽转身,雷厉风行地去找她的主治医生,临走前让周未轶看好她。

两个人对视一眼,沈家佳认出这是聚星当初最大牌的主播,也是刚夺得某世界级大赛的冠军团队选手。

她闭上眼,克制不住内心的哀痛和不甘。

为什么她永远无法拥有姐姐的运气?不管是人生,还是爱情。

沈家佳最终还是被夏籽带回了家。

她的身体需要静养,姑姑、姑父因为夏籽提前打了招呼,没有多说什么,但私下里唉声叹气的次数多了起来。

夏籽四处寻找那个甩掉沈家佳的渣男却无果。她只知道那人是个"金玉其外,败絮其中"的骗子,手下有家空壳公司,居然还涉嫌电信诈骗,目前卷款潜逃,不知所终。

夏籽气不打一处来。

她想不通渣男为什么都挑软柿子捏,若让她遇到,看她不把他们打得满地找牙。

夏籽看沈家佳萎靡不振的样子,也不忍心责怪,在家陪她住了几天。

聚星和她的解约也正式提上了日程,她回公司处理收尾事宜时,还有曾经合作过的工作人员替她感到惋惜。

"夏夏本来还可以更火啊,在上升时期选择隐退,是不是……好事将近?"那人朝她坏笑。

她礼貌地笑笑,不回应,也不否认。

公司决定为她举办一场小型欢送会。

周未轶最讨厌那样的场合,自然不会去,只让她结束后打电话给他。

关湃早就离开,去北冰洋追寻骆天瑜。整个欢送会现场,与她真正有感情的人也只有小黑和化妆师小文,其他大部分是她并不认识的新主播,她不由得感叹物是人非。

让夏籽意外的是,裴若依竟然来了。

她最近当老板当得风生水起,丝毫不受裴家风波的影响,带了好几层的大蛋糕来给夏籽撑场子。

酒过三巡,夏籽比她酒量好,只是脸红了一些。

"你怎么不问我为什么退圈?"

"我觉得退圈挺好,真的。"裴若依连说话都拉长了音,显然已经濒临喝醉的边缘,但居然还能正常地思考。

"喂,你把我二哥怎么了?"

"嗯?"夏籽心虚。

"最近在家里碰到他,怎么说呢,就好像是没了太阳的月亮吧,像是没了能量场,看上去暗淡无光。"

夏籽无语:"真会比喻。"

"以前,有一次在大伯家里,我看到他低头对着手机笑。这么多年,我第一次觉得他没有距离感了。那种笑,是装不出来的。"

夏籽握着酒杯,杯中啤酒在灯光下显出五彩缤纷的颜色。

她觉得像有一只手,温柔地抓住她的心脏,然后慢慢地收紧,再收紧。

"可是我没办法再喜欢他了。"她轻声说。

靠着她肩膀的人却没了声音。

那晚欢送会结束后,夏籽打车送裴若依回家。

因担心复式公寓里无人照顾醉酒后的她,夏籽将她送回她家的别墅。

在家门口的垃圾桶里吐了一通,裴若依的意识渐渐恢复。分别时她抱着夏籽,说:"你申请的学校在美国对吗?我在那里有朋友,你受欺负的时候不要自己扛,我罩着你。"

夏籽回抱住她。

明明自己刻意不与裴若依过于亲密,也尽量不对她示好,但她依然在每一次自己觉得寒冷时给予自己温暖。

夏籽从她的肩窝上不自觉地抬头。

别墅二楼的阳台上，此刻站着一个大腹便便的男人。他端着酒杯，直直地望着这里。

夏籽在刹那间浑身冰冷。她将半醉的裴若依推进门，随后自己头也不回地离开。

独栋别墅区在夜晚更显荒凉，她走在空无一人的小路上，这才想起给周未轶打电话。

电话刚接通，身后刺目的车灯光照过来，很快，一辆黑色的轿车停在她身边。

两个穿黑色西装的男人下车，对她微微鞠躬。

"夏小姐，天黑路远，我们送您。"

夏籽稳了稳心神，强自镇定。

"不用了，谢谢，我朋友就来接我了。"她随即对着手机说，"哦，你已经到了吗？"

那头周未轶已经听出了不对劲，他声音急切地问："你在哪里？我现在就过去！"

夏籽咽了下口水，僵硬地抬起腿，声音微微颤抖："我……"

一阵劲风袭来，接着她的手机就被人一把夺走。黑衣人开口："夏小姐，不必麻烦您的朋友，我们会将您安全送达。"

送达哪里？送达虎口吗？夏籽居然还有心情在心中吐槽。

她看了一眼两人志在必得的目光，总觉得她再不点头，他们就会采取暴力手段。

夏籽又转头看了眼不远处的小楼，二楼阳台只剩一片暖色灯光。深夜寂静，周遭没有一个人影。

她早就对这一切做好了准备——与肖越安正面摊牌，问清楚父亲失踪的真相。她深吸口气，说："那就谢谢肖叔叔了。"

车上，两个黑衣人一左一右把夏籽挤在中间。她笑着问："大哥，手机是不是忘了给我？"

那人睨她一眼，置若罔闻。

她看向窗外，果然不是她回家的方向。周未轶应该会按照自己曾经的叮嘱去做。想到这里，她的心稍微安定一些。

这时她突然想到裴允谦曾在她手机里安装定位软件，是不是因为他早就预料到会发生危险，以此来确保她的安全？

只是她天生自由，最反感别人掌控她的人生，所以那时才那样生气。

现在，她终于理解了他的苦心。

车子平稳地穿梭在城市霓虹间，不多时又驶入一条没有路灯的山中小路。夏籽心中警觉，远远看到目的地，她倒有些意外。

居然是她少时独自闯入过的裴家别苑。

夏籽来不及多想，车已在栅栏门外停下。黑衣人示意她下车，连同司机，三人半包围着她，让她进去。

"请吧，夏小姐。"

确信会有人来救她，她看起来十分平静，可跨入这黑漆漆的院子后，还是让她起了一身鸡皮疙瘩。

整栋楼没有一丝灯光，他们将她不客气地推进地下室入口。

"请夏小姐在此等候片刻。"

夏籽堪堪扶住楼梯扶手，方才稳住身形。啪的一声，地下室的灯被打开，后面的人随即用力地关上门，夏籽听到了清晰的落锁声。

这次好歹给开了灯。夏籽叹了口气，知道现在即使叫破喉咙也不会有人来救自己，便顺着木质楼梯下去。

整间地下室一览无余，靠墙放着好几层的酒架，她猜上面的酒大部分价格不菲。

地下室的中间摆放着桌椅，夏籽沿着屋内绕了一圈，确定靠自己无法逃离这里，便坐在椅子上思考对策。

为了储存红酒，地下室装有恒温恒湿系统，原本并不该冷的，可是夏籽的皮肤还是逐渐染上寒意。她刻意不去回想那些梦魇般的记忆，却难以控制自己的心绪。

她提起双脚踩在椅子上，抱紧膝盖。

不知过了多久，地下室外传来动静。很快门被打开，夏籽将脚放回地上，抬头定定地看着门口。

肖越安一步步走下楼梯，对她展开一个慈祥的笑容。

"委屈小夏在这里等我了。叔叔实在有点事，想和你单独聊聊。"

夏籽看了眼他身后身强力壮的保安，直视他的眼："正好，我也想跟你聊聊。"

他在她对面坐下，看了眼空荡荡的桌面，侧头训斥助理："你们是怎么招待我未来侄媳的？去，沏茶。"

助理领命离开。

夏籽冷冷地看着他，说："我听到录音了。所以，人是你杀的吗？"

肖越安重新看向夏籽，却没有直接回答。

"小夏好没礼貌。"他靠着椅背,下巴微微抬起,"我倒想问问你,裴允谦说U盘的事,你一无所知,我不相信。他说是在这幢别墅里找到的U盘,我细想了一下觉得不可能,一定是夏东林留给你的。"

夏籽心中疑惑——什么U盘?但她没有表现出来。

"我爸爸的尸骨到底在哪里?"

肖越安似笑非笑:"你爸爸是意外落水,我怎么知道他在哪儿?"

夏籽攥紧拳头,冷笑道:"肖叔叔神通广大,连警察都没能下定论的事,肖叔叔倒是敢一口咬定。"

当当两声,有人敲门。

肖越安的助理端着托盘走下楼梯,托盘上面放着一壶茶和两个小茶盅。他走到桌边放下托盘,先给其中一个茶盅倒满茶。

肖越安站起来,手背在身后,居高临下地望着夏籽:"我好心放你小姑娘一条生路,你却并不领情。你和你爸爸一样倔,一样让人生厌。"

说完,他看了她一眼,目光冷酷,像看一个死人,然后便背着手缓慢地上楼去了。

不知何时,助理已悄无声息地站在夏籽身后,他忽然猛力用手捏住她的下巴,强迫她张开嘴,然后将那一小盅茶汤灌进她嘴里。

夏籽拼命挣扎,却难敌力量悬殊,还是有一些茶汤呛进了嗓子。

她惊恐地发现,肖越安从来不是真的要谈判,他就是想对她赶尽杀绝。

这时外面传来骚乱,地下室的门本就未关,于是夏籽依稀听到了混乱中裴允谦的声音。

身后助理的手一松,夏籽急忙干咳着将茶水尽量吐出去。她眼睛通红地抬起头,就看见两人挟持着昏迷的裴允谦下来,肖越安走在最后。

"带走。"肖越安示意助理。

夏籽的手被捆住,嘴巴也被胶带封住。她眼睁睁地看着他们挪开角落一大块地板砖,带着裴允谦先进去。

夏籽瞪大了眼睛。

随即她也被推进了地洞。

里面是漫长曲折的一条地道,人直立可以行走,周遭蛛网遍布,看起来年代久远,像是战时的防空洞。

这些年从未有人看到过形色诡异的外人来别墅,因为肖越安的人一直通过这条秘密通道进出。

出口处就是山林里地形最复杂的区域,能为他们提供很好的隐蔽。

不知走了多久,前面一人上前一推,一扇木门被打开。众人顺着石板垒起的阶梯依次爬出去，夏籽刚冒出头，就看见了浓重夜色下大片的山林。

夏籽四下观望，回忆起这似乎是别苑后面的一处山坡，因为远在郊外，山中无路，风景也不够好，所以常年杳无人烟，渐渐成了荒山。

她没想到别墅里还有这样一条秘密通道。

裴允谦此时也醒了过来，他额头上的一行血迹已经干涸。夏籽被捂着嘴，只能呜呜地呼唤他。

裴允谦看她一眼，腮边肌肉动了动，下巴线条都越发紧绷。他凛然地看一眼周遭情况，然后准确地对上肖越安的眼睛。

"所有的事，夏籽都不知情，让她走。"

肖越安像听了个笑话，哈哈笑了几声，目光瞬间幽暗："我决定，你们俩谁都别走。"

"职务侵占最多就是经济犯罪，可是……"裴允谦暗地里动了动被电线缚住的手腕，"故意杀人，就不是判几年的事了。"

肖越安悠然地说："杀人？小侄说笑了。我请未来的侄媳喝杯茶，是小侄小题大做，进来就要动手。我才出此下策，好让小侄冷静冷静。"

"不，你知道我说的是谁。"

肖越安的脸色变了变。

"当年，你知道夏东林执意要告发你。因为夏东林软硬不吃，你害怕苦心经营的一切，金钱、地位都毁于一旦，便动了杀心。"

肖越安站在他面前。

裴允谦望着肖越安，毫无惧色。

"可是姑丈，人在做，天在看，现在报应来了，小区塌陷案警察已经调查到你头上，夏籽父亲死亡的真相也总会水落石出，你逃不掉的。"

夏籽正在发怔，忽然眼前寒光一闪，她看到肖越安的袖口亮出了尖锐的刀子。

"呜呜呜！"她拼命地发出声音。

裴允谦望向她的方向，露出了一个浅淡的、安抚性的笑容。

夏籽远远看了眼山下，别墅的方向依然一片黑暗。按照时间来算，周未轶应该已经带来了警察。她想起已经很久没有看到自己的手机，难道已经被他们扔在了别的地方？

她心中焦躁，想，可裴允谦又是怎么找到她的呢？

"我逃不逃得掉，咱们以后再说，我现在可以做到的是，让你们两个永远闭嘴。"

他转头问手下："裴允谦的车呢？"

"在林外的路上。"

他阴冷地瞥了眼泪流满面的夏籽，忽然笑起来："等警察找到你们的时候，你们已经死于车祸。"

夏籽恐惧地瞪大双眼。

"带他们走！"

"等等。"裴允谦忽然开口，淡定得不像样。

肖越安皱眉看向他。

"我有一个遗愿。"裴允谦说。

"什么？"

"夏东林到底在哪儿？"

肖越安目光闪烁，随后向漫山遍野投去视线，最后停在某个方向。

夏籽的眼泪早已干涸，一阵短暂的绝望过后，她脑中灵光一闪。

从始至终，肖越安对夏东林这个名字讳莫如深，许是怕被抓住把柄，言辞间从来不留破绽，现在因为断定夏籽和裴允谦必死无疑，居然松了口。

裴允谦和她想到了一起，这是在置之死地而后生。

"哼。"肖越安轻笑一声，没有直接回答，只说，"世界依靠规律运行，妄图打破平衡、破坏规则的人，终会被淘汰。"

夏籽冷冷地看着他。

他说完这句话后就带着众人向前走，林子越来越密，已经完全看不见山下的情形。

就在夏籽以为他不会告诉他们真相时，他停了下来。

夏籽怔了怔，抬头看到面前一棵盘根错节的巨大榕树。肖越安背手站在树下，仰望月光下影影绰绰的枝叶。

"我比他大几岁，他平日叫我一声哥。他太太病亡，我有意多给他放几天假，他却很快回到了工作岗位。我是惜才之人，而他确实能力出众。"

"为什么偏要和我作对呢？"

夏籽呆呆地望着这棵榕树，腿一软，跪在了松软的泥土地上。

夜风拂过枝头，也吹乱她的发丝。她整个人是前所未有的狼狈，可乱发后的一双眼，依然明亮得让人害怕。

她笑了笑。

肖越安命人扯掉她嘴上的胶带。

夏籽张嘴深呼吸了几口气，笑容更加放肆。

"你在笑什么？"

"我笑……像你这么'好'的父亲，要是裴若依不知道你的所作所为，那就太可惜了。"

肖越安面色一沉，抬手重重地给了她一巴掌。

夏籽侧身摔在泥土地上,半天没能挣扎起来,她索性侧躺在地上,说:"定时邮件应该早已发过去了。让她也看看,自己最最亲爱的父亲,是一头多么凶残又可怕的野兽!"

提及女儿,就像是触到了肖越安的逆鳞,他暴怒,忽然又高高扬起了手。

千钧一发之际,原本被缚着双手的裴允谦冲过来,一脚踹开肖越安,拎起夏籽就跑。

肖越安的助理和其中一个黑衣男反应过来,正要追上去,另一个黑衣男挡在他们面前,冲着他们的脸分别给了一拳。二人被打蒙,半晌才回过神来,便扑上去和他扭打起来。

肖越安毕竟年纪大了,那一脚让他摔得不轻,看着眼前的情形,才知自己的心腹居然成了叛徒。

他目眦欲裂,掏出了藏在腰间的武器。

砰!

趁乱逃出不远的裴允谦和夏籽被这一声惊到,都回头望过去,鸟儿在月色中纷纷惊惶地飞出丛林。

裴允谦不可置信地望着刚刚逃离的地方,面色透出担忧和挣扎,最后他还是拉着夏籽的手,咬牙说:"走!"

两人没命地跑了许久,眼看着夏籽已经力竭,他找了一处坡下凹陷处,带着她暂时藏匿。

经历了一晚上的动荡,夏籽缩在裴允谦的怀里,已经没了说话的力气。

周遭黑暗而寂静,只能听到二人沉重的呼吸声。

夏籽想着,好像她人生为数不多的几次遭遇险境,都是和他在一起。

到底是他给她带来了灾难,还是她让他的生活危机四伏?

他用手捂住她的下半张脸。

"嘘。"

夏籽连忙屏息凝神,细听确实有窸窣的脚步声,以为是肖越安他们追了上来。

裴允谦低头在她耳边沉声说:"是警察,别害怕。"

"啊?警察来了吗?"

"嗯,警察早就埋伏在了附近。我比肖越安更熟悉老宅,也知道密道出口的位置。"

嘈杂的脚步声更近了,逐渐向他们靠近。

夏籽紧张起来。裴允谦将她按下,自己一跃上了坡。

"不许动!警察!"

夏籽呆了呆,瞬间经历了由大悲到大喜的过程。她连忙爬上了坡,看见裴允谦正在和寻过来的便衣警察说话。

"你们没事吧？"

"我们没事，但我的朋友生死未卜。警察同志，我们快点过去看看。"

"放心吧，我们的兄弟在那边！"

这时，警察后面站着的一人冲到夏籽面前，激动地握住她的双肩："他们怎么欺负你了？！"

是跟警察一起来的周未轶。在发现夏籽陷入危险后，周未轶很机灵地第一个通知了裴允谦。夏籽有一些从未告诉过他的秘密，他怕自己因为抓不住重点而耽误了救人，于是保险起见找了裴允谦。

裴允谦前不久刚向警方提交了肖越安经济犯罪的证据，并对肖越安涉嫌杀害夏东林进行实名举报。警方在经过核实后，予以立案，并准备对肖越安采取刑事强制措施。

这时他接到了周未轶的电话。

于是在他和警方商讨后，警察决定提前在山里埋伏，配合裴允谦套出肖越安杀人的罪证。

周未轶原本可以不上山，但他担心夏籽，还是一路跟了过来。

夏籽知道自己现在灰头土脸，而且脸都是肿的。被瞩目的感觉让她不自在，她后退一步，说："我没事。"

裴允谦走过来，对周未轶说："你们先带她下山，她受伤了。"

夏籽急切地说："你也受伤了！"

裴允谦摇摇头："阿南是我的朋友，我带警察去救他。"他看向周未轶，神情郑重，"拜托了。"

周未轶虽然心中不是滋味，但还是认真地说："我会的。"

裴允谦最后看她一眼，和警察们再度深入丛林。

夏籽想要跟上，却被周未轶拉住。

"裴允谦！等等我，我要和你一起！"

然而他们还是越走越远。周未轶直接将她拦腰抱起，在一位警察的陪同下，朝山下走去。他们来时为防止迷路，一路上都做了标记。

周未轶抱着她一步步下山。知道他这样辛苦，夏籽也不闹了，要求下来自己走。

今天晚上发生了太多事，信息量巨大，她得好好理理思路。

她走得磕磕绊绊。周未轶犹豫再三，最终只是抓住了她的手腕。

"小心点。"

夏籽心不在焉地点头，时不时回头望向丛林深处："他们不会有事吧？"

她问完又自顾自地回答："不会的，有警察，他不会有事的。"

周未轶沉默不语。他怕一开口,就暴露了心中的酸涩。

"不会有事的……"夏籽还在喃喃自语。

周未轶拉她一把,避开地上折断的树枝:"嗯,放心吧,不会有事的。"

若干年后,周未轶回想起自己是什么时候懂"爱"这个字的,大概就是在这个晚上。

明明知道她的心不在他这里,他还是那样由衷地、赤诚地希望她开心,希望所有的危险都远离她,希望另一个人比他对她更好……

伤口他自己慢慢舔舐,她明媚如初就好。

第十二章

星星入眠

姑妈家搬去新房子后，夏籽去吃了安家饭。

距那个晚上已经过去一星期。肖越安被逮捕，警察在榕树下发现了一具尸骨，目前正在做相关鉴定；正阳房地产公司揪出了危楼事件的罪魁祸首，裴元璟在新闻发布会上发表讲话，声称绝不姑息，会给所有业主一个交代。

而裴元瑛受到打击，一病不起。裴若依关了所有店铺，照顾母亲，又去为父亲请来业内最好的律师。

正阳集团混乱之际，裴元璟也深感力不从心，靠裴允诚和裴允谦的协助才勉强维持集团秩序，将损失降到最小。

裴允谦因此忙得日夜颠倒，自那天医院一别，夏籽与他还没有见过面。

见到他认真的样子，夏籽终于相信，他确实早已不再想报复裴元璟。

夏籽满怀心事地拨弄着饭粒，姑妈看着她和曾经完全不同的状态，有些心疼。

"你看你，现在怎么瘦成了这样，还要出去读书。没人照顾你，我怎么放心？"

夏籽回过神来，勉强笑了笑："我现在多美呀！放心啦，姑妈，我的手艺得到你的真传，出去也会照顾好自己的。"

说完,她转头看了看同样没有食欲的沈家佳,轻轻叹了口气。

这么长时间过去,沈家佳似乎还没能从那件事中走出来,黑眼圈重得吓人,精神状态也十分萎靡。

夏籽用公筷给她夹了一只清炒虾仁,语气尽量轻松:"家佳,你有什么想玩的吗?我带你去散散心。"

"蹦极。"沈家佳很快回答。

夏籽怔了怔,表妹自小胆小,连过山车都不敢坐,现在居然主动提出要去蹦极。虽然心中奇怪,但好歹她终于有了出去玩的念头,夏籽便爽快地应允。

夏籽选了一个危险系数最小的蹦极场所,蹦极点在山顶,不是令人惊心动魄的高度,下面是条小河,跳下去后会有人划着小船来接应。

蹦极地的旁边就是一座游乐园,沈家佳小时候最喜欢坐摩天轮,夏籽想顺便带她来放松心情。

夏籽买了两张票,可当她真的站上高台,腿肚子还是不受控制地颤抖起来。

"家佳,那个,现在反悔还来得及……要不咱们……"

沈家佳已经穿戴好了全套防护装备,她站在高台边缘,就那样低头望着下面的青山绿水,眼中不见恐惧,反而有种惬意。

夏籽撤得远远的,还要用手死死地抓着栏杆才有安全感。

工作人员开始倒计时,夏籽作为一个旁观者都手心冒汗,可沈家佳从容地背过身,面朝大家,慢慢张开双臂。

"三,二,一!"

沈家佳毫不犹豫地向后倒去,那一瞬间夏籽看到了她的眼睛——漆黑而空洞,决绝而平静。

"家佳……"夏籽忍不住呼喊出声。

"啊——"沈家佳的声音回荡在山谷间,却全然听不出恐惧的感觉,更像是一种释放。

整个过程也不过几分钟,沈家佳平安地被小船接走,接下来轮到夏籽了。

工作人员尽职尽责地给夏籽穿戴好防护装备,她感觉身体被紧紧勒住,呼吸都有些不畅。她站在高台上,任风吹过耳际。

短暂的安宁中,她想,这不就像她的人生吗?身上永远都有一根橡皮筋扯着自己,永远在为一个虚幻的梦努力。

现在梦破灭了,橡皮筋也可以被斩断了。

她真正自由了。

"好,准备好了吗?五,四……"

夏籽回过神来,向下方看去,小河缓缓流淌,等待着她的坠落。她感到头晕目眩又恐怖，小腿肚子不停打战。

"三，二……"

夏籽后退两步。

"我放弃。"

工作人员大概见多了打退堂鼓的人，纷纷开启打气、激励模式。

夏籽索性自己往下卸装备。

"我害怕这件事，我找不到喜欢它的理由，放弃又怎样？"

她曾是多么执着的一个人，万事都非要寻个答案，不撞南墙绝不回头，好像就连自己的字典里有"放弃"这两个字都是耻辱。

而刚刚，立在天空与山河的中间，她觉得身体里有什么东西被风抽离出去。那一刻，她获得了无限的轻松。

放弃又怎样？

她仍然会觉得执着是一个优点，可是也学会了不再强加给自己压力。说一句放弃，向后退一步，并没有那么不可饶恕。

下山的时候，她的脚步都是轻快的，没有任何遗憾和后悔。她感觉身旁有一个虚幻的影子，和她一样雀跃，赞扬着她的决定。

那是她自己的影子。

——放过自己，让她更爱自己。

随后，夏籽和沈家佳径直来到游乐场。

二人坐着摩天轮缓缓上升，在最高处，夏籽问沈家佳："刚刚你真的一点都不害怕吗？真勇敢。"

沈家佳安静地望着底下鲜艳、欢腾的世界，过了一会儿才缓缓开口："如果那是你一直想做的事情，就不会害怕了。"

"一直想做？我记得你以前很害怕这些极限运动呀。"

沈家佳呆滞的双眸渐渐聚焦，她望着夏籽，语气轻柔："对不起，芽芽姐，我曾经有过……很恶劣的念头，也差点那样做了。"

夏籽怔了怔，反应过来她的意思。

"什么？！"夏籽激动得差点跳起来，她伸手抚了抚胸口，努力让语气镇定，"那你现在没有那种念头了吧？一点都不准有！"

沈家佳摇摇头。夏籽轻轻叹息，牵住了她的手。

"这个世界也许没有那么好，但姐姐会一直在你身边，我们都会好好陪着你的。"

摩天轮缓缓下降，夏籽拉着沈家佳走出来。

午后的日光明亮又温暖，周遭有彩色的气球随风晃动，夏籽看到前面有一个逆光而立的高大身影。

沈家佳清淡而舒朗地笑："乔楠。"

她放开夏籽的手,来到他面前。

"谢谢你来。"

夏籽仔细端详,确定他就是自己之前在商场偶遇过的跟表妹在一起的男孩。他现在看上去成熟多了,臂膀更结实了些,目光也不再闪躲。

他望着沈家佳,一句话都没有说。

"我只是想跟你说声对不起。我绕了好大一圈才明白,我曾经渴求的是最不切实际的东西。那些,都没有你给予我的真心贵重。"沈家佳低头笑笑,"乔楠,请你一定要幸福。"

她上前一步,好像要抱抱他,可还是没能抬起手。她慢慢退后,对他微笑,然后转身。

就在这时,她的手腕被人从身后抓住。

她没有回头,可眼角分明有眼泪溢出。

夏籽抿唇微笑,转身离开,把独处的时间留给他们。

游乐场依然喧闹,夏籽独自走在欢声笑语的人流间,忽然感到一丝落寞。

手机就在这时响了起来,她看到"阿谦"两个字,一时间有些鼻酸。

她接起电话,努力控制着自己的情绪:"喂?"

旁边的跳楼机带着频次一致的尖叫声,升起又落下,她蹲下来,耳朵紧紧地贴着听筒。

"明天我陪你去。"他说。

她便明白了他的意思。明天法医检验结果出来,她虽然心中已经有了答案,可还是需要科学的验证。

他听见她这边的喧闹,问:"你在哪里?"

夏籽看看四周,说:"一个快乐的地方。"

"嗯。"

彼此无言。

她说:"明天见。"

挂断电话,夏籽抱着膝盖久久没有起身。跳楼机那边的尖叫声还在继续,她茫然地望着地面。

最悲哀的事莫过于,误会全都解开,两颗心却再也不能如从前般亲密。他小心翼翼,她筑起堡垒。

曾经的爱人,我如何才能心无旁骛地去爱你。

第二天，夏籽起得很早，其实她本就彻夜未眠。

她对镜梳妆，却总是分神发呆，最后草草化完了妆，披上一件休闲外套出门。

小区门口，裴允谦正坐在车里等待，见她过来，下车为她拉开车门。

"谢谢。"她下意识地说。

裴允谦关车门的手顿了顿，然后若无其事地回到驾驶座。

"这几天怎么样？"他问。

"当然好啦，不用工作，安心养膘，多好啊。"

裴允谦淡淡地笑："比我好。"

"公司……怎么样了？"

"还好。"裴允谦眉目淡然，"正阳就像一匹骆驼，有这么多年的储备，哪那么容易垮掉。"

"哦，所以你就放弃了和这匹骆驼作对？"夏籽故意开玩笑。

"人生短暂，这些都没有意义。"

夏籽将手握成拳，假装话筒："采访一下，是什么让你产生如此超脱的想法？"

裴允谦凝视前方，似乎在出神思考。久到夏籽以为他不会回应时，他口中才轻飘飘逸出一个字。

"你。"

夏籽握成拳的手缓缓放下来。

"我真厉害。"她挤出笑容。

接下来发生的一切都在预料中。

那具尸骨经法医鉴定，确认为失踪多年的夏东林，死因是砷中毒。因为涉及案情，所以暂时还需留在警方处。夏籽全程配合，在得知的确是自己父亲的尸骨时，表现得也很冷静。

他们还配合警察做了一下午的笔录。

结束时，夏籽问："他定罪了吗？"

年轻的警官反应过来："你是说肖越安？目前我们还在侦查阶段，要等到起诉、审理完，才会有最终结果。"

走出公安局，天色变得阴沉。

雨季快要来临，天气时常沉闷、压抑，酝酿着一场又一场大雨。

夏籽恍恍惚惚地站在原地，在裴允谦的提醒下才上了车。

"想吃什么？"

夏籽摸了摸瘪瘪的肚子，中午他们在公安局吃了盒饭，但她心不在焉而食不知味。现在一桩心事暂时放下，她也有了食欲。

"哪里呢？"她仔细回忆，"去……我们第一次见面的西餐厅吧。"

她明白这句话有歧义，但她还是自欺欺人地将那里当成他们初识的地方。

裴允谦不声不响地掉转车头，向人民广场驶去。

零星雨点在车窗上溅起小小的水花，夏籽看得出神，这时雨刮器启动，在玻璃上划出涟漪。

"收到回复了吗？"

夏籽慢慢回神，意识到他是在问她申请学校的事。

她不带任何感情地勾勾唇："被两所学校拒绝了，还在等最后一所的回复。"

他总是这样，明明她什么都没有告诉他，可他依然对自己的一举一动了如指掌。

夏籽垂下眼帘。

在西餐厅吃饭时，她仍然一副疏离淡漠的样子，时不时就望着窗外的细雨发呆。

"那时，我也是坐在这个位子，看着你走进来。"

夏籽转过头，对上他沉沉如海的眼眸。

他将目光投向门口，眼角微微扬起，像是忆起了什么甜蜜、美好的事物。

"你穿着白色短袖和粉色格子裙，胸前印着一只长耳朵兔子。"

夏籽也陷入回忆："嗯，那是我之前最喜欢的裙子，谁知被你嘲笑。"她对这件事耿耿于怀。

裴允谦低头笑笑。良久后，他抬起头："过去的事，我不想过多解释，只是想告诉你，从我见到你的第一眼到现在，我从未有过利用你的念头。"

"那你为什么要在暗地里帮我解决一切？"

裴允谦眼中闪过短暂的迷茫。最后他败下阵来，自嘲一笑："我不知道，不管你信不信。"

若说喜欢她，也没有那么早，后来他想，也许是同病相怜，同样孤苦。他把没能守护妈妈的遗憾，想在另一个人身上进行弥补。

她是那样弱小，不堪一击，可偏偏身上有种让人羡慕的乐观和生命力，既天真无邪，又坚韧勇敢。

他像植物渴望阳光，情不自禁地去了解她，慢慢地靠近她。

夏籽没有继续追问。她低头挖了一勺舒芙蕾，入口奶香浓郁，甜而不腻，可还是没能驱散心中那一点苦。

一餐吃完，雨已经停了。

夏籽站在门口，抬眼就看到一道彩虹，远远地架在广厦之巅。乌云散去，蓝天像被清洗过一般清透。

夏籽默默地看了会儿，裴允谦说："送你回家？"

夏籽摇摇头："我想自己散散步。"

她说了"自己"，裴允谦沉默片刻，只好应允："好吧。那你不要走太远，有事给我打电话。"

夏籽先行离开，她能感觉到，身后的目光许久没有移开。

和他分开后，夏籽漫无目的地游荡了一会儿，忽然想起什么般，打车去了一个地方。

那是铁蛋所在的特殊教育学校。她亲眼见了，才知他在这里生活得很好，院长说裴允谦会定期给这里的孩子们捐献物资和教学设施，以他和她的名义。他比她所想得更加细致妥帖，宽容大度。

铁蛋还能认出夏籽，给她展示他画里的白兔糖姐姐。

夏籽陪他玩了很久，看着他吃完晚饭才离开。

夜幕降临，她看见远处有苍翠的连绵矮山，意识到这里离裴家别苑不远，她便打车独自前往那附近，一个人上了山。

但在夜晚想要找到下面曾掩埋父亲的那棵榕树，简直是大海捞针，她气喘吁吁地停下脚步，忍不住自嘲地笑出声。

她垂头丧气地坐在林中一块大石上，透过枝叶望见天边的月亮。

周遭传来属于大自然的声响。她想，父亲就一个人待在这里，孤寂而寒冷地度过了三千多个日夜。他在另一个世界，依然会挂念自己吗？

是不是因为太挂念她，所以给她送来了一个守护天使？

她被自己的想法逗乐，一个人对着月亮絮语："爸爸，我过得很好。上天带走了你和妈妈，所以它给我补偿了其他的东西。"

她笑："姑姑、姑父待我如同亲生女儿。我遇到的每个人都很好，没有渣男欺负我。我做着喜欢的工作，很多人喜欢我，喜欢我写的歌，我觉得很幸福。哦，我还差点给你找了一个能光耀门楣的女婿。哈哈……"

她心中涌上酸涩。

"在他的帮助下，我才能找到你，让害你的人认罪伏法。我很感激他……可是爸爸，我好像没办法快乐起来了……

"我迫不及待地想离开。我不要那根拉着我的皮筋，我并不脆弱，也并不惧怕，我离开属于他的森林，也能飞翔。"

四下安静，唯有她的低语声。

"小时候，我说我想当大明星，当女警，当飞行员。你说，不管我做什么，都希望我快乐。

"我想找回我的快乐。爸爸,你看吧,我的人生路,我要自己走,我会走得很好。"

夜风轻柔地拂过,枝叶簌簌作响。她站起来,感受风从耳边溜走,就好像另一个维度的父亲,在用一种特别的方式,抚摸她的脸颊,鼓励她要勇敢。

"爸爸,请你安心。现在,我要开始自己的生活了。"

夏籽收到录取通知书那天,正在写暂退公告。

她前段时间频繁出入公安局,已经引起了一些媒体的注意。

不过近期她很少出现在公众视野里。娱乐圈更新迭代非常快,没有作品的人,迟早会被人忘却。那些耸人听闻,只为赚取流量的文章,大多如同昙花一现,很快销声匿迹。

她不去想这背后是不是也有裴允谦的功劳。

删删改改,她最后决定用一段轻快明了的话,结束她短暂的娱乐圈生涯。

"感谢大家一直以来对我的支持和喜欢。从主播到歌手,再到演员,我体验了不同的生活,也成长了许多。比起做个被闪光灯围绕的明星,我更愿意当个普通人。所以接下来,我将暂别娱乐圈,继续读书学音乐。当然,我还是会写快乐的歌,直播账号也不会注销,有想和你们分享的绝对不会吝啬。愿大家都热爱生活,健康快乐。我们江湖再会(玫瑰)。"

文字发送成功,底下的评论和点赞唰唰增长,手机提示音响个不停,夏籽索性关了机。

又了了一桩心事,她躺在床上,展开录取通知书一遍又一遍地看。

虽然不是综合实力排名特别靠前的学校,但夏籽查过,这所学院学习氛围很好,历史悠久,还出过几位著名音乐家和歌手。

她很期待不久后的留学生涯。

她越想越激动,干脆爬起来,打开电脑搜索留学注意事项,一项一项列出清单和流程,还想方设法找到那所学校的中国留学生前辈,向他们请教。

那几天夏籽都沉浸在即将开始一段新生活的喜悦中。

直到肖越安的审判结果出来,打破了夏籽好不容易平静下来的心情和状态。

她找到了曾经找自己调查取证的公诉人。

"一命换一命,就这么难吗?"

刚过三十岁的女公诉人也很同情她的遭遇。

"他很狡猾,本人并未直接沾手此事,但是人证物证都有,教唆引导犯罪,也是需要负担刑事责任的,不过……想判他死刑很难。"

夏籽捧着茶杯的手指渐渐收紧。

对面的人叹息:"肖越安少时在最乱的街区长大,入赘得势后也养了很多心腹。那些人不是孤儿，就是有把柄在他手上，或者欠下了高利贷。证人阿南就是因为遭受了长久的压迫，终于选择揭发他。"

夏籽也是后来才知道，肖越安身边的心腹阿南，因为裴允谦暗地里帮过他一次忙，所以最后在关键时刻倒戈。

那晚，她喝的茶里其实什么都没放，这也是阿南的功劳。还有在危急时刻解开裴允谦的捆绑，暗自录下肖越安的罪行……

好在，好人有好报，那晚他并没有伤到要害。

和律师聊完，她心不在焉地从律所大楼里出来，迎面和一个脚下生风的女子撞上。

"对不起。"

"不好意思。"

二人同时道歉，然后同时愣住。

也不怪夏籽第一眼没有认出裴若依，她确实变了许多，拉直的过肩黑发使她看上去比从前更显沉稳干练，米色修身西装，黑色高跟鞋，一副女强人的打扮。

夏籽忍不住出声："依依？"

"嗯。"裴若依在短暂的意外后，很快恢复平静。

夏籽一时间不知如何寒暄，只能说："好久不见。"

"嗯。"裴若依看了一眼手表，"还有事吗？"

她似乎并无交谈的欲望，夏籽心中涌起失落，但表面上还是不在意地笑了笑。

"没事。"夏籽朝她摆摆手，率先迈步。

走了几步，裴若依出声叫住夏籽。

"夏籽。"

她回过头。

人流来往，裴若依面色平静，说："对不起。"

夏籽静静地看着她，然后沉默地转头离开。

夏籽一步步顺着台阶向下，阳光明亮，街道喧嚣。她微微扬起嘴角，忽然想通了。

万物守恒，他犯下罪恶，必然会受到惩罚。

在他心中，法律的惩罚也许能够接受，但，来自挚爱的介怀，恐怕一辈子都难以磨灭。

这才是对他最大的惩罚。

几日后，夏籽申请去探监。

隔着一层玻璃，肖越安看起来就像个普通老人，曾经黑亮的头发因为缺乏保养，变得花白，脸上的皱纹似乎也加深了几分。

"世界是平衡的，妄图破坏规则的人，会受到反噬。这还是肖叔叔教给我的道理。"

肖越安佝偻着脊背，似乎低头笑了笑。

"我终于还是栽到了你们父女俩手上。但是夏籽，我不恨你。该我还的债，我自己还，只要不报应到……别人头上。"

"依依她是很正直的女孩。我想，你一定给她做了很好的榜样。可惜，你从污泥中出来，心再怎么伪装，也是肮脏卑劣的。往后，她叫你的每一声爸爸，都饱含挣扎，再不像从前那样真心。你们不会再亲密无间，她会慢慢疏远你，离开你，你此生最疼爱的女儿，她发自内心地鄙夷你……"

"够了！"肖越安拍案而起，眼神痛苦而凶狠。

狱警将他按下来，他大口喘息，好半天才平静。

"你贪婪了一辈子，伪装了一辈子，现在想要温情？难道受害者只有我和我的父亲吗？余生，你慢慢还吧。"

她站起来，望着将头埋在手心的男人，漠然地转身离开。

肖越安缓缓抬起头，女孩肩背挺直，马尾飞扬，正是青春靓丽的年纪。

他的视线模糊、重影，仿佛看见了另一个和她年纪相仿、身高相近的女孩子。

毫无预兆地，他想起多年前的一件小事。

那年他解决掉夏东林，抓住孤身闯入裴宅的夏籽。

他永远记得在公安局听到年仅十二岁的小女孩，严肃又坚定地说："不是意外！他最后是被裴家的人叫走的，我爸爸他开车一直很稳，不可能自己掉进江里！"

他当下就心中咯噔一声，动了除掉她的念头。后来她自己送上门来，又阴差阳错之下被救走，他一直无法放心，就好像扎在心里的一根小刺，看似细小无害，但就怕她慢慢生长，最终刺破皮肉，流血化脓。

于是他派人盯着她，继续寻找机会。

有一天他坐在书房，看着助理拿来的夏籽的照片，陷入沉思。一双小手忽然挡住他的眼睛，伴随着软糯可爱的声音。

"猜猜我是谁？"

肖越安不动声色地将照片翻过去，阴沉的脸色瞬间多云转晴。

"呵呵，我猜是……幽灵公主。"

女孩果然心花怒放。她放开手，亲密地搂住父亲的脖子。

"为什么是幽灵公主？"她最近迷上了宫崎骏的动画电影。

"因为你走路没声音呀,像个小小幽灵。"他刮了刮女儿的鼻子。

他想悄悄把照片塞进抽屉,谁知她早就看见了照片,此时伸手夺了过去,疑惑道:"爸爸,这是谁?"

他只好随口敷衍:"朋友的女儿,和你差不多大。"

"她好可爱呀,脸肉嘟嘟的!"裴若依捏着照片不放手,"她可以当我的妹妹吗?"

肖越安无奈又好笑地抽出照片,女孩自顾自地皱眉思索:"不对,人家也有自己的爸爸妈妈……对了,爸爸,她有爸爸妈妈吗?"她仰起脸一脸认真地问。

肖越安被她清澈明亮的一双眼直视,手不自觉地将照片捏出折痕。

"她……没有了。"

"这么可怜?"裴若依瞪圆的眼睛里涌出同情,"那让她来当我的妹妹吧!"

"怎么能让别人随便当你妹妹呢?胡闹。"

裴若依遗憾地撇撇嘴。

"爸爸,那你多照顾她一些吧。没有爸爸妈妈,她得有多难过呀……"

…………

阳光透过高处的窗户,洒在戒备森严的监狱里。肖越安多看了几眼小方框外的光明,才缓缓起身,拖着镣铐一步步向前。

他的腰比来时更弯了,没人注意到他眼角一滴微不足道的眼泪。

至此,十几年前的那起失踪案彻底告破。

夏籽领回了父亲的尸骨,在一场简单的葬礼后,亲手将父亲的骨灰下葬。

那天阴雨绵绵,她撑着黑伞站在夏东林的墓碑前,一滴眼泪都没有掉。

"爸爸,现在你可以安息了。我会听你的话,做一个快乐的人。"

姑妈在她身后,忍不住发出抽泣声。她回身抱了抱姑妈,看到周未轶正温柔地注视着自己。

她对他笑笑。越过他,她看到裴允谦被雨雾模糊的脸。

葬礼结束后,周未轶拦住了她。

"我又要去封闭训练了,这次是去国外。"

夏籽踮起脚,欣慰地拍了拍他的肩膀。

"加油!为国争光哦!"

周未轶没有回应,他的目光投向不远处安静地注视着这里的裴允谦。

"既然你当我是弟弟,我就告诉你,不管是他,还是别人,谁要是欺负你,我周未轶第一个不让。"

他的神情认真得可爱,夏籽既感动又忍俊不禁。

"知道啦，知道啦，谁要是欺负我，我就报你的大名，然后你去游戏里帮我狠揍他一顿，让他这辈子都不敢上号……"

两人相视而笑。

周未轶最后说："我周五出发，你要来送我吗？"

夏籽没想到这么快，但她还是爽快地答应："当然。"

和姑妈一家一起离开之前，夏籽去和裴允谦告别。

她正酝酿如何开口时，他先说话了。

"我最近抽空帮你看了那边学校附近的房子，有价格和条件都不错的，我让朋友先帮你订上，自己住比住宿舍舒心一些。我还可以帮你安排中餐师傅，你安心学习就好。等这边的事忙完，我也会过去……"

"阿谦。"她打断他，"不必了。我查过住宿条件，我想住宿舍，认识新朋友。我不需要中餐师傅，我喜欢自己下厨。我在网上认识了那边的中国学姐，她教给我很多经验。需要的东西和入学流程，我已经全都做好笔记了。你不必过去，我自己什么都可以办到。"

她句句话将他阻隔在她的堡垒之外，而他对此束手无策。他习惯性地为她打点好一切，可有一天她告诉他，她其实根本不需要他。

他觉得自己的心脏在无限下坠。

"好。"他说。

她不知道说出这个字费了他多大的力气。所以她走，他没能再留。

"对不起，我向你隐瞒了卢希胜的事。"不想让你因此身处险境。

他在她身后解释。

她脚步顿了顿，但没停留。

他目送她挽着家人的手离开，偶尔露出沉静的侧颜。她比他想象中的更加成熟。他以为得知真相后，她会痛不欲生，可其实，她早就是个能够掌控自己情绪的成年人了。

雨淅淅沥沥，下得更加密集，他觉得自己也应该走了。

雨雾模糊了视线，他迈出步子又默默停下。

去哪里？

像宇宙没了光明，他又变成孤独的行星，沉寂在黑暗里。

周五一大早，夏籽起床做了几个芝士培根肉松饭团，把它们装在饭盒里，动身前往机场。

路上堵车，她到时有些晚了。当她匆匆跑进大厅时，就看到周未轶站在最显眼的地方等着。

她气喘吁吁地跑过去，递给他饭盒。

"还好你没走。"

他本来脸黑得像锅底似的，但是看她来得辛苦，还带了亲手做的食物，他的那点小脾气瞬间随风而去。

他的队员都已经安检完毕，他向后看了一眼，说："没事，不差这一会儿。"

"我做了饭团，你拿着，和小朋友们分着吃。"

"小朋友？他们中有的人比你都大好吗？"随即他小心地将饭盒抱在怀里，"分着吃？美得他们。"

夏籽对于他的幼稚简直无语，但她还是拣重点对他叮嘱了一番。

广播里通知他搭乘的这趟航班开始登机，夏籽后退一步，对他挥挥手："快走吧。"

他默默望着她，她本能地感觉到了危险。果然，她还来不及反应，他就上前一步，长臂一伸将她锁进怀里。

夏籽的脸埋在他的胸口，心下懊恼——还是没防住啊。

她听到他在她耳边数："一，二，三……"每个数字之间间隔悠长，数到三时，他放开了她。

他面朝她向后退，一边灿烂地笑道："再见啦，第七小姐姐。"转身之前他又说，"等我再拿个世界第一回来！"

夏籽也慢慢地笑起来："好啊，等你荣归故里！"

周未轶转过身，笑意一点点消失在嘴角。装洒脱有什么难的呢？心痛的次数太多，好像就没那么痛了。

飞机升空时，周未轶拆开了一个饭团，还是温热的，一口下去，芝士香味浓郁。

他望着飞机下的世界，漫不经心地想起两年前的夏天。

他刚从职业选手转行为游戏主播，一时间难以适应，播到一半受不了，跑去一楼茶水间喝鲜榨果汁。

他趴在桌上，透过透明玻璃茫然地望着门口。

聚星不愧是业内有名的主播经纪公司，来来往往的大多是女生，且无一不赏心悦目。

无聊的他开始玩无聊的小游戏——从现在开始数进来的女生，从一一直数到七。

为什么这么做呢？因为七是他的幸运数字，从小到大，无一例外。

他耐心等待，从一开始，慢慢数出了兴致。他渐渐期待，第七个女生会是什么样子的。

第六个女生进来了，饶是素来对异性迟钝的周未轶，都忍不住被她的长相惊艳了一下。不久后，这位女生果然成了聚星排名第一的当家女主播。

第六个女生进来后，没有马上走，而是回头招呼着另一个人。

外面阳光热烈，一开门都能感觉到浓浓的暑气，一个穿淡粉色运动系连衣裙的女生走了进来。

她剪着短短的刘海，马尾高高扎起，瞳仁很黑，无论看什么都是目光坚定的样子。

周未轶饶有兴致地从桌子上起身，伸长脖子目送她上楼。

那时，夏籽是刚来公司的新人主播，也是偶然闯入他视线的幸运"七"小姐。他开始有意无意地用小号看她直播，通过直播认识她，了解她。

世界上有无数的偶然，有时不经意的一眼，也会成为命中注定的必然。

他靠在椅背上，懒懒地望着舷窗外的云层。

喜欢上你是一个偶然，忘记你却要用尽全力。

好吧，他明白了，爱情从来没有公平可言。

而他，好像也没有怨言。

送走了周未轶，夏籽继续自己无业游民的悠哉生活。

她趁着出国前的这段空闲时间，又去了几处曾经向往的地方——藏区的雪山，江南的园林，沙漠的绿洲，古街的巷弄……

每去到一个新地方，她都会打开直播，给粉丝们看看风景，和他们聊聊天。

留言里还是会有各种质疑的声音——

"都上综艺节目了，又跑回来直播？混不下去了吧？"

"看来没人捧了。"

"说得对，听说聚星都要没了。你看她的名字，已经不加聚星的前缀了。"

"不是，人家要出去留学了，现在直播只是为了再圈一波钱而已。"

夏籽不想理会那些唱衰的声音，但同时她也觉得好笑。为什么很多人总是习惯性地把所有事都往金钱和利益方向联系？好像世界上不能存在纯粹的喜欢和真心相待。

好在，真正支持她的粉丝也一直都在。他们还让她出去留学后也要常常分享在那边的生活。她欣然应允。

给自己放完假，接下来的时间，她就在认真学口语，准备出国事宜。

姑妈所在小区业主们的维权行动仍然在继续，而且进展顺利，预计不久后能得到应得的赔偿。而沈家佳彻底从阴霾中走了出来，也在早教机构找到了新的工作，目前和乔楠正在热恋中。

夏籽便完全放下心来。

只是她在走之前，还有最后一件事要做。

那天她提着笼子，在裴允谦家门口，一直等到晚上十点。

她也是问过乔森才知道，裴允谦现在依然住在她以前租住的那间小小的公寓里。

她在单元楼对面的小凉亭等他。时值夏末，蚊虫依然肆虐，她抓着痒，越发不耐烦。

于是在看到不远处裴允谦略微摇晃的身影时，她一个箭步就冲了过去。

"我等了你三个小时！手机都没电了！"她大言不惭地埋怨他，早忘了是谁让乔森别告诉他自己要来的事。

裴允谦被突然闯出来的人影惊到，目光迟钝地望着她。

她闻到他满身的酒气和隐隐约约的香水味，一股邪火涌上心头。

"不是说喝不了酒吗？"她语气不满。

他上前抱住了她。

她透过浓浓酒气，闻到专属于他的熟悉味道。这味道让她沉沦、贪恋，一时间没能做出反应。

直到手中的猫笼里，新年发出"喵"的一声。

她手上使力，将他推离。

他的眼神逐渐清明，修长的手指按了按太阳穴。

"你怎么来了？"他语气低沉。

"就是……"

"上去说。"他自然而然地接过她手中的猫笼。

夏籽揉了揉酸痛的手腕，心想：这橘猫真是越来越重了。

她跟着他上了楼，大门的锁还是用的从前的密码，室内陈设也和从前别无二致，不同的是，少了关于她的东西。

夏籽熟门熟路地走进去，坐到沙发上，给自己倒了杯水，一口气喝完，就见裴允谦换完家居服出来。

水珠将他额前的黑发浸湿，看样子他洗了把脸，但脸颊的潮红还是十分显眼。

"你喝了多少？"

"不多。"确实不多，他心情烦闷，不知不觉就饮了几杯，还好自控力足够强，懂得见好就收。

"饿了吗？要吃什么？"他问。

夏籽眼珠转动，倒还真的认真思考起来。

"我想吃……不是，"她这才想起此行的目的，"你都不问我来干什么吗？"

裴允谦看了眼刚刚被放出来的橘猫，眼神好像在说，这还不够明显吗？

"姑妈对猫毛过敏，你是知道的。我也不好意思把猫托付给别人，你也算是它半个主人，可不可以帮我养两年？"

夏籽虽然用的是问句，但心中笃定裴允谦会帮她养。

要不是能托付的人只有他，她才不想来找他，毕竟，她不久前才对人家冷言冷语地说再不相见，现在的局面确实很尴尬。

"不可以。"

"啊？"夏籽的脸一下垮了。

"你是我的什么人？我为什么要帮你养？"他坐在沙发另一边，语气理所当然。

夏籽简直要在心中骂人。

"前女友。"她很快说。

"所以不行。"裴允谦一本正经，"我没有跟前女友纠缠的习惯。"

呵呵，她在心中冷笑，跟她待久了，他也学会了一本正经地胡说八道，也不知道之前是谁一直在缠着自己。

夏籽咬牙切齿："我给你钱，要多少？"

"不好意思，我不缺钱。"

"那你缺什么？"

"我缺什么，你心里没点数吗？"

夏籽觉得冲到头顶的怒气一瞬间烟消云散了。她垂下眼睛，不再言语。

裴允谦坐近一些，发出轻轻一声叹息。

"夏籽，我从来没想过支配你的生活，曾经我错了，现在我会改。我们可不可以……不分开。"

夏籽抿着唇不说话。

眼见她眼神有些动摇，他继续柔声说："你把新年送来让我照看，不就是因为，你依然相信我，不想跟我彻底决裂吗？"

客厅一角，新年找到了它曾经最喜欢的窝，舒舒服服地躺了进去。

夏籽想，那么旧的窝，她当时搬家都不愿拿，他却一直都没有扔。

他知道小猫还会回来，知道她舍不得离开。

她站起来，说道："给我点时间。"

她没有拒绝。他心下松了一口气，酒劲上来导致的眩晕又让他微微皱起了眉。

见他似乎很累了，她便主动告辞："我先走了，你好好休息。"

"我叫乔森送你。"他扶着扶手起身。

"不晚，我可以自己走。"

"不行。"

裴允谦沉默地看着她,她倔强地仰着脸。他们面对面站着,相持不下。

"那我送你。"这次他先妥协。

夏籽怔了怔:"不用……"然而他已经走进卧室去拿外套。

夏籽泄了气,其实她也可以趁现在一溜烟跑掉,他也不一定追得上自己,但她什么都没做,就站在原地,等他出来。

他们并肩出了小区大门,夜风正凉爽。

裴允谦原本发烫的脸颊渐渐降温。

"你还好吗?"夏籽瞥了他一眼。

"不好。"他声音淡淡的,"你想怎么回家?"

地铁只需要坐两站,她原本想搭地铁的,可看他那副疲倦的样子,她还是说:"打车。"

"先走走。"他说。

"好。"

夏夜,灯火霓虹星星点点,汇成一整个城市银河。两个身影慢悠悠地行走其间,享受片刻的安宁。

"就两年。"他忽然说,语气像闷着一场大雨的天气。

"那你不准来找我。"她气呼呼地讨价还价。

"那你不准喜欢上别人。"受她影响,他的语气也变得幼稚起来。

"那你不准喝酒。"她转过身面向他。

"那你不准一个人去酒吧。"

"那你不准管我闲事。"

"那你别去了。"

夏籽没能再撑过去,因为她看到他深黑色的眼眸,像浓墨浸染宣纸,映出大片阴郁和伤感。

"这个世界,我除了喜欢你,还喜欢我的家人,喜欢音乐,喜欢我自己。可是和你在一起,总让我看不清自己。依赖的感觉让人沉迷,可我想去追寻自己真正热爱的东西。"

裴允谦微微垂首,月光都照不清他的眉目。

"可我只喜欢你。"

夏籽的嘴唇动了动,还是仰起脸道:"你喜欢的是我,还是喜欢掌控游戏的快感,喜欢站在神的角度去拯救我?你对我,是哪种喜欢?"

裴允谦缓缓地抬头凝视她,转瞬后笑了,那笑极清淡,像是不屑一顾,又像是自嘲。

"好吧。"他抬手拦车,"你走吧。"

将她塞进后座,他随意地扫了眼出租车司机的名牌和车牌号,面无表情地弯腰对她说:"等你长大成人了,我再和你算账。"

夏籽反应过来,趴在窗户上喊:"你在说我幼稚?"

"幼稚得要命。"

夏籽伸长脖子正要理论,裴允谦看到她这送上门来的姿势,不客气地捏住她的下巴,用力吻上了她的唇。

中年司机大叔见怪不怪地吹了吹保温杯中的菊花茶。

裴允谦浅尝辄止,没打算丢人现眼太久,何况他现在憋着一股气,怕弄疼了她。

他放开她,凝视她圆睁的双眼,似乎想把她这副模样深深记在心间。

"你想去哪儿,就去吧。"

自由本身就是属于你的。

梦想也是。

尾声
白鸽回航

1

5月19日,早上六点。

闹铃嘀嘀作响,裴允谦睁开眼睛。

睡眠监测显示他昨晚深度睡眠两小时,算是个进步。

他洗完澡走出卧室,两只狗一只猫一起朝他围过来。他给宠物们喂完早餐,又去遛了狗,回来戴上粉色的园艺手套,用粉色的喷壶给阳台的多肉植物浇了水,新一天的早晨就结束了。

百无聊赖地来到公司,百无聊赖地参加会议,他明明是心不在焉的,可指出数据疑点时还是准确又犀利。

裴允诚赞许地看着弟弟。

现在公司的大部分事宜是由裴允诚负责,而裴允谦担任财务副总监。裴元璟有意培养裴允谦做未来的集团CFO(首席财务官),但他给出的回应模棱两可。

结束了一天的工作,他推掉酒局,开车前往裴家。之前他都是一个人住在小公寓,最近裴元璟生病,今天他便住了回来,权当尽孝。

看望过裴元璟,和家人一起吃了饭,裴允谦就径直回了自己的房间。

好长时间没有回来住，房间冷清，但不见尘土。他洗完澡出来，随手点开一部电影。

电影是她在 Vlog（视频日志）里推荐过的一部，北美先上映，他隔了几个月才看到。

这部电影的整体情节还不错，逻辑严密，科幻场景震撼。可他全程心情平静，想的都是她看电影时两眼放光的样子。

裴允谦鼻间逸出一声若有似无的笑，拿水杯的手忽然顿住。

书桌的边缘，安安静静地摆着几只用彩色镭射纸折出来的小纸鹤，像是某种糖纸。

他感到大脑嗡的一声响，像是血液停止了流动。

他倏然站起，茫然四顾，仿佛在寻找另一个人的存在。然而这是不可能的，他很快恢复理智，叫来了刘姨。

"刘姨，这些纸鹤是？"

扎围裙的中年妇女以为她做错了什么事，紧张地擦擦手："啊，好像是之前送干洗时，从哪件衣服的口袋里翻出来的……"

他微微一怔，想起那次他与夏籽乘飞机从挪威回国，她边吃糖果边折纸的样子。他莫名松了口气，说不清是了然还是遗憾。

"没事了，刘姨。"他的语气恢复正常。

刘姨走后，他靠坐在椅子上，捏起一只纸鹤，对着灯光看。

小小的纸鹤流光溢彩，生动可爱，不知怎么，他就想到了她坏笑时眼里的狡黠。

他抿着唇，心中累积的想念让他透不过气来。

她明明不在他身边，可又似乎无处不在。

裴允谦下意识地点开某航空订票软件，搜索出目的地后，手却停了下来。

退出软件，他转而点开另一个社交软件，最常访问里只有一个人——Yaya。

她最近没有更新，但首页推送的无聊短视频里，一则点击量非常高的视频吸引了他的目光。

因为视频标题是"昔日爆火女主播，今日流落异国酒吧卖唱"。

他皱眉点进去，视频里灯光混乱、昏暗，镜头也晃个不停，像是观众席上某人随手记录下来的。

但裴允谦还是认出了视频中那张让他日思夜想的脸。

舞台上的女子一头清爽的黑色短发，正高声清唱一首中文歌曲。

她唱了几句后，吉他、贝斯、架子鼓一齐跟上，点燃了全场气氛。女子唱到高潮处，还情不自禁地在舞台上蹦跳起来。整个酒吧都沉浸在欢乐又激昂的氛围里。

视频只有一段，于是裴允谦一遍又一遍地点开。

小舞台显得那么拥挤，可舞台中央的女孩子，仿佛站在世界顶端歌唱。

短发让她双眸更显明亮，小背心，牛仔裤，简简单单，但活力四射。他有些嫉妒为她伴奏的乐手，听她唱歌的观众，甚至是路上偶尔看她一眼的人。

他们是多么幸运。

他又拿起纸鹤，静坐房间，睹物思人。时间嘀嗒流逝，不知不觉已到零点。

5月20日。

他点开微信，想了想还是没有点开她的头像，而是发了条朋友圈——

"生日快乐。"

大洋彼岸。

刚结束一上午课程的夏籽，正抱着书下楼，准备去参与乐队排练，谁料被人堵在了教学楼门口。

"嘿，Yaya，我们晚上有一个派对，和我一起去吧！"对方用英语对她说。

拦她去路的人名叫凯文，金发碧眼，十分高大，站在那里，完完全全挡住了她面前的阳光。

夏籽看了眼手表，出于同学情谊，她还是礼貌地笑笑："不好意思，我还有事，去不了。"说着她就要侧身错开他。

他后退一步，继续拦着她："Yaya，去吧！"

夏籽无奈。

这位同学是在新生派对上认识的，后来便老是出现在她周围。她觉得为了日后的耳根清净，再不下猛料不行了。

夏籽撩了一把短发，故作为难："今晚我的男朋友从中国过来看我，我确实没时间呢。"

"哦……"凯文面露遗憾，只能放她离开。

她刚走出几步，听到他又高声说："Yaya！新闻上说有连环杀手就藏在你家那片街区，晚上回家小心！"

夏籽没有回头，只是挥手向他表达感谢。

他所说的事，她也有所耳闻。

不过街区那么大，她不觉得自己会刚好那么倒霉。何况，她和几个乐队成员住得近，很少自己一个人走夜路。

偶然瞥见手机上的时间，夏籽微微一怔——明天居然是自己的生日。

日子过得太充实，她都忘了这个日子，转眼，自己来这里已经快一年了。

她只在初来时因为语言不通、风俗不同而产生过不适应。不过她学得快，音乐学院的氛围也很好,她在这里认识了志同道合的朋友,一起玩音乐,做音乐,她渐渐感受到自己曾经写的歌曲的稚嫩、粗糙和无趣。

她肉眼可见地成长了,还和朋友们临时组了一个乐队,去小酒馆表演。那里有热爱音乐的各种各样的朋友,她觉得自己像一株初长枝丫的小树,在不断地吸收着光热和养分。

她喜欢现在这样每时每刻都在生长的自己。

夏籽随手翻看着朋友圈,忽然停住了脚步。

几乎是"社交软件隐形人"的裴允谦,居然发了四个字的朋友圈——"生日快乐。"

他这是发给谁看的,不言而喻。

她不自觉地弯起嘴角,说不想念、不怀念都是假的。自她独自出国,生活并不是一路顺畅,她也曾因为丢钱、丢护照,或者在学校被为难而躲在被子里哭泣。那时候,她疯狂地想给他打电话,让他来帮她解决一切难题。

但她知道自己不会那样轻易被打败。

所有糟糕的事一齐撞上时,她擦干眼泪,将亟待解决的事一件一件记在备忘录里,然后一件一件想办法。

事实证明,生活再一团乱麻,也总会有出口。

她在学着自己处理问题的过程中,慢慢变得从容。

她想让自己成为一棵能抵挡风雨的树,而不是只会依附的柔软藤蔓。

关掉微信,她点开手机的摄像功能,开始录视频。这也是在她出国后,喜欢上的新的分享方式。

"大家好,我是Yaya,也可以叫我夏夏。我现在刚下课,今天我们乐队请来了一位超帅超厉害的吉他手。不多说啦,我要去拜师!"

她知道有人在守候她的更新。

又结束了一晚的演出,夏籽和乐队的朋友们气氛欢快地走在街上。最近挣了不少演出费,她打算好好犒劳一下自己。

夏籽刚来时是住宿舍的,后来因为组了乐队,时常需要排练、演出,她便出去租了房子。

和乐队朋友分开后,她听到肚子咕噜噜叫的声音,再看时间,已经是午夜十二点多。

居然就到了她的生日。

她多找了几条街,才买到一个小蛋糕。

回到公寓,她独自坐在桌前,点燃蛋糕上的小蜡烛,然后闭着眼许愿。

"唉,我的愿望有一箩筐,说都说不完。算了,做人不能太贪心。我就许一个吧。"

蜡烛的眼泪缓缓滑落。

她在昏黄的烛光下，轻声说："希望我永远跟随自己的心。呼——"

蜡烛熄灭。

"二十五岁快乐。"她对自己说。

2

夏籽最近总是忧心忡忡。

因为她怀疑变态杀手和她住在同一栋公寓。

起因是她有一天晚归，在楼道里碰到一个行踪神秘的高个成年男性。他用宽大的卫衣帽子遮住眼睛，口罩把大半张脸捂得严严实实。

与他擦肩而过时，夏籽感觉到一阵寒意。

她以光速跑回家里，然后从窗户向外张望。

正巧那人也已经出了楼道，只是夜色浓重，她看不清脸。

夏籽看了眼时间，正好午夜一点。这时楼下的人仰头，似乎正望着她这个方向。她倒吸一口凉气，迅速藏到窗帘后。过了好久，她才敢探出头来，那人早已不见踪影。

当天晚上，夏籽就做了噩梦，第二天她疯狂搜索关于变态杀人狂的新闻。通过报道里警方的画像，她得知犯罪嫌疑人身高在一米八以上，身材强壮，反侦察意识很强，每次作案都不留下丝毫痕迹，好在夜间行凶，目标全都为二十岁出头的年轻女性……

读到这里，夏籽已经感觉到毛骨悚然。

虽然神秘人很可疑，但她并没有任何证据去指控他。而且自那之后，她再也没有碰见过他。

夏籽渐渐放松了警惕。

她想神秘人也许已经搬离了这里，自己终于不用再活在恐慌和防备中。

结果，两周后，她在公寓附近的比萨店，再次碰到了他。

彼时他正提着一盒比萨往外走，而她正要进去。看到他熟悉的一身装扮，她感到一道惊雷在头顶炸开。随即她几乎是下意识地抓住了他的衣角。

两人都像是被定住了一样。

夏籽在心中骂自己的冲动和不要命，但抓都抓了，不说话岂不是会让气氛更诡异。

于是她强装笑意，用英语道："你好，兄弟。我只是想问，你买的这个口味好吃吗？"

她觉得，作为正常人，就算不想理她，出于礼貌也会露出眼睛，回复一句。

然而这人只是脚步停了停，然后就头也不回地迈步离开，好像只是被一只蚊子惊扰。

有问题！肯定有问题！

她向朋友们寻求建议。

有人说她想太多，也有朋友表示愿意帮忙。

于是在好友的帮助下，她在自己公寓的大门上安装了一个猫眼摄像头，也算是给自己的安全多一份保障，顺便还能监视神秘人的动态。

经过一段时间的观察，她发现神秘人的行踪毫无规律可言。而且他常常会消失很长一段时间，又突然回来。

夏籽忍不住猜想，他消失的日子，是不是都去做坏事了。

日子风平浪静地过去，她渐渐淡忘了自己曾经对神秘人的恐惧。因为临近期末，她变得更加忙碌起来。

她要准备论文和答辩，还不想放弃乐队，虽然他们只是临时组建，但还是有一些国外的音乐公司找上了她，想签她的乐队出专辑。

她在留学期间每天接触不同的事物，创作欲旺盛，自己写了很多歌，以中文歌为主。酒吧里的很多观众给她的标签就是——唱中国歌的中国女孩。

然而就在这时，一则新闻的出现打破了她平静的生活。

她生活的街区，有一位年轻女性无故失踪。

整个社区人心惶惶，夏籽也不例外。她调出监控来看，女性失踪的那晚，神秘人也彻夜未归。

原本压下去的惊疑又浮上心头。

某个周末，她改完了新一版的论文，就开始化夸张的妆容。那天是10月31日，万圣节前夜，她和朋友们约好晚上一起游街。

化完妆，她披上黑斗篷，戴上女巫帽子，在镜子前臭美，余光瞥见一旁电脑里自动播放的摄像头实时画面——穿黑色运动服的神秘人路过门口，很快消失。

夏籽怔了怔，看一眼时间，晚上六点。

也快到了和朋友们约定的时间，不如先去做点更有意思的事。今天她的装扮是绝妙的伪装，现在就是揭开他真面目的最佳时机。

于是夏籽毫不犹豫地出门。

天色将暗，华灯初上。身着奇装异服的人走出家门，小孩子手上提着南瓜灯和糖果兜，准备挨家挨户要糖果。

平日里沉闷无趣的大街色彩缤纷，充满童趣。

到处都是欢声笑语，夏籽的心情都变得开朗，但她也没忘记自己的目的。

她看到那人路过街边小摊时，给自己买了一个蜘蛛侠面具。

她在原地站了会儿，直到他快要融进人流里，她才抬腿跟上。

　　街上，千奇百怪扮相的人越来越多了。夏籽挤在人群里举步维艰。这时她才知道自己已经到达巡游开始的地方。

　　她踮脚左顾右盼，看到的却是许多张戴着蜘蛛侠面具的脸孔。她有些失望地叹口气，正准备掏出手机联系朋友们，这时鼓号齐鸣，巡游开始了。

　　巨大的人偶伴随着一群骷髅头、女巫、僵尸、科学怪人等，缓缓走过来，越来越多的人加入巡游的队伍。音乐响起来，人群更加沸腾。

　　夏籽被裹挟着进了队伍。人们拉起手，欢呼，跳舞，又歌唱，夏籽沉浸其中，虽然疯狂，但也不自觉地跟着大家跳起舞来。

　　有人在混乱中牵住了她的手。她回过头，看到一张戴着蜘蛛侠面具的脸孔。

　　他们没能停住太久，队伍一直在前进。可是蜘蛛侠也没有放开她。

　　她的大拇指抚过他的骨节。

　　他们牵着手，在欢腾得像梦境一样的世界，安静地感受彼此的脉搏。

　　夏籽笑着，唱着，拉起他的手绕一个圈。他们一直向前，再向前，直到烟花绽开在天际。

　　巡游的人群渐渐散开，小朋友们欢笑着去要糖果。大街上到处都是"Trick or Treat"的声音。

　　夏籽仰头出神地望着漫天烟火，连自己都未察觉嘴角的笑意。

　　她转过头，对上隐藏在蜘蛛侠面具后的沉沉目光。

　　"你是谁？"

　　他沉默地注视她。

　　她便踮起脚尖，将脸凑到他眼前，轻轻启唇。

　　"你是杀手，还是我日思夜想的人？"

（正文完）

番外
我在孤岛等待月亮

1

我有一个秘密基地。

没人知道,当然,也没人在意。

我享受待在那里时的孤独,好像在一座只有自己的岛上,最好周围永远被海水环绕,我出不去,别人也上不来。

可是不行。

我一面尽力融入家庭、学校、社会,另一面,我又常常在冷眼旁观,好似身体隐藏在人群中,灵魂抽离升到高处,俯瞰世界,蔑视一切。

我抗拒所有被称为"真心实意"的东西。

童年的阴影让年少时的叛逆不断发酵,我表面乖顺,内心却酝酿着一场海啸,裹挟着海底的凶兽,静静蛰伏,等待裂缝。

但那个裂缝很久都没能出现。

因为爷爷。

他是我来到这个家时,见到的第一个人。

我发自内心地憎恨血缘上的父亲,从没有叫过他"爸爸"。

我叫的第一个人,就是爷爷,是他把我从孤儿院带回来的。裴元璟对我始终冷漠，毕竟他已经有了一个优秀的儿子，不需要我这个错误的产物。

爷爷把我带到他的家，独自抚养。

那时候老太太刚去世不久，爷爷却不愿意离开老宅，一个人住在那里。

那座宅子有近百年的历史，爷爷的父亲是民族企业家，战乱年代，他还主动修建地道和防空洞，为躲避轰炸的群众提供容身之处。

第一次来到老宅，我就很喜欢这里。

灰白的外墙没有让我觉得阴森。杉木林绕着别墅，像包裹着一个秘密。夜深能听到此起彼伏的虫鸣，虫鸣更衬得那里的夜晚格外寂静。

上学之余，爷爷教我弹一架19世纪的古董钢琴，或者带我到他的书房消磨时间。

别墅总共四层，顶层是书房，或者可以说是一间图书馆。

檀木书架整齐排列，历久愈显温润。数万册藏书被分门别类，木香和书页的陈旧气息交织，总能让人心绪沉静。

最开始，爷爷给我读历史，读诗，后来，我开始自己找感兴趣的书看。

每一本书都像一个完整、独立的世界，我在许多个世界里穿梭游弋，那些曾占满心脏的仇恨，好像不再浓烈得让我透不过气了。

爷爷待我很好，可我还是有一个按捺不住的念头——我想让裴元璟身败名裂，最好也尝尝无家可归的滋味。

每天，我发了疯似的学习，想用知识改变我的弱小，心灵深处，总有一个想打败谁的念头。

可是在我十五岁那年，爷爷去世了。

去世之前，他告诉我最后一句话："阿谦，要多笑一笑。人生啊，不是非要去完成什么，而是你自己幸福就好。"

我郑重地点点头，可并不知道如何才能笑。

笑对我来说是一件费力的事。

而幸福……我也完全不敢想象。幸福是爱与爱的交换，可是，这个世界上已经没有人真的爱我。

我也不知道去爱谁。

爷爷走后，我与裴元璟和他的夫人还有儿子生活在一起。即使心理上十分不适，表面上我依然伪装得很好。

按部就班地生活之余，一有空闲的时间，我就会偷偷跑到爷爷的老宅，将自己反锁在顶层的书房里。

文字有让我心安的力量，檀木的味道和爷爷身上的味道很像。

悲哀的是，那里终于成了我一个人的孤岛。

幸运的是，我在那里遇见了一轮小月亮。

2

对于裴家的人，我都习惯性地敬而远之。

这其中，肖越安令我印象深刻。

那时我还没有想到他是一切的罪魁祸首，只是出于本能地反感他。

他的言谈举止看似谦和，但我能察觉到他看我时藏在目光里的审视、忖度和轻蔑。只有自卑的人才会有那样的目光。

我总觉得肖越安并没有看上去那么简单。

但是爷爷心胸太宽阔了，他接纳了肖越安。我想爷爷如果冷血、强硬地将他拒之门外，也许以后的一切都不会发生。

那是一个无聊透顶的暑假，裴元璟带我们去欧洲游玩。

沿途的风景是很好的，但我一刻也没有露出笑容。中途裴元璟公司有事，决定提前回家。我心中庆幸终于挨完了这十几天的旅程。

回到家，我几乎没做休整，第二天就跑到了老宅，想找一本在英国喜欢上的书的中文版。

时隔多天没来，我察觉到一丝细微的不同——这里有人待过的痕迹。

我没怎么多想，裴家人丁兴旺，谁来都可以，我也不会打扰谁。

但在房间里，我还是刻意放慢了脚步，放轻了声音。

别墅里很安静。

当我走到楼梯的转角处，整个人像被钉在了原地。

地下室酒窖的门口，紧靠墙边的位置，一枚粉色的发卡格外醒目。

这里怎么会有这种东西？

裴若依来过了吗？

我捡起发卡，默默思索。像是冥冥中有一种力量，促使我找到地下室的备用钥匙，推开门一探究竟。

然后，我就看到了在地上缩成一团的她。

她当时那么小，像是在梦呓，额上有大颗大颗的汗在滑落。我满心犹疑地看着这个陌生女孩，决定先救人要紧。

我很快将她抱上楼去。

途中有一刻，她轻轻睁开了眼。我对上她隐隐显露的黑色瞳仁，她似乎有话说，很努力地想要看清我，但是很快，她又虚弱地歪倒在了我的怀里。

我将她带到了我的房间，先用物理方法帮她退烧。我思忖着这个陌生女孩突然出现在地下室的原因，犹豫着要不要在这里叫救护车。

她到底是谁？

她看着也就十岁出头，圆圆一张脸上满是稚嫩。我盯着她的脸，忽然间，一道灵光在脑海中闪现。

我想起了集团最近发生的风波。

有个颇具声望的员工开的车掉进了江里，捞不到尸骨，判断不了是自杀还是他杀。公司很多人都被警方传唤了。我的哥哥裴允诚最近因为这件事已经累得神经衰弱。

我曾在集团内部刊物上看到过高层慰问家属的照片。

这个女孩是那个失踪员工的女儿。

她为什么会出现在这里？

这时，楼下传来乱糟糟的脚步声。

我来到门口，听到外面急切的说话声。

"怎么会丢了？是不是醒来自己跑了？"

"我就去上了个厕所……"

"给我里里外外好好找！她跑不远，地道的出口那里也去看看……"

另一个低沉的声音说："陈哥，找到的话，'解决'吗？"

"嗯，老板的意思是，她自己跑来野外，我们就伪装成意外……"

那时，我还不知道他们口中的"老板"是谁。

我只是轻轻地将自己的房门上锁。

没人有我房间的钥匙，我对自己的隐私有极端的保护欲。我立在门内，屏息聆听外面的动静。

其间门被用力地推了几下，发现上锁后，门外的人也没有多停留，继续去下一个地方找。

他们能进来老宅，肯定和裴家的人有关系，所以不至于贸然毁坏房门，留下痕迹。他们也想不到，小女孩会在我这里。

我回过头，看到她眉头紧锁，神情痛苦。我看着她，好像想起了多年前的自己——

同样失去至亲，同样孤苦伶仃。

我待在她身边，一次又一次帮她更换额头的毛巾，一边思考着解决方法。

我自己不能出头，我还一无所有，没办法同不明势力对抗。

我又想到另一个问题，他们为什么要针对一个小女孩？

难道，她父亲的死真的不是意外？

我要知道真相，所以，她不能死。我心中更加坚定了这个想法。

打定主意后，我用这座房子的内线电话给管家拨出了一个电话，接通后等了两秒钟挂断。

别墅常年没人住，有人从这里打出电话本就古怪，管家一定会派人来查看。

我回过头，发现女孩的呼吸已经变得平稳，只是脸色依然赤红。

即便是在睡梦中,她的神情仍然坚定、执着,像是在梦中也在同什么拼命对抗着。

我掏出粉色的发卡,轻轻戴回她的头发上。

转身离开时,我听到女孩发出一声微弱的呓语——

"别走……"

我回过头,注视了她几秒钟,终于伸手摸了摸她的脑袋。

"别怕,我会保护你。"

3

夏籽。

我一边看着网络上有关她的新闻视频,一边默念她的名字。

她躲在一个中年女人身后,瞪着一双圆溜溜的眼睛,充满戒备地望着不怀好意地对她伸出话筒的大人们。

"不是自杀,我的爸爸绝对不会自杀!"

我惊叹于她的勇敢。

听说她在警察面前,也给出了很多不利于正阳集团的证词,这也是导致正阳集团相关人员频繁接受调查的原因。

然而,没有任何证据能证明夏东林的死和正阳集团的人有关。

我想正是因为这女孩的执着和高调,被背后的始作俑者给盯上了。

管家派的清洁阿姨到来后,发现了被我移到客房的夏籽,阿姨很快拨打了110和120。

别墅的监控一周前被毁坏,那些人也没有留下什么线索。

反倒是夏籽独自闯入别墅,本身就是违法的,念在她是未成年人,警察只是对她进行了警示教育。

从那之后,夏籽似乎变得低调了。

她在媒体面前开始沉默,仿佛完全变了一个人,除了隔三岔五还会去公安局打听自己父亲的下落。

我曾特意去她的中学看过她几次。

小孩毕竟是小孩,虽然她神色还惴惴的,但也开始和自己的好朋友交谈,捧一个香喷喷的烤红薯,就能露出开心的笑容。

后来我找了校外认识的一个朋友,他在他们那一片街区有点名声,相当讲义气,有正义感。我用裴允诚给我买的限量版篮球鞋和他交易,谎称夏籽是我的妹妹,在学校常被欺负,请他帮我护送她上下学。

与此同时,我开始在背后调查一些东西,潜入裴允诚和裴元璟的书房,借口使用他们的电脑,试图在蛛丝马迹里拼凑真相。

但裴元璟很快发现了我的小动作，他以为我在觊觎那个家的什么，然后毫不犹豫地将我送出了国。虽然我心里还有未完成的事，但我明白，以我的力量，根本无法拒绝他的安排。

我必须快点强大起来，只有强大起来，才能保护自己，保护别人。

只是，我还有一个放心不下的人。

发现这件事的时候，我竟然觉得有些欣慰——我终于有了一个要牵挂的人。原来牵挂会让人产生一种满足的感觉。

裴元璟为了赶我出国留学，给了我一笔数量可观的钱。我自己只留下一点点，其余全都交给那个朋友，请他继续关照夏籽，如果看到她身边有可疑的人出现，务必第一时间报警。

我最后一次去学校看她，是在秋末。

校门口，晃动的深蓝色校服像一片海洋，不知道为什么，我总能一眼发现她。

我状似不经意地跟在她身后，走她走过的路。

我想，就算她认出我也没关系。

天空下着小雨，她没有带伞，便顺势拐进一家便利店，挑挑拣拣后买了一包最便宜的水果糖。

她没有急着离开，就在便利店外的屋檐下躲雨，嘴里的糖果使得左右两边的腮帮鼓来鼓去。

我径直走过去，和她隔着一段距离，一起避雨。

小巷在那一刻格外安静。

她回头看我两秒钟，说："哥哥，你好高。"

我扬起棒球帽，侧头看向她。

她对我露出纯真烂漫的笑容，将彩色包装袋递过来："你要不要吃糖？"

我顿了顿，还是拿了一颗糖塞进嘴里，菠萝的清甜味道逐渐蔓延。

这时雨声急促起来，像在催促着什么。

我转身向老板买了两把雨伞，将红色的那把递到她手里。

她惊讶片刻，然后笑嘻嘻地向我道谢："谢谢哥哥，明天这个时候你再来这里，我把伞还给你。"

我也对她笑了笑。

她撑起伞，脚步轻快地步入雨中。

我撑着另一把伞，遥遥目送她离去。

愿你安好。

等我回来。

4

"当我的合伙人,拜托。现在正有机遇,阿谦,我很需要你。"

因为关湃的一句话,我回国了。

那时我已经在美国成立了一家小公司。独自打拼的心酸暂且不提,总之感谢我同父异母的哥哥,否则在美国那样的地方,光有一点聪明和努力还不足以在资本的海洋里畅游。

我觉得时机已经成熟,便允下关湃的建议,正式回国。

飞机落地的那天,正好是夏籽的毕业典礼。

当然我是有意选的这天。

阿仁,我在走之前就是委托他关照夏籽,这些年我也会陆陆续续给他酬劳。他在夏籽家附近开了间早餐店,后来成了家,有了小孩,并且和夏籽的姑丈一家成了熟人。

我欣慰于他生活的美满。他常常给我发夏籽的照片,夏籽亲切地叫他阿仁哥,会和他分享一些学校里的事。

阿仁再一一转告我。

夏籽的毕业典礼晚会就是他告诉我时间的。

我下飞机时是在下午,关湃兴冲冲地来接机,说给我准备了一场接风宴,叫了好多朋友。

但我拒绝了他,他气急败坏地非要问我原因,我只好告诉他:"我要去参加一场毕业典礼。"

他疑惑地问我为什么,我只说是有朋友的表演。

他是个爱凑热闹的主,闻言便取消了接风宴,直接跟着我来到了毕业典礼现场。

夏籽是一场音乐短剧的主角,唱歌很出色。我坐在幽暗的观众席,好像不经意间露出过很多次笑容。

那场演出后,关湃相中了夏籽。

彼时他正在筹备主播经纪公司,想第一批就推出一些有能力、能输出优质内容的主播。演出结束后,他私底下去给好几个学生递了名片。

那时找工作频频被拒的夏籽很快投递了简历,并通过了面试。

公司离她姑姑家很远,她开始四处奔波租房子。我授意助理在聚星附近买下了一套小公寓,然后以低价租给她。

她第一次直播时,我第一次下载了"灵猫"APP。

不忙时,她的每一场直播,我都看了。

我觉得她现在过得很快乐,我不想再用过去的事扰乱她的生活。

可我也是后来才知道,她没有放弃,只不过是学会了低调。

自从我回国后,裴元璟就开始插手我的私生活,自作主张地给我安排了一场相亲。

对方问我约会选在哪里时,我正在漫不经心地看夏籽的直播。她预告里说明天在人民广场直播,我随口说了那里的一家餐厅。

第二天,我在餐厅等待的时候,没想到她会推门进来,更没想到,她会坐在我面前。

我花了点力气,才没让她看出我的紧张。

她对我笑时,我恍惚间又想起了那个秋末的下雨天。

我望着她,嘴上在说什么,我已经记不得了,也不在意,也可能只是无意识地随口胡说。

我心里真正在对她说的话是——

我回来了,爱吃糖的小朋友。

5

天瑜的葬礼在北冰洋的一艘船上举行。

其实都不算是葬礼。

天瑜早就说过,她不喜欢葬礼的形式,就托关湃将她的骨灰撒到海洋里。她不想让朋友们知道,不想让大家怀念她。

但我和裴若依还是去了。

关湃像是变了一个人,下巴上满是胡楂,看上去十分沧桑,但他并没有情绪失控。

我想,在他陪伴她的这些日子,他们或许找到了应对离别的方式。

撒天瑜的骨灰时,远处海天一线的地方,有波浪翻涌。水柱冲天而起,蓝鲸银灰色的背脊浮出海面。

我们屏住呼吸,耳边回荡着鲸鱼悠长、哀婉的叫声,像一曲悲歌,又像一句送别。

蓝鲸潜入海里,身旁的依依哭出了声。

而我直接买了去美国的机票。

我从未如此想念夏籽,想念到一刻也等不了了。

在拥挤的小酒吧,终于看到她时,我的一颗心才缓缓归为原位。

生命如此短暂,珍贵的时间应该用来相见。

但我不确定她想不想见我。

我在她的公寓附近租了一套房子。工作之余,我会偶尔回来住几天,确定她安好后再离开。

她有几次好像快要认出我,但我不想让她认为我失约,还是选择抽身离去。

直到万圣节这天。

我知道以她的性格一定会去凑热闹,我不放心。

她好像在人潮中寻找着什么。

我在她附近,几次失去她的行踪,又几次找到她。

最后一次她消失又出现后,我终于忍耐不住,拨开人群走过去,紧紧拉住了她的手。

我可以故作从容地面对这世上任何离别,唯独与她的不行。

她也许认出了我。

我们就这样牵着手,在人群的裹挟中前进。烟花有多绚烂,周遭有多热闹,我丝毫没有在意。

因为我的眼里只有她一个人。

一场狂欢终于到了尾声。

她踮起脚尖问我:"你是杀手,还是我日思夜想的人?"

我无声地望着她,余光里最亮的霓虹比不上她的眼睛,一弯新月不及她嘴角的笑。

某本书里的形容,就在此刻,一字一句出现在我的脑海——

"她绝对温存,绝对可爱,生机勃勃,全无畏惧而且自信。我从她身上感到一种永存的精神,超过平庸生活里的一切。"

她超过我平庸生活里的一切。

我的手指碰触到面具的边沿,随后将它缓缓揭了下来。

她看到我后并没有意外,只是弯起嘴角,说:"裴先生,你不遵守约定。"

"两年太久了。"我说。

她伸了个懒腰,没再斤斤计较。

"裴先生,我累了。你可不可以背我回去?"

我无奈地笑了:"你准备这样叫我多久?"

她绽开笑容,声音清脆:"阿谦!"

我就这样背着她,慢慢走在沿江的路上。

沉寂的江面和夜空融为一体,点点的灯光和星光点缀其间,我们仿佛行走在没有尽头的星河中央。

我觉得她更瘦了,轻飘飘的,没什么分量。我收紧了手臂,猜她一定没有好好吃饭。

她懒懒地将头搭在我的颈侧,深深吸了口气。

"有你在真好啊。"

"那你要不要嫁给我？"

她惊讶得一下从我背上立起来："欸？这也太草率了吧？"

我的心情瞬间变得很好："你先说'同意'。你想要什么样的求婚，我全都补给你。"

她安静了几秒钟，然后重新将脸靠在我的肩膀上。

"同意。"她的声音很轻。

我却觉得脚步有些不稳。

"不再考虑一下了？"

"我早就决定，要永远和你在一起了。"

我没说话，却觉得眼眶有些湿。

原来这就是爷爷说的幸福，原来这就是爱与爱的交换。

我终于不再是一个人了。

"再也不要离开我了，好吗？"

"阿谦，我再也不会离开你了。"

我在孤岛等到了月亮。

原来天地间最美好的就是，她会始终为我明亮。

而我呢？

我会永远守护她的光芒。

（全文完）